BELEZA FEROZ

Jennifer Donnelly

Beleza Feroz

São Paulo
2025

Grupo Editorial
UNIVERSO DOS LIVROS

Este livro é uma obra de ficção. Nomes, personagens, lugares e incidentes são fruto da imaginação da autora ou usados de modo ficcional, e qualquer semelhança com pessoas reais, estejam elas vivas ou mortas, assim como estabelecimentos comerciais, eventos ou locais é pura coincidência.

Diretor editorial: **Luis Matos**
Gerente editorial: **Marcia Batista**
Produção editorial: **Letícia Nakamura e Raquel F. Abranches**
Tradução: **Jacqueline Valpassos**
Preparação: **Bia Bernardi**
Revisão: **Nathalia Ferrarezi e Rafael Bisoffi**
Diagramação: **Beatriz Borges**
Arte e adaptação de capa: **Renato Klisman**

Dados Internacionais de Catalogação na Publicação (CIP)
Angélica Ilacqua CRB-8/7057

D739b

Donnelly, Jennifer

Beleza feroz / Jennifer Donnelly ; tradução de Jacqueline Valpassos. – São Paulo : Universo dos Livros, 2025.

400 p.

ISBN: 978-65-5609-747-3

Título original: *Beastly beauty*

1. Ficção norte-americana 2. Contos de fadas

I. Título II. Valpassos, Jacqueline

24-5376 CDD 813

Universo dos Livros Editora Ltda.
Avenida Ordem e Progresso, 157 — 8º andar — Conj. 803
CEP 01141-030 — Barra Funda — São Paulo/SP
Telefone/Fax: (11) 3392-3336
www.universodoslivros.com.br
e-mail: editor@universodoslivros.com.br
Siga-nos no Twitter: @univdoslivros

Este é para você, caro leitor.

PRÓLOGO

Era uma vez e desde então, uma chave girou em uma fechadura enferrujada e uma mulher entrou em uma cela pequena e sombria.

Seu vestido, cor de cinzas, pendia dos ombros como uma mortalha.

Seu cabelo, todo penteado para o alto da cabeça, era preto como ébano. Seus olhos escuros brilhavam; quem quer que fosse contemplado por eles, era puxado e tragado, como num redemoinho.

Do outro lado da sala, uma janela alta, em formato de meia-lua, emoldurava a meia-noite, mas o aposento não estava sem luz. Um débil brilho se espalhava por ele, como o de uma única vela.

Emanava de uma criança.

Ela olhava olhava para a janela, com as mãos cruzadas atrás das costas.

— Lady Poderesse, sempre um prazer — disse ela por fim, virando-se para encarar a mulher.

Seu vestido rosa, que um dia fora bonito, estava sujo e rasgado. Seu cabelo, quase branco de tão louro, desgrenhado. Seu rosto era amável e franco. Qualquer um que o vislumbrasse adivinharia que ela teria nove ou dez anos de idade, exceto pelos olhos, que eram tão antigos quanto as estrelas.

Lady Poderesse depositou a lamparina sobre uma mesa. Abriu a pequena caixa de madeira que carregava.

— Vamos jogar, para matar um pouco o tempo? — ela perguntou, tirando dali um baralho de cartas. — Quanto tempo se passou desde a última vez que conversamos? Um ano? Dois?

— Vinte e cinco.

Lady Poderesse riu. Era um som feio e estridente, como vidro estilhaçado caindo.

— Ah, é verdade o que os mortais dizem: os dias são longos e os anos são curtos.

Ela colocou o baralho virado para cima sobre a mesa e depois o espalhou em leque com destreza. As cartas estavam amareladas nas bordas, mas eram lindamente ilustradas. Reis, rainhas e valetes eram emoldurados por uma fina linha preta. Ricos pigmentos coloriam suas vestes. Suas coroas douradas cintilavam; suas espadas de prata refulgiam.

A rainha de copas piscou e se espreguiçou. Então, avistou a dama de espadas ao seu lado e acenou com animação. A dama de espadas abriu a boca, surpresa, e depois riu. Estendeu a mão para a moldura que a rodeava e a empurrou. No início, com suavidade. Depois, com mais força. Logo passou a bater os punhos contra ela.

O rei de ouros colocou a mão sobre o coração e olhou com angustiada saudade para sua rainha. A rainha de paus, presa entre duas cartas numeradas, olhava apática para a frente.

Poderesse parecia não notar o sofrimento deles. Logo juntou as cartas, embaralhou-as e distribuiu as duas mãos.

Mas a criança percebeu.

— Coitadinhos — disse, pegando suas cartas. — Aprisionados em suas caixas, assim como os mortais que os desenharam.

— Uma caixa é o melhor lugar para os mortais — retrucou Poderesse. — Isso os mantém longe de problemas.

Poderesse olhou para as cartas e sorriu; ela se deu uma mão excelente. Enquanto as organizava em ordem de valor, a rainha de paus soprou um beijo ardente para o belo valete de copas. O rei de paus a viu fazer isso, e seu sorriso desmoronou. Ele agarrou a espada com as mãos e, com um grito angustiado, cravou-a no coração. A rainha se virou ao ouvir o som e gritou ao ver o que ele tinha feito. Sangue fluía da ferida do rei. O líquido vermelho caiu na parte inferior da moldura, escorreu por uma fenda no canto e pingou nos dedos encarquilhados de Poderesse.

Ela jogou as cartas na mesa, carrancuda, e limpou o sangue na saia.

— Você tem um jeito tão adorável de ser — disse a criança. — Por que veio? Decerto não foi para jogar cartas.

— Claro que foi — respondeu Poderesse. — Gosto de desafios quando jogo, e você blefa como ninguém.

— Mentirosa.

Poderesse lançou à garota um olhar sinistro.

— Tudo bem, então. Desejo lhe oferecer um acordo.

— Ah, agora temos a verdade. Que tipo de acordo? — a criança perguntou.

— Saia deste lugar. Não volte.

— O que você me oferece em troca?

— Sua vida.

Um sorriso lento se espalhou pelo rosto da criança.

— Ora, Lady Poderesse, você está com medo.

Poderesse abanou a mão para ela.

— *Eu*, com medo? De *você*? Não diga absurdos.

— Você não me ofereceria este acordo por outro motivo.

— Sim, ofereceria. Porque desejo me livrar de você e seria sensato aceitar minha oferta. A garota está alquebrada. Desistiu. Está apenas aguardando sua hora, à espera do fim.

A dor cortou as feições da criança à menção da garota.

Poderesse notou. Inclinou-se para a frente.

— Você não pode vencer. O relógio está correndo. A história acabou.

A criança ergueu o queixo.

— Quase, mas ainda não.

Suas palavras tiveram o efeito de uma tocha na palha. Poderesse arremessou as cartas da mesa. Levantou-se da cadeira; as pernas do móvel rangeram contra o chão de pedra.

— Você não passa de uma trapaceira — sibilou, apontando um dedo ossudo para a criança. — Você vem e vai, tão descuidada quanto o vento, deixando uma trilha de mortais destruídos em seu rastro. Mas eu permaneço. Estou sempre ao lado deles depois que você os abandona, de braços abertos, e meu abraço é tão profundo...

— Quanto uma sepultura recém-cavada.

Lady Poderesse parecia querer apertar as mãos em torno do pescoço fino da criança e quebrá-lo.

— Vai se arrepender de não ter aceitado minha oferta — ameaçou.

— Esta cela não vai me segurar para sempre.

— Grandes palavras vindas de uma menininha. Espero que você aprecie a escuridão.

A porta se fechou. A chave girou na fechadura.

Os passos de Poderesse desvaneceram e o silêncio sobreveio mais uma vez, sufocante e cruel.

A criança ficou sentada, imóvel e sozinha, com a cabeça baixa e os punhos cerrados.

Na tentativa de se lembrar da luz.

CAPÍTULO UM

— Estou congelando — resmungou Rodrigo. — Com muita fome também. E você, garoto?

Beau[1] não respondeu. Não conseguia; seus dentes batiam com muita força. A chuva gelada castigava seu rosto. A água grudava seu cabelo no crânio e pingava dos lóbulos das orelhas.

A tempestade caía sobre os ladrões enquanto eles saíam das terras do comerciante. Uivava com ferocidade agora, esquadrinhando as colinas rochosas ao seu redor, enredando-se nos galhos das árvores negras e nuas. Pareceu a Beau que os galhos se debatendo os alertavam, gesticulando para voltarem atrás. Mas voltar a quê? Estavam perdidos. Cavalgando com a cabeça baixa contra a chuva torrencial, perderam a trilha para as montanhas. Para a fronteira. Para a segurança.

Raphael tinha certeza de que, se continuassem indo para o sul, encontrariam o caminho. *Mais alguns quilômetros... um pouco mais à frente...* ele repetia. Passaram por casas em ruínas e por uma aldeia deserta. Cavalgaram por uma floresta densa e cruzaram um rio, mas, ainda assim, não foram capazes de encontrar o caminho.

Beau agora se curvava em seu casaco molhado, em busca de conforto e calor, sem encontrar nem um nem outro.

— Qual é o problema, Romeu? Sentindo falta do lindo sorriso de Sua Senhoria? — Rodrigo perguntou, cavalgando à esquerda de Beau.

---

1. "Belo", em francês. (N.T.)

— Olhe para ele, derretendo na chuva como se fosse feito de açúcar! — provocou Miguel, à direita de Beau. Ele se inclinou, aproximando-se, e sorriu, revelando uma boca cheia de dentes podres. — Esse lindo rosto é a sua fortuna, mas o que acontece se eu fizer um entalhe nele, hein? — Puxou sua adaga.

— O que acontece é que Raphael o esquarteja, seu idiota, já que meu rosto também é a fortuna dele — respondeu Beau.

— Poodle — Miguel resmungou, embainhando sua lâmina. — Tudo o que você faz é implorar às mulheres ricas por agrados e beijos enquanto nós fazemos o trabalho duro.

— Implorar por agrados e beijos é um trabalho duro — rebateu Beau.

Ele imaginou sua amante agora. *Ex*-amante. Era mais velha que ele, mas não muito. Casada com um homem que só amava seu dinheiro. Ela não deu essa informação a Beau, que, como ladrão, roubou-a. Ele captou a tristeza em seu sorriso, a fome em seus olhos, a dor em sua voz e as usou. Assim como ela o usou.

— Oh, sua coisa linda — ela sussurrou para Beau na noite anterior, traçando a linha de sua mandíbula com o dedo.

Ele estava no quarto da mulher, contemplando os livros na mesinha de cabeceira. Seus olhos brilharam ao ver *Cândido, ou o otimismo*.

— Li tudo o que Voltaire escreveu — comentou, virando-se para a amante com entusiasmo. Pensava ter encontrado uma alma gêmea, alguém (a única pessoa) em sua vida com quem poderia conversar sobre um livro. — Posso pegar emprestado? Só por um ou dois dias? Sou um leitor rápido.

Mas a amante apenas riu dele.

— Você é apenas um *servo*, garoto. Não o pago para ler. Ou falar — ela retrucou, tirando o livro de suas mãos. Então, puxou a fita que amarrava o cabelo escuro do rapaz e prendeu a respiração quando ele caiu sobre seus ombros. Um momento depois, os lábios da mulher estavam nos dele, e as coisas que Beau queria dizer e os pensamentos que queria compartilhar sobre livros e ideias transformaram-se em cinzas em sua língua.

Beau imaginou o rosto dela ao saber que seu servo havia partido e, junto a ele, seu fino anel de esmeralda, e o remorso o oprimiu como um par de botas pequenas demais. Ele lutou contra o sentimento, dizendo a si mesmo que o marido dela era rico; haveria de lhe comprar outro anel. Quase acreditou.

O anel estava aninhado com segurança dentro de uma fenda que ele abrira atrás de um botão do casaco — um lugar onde seus contornos não podiam ser sentidos. Raphael com frequência os revistava depois de um trabalho, todos eles, e Beau o vira espancar um homem até sangrar por ter retido uma única moeda. O anel lhe compraria o que ele mais desejava: uma saída. Para si mesmo e para Matteo.

O menino não estava bem na última vez que Beau o vira, apático e pálido, com uma tosse forte. *É só uma febre. Vai passar*, dissera a Irmã Maria-Theresa. Beau havia escrito para ela há duas semanas, perguntando se seu irmão mais novo estava melhor, e naquela tarde recebera uma resposta, mas enfiou a carta dentro do casaco, sem abri-la. Não houve tempo para lê-la. Não com o roubo planejado para aquela mesma noite.

— Não é justo. *Eu* poderia ser o homem de dentro. Por que não? — disse Miguel, interrompendo os pensamentos de Beau, apontando-lhe com o queixo. — O que ele tem que eu não tenho?

— Dentes — retorquiu Rodrigo.

— Cabelo — acrescentou Antonio.

— Uma barra de sabão — completou Beau.

Miguel lançou-lhe um olhar venenoso.

— Vou pegá-lo, garoto. Quando você menos esperar. Então, veremos quem vai rir por último. Aí, veremos…

— Cale-se. *Agora.*

As palavras de Raphael atingiram os homens como o estalo de um chicote. Ele estava vários passos à frente deles, mas Beau ainda podia vê-lo através da chuva torrencial — com seu chapéu preto de feltro, água pingando da aba e seu rabo de cavalo grisalho encharcado descendo pelas costas. Seus ombros estavam tensos; sua cabeça, inclinada.

Um instante depois, Beau ouviu o latido de cães. Amar, seu cavalo, dançava nervosamente embaixo dele. Era provável que a matilha contasse com cerca de uma dúzia de animais, mas as colinas amplificavam seu ladrar, fazendo parecer que eram mil.

— Os homens do xerife — concluiu Rodrigo laconicamente.

Raphael deu um aceno sombrio e saiu a galope. Beau e os outros o seguiram. O chão molhado era traiçoeiro, e eles tiveram que se esforçar para se manterem nas selas. A chuva havia parado, mas uma névoa pesada movia-se agora entre as árvores. Num minuto, Beau pôde ver o líder dos ladrões à sua frente; no instante seguinte, havia desaparecido.

Os homens cavalgavam cada vez mais rápido, mas os cães ainda os perseguiam, com seus latidos selvagens e sanguinários. O coração de Beau bateu contra suas costelas. *Agora não*, pensou em desespero. *Aqui não.* Este deveria ser seu último trabalho. Apenas mais alguns quilômetros e estaria fora do alcance dos xerifes, das prisões e da forca. Fora do alcance de Raphael. Ele e Matti juntos.

Os latidos ficaram mais altos. As narinas de Amar dilataram-se. Ele avançou, na tentativa de alcançar o cavalo de Raphael. A cada segundo, Beau temia que sua montaria tropeçasse em um galho caído ou quebrasse a perna em uma vala. Podia ver espuma no pescoço do animal; podia ouvi-lo ofegar. Teriam que se render. Os cavalos não conseguiam continuar.

E, então, veio um grito que cortou a noite como um sabre.

— Parem! — Raphael gritou. — Ninguém se mova! — Fora o cavalo dele, que fizera aquele som horrível. Ele estava empinando, seus cascos agitando-se no ar. Beau, logo atrás dele, só teve uma fração de segundo para deter Amar.

— Eia! *Eia*, garoto! — gritou, puxando as rédeas. O freio machucou o animal, que parou de chofre, lançando Beau para a frente como uma boneca de pano. Foi preciso colocar todo o seu peso nos estribos para não cair.

Os outros pararam atrás de Beau, empurrando-se, xingando, com as mãos nas armas. Os olhos procuravam movimento, mas a névoa os cegava. Os ouvidos se esforçaram para ouvir sons, mas os latidos pararam. Tudo o que conseguiam ouvir era o ofegar dos animais desassossegados. Eles esperaram, seus corações batendo forte, o sangue pulsando, os corpos tensos para um ataque, que não veio.

Em vez disso, a névoa recuou como um mar traiçoeiro recuando por entre rochas irregulares, e os homens viram um penhasco, alto e escarpado, mergulhando no vazio. Raphael, empoleirado bem na beirada dele, estivera a centímetros de uma morte horrível. O medo — se é que sentiu algum —, no entanto, não permaneceu em seu rosto duro e cheio de cicatrizes. Em vez disso, suas feições estavam fixas numa expressão de espanto — uma expressão que só se intensificava à medida que a dissipação da névoa revelava o que havia do outro lado do abismo.

Beau fechou os olhos com força e depois os reabriu, mas não estavam lhe pregando peças. Via com nitidez as coisas ao seu redor — a névoa, os homens, seus cavalos batendo os cascos. Tudo estava lá antes.

Mas o castelo não.

CAPÍTULO DOIS

Era um delirante sonho gótico e cinzento.

Altos pináculos perfuravam o céu noturno. Sobranceiras torres se erguiam austeras. Arcos ogivais emolduravam janelas sem luz. Um muro elevado de granito, enegrecido pelo tempo e pelas intempéries, cercava o castelo. Ao longo de sua borda guarnecida com ameias, um exército de gárgulas balbuciava e olhava com malícia.

A névoa havia desaparecido. O luar brilhava agora, iluminando uma longa ponte de madeira que atravessava um fosso profundo e levava à casa de guarda que envolvia o portal do castelo. Beau percebeu que o enorme rastrilho estava erguido. A pesada grade de ferro era arrematada por espigões pontiagudos na borda inferior.

— Quem deixa uma casa de guarda aberta a esta hora? — perguntou baixinho. — Onde estão as sentinelas?

Raphael estimulou seu cavalo a avançar. Seus homens o seguiram. Os olhos astutos dos ladrões percorreram os muros e os arcos, até o topo das torres. Notaram coisas que não perceberam na primeira onda de surpresa: um parapeito em ruínas, torres de vigia vazias, uma bandeira esfarrapada.

— Não há sentinelas. O lugar está deserto — observou Antonio.

O olhar de Beau pousou na ponte. Ao fazê-lo, um arrepio percorreu-o e não tinha nada a ver com o frio. A ponte pareceu-lhe a longa língua de um ogro e o arco sombreado da casa de guarda, a boca da criatura, e ele sentiu no fundo de seus ossos que, se entrasse nela, o comeria vivo.

Os outros também sentiram o mesmo.

— Alguma coisa não está certa. Devíamos continuar cavalgando — ponderou Rodrigo.

Raphael cuspiu no chão.

— Vocês parecem umas velhas. Os cães perderam nosso cheiro. Querem ajudá-los a encontrá-lo de novo? — Ele tocou com os calcanhares as laterais do cavalo e pôs-se a atravessar a ponte. Um por um, seus homens o seguiram em fila.

As velhas tábuas de madeira rangiam e gemiam sob o peso dos cavalos. Uma delas, mole e podre, desmoronou sob o casco traseiro de Amar e o fez tropeçar. Os pedaços desabantes de madeira atingiram o fosso em mergulhos espaçados.

Cautelosos devido ao mau estado da ponte, os homens mantiveram os cavalos a passo. Beau entrou na casa de guarda com os primeiros cavaleiros e, embora estivesse escuro lá dentro, conseguiu distinguir a forma de uma manivela, correntes, rolos de corda, pesos.

Raphael também os percebeu.

— Diga aos últimos que baixem o rastrilho — ordenou a Rodrigo.

Beau procurou sua adaga. Estavam correndo risco. Não havia como os homens que os caçavam conseguirem segui-los se o rastrilho fosse baixado, mas e se o castelo não estivesse deserto? E se eles precisassem sair rápido?

Um instante depois, Raphael saiu da casa de guarda para emergir em um pátio amplo de paralelepípedos. Beau estava logo atrás dele, seus olhos à procura de ameaças. Esperava uma emboscada. Que houvesse homens aguardando por eles, homens com pistolas e espadas.

O que ele não esperava era ver duas tochas de ferro brilhando com intensidade em cada lado das imponentes portas do castelo ou que essas portas se abrissem agora, como se fossem destrancadas por uma mão invisível. Não esperava ver luz de velas dançando nas janelas gradeadas ou ouvir música tocando. E os aromas que flutuavam no ar — de carne assada, pão fresco, noz-moscada e canela — faziam seu estômago vazio se revirar com tanta força que seus olhos se encheram de lágrimas.

— Não é real. *Não pode* ser — sussurrou.

Raphael parou por um momento, permitindo aos homens que baixaram o rastrilho que o alcançassem. E, então, como se em transe, desceu da sela, passou as rédeas pelo pescoço do cavalo e caminhou em direção às portas. O restante dos ladrões fez o mesmo. Um a um, deixaram para trás a noite úmida e adentraram o calor acolhedor, a luz dançante.

Beau estava entre eles e, ao cruzar a soleira do castelo e espiar ali dentro, seus olhos se arregalaram e seu coração se encheu de algo estranho, algo há muito esquecido, um sentimento que ele não conseguia mais nomear: *admiração.*

CAPÍTULO TRÊS

BEAU GIROU LENTAMENTE, COM OS braços estendidos ao lado do corpo, como se quisesse se equilibrar. Havia esquecido seus medos. Havia esquecido que estava com frio e molhado. Havia esquecido o próprio nome.

O aposento em que acabara de entrar, o grande salão do castelo, era tão magnífico que o deixou atordoado.

Seu teto abobadado elevava-se a três andares de altura. Lustres de cristal, cada um da estatura de um homem, resplandeciam com velas. Um espelho dourado dependurava-se acima da lareira. Três das quatro paredes eram adornadas com tapeçarias, cada uma do tamanho da vela de um navio, e dezenas de retratos. A quarta parede, revestida com mogno, estava vazia. Em um canto, uma grande caixa de música prateada tocava.

Mas a coisa mais maravilhosa que o salão abrigava era uma longa mesa de ébano, disposta no centro. Posta com porcelana fina, linho branco como a neve e prata brilhante, parecia algo saído de um conto de fadas. Os ladrões mal repararam nos belos arranjos da mesa; seus olhos estavam voltados para a montanha de comida que a cobria.

Era um banquete digno da realeza. Um enorme rosbife cortado em fatias numa travessa. Aves de caça, com peles tão crocantes que pareciam poder quebrar com um toque, estavam aninhadas em uma bandeja de servir. Altas tortas de carne de veado e faisão com crosta dourada. Peixes grelhados brilhavam regados a molho de manteiga e ervas. Vinho espumante em garrafas de cristal.

Miguel lambeu os beiços.

— *Olhem* só isso tudo! — exclamou. Seus olhos de cabra percorreram com cautela a sala. Ele colocou as mãos em volta da boca. — Olá! Tem alguém aqui? — gritou.

— Idiota. É claro que tem alguém aqui — interveio Antonio. — Ou você acha que aquela travessa de carne foi até a mesa sozinha?

— Para quem é isso? — perguntou Beau.

— Para nós — respondeu Raphael.

Antonio fitou o líder dos ladrões.

— Quem disse?

Raphael deu um tapinha na pistola em seu quadril.

— Eu.

Isso era tudo que os homens precisavam ouvir. Lançaram-se sobre o banquete como lobos sobre um cordeiro. Alguns nem esperaram para se sentar antes de arrancar coxas de patos ou espetar fatias de carne com suas adagas. Famintos depois da longa e angustiante cavalgada, o grupo comeu ferozmente.

Beau, acostumado com os ensopados gordurosos e as costeletas carbonizadas que Rodrigo lhes preparava, saboreava cada mordida — a intensidade silvestre do faisão, o gosto forte do molho de groselha que despejava sobre ele, o estalo crocante e besuntado das batatas assadas. Ele terminava um prato, depois se servia de outro, engolindo tudo com taças e mais taças de um bom *bordeaux* com gosto de terra e chuva, tempo e segredos.

Depois de comer três porções, Beau recostou-se na cadeira e fechou os olhos cansados. A comida, o vinho e o fogo crepitante aqueciam-no por dentro e por fora. Pela primeira vez naquele dia, ele respirou fundo.

Não era culpa sua que tudo tivesse dado tão errado. Fizera a parte que lhe cabia, e bem. Conseguira ser contratado como servo na casa de um rico comerciante. Chamara a atenção da esposa. Sorrira ao colocar o prato dela na mesa. Roçara-lhe a mão enquanto o recolhia.

Fora na manhã anterior, quando a esposa do comerciante roçou a mão *dele* e a levou aos lábios, que Beau mandou uma mensagem para Raphael. *Esta noite.*

Ele havia deixado a porta da cozinha destrancada e, horas depois — quando os criados estavam dormindo e ele e sua patroa não —, os ladrões entraram na casa. O cofre logo se rendeu às mãos habilidosas de Raphael, mas, antes que os ladrões o esvaziassem, o marido da senhora voltou para casa. Ninguém esperava por ele. Estava ausente há meses a negócios, mas, de repente, lá estava, parado na cozinha com seus homens, bradando por comida e bebida.

Os criados saltaram das camas e os ladrões foram descobertos. Espadas foram desembainhadas e pistolas, carregadas. O comerciante subiu as escadas até os aposentos da esposa. Beau correu para a janela. Os cavalos esperavam por eles, escondidos na floresta. Os homens do comerciante eram rápidos, mas os ladrões eram mais. Pularam nas selas e partiram, movendo-se como fumaça por entre as árvores.

Tiveram sorte de terem saído vivos da mansão do comerciante e estavam gratos por essa sorte, mas a gratidão não os tiraria da França, onde eram homens procurados. Isso não os levaria a atravessar as fronteiras acidentadas até a Espanha, depois até a costa e a Barcelona. De lá, Raphael esperava encontrar um navio com destino a Istambul, Tânger ou Mombaça — alguma cidade portuária movimentada onde ninguém se importasse com quem eram ou com o que tinham feito.

Esse era o plano, mas a passagem marítima custava dinheiro, e o grupo só havia conseguido pegar um pequeno saco de moedas de prata do cofre do comerciante antes de serem descobertos.

Agora, Rodrigo amaldiçoava o tempo perdido.

— Antes de chegarmos a Barcelona, temos que atravessar as montanhas, e é quase inverno — anunciou ele. — Precisaremos de casacos quentes. Cobertores. Comida para nós e para os nossos cavalos. Como vamos pagar por tudo isso? Essas coisas não são compradas com palavras e desejos.

— As mulheres bonitas também não — acrescentou Miguel, bêbado. — E Barcelona está cheia delas!

Beau abriu os olhos. Ele entrou na conversa, fingindo estar naquela com eles. Os planos dele envolviam seu irmão mais novo, não um navio, mas ninguém poderia descobri-lo.

— Bem, essa é uma despesa com a qual não teremos que nos preocupar — disse ele, jogando um pedaço de pão em Miguel. — Mesmo se roubássemos cinquenta comerciantes, não teríamos ouro suficiente para fazer uma mulher sorrir para *você*.

— Desgraçado! — gritou Miguel, que atirou o pão de volta, mas errou. Beau riu, mostrando o dedo do meio para Miguel, que se levantou de um salto e pegou a adaga, mas Antonio, que estava sentado ao lado dele, puxou-o de volta para baixo.

— Chega — ele avisou.

Raphael, roendo um osso, olhou de Beau para Miguel, mas não disse nada. Apenas ficou sentado ali em sua cadeira na cabeceira da mesa, com olhos semicerrados e imperscrutáveis. Seu silêncio deixou Beau desconfiado. Como um lobo, Raphael sempre ficava quieto antes de matar.

Os homens continuaram a se empanturrar até que enfim não aguentavam mais. Alguns afrouxaram os cintos; outros se recostaram nas cadeiras e arrotaram. Beau desabotoou o casaco. Miguel levantou-se cambaleante e mijou num canto. A caixinha de música havia parado de funcionar, e um tique-taque abafado e baixo, como se viesse de um relógio em outra sala, agora podia ser ouvido. A sensação de incômodo que Beau sentia, afastada um pouco pelo banquete, retornou. Ele empurrou seu prato e endireitou-se na cadeira. Seus olhos se voltaram para as portas sombreadas da sala. *Como toda essa comida chegou aqui? Quem cozinhou? Onde eles estão?*, perguntou-se.

— Não há muitos deles — respondeu Raphael, lendo sua mente. — Um homem velho, talvez. Ou uma viúva. Um punhado de servos. — Ele jogou o osso roído no prato e limpou as mãos engorduradas na toalha de mesa. — Estavam prestes a jantar, mas nos ouviram chegando e se esconderam. Não vão nos incomodar. — Um sorriso frio curvou seus lábios. — Mas nós vamos incomodá-los. Quero tudo o que pudermos carregar. Peguem a prata. Arranquem as tapeçarias. Então, espalhem-se e encontrem o cofre.

Miguel cambaleou de volta à mesa para se servir de mais vinho. Ao ouvir as palavras de Raphael, esvaziou o copo e jogou-o no chão.

— Seremos os reis de Barcelona! — grasnou enquanto o copo se espatifava.

Os ladrões irromperam em comemorações. Beberam mais vinho. Comeram bolos requintados e lamberam a cobertura dos dedos. E, então, foram ao trabalho. Miguel juntou facas e garfos nas mãos como um feixe de trigo. Antonio enfiou uma concha de prata na camisa. Beau colocou no bolso um par de argolas de guardanapo com pedras preciosas.

Raphael arrancou uma rosa vermelha de um vaso e enfiou a haste na casa de um botão de sua jaqueta. Então se levantou e fez pose, a mão dentro da jaqueta, uma inclinação arrogante no queixo, exatamente como os grandes aristocratas nos retratos. Seus homens riram, dando tapinhas uns nos outros com o dorso das mãos. Barulhentos e embriagados, gabavam-se em voz alta das pistolas sofisticadas e das calças finas, das botas macias e dos brincos de ouro que comprariam em Barcelona.

Beau estava prestes a pegar um pimenteiro prateado quando sentiu.

Começou como um tremor suave, como se o próprio castelo estivesse se espreguiçando e despertando, depois se intensificou até se tornar um ronco baixo. Podia sentir as vibrações sob os pés; elas subiram pelo seu corpo, sacudindo os ossos. Os pingentes lapidados dos candelabros balançavam e colidiam, seu tilintar cristalino como a risada de uma fada do mal.

Ele fitou os outros; estavam congelados no lugar. Apenas seus olhos se moviam, tentando com cautela identificar a origem do barulho. Um zumbido metálico começou. Foi seguido por um ruído estridente. Rodas invisíveis giraram. Engrenagens se engataram. E então um estalo, tão estrondoso quanto um tiro, fez os ladrões se esconderem. Mas não foi uma arma de fogo que produzira o barulho.

— Olhem! — exclamou Rodrigo, apontando para a parede oposta, sem tapeçarias nem pinturas.

Uma fenda fina, que ia do chão ao teto, dividia o lambri no centro. Enquanto os homens observavam, paralisados, os dois lados da parede começaram a se separar, e uma luminosidade cor de mel emanou do espaço entre eles. A abertura se amplificou cada vez mais, e o que ela revelou tirou o fôlego de Beau. O ladrão largou a adaga e deu alguns passos à frente, fascinado pela impossibilidade do objeto diante de si.

Era um relógio dourado que se estendia por toda a largura da parede e se erguia em três camadas de colunas até o teto. A camada superior abrigava um grande sino prateado. A do meio continha o mostrador brilhante do relógio, feito em madrepérola. Seus ponteiros eram forjados em prata; pedras preciosas incrustadas formavam seus numerais. No recôndito da camada inferior, um pêndulo prateado balançava de um lado para o outro. Atrás dele, pesos de latão pendiam de pesadas correntes.

— *Caramba* — Beau deixou escapar baixinho, com olhos arregalados, redondos como pratos de torta.

O relógio deveria ter seis metros de altura por nove de largura. Em cada extremidade, havia um conjunto de altas portas duplas. Um trilho corria entre elas, curvando-se em semicírculo. Beau se aproximou. Não conseguia desviar os olhos dali. Tanta prata, tantas pedras preciosas, tanto ouro.

O relógio era revestido com finas lâminas de metal precioso, engenhosamente unidas com minúsculos pregos, e havia quantidade suficiente para comprar a cada homem ali o seu imponente castelo.

Os ladrões se puseram em silêncio, os rostos impressionados aquecidos pelo brilho dourado do relógio. Raphael foi o primeiro a quebrá-lo.

— Qual é a sensação, rapazes — perguntou —, de ser tão rico quanto Deus?

Beau se aproximou do relógio. Inclinou a cabeça para trás, perguntando-se com que rapidez conseguiria escalar aquelas colunas douradas.

Foi então que ele o viu. De pé na plataforma do nível mais alto.

Um homem alto e pálido, magro como um fiapo, olhando para baixo.

CAPÍTULO QUATRO

Ele usava um terno da cor da meia-noite.

Um plastrão cinza, preso com um alfinete, fechava-lhe a gola da camisa. Seus longos cabelos brancos estavam presos por uma fita preta e os óculos, empoleirados na ponta do nariz. Atrás deles, seus olhos brilhavam como duas estrelas escuras.

Olhando para eles, Beau teve a sensação estranha e perturbadora de já ter encontrado o homem antes, mas não conseguia se lembrar de onde ou quando.

Miguel, bêbado demais para ter medo, foi até o relógio e apontou para o homem.

— Ei! Senhor, ei! — Estalou os dedos. — O que está fazendo aí em cima, hein?

O homem não respondeu; em vez disso, levantou o braço num movimento rígido e brusco, depois girando o torso em direção ao sino. Beau viu que ele segurava um martelo de prata na mão e que seus bolsos continham um alicate, uma torquês e uma chave de fenda.

— *Rá!* É só um boneco desmiolado! — exclamou Miguel.

Rodrigo bufou.

— De ser desmiolado, você entende bem.

Beau havia roubado objetos valiosos o suficiente para saber que um artesão costumava assinar seu trabalho de maneira astuta — acrescentando as iniciais a uma filigrana de um colar ou esculpindo o próprio rosto na imagem de um santo —, todavia, o homem que fabricou aquele relógio levou a ideia ainda mais longe: assinou seu trabalho acrescentando a ele uma imagem sua em tamanho natural. Beau sentiu-se atraído pelo misterioso relojoeiro. Queria tocar-lhe a bochecha pálida de porcelana, segurar seu braço e sentir o metal frio sob o pano. Queria — *precisava* — ter certeza de que o homem não era real.

Nesse momento, os pesos do relógio subiram nas correntes, assustando Miguel, que cambaleou para trás, tropeçou e caiu de costas. Os outros riram dele, mas Beau não se juntou ao coro. *Quem puxou os pesos?*, ele se perguntou.

O ponteiro dos minutos se encaixou ao lado do ponteiro das horas, às doze, e o relojoeiro bateu no sino com seu martelo. As badaladas soaram como um aviso para Beau e, quando a última desvaneceu, uma música começou a tocar — uma melodia estridente e dissonante de feira de festival que tomou todos os cantos da sala. O trilho curvo na frente do relógio começou a se mover. As portas do lado esquerdo se abriram com um rangido, e um bobo da corte sorridente, com pijama remendado e um chapéu extravagante com guizos, emergiu do mecanismo, saltitando loucamente. A cor em suas bochechas e o brilho em seus olhos de vidro faziam parecer que estava vivo. Mas, então, Beau percebeu que ele também era apenas uma figura mecânica que repetia os mesmos movimentos.

Atrás do bobo vieram um cavalariço e uma leiteira, inclinando-se para se beijarem e depois se separando. Havia uma copeira pegando um doce e um ajudante de cozinha carregando um presunto grande e dourado. Um guarda de costas eretas andava de um lado para o outro, com o rifle no ombro; outro cochilava em um nicho. Gatos rondavam. Cães roncavam. Um rato mordiscava um queijo redondo. Uma dama de companhia remendava um vestido; a agulha subia e descia, subia e descia. Uma mulher majestosamente bela lia à luz de velas, com as mãos cobertas de anéis, o roupão de seda esvoaçando em torno das pernas. Um homem galante, trajando um manto forrado de pele, jogava xadrez com seu valete, colocando o rei em xeque e tirando de novo. À medida que as figuras avançavam ao longo do trilho, as portas do lado direito do relógio se abriram. O bobo da corte conduziu o cortejo em meio a elas e, quando o último — um pequeno pajem segurando um penico — desapareceu na escuridão, a música parou e as portas se fecharam com uma lufada de ar tão suave e triste que parecia um suspiro.

Beau ficou olhando para as portas fechadas, surpreso ao sentir uma dor no coração, repentina e profunda. Os outros ladrões, ardentes de ganância, vaiaram e assobiaram.

— Viram aquele manto de pele? É meu, rapazes!

— Fique com ele! Vou levar os anéis da dama!

— Levaremos tudo. Quebrem as portas! — Raphael ordenou.

Dois dos homens pegaram uma cadeira pesada e arrastaram-na em direção a um par de portas, prontos para abri-las.

Todos faziam tanto barulho que não ouviram o rosnado gutural. A princípio, não.

Infiltrou-se na sala como sangue através da água, movendo-se sinuosamente sob as gargalhadas estridentes, mas depois se tornou mais profundo, enrolando-se em torno dos ladrões como uma correnteza. Quando perceberam o perigo, já era tarde demais. A risada deles desapareceu. Seus gritos morreram.

— O que é *isso*? — Ramon perguntou, sua voz quase um sussurro.

— Está vindo de lá — disse Beau laconicamente, apontando para o hall de entrada.

Os ladrões passaram por ele a caminho do grande salão. Poucos momentos antes, o salão estava iluminado; agora, mergulhara na escuridão.

— Armem-se — ordenou Raphael.

Os homens correram em busca de suas armas. Houve um barulho alto de sucção e o fogo se apagou. Uma por uma, a chama das velas se extinguiu. Apenas os raios pálidos da lua, entrando oblíquos pelas janelas lá em cima, iluminavam o vasto salão naquele momento.

— Que diabos está acontecendo? — Rodrigo gritou.

O rosnado aumentou. O que quer que estivesse produzindo o som se aproximava. O terror fez Beau apertar mais forte o punho da adaga. Visões surgiram em sua cabeça, retratando dentes dilacerantes, garras cortantes e feridas profundas esguichando sangue. O ar frio entrou, trazendo consigo o cheiro de sempre-vivas, e então, a escuridão na porta se abriu como um par de cortinas de veludo.

— Minha nossa — Raphael sussurrou.

O chefe conseguiu disparar um tiro antes que a criatura estivesse sobre ele.

CAPÍTULO CINCO

Ao ESTALO DO TIRO, SEGUIU-SE o estalo de osso.

Um grito de agonia se elevou, misturando-se com um rosnado raivoso e animalesco.

A coisa que estava na sala com eles era tão alta quanto um homem. Seus olhos prateados de predador brilhavam como a lâmina de uma faca. Presas brancas cintilaram ao luar. Beau vislumbrou um nariz achatado como um focinho, lábios escuros contornando uma boca cruel. Músculos poderosos ondulavam sob a densa pelagem. Garras cortantes curvadas em dedos longos.

— Meu Deus... o que é *isso*?

— É um lobo!

— Um monstro!

— É o próprio diabo!

A pistola de Raphael jazia no chão. Ele estava de joelhos ao lado da arma, segurando o braço direito. Sua mão formava um ângulo nada natural em relação ao pulso. Ele levantou a cabeça; seus olhos brilhavam de dor.

— *Atirem*, seus filhos da mãe! — gritou.

Antonio apontou sua arma, mas, antes que pudesse disparar, a criatura se lançou sobre Raphael e o colocou de pé. Postou-se atrás dele, protegendo-se, um braço forte sobre o peito de Raphael, uma mão com garras apertando-lhe o pescoço.

Com as mãos ao alto e a arma erguida, Antonio deu alguns passos para a frente.

— Solte-o. Não queremos fazer mal a você.

A criatura rosnou, enrolando suas garras no peito de Raphael. Flores vermelhas desabrocharam em sua camisa.

— *Atire*, Tonio! — Raphael gritou.

Rápido como um raio, Antonio baixou a pistola e mirou, mas, antes que pudesse atirar, a criatura saiu do luar e foi para a escuridão, arrastando Raphael consigo.

— Solte-o — implorou Rodrigo. — Poupe a vida dele e nunca mais vamos incomodá-lo, eu juro.

Um som veio da escuridão. Gutural. De zombaria. A risada de um demônio.

— *Ajudem-me* — Raphael disse com voz rouca.

Enquanto ele engasgava com as palavras, Beau sentiu uma mão áspera fechar-se nas costas de seu casaco. A próxima coisa que percebeu foi que estava sendo impelido pela escuridão, atordoado demais para sentir medo.

— Pegue *este*! Ele é jovem e tenro. Terá um gosto melhor! — alguém gritou atrás dele.

Beau entendeu, então. O medo o havia sacodido de sua confusão. Tentou fincar os calcanhares no chão, mas eles deslizaram na pedra lisa. Ele se virou, tentando se libertar, e largou a adaga.

— Solte-me! O que você está...

A ponta de uma lâmina pressionou suas costas e o silenciou.

— Entre no jogo — uma voz sibilou em seu ouvido. — Nós voltaremos para buscar você. — Era Miguel, agora sóbrio.

A criatura voltou para a luz. Com um movimento de seu braço, fez Raphael tropeçar em direção a seus homens. Ramon o amparou. Ao mesmo tempo, Miguel empurrou Beau para a frente com força, fazendo-o perder o equilíbrio e cair de joelhos.

Os ladrões se espalharam como ratos. Beau virou a cabeça e os observou passar por cadeiras, contornar a mesa de jantar e desaparecer pela porta. *Miguel disse que eles voltariam para me buscar*, sua mente estava martelando. *Mas quando?* Ele se forçou a olhar para a fera. Uma fúria fria e argêntea brilhava em seus olhos. Saliva escorria de suas presas.

O medo de Beau transformou-se em terror. Ele se levantou e tentou passar correndo pela mesa, mas a fera antecipou o movimento e o bloqueou. Ele se virou e correu para o outro lado da mesa, mas, antes que chegasse à metade do caminho, a fera já estava lá. Ela o rodeava, atormentando-o. Beau não tinha arma. Sua adaga estava em algum lugar no chão. Ele precisava libertar-se e correr enquanto ainda havia uma chance de escapar. Mas como? *Como?*

Respire, idiota, ele disse a si mesmo. *Pense*. Respirou fundo e exalou devagar. Seu coração desacelerou, sua cabeça clareou e ele percebeu que já havia sido encurralado assim muitas vezes. Perseguido por valentões da cidade. Perseguido pelo xerife. Caçado por seu pai bêbado e furioso.

Ele sabia o que tinha que fazer.

Afastou-se da fera com lentidão, sem tirar os olhos dela, até esbarrar na mesa. As cadeiras que a rodeavam haviam sido empurradas para o lado ou derrubadas. Ele se moveu ao longo da borda da mesa, com as mãos atrás de si, os dedos roçando pratos, colheres, uma taça tombada, tateando em busca da única coisa de que precisava, mas não a encontrando.

— Vamos! *Vamos*... Eu sei que você está aí — ele disse baixinho.

Guardanapos, um osso roído, um pedaço de pão, cascas de nozes... e esse tempo todo a fera se aproximava. Beau podia sentir o cheiro de seu pelo almiscarado e encharcado de chuva; podia sentir seus olhos perfurando-o. E ele sabia que tinha meros segundos antes que ela saltasse e cravasse os dentes em sua garganta.

E, então, seus dedos a encontraram. Aquilo de que ele precisava. Uma coisa pesada, fria e afiada. Eles se fecharam em torno do cabo e, com um rugido, Beau atirou a faca de trinchar.

A lâmina errou o alvo, mas o cabo pesado atingiu o rosto da criatura, que se afastou dele apenas alguns passos, mas eram tudo de que Beau precisava. Ele saltou para a mesa, passou por cima dela e pulou do outro lado.

Aí, ele correu.

Para salvar sua pele.

CAPÍTULO SEIS

NINGUÉM, NEM MESMO DEUS, PODE ensinar um homem a orar como o medo é capaz de fazê-lo.

Ao fugir do grande salão, Beau rezou a São Nicolau, o santo padroeiro dos ladrões. Rezou a Santo Antônio, padroeiro das causas perdidas.

Rezou por velocidade. Rezou para que as portas externas ainda estivessem abertas. Rezou para chegar até elas antes que a fera o alcançasse. Mas os santos não o estavam ouvindo. Ele corria tão rápido que não viu o carpete do hall de entrada, enrugado por pés arrastados. Seu dedão do pé ficou preso. Ele tropeçou e bateu com força no chão. A dor fez disparar todos os nervos de seu corpo. Enquanto estava ali estatelado, com os olhos fechados, a respiração curta e quente, uma palavra vibrava como uma batida de tambor em sua cabeça... *levante, levante, levante, levante...*

Com um gemido doloroso, Beau forçou-se a ficar de joelhos. O som da fera martelando o chão atrás dele o fez se levantar.

— Por favor, não estejam trancadas, por favor, por favor, por favor, não estejam trancadas... — ele ofegou enquanto cambaleava pelo corredor escuro.

Quase derreteu de alívio quando chegou às portas e viu que uma delas estava entreaberta. Passou pela soleira e bateu a porta, trancando-a, na esperança de deter a fera ou pelo menos desacelerá-la, mas, quando se afastou do castelo, seu estômago embrulhou. O pátio estava vazio; os ladrões haviam desaparecido, assim como os cavalos.

Então, um movimento chamou sua atenção. Cerca de uma dúzia de homens, montados em seus animais ansiosos e agitados, estavam engarrafados na casa de guarda. Gritavam e se empurravam, cada um tentando passar à frente do outro. Beau não entendia por quê. O arco era largo. Haviam passado por ele aos pares, lado a lado, a caminho do pátio. Os homens não haviam conseguido levantar o rastrilho?

— Esperem! — ele gritou. — Esperem por mim! — Mas ninguém o ouviu; ele estava muito longe.

Posso chegar até eles, pensou Beau, iniciando um trote rígido e cambaleante. Seus olhos examinaram o grupo em busca de um cavalo sem cavaleiro, de Amar, mas não conseguiu avistá-lo. E então conseguiu — o animal estava amarrado ao cavalo de Miguel.

A ameaça de Miguel ecoou até ele. *Eu vou pegar você, garoto. Quando você menos esperar. Então, veremos quem vai rir por último...*

O medo atingiu o coração de Beau. Miguel viu uma chance de cumprir sua ameaça e a aproveitou. Nunca teve intenção de voltar. Nem naquela noite, nem no dia seguinte. Nunca.

Agora Beau corria, ignorando a dor, os braços cortando o ar, as pernas num ritmo frenético. Ele precisava chegar até os ladrões antes que cruzassem a ponte.

Uma vez do outro lado, galopariam para a floresta e ele nunca os alcançaria. Estava na metade do pátio quando Miguel desapareceu pela arcada. Restavam apenas dois homens fora da casa de guarda agora.

— Esperem! — Beau gritou para eles. — Carlos... Tonio, *esperem*!

Antonio instigou seu cavalo para a frente. Carlos virou-se na sela. Seus olhos encontraram Beau; ele gesticulou para que Beau se apressasse, mas então seu olhar mudou abruptamente para algo atrás do rapaz e seu rosto ficou pálido.

— Corra, garoto! *Corra!* — ele gritou, fincando os calcanhares no cavalo. O animal avançou através da arcada.

Beau arriscou um olhar para trás e suas entranhas se liquefizeram. O monstro estava no pátio. Também corria. E era mais rápido. Quando cruzaram os olhos, a fera soltou um rugido ensurdecedor. Os altos muros de pedra refletiram o som e o amplificaram.

Beau sabia que lhe restavam segundos para viver ou morrer. Chegou à casa de guarda e descobriu o que causara o engarrafamento — não fora o rastrilho, que estava levantado, mas a velha ponte, que desmoronava sob o peso trovejante dos cavalos. Grandes partes já haviam desaparecido, engolidas pelo fosso. Os animais, assustados, avançavam sobre o que restava, com as orelhas coladas à cabeça e pavor nos olhos.

Beau sabia que precisava atravessar. *Naquele momento*. Ele respirou fundo e deu um passo cuidadoso sobre a estrutura oscilante, com os braços estendidos como os de um equilibrista na corda bamba.

Mais à frente, Carlos e seu cavalo aproximavam-se da outra margem; estavam a metros de distância quando o que restava da ponte balançou de forma violenta. As tábuas diante do animal se ergueram e depois tombaram no fosso. O cavalo, aterrorizado, soltou um relincho estridente, enrijeceu as patas traseiras e saltou. Seus cascos dianteiros encontraram a margem gramada; seus cascos traseiros arranharam pedras soltas e, então, por um milagre, encontraram apoio. Ao chegar ao terreno plano, Carlos virou-se na sela.

— Corra, Beau! Corra, seu filho da mãe, *corra*! — gritou.

Os gemidos da velha ponte se transformaram em um grito de morte enquanto o que restava das tábuas tremia e balançava. Beau agarrou-se ao corrimão, mas este cedeu sob sua mão, caindo em espiral na água negra. As tábuas sob seus pés trepidaram e se estilhaçaram, desequilibrando-o. Girando os braços freneticamente, ele caiu de costas e depois recuou com grande esforço. Conseguiu subir até a soleira da casa de guarda no momento em que a ponte desmoronou por completo.

Lá, ele assistiu, atordoado e horrorizado, às últimas tábuas caírem no fosso, levantando gêiseres de água, depois ergueu os olhos para a outra margem, dizendo a si mesmo que os homens ali — com quem ele conviveu durante anos, a quem ele chamara de família — haveriam de socorrê-lo. Disse a si mesmo que empurrariam uma árvore caída por sobre o fosso. Ou de alguma forma lhe jogariam uma corda. E, por um longo e desesperado momento, ele acreditou. Até que Antonio fez o sinal da cruz. Até que Miguel lhe mostrou o dedo. Até que Raphael disse:

— Levante, garoto. Morra de pé como um homem.

Ele observou, sentindo-se enojado, à medida que lentamente se afastavam com os cavalos e as árvores se fechavam ao redor deles. Então, levantou-se e voltou pela casa de guarda.

A fera esperava por ele no pátio. A luz das tochas dançava em seus olhos cruéis. Queria que ele fugisse, para tornar a caçada mais emocionante? Ele não faria isso. Beau deu alguns passos em sua direção e então parou.

Morra de pé como um homem...

Mas ele não iria morrer. Não podia morrer. Porque, se o fizesse, Matti também morreria. Ele era tudo o que o menino tinha.

Beau sabia o que fazer. Faria a criatura se aproximar e depois atacaria sua garganta com as próprias mãos. Precisava de coragem e um pouco de sorte. Ele só teria uma chance.

— Vamos... — sussurrou.

A criatura avançou em sua direção. Beau encarou firme seu olhar assassino. A fera se aproximou cada vez mais, até ficar a apenas alguns metros de distância.

Mais perto, ele pediu em silêncio. *Mais perto...*

A criatura se inclinou na direção dele, aspirando seu cheiro. Beau recusou-se a deixar transparecer seu medo. Não vacilou nem piscou. Ele sabia onde iria ser atacado. Em algum lugar macio e desprotegido. O pescoço. A barriga. Tinha que atacar primeiro, antes que seu sangue espirrasse no chão de pedras do pátio e suas entranhas atingissem as botas.

Mas o monstro escolheu um lugar diferente — um lugar duro e encouraçado, coberto por uma gaiola de ossos.

A fera estendeu o braço e colocou uma mão com garras no peito de Beau. Ele não esperava por isso e, por segundos, congelou. Apenas seu coração se movia, batendo contra as costelas, martelando no ritmo de seu terror. O monstro podia sentir isso. Suas garras se apertaram, perfurando as roupas e a pele de Beau, cravando-se como se fossem arrancar-lhe o coração. As orelhas da criatura se achataram. Seus lábios negros recuaram.

Agora, Beau disse a si mesmo. *Faça. Faça já!*

Levou as mãos para cima, mirando o pescoço do monstro, na esperança de partir sua traqueia. Ele foi rápido; o golpe foi forte e certeiro, e, se tivesse atingido o alvo, teria causado dano — porém, mais uma vez, a criatura foi mais rápida. Ela viu o golpe chegando.

Beau ouviu um grito de raiva. Sentiu garras afundarem nele. Sentiu seus pés saírem do chão e seu corpo voar pelo ar.

Então, sua visão explodiu em um clarão branco.

E ele não sentiu absolutamente nada.

CAPÍTULO SETE

O CERVO É DESCUIDADO. A fome o leva a isso.

Ele deixa um grupo de pinheiros balançantes e adentra uma clareira. A fera, escondida em um matagal de samambaias cobertas pela geada, observa.

Por que os homens vieram ao castelo? Não deveriam ter feito isso. Agora aquele que eles deixaram para trás pagará o preço.

Como a fera inveja o cervo tolo... Não conhece nada de tristeza ou arrependimento. Não conhece nada do medo. Ainda não.

A fera fica tensa. Ela se agacha e salta. É implacável, mas rápida, e uiva ao matar. As criaturas noturnas ouvem e correm para suas tocas. Elas sabem o que vem a seguir.

A besta arrancará do cervo o coração ainda batendo.

Porque não pode arrancar o próprio.

CAPÍTULO OITO

— Qual é aquela, Beau? — o garotinho perguntou, apontando para o céu noturno.

Estavam aconchegados um ao outro em um palheiro tentando dormir, mas a noite estava fria, e suas barrigas, vazias, e o sono não vinha.

— É Hércules, Matti — respondeu Beau. — Um dos deuses.

— Os deuses fizeram as estrelas?

— Sim. Acho que sim.

— E aquela?

— Ursa Maior.

O pai deles lhe ensinara o nome das constelações. Muito tempo atrás.

— E aquela ali? — perguntou Matti, traçando o contorno com o dedo.

— Essa é a cauda do urso. Algumas pessoas chamam isso de Caçarola. Ou o Grande Carro.

— O que tem dentro da Caçarola?

— Não sei. Escuridão, eu acho.

— Não.

— Não?

— Tem coisas boas, Beau. E um dia os deuses vão derramá-las sobre nós.

Beau virou a cabeça e olhou para o irmão mais novo, impressionado com a intensidade em sua voz.

— Que coisas, Matti?

Matti se virou e olhou para Beau.

— Moedas de ouro com chocolate dentro. Laranjas. Amêndoas açucaradas. E geleia.

— *Geleia?* — Beau repetiu, com uma risada.

Matti assentiu, convicto. Sempre foi assim, o que preocupava Beau. O irmão mais velho tentou elevar o ânimo do menino.

— Vamos ficar todos melados e pegajosos se os deuses derramarem geleia em nós, você não acha?

Matti riu, mas depois ficou sério de novo e seu olhar voltou para o céu noturno.

— Um dia, coisas boas cairão sobre nós, Beau. E então não teremos mais fome nem frio. Você vai ver.

Beau puxou seu irmão mais novo para perto, tentando mantê-lo aquecido. Queria dizer-lhe que um dia teria coisas boas, que ele próprio se certificaria disso, mas não conseguiu; o nó na garganta não permitiu. Seguiu o olhar de Matti e viu nuvens se movendo e tapando as estrelas.

Ele ouviu sinos tocando. Ou seriam badaladas de relógio? Uma sensação de pavor o envolveu. Havia algo que precisava fazer, em algum lugar onde precisava estar.

O que era?

Matti estava lhe dizendo algo, mas ele não conseguia entender.

Sua voz soava distante. Ele puxou a orelha de Beau. Então, deu-lhe um tapa no rosto. De forma brincalhona no início e depois com muito mais força. Até que a bochecha de Beau ardeu e seus dentes bateram.

— *Ai!* — ele exclamou, afastando a mão do irmão. — Pare com isso, Matti!

— Meu nome é Valmont, não Matti — respondeu uma voz rouca. — Acorde, ladrão.

Os olhos de Beau se abriram. As doces feições de Matti haviam desaparecido, e um rosto muito desagradável estava inclinado sobre ele — um rosto com bigodes, sobrancelhas espessas e um nariz que parecia ter sido quebrado uma ou duas vezes.

— Que diabos? — ele gritou, jogando-se para trás e batendo a cabeça. — Oh. *Ai.*

— Levante-se — disse o homem, endireitando-se.

Uma sensação estonteante de irrealidade tomou conta de Beau. Balançou a cabeça dolorida, tentando clareá-la, mas o movimento só piorou as coisas. Uma onda gordurosa de náusea o invadiu. *Vinho demais*, disse uma voz dentro dele. *Mas onde? Quando?* Seus pensamentos retornavam tão lentos e densos quanto uma dose de mel.

Desejando que seu enjoo desaparecesse, Beau se apoiou nos braços e olhou para si mesmo. Estava vestido, exceto pelo casaco e pelas botas, e deitado em uma estreita cama de madeira. Havia uma cabeceira atrás dele e um colchão de palha sob seu corpo. Uma jarra de água e uma xícara repousavam sobre uma mesinha ao lado da cama. Brasas brilhavam na pequena lareira do aposento. A luz do sol entrava pela única janela. Ele olhou para o homem outra vez. Seu cabelo grosso e grisalho era curto. Usava uma jaqueta azul-ardósia, uma camisa branca e calça preta. Pelo menos vinte chaves mestras pendiam da grande argola de ferro que ele segurava.

— Este... este é o quarto de um empregado... você é um servo... este é o seu quarto? — Beau perguntou. — Não, você não é real. Isto é um sonho. Deve ser. Ainda estou dormindo.

O jovem esfregou o rosto com a mão suja e depois estremeceu quando seus dedos encontraram um grande galo em sua cabeça. A súbita pontada de dor o convenceu de que não estava sonhando. Sons e imagens chegaram até ele como um borrão: um castelo, um banquete, uma fera. Recuperou a plena consciência, acompanhada de uma onda de raiva.

— Aquela coisa... aquele *monstro*... aquilo me jogou contra uma parede! — ele disse.

— Monstro, hein? — o homem disse. — Ele pulou de uma garrafa de vinho?

Beau percebeu que parecia louco.

— Veio atrás de mim... Eu... eu bati a cabeça.

— Isso tende a acontecer quando você bebe álcool e tropeça no escuro.

— Eu *não estava* bêbado. Minha cabeça dói demais! Há um calombo…

O homem cruzou os braços musculosos sobre o peito largo, sorrindo.

— Quer que eu dê um beijinho para o dodói melhorar?

— Por que você não vai beijar sua vovozinha? — Beau respondeu, malcriado.

A petulância daquele traste velho. Trancando-o. Provocando-o. Mentindo para ele. Havia um monstro. Ele o perseguiu. *Agarrei-o. Quase o matei. Não foi?*

À luz fria da manhã, Beau descobriu que também tinha dificuldade em acreditar. O que ele pensava ser um monstro por certo era apenas um homem — um guarda com capa de pele ou um caçador — que tentava assustar um bando de ladrões. Ele estivera exausto da longa viagem, congelado pela chuva torrencial, meio morto de fome também. Depois bebera demais, e o álcool pregou peças nele.

— Levante-se — ordenou o homem. — Você foi convocado.

O orgulho explodiu em Beau. Estava prestes a dizer ao homem que não era lacaio de ninguém, obrigado, mas mordeu a língua. Ele era um prisioneiro, ao que parecia, e o orgulho não o libertaria; astúcia, sim. Sentou-se direito e imediatamente se arrependeu. Sua cabeça latejava. Um gemido áspero escapou dele. Beau levou a mão ao galo de novo.

— Tem juízo, não é? — o homem perguntou.

Beau não disse nada, mas parou de esfregar a cabeça. O homem não era amigo, e não era sensato deixar um inimigo ver que ele estava sofrendo. Os lobos só cercam os fracos, Raphael sempre dizia.

Raphael.

O resto da noite voltou ao cérebro de Beau numa avalanche.

Raphael, Rodrigo, Antonio, os outros… eles o abandonaram depois que a ponte cedeu. Partiram sem nem sequer olhar para trás, deixando-o cair refém. Ou morto.

Por que você está surpreso?, ele se perguntou. Sabia que não devia confiar em outras pessoas, mesmo naquelas que ele considerava como família.

Foi a pior coisa que poderia ter acontecido com ele, e os dedos gelados do medo arranharam seu coração, mas então uma onda quente de alegria os derreteu quando começou a perceber que a pior coisa também era a melhor. Ele nunca planejara embarcar em um navio em Barcelona com os outros. Planejara fugir. De sua vida de ladrão. De Raphael. Planejara partir uma noite, quando os outros estivessem dormindo. Buscaria Matti e eles se esconderiam em alguma cidade sem nome, onde ninguém jamais os encontraria.

Tentara escapar uma vez. Muito tempo atrás. Mas Raphael o pegou. Ainda podia sentir o gosto do sangue na boca por causa da surra; ainda ouvia as palavras do líder dos ladrões que estava de pé diante dele. *Escapar? Você nunca vai embora, garoto. Eu o salvei, lembra? Agora eu sou seu dono.*

Raphael o salvara. Ele o alimentou, abrigou e o ensinou também. Tornou-o membro de sua gangue. Beau teria morrido nas ruas sem ele. E, em troca, Raphael o usou. Primeiro como vigia, depois como batedor de carteira e depois como infiltrado. *Minha ajuda tem um preço, garoto*, ele disse. *Tudo na vida tem.*

Beau pegou as botas e calçou-as. Seu coração batia forte de empolgação. Estava quase livre. Com certeza haveria outra ponte sobre o fosso ou um túnel abaixo dele. Tudo o que precisava fazer era esperar pela chance e depois fugir.

Vestiu o casaco. Seus dedos procuraram o anel que havia escondido atrás do botão; ainda estava lá. Depois, enfiaram-se no bolso interno em busca da carta da Irmã Maria-Theresa.

Sumira.

O coração de Beau deu um salto. Ele tateou o bolso de novo e depois o virou do avesso freneticamente, mas estava vazio. Procurou nos outros bolsos, e a carta não estava em nenhum deles.

Ainda estava lá quando ele e os outros cavalgaram pela floresta na noite anterior; lembrava-se do papel amassando dentro de seu casaco.

Será que a perdera quando saiu correndo do grande salão? Ou quando a ponte desmoronou debaixo dele? Se sim, estava no fundo do fosso.

Ele não a lera. Não tinha ideia das notícias que continha. Esperava ler que Matti tivesse melhorado, mas, e se não tivesse?

— *Não* — Beau disse baixinho. Não se permitiria nem sequer pensar nisso. Iria para Barcelona, com ou sem carta, tal como havia planejado. E Matti estaria lá, esperando por ele. *Estaria*.

— O que há de errado?

O homem grande e corpulento estava parado na porta, fitando-o com atenção, e Beau percebeu que tinha os sentimentos estampados no rosto. Amaldiçoando-se por baixar a guarda, respondeu:

— Estou com fome.

O homem riu sem alegria.

— A barriga vazia é o menor dos seus problemas — disse, enquanto saía do quarto.

Beau abotoou o casaco e o seguiu. Ao cruzar a soleira, viu-se no topo de uma escada estreita em espiral.

O homem já estava na metade do caminho.

— Ande logo! — gritou por cima do ombro. — Estamos atrasados.

— Quem mandou me chamar? O que ele quer? — Beau perguntou, enquanto o alcançava.

— *Ela*. Lady Arabella, a senhora deste castelo. É melhor você se lembrar disso. E de seu lugar.

Beau se irritou com o tom condescendente do homem.

— Ei, Fremont… esse é o seu nome, não é? Fremont? Tremont?

— Valmont.

— Quem é Lady Arabella? Que lugar é este?

Valmont lançou-lhe um olhar fulminante, mas não disse nada.

A escadaria escura levava a um corredor sombrio, que levava a outra escadaria, que os levava à sala de armas do castelo — uma sala cavernosa com janelas estreitas e tetos abobadados.

— Por aqui — orientou Valmont, gesticulando impaciente enquanto Beau olhava as armas e as armaduras. — A patroa não tem o dia todo. Ela está tomando café da manhã e não fica lá muito tempo.

Quando as palavras saíram dos lábios de Valmont, Beau parou. Ele avistou uma fileira de escudos pendurados na parede, todos brilhando com intensidade. Caminhou até um deles e conferiu seu reflexo.

— Então ela quer me ver, não é? Bem, isso não é surpresa — disse ele, limpando uma mancha de sujeira da bochecha.

Valmont também parou, colocando as mãos nos quadris. Beau o viu refletido na superfície brilhante do escudo e lhe deu uma piscadela.

— Que mulher desperdiçaria este material aqui? — Gesticulou para si mesmo e passou as mãos pelos longos cabelos escuros. Seus dedos encontraram um nó. — Tem um pente aí com você, Valzinho?

Valmont o olhou furioso.

— Vamos *logo*.

— Você não pode esperar que eu vá até a sua patroa assim — disse Beau com um sorriso insolente. — Estava pensando em ir embora, mas talvez eu fique tempo suficiente para ela se apaixonar por mim e me tornar senhor da mansão, só para que eu possa atirar seu traseiro feio no frio.

Valmont envolveu uma das mãos carnudas com a outra e estalou os nós dos dedos.

— *Ande*.

Beau lambeu os dedos e alisou uma mecha de cabelo para fora do rosto. Ele ainda estava sorrindo quando alcançou Valmont, mas, assim que este se virou, o sorriso desapareceu do rosto.

Tudo tinha sido uma encenação — admirar-se, dar uma ajeitada no visual, provocar Valmont.

Beau não estava se olhando no reflexo do escudo, mas vasculhando a sala, procurando objetos de valor, rotas de fuga, uma vantagem. Sua adaga havia sumido; buscara por ela apalpando-se. A única arma que tinha agora era o conhecimento. Até mesmo o quartinho espartano onde ele dormira lhe dera muitas informações. O ângulo dos raios do sol que entravam pela janela lhe dizia que o quarto ficava no lado leste do castelo. As paredes curvas lhe diziam que estava numa torre; a longa escada lhe dizia que era alta. Contou o número de passos que deu e o número de andares que desceu para poder refazer seu caminho, mesmo no escuro.

Valmont conduziu Beau para fora da sala de armas, passando por uma galeria, uma sala de música, um escritório e duas salas de estar, depois entrando nas enormes cozinhas do castelo. No momento em que Beau pensava que nunca chegariam aonde estavam indo, desembocaram no grande salão.

Vozes elevadas chegaram-lhes ao ouvido.

— Interroguei todos eles, minha senhora, até o último.

Valmont deteve-se na porta. Beau, que havia parado alguns metros atrás dele, postou-se ao seu lado para poder ver quem estava falando.

— Todos dizem a mesma coisa: não estiveram nem perto da casa de guarda ontem à noite.

A voz pertencia a um homem baixo, franzino e de aparência ansiosa, vestindo uma jaqueta verde-menta e calções bege. Ele estava parado na cabeceira da mesa de jantar.

— Parece, então, que o rastrilho se levantou sozinho. É isso que você está dizendo, Percival?

Aquela voz — jovial, mas autoritária — pertencia a uma mulher. *Lady Arabella*, Beau adivinhou. Ela estava sentada em uma cadeira na ponta da mesa, de costas para o fogo crepitante. Beau não conseguia vê-la, pois o homem chamado Percival estava bloqueando sua visão, mas conseguia ouvir suas palavras. Eram frias e contidas, porém a raiva corria logo abaixo delas, como um rio sob gelo.

— Não sei como o canalha entrou na casa de guarda para levantar o rastrilho — disse Percival, balançando a cabeça. — A porta fica trancada, e a chave nunca sai da minha vista. Talvez os ladrões tenham perfurado as paredes de alguma forma? Ou escalado até a janela acima da casa de guarda?

— Ou talvez alguém esteja *mentindo.*

Era outra voz, fria e severa.

Beau esticou o pescoço e viu outra mulher. Era mais velha e estava sentada à direita da mulher mais jovem. Seu cabelo, preso no alto da cabeça, era preto como azeviche. Seu rosto, mortalmente pálido. Seus lábios eram finos e descorados. Seu vestido pareceu a Beau ser confeccionado em uma seda fina e pesada, e era bem cortado, mas a cor era um enfadonho cinza.

Outras mulheres assentavam-se ao redor da mesa. Cerca de duas dúzias. Beau imaginou que deviam ser a corte de Lady Arabella.

À primeira vista, pareciam estar tomando café da manhã, mas, quando seus olhos se demoraram nelas, notou que uma arrancava pétalas de uma flor. Uma segunda, estarrecedoramente magra, roía uma unha de forma violenta. Uma terceira usava o garfo como catapulta para atirar frutas nas outras, sorrindo loucamente enquanto fazia isso. Seu rosto estava coberto por pomada branca, como o de um palhaço, com sobrancelhas de giz de cera preto, círculos vermelhos no centro das bochechas e lábios em formato de coração.

Beau tentou não as encarar, mas o comportamento das mulheres era tão estranho que não conseguiu evitar. Era como tentar não assistir a um enforcamento. Depois de um momento, olhou para além delas, à procura do relógio dourado. Ele havia desaparecido, escondido outra vez atrás da parede revestida de painéis, mas ele podia ouvi-lo tiquetaqueando.

— *Descobriremos* quem fez isso, Percival, e, quando o fizermos... — começou a falar a senhora de cinza.

A mulher que despetalava a flor a interrompeu.

— Alguém *roubou* a chave, Lady Poderesse. De que outra forma poderia entrar na casa de guarda? — declarou de maneira estridente. Beau viu que ela usava um vestido vermelho.

— Entregue-se, Percival, sua cobra traiçoeira — anunciou a mulher estarrecedoramente magra, que usava um vestido cor de carne viva. — Você é um mentiroso. Um sonso. Não é confiável.

— Mas a chave não esteve fora da minha vista, Lady Horgenva, juro!

Beau não conseguia ver o rosto de Percival, mas podia ouvir a dor em sua voz.

— A chave, Percival. *Agora* — a mulher de cinza exigiu.

Os ombros de Percival desabaram com desânimo.

— Está bem, Lady Poderesse. — Ele enfiou a mão no bolso da jaqueta, tirou uma grande chave de latão e colocou-a sobre a mesa. O olhar de Beau se aguçou; seus dedos de ladrão se contraíram. Era uma chave mestra; ele conseguia ver pelo formato. Ela abriria todas as portas do castelo.

Enquanto Percival estava ali, de cabeça baixa, as senhoras continuavam a espicaçá-lo, como um bando de corvos bicando um cadáver. Valmont pigarreou em alto e bom som, silenciando-as.

— O que foi, Valmont? — Lady Arabella perguntou, com a voz carregada de irritação.

— Eu trouxe o visitante, Vossa Senhoria.

— *Visitante?* — Beau repetiu baixinho. Palavras duras brotaram de seus lábios, mas ele as conteve. Se esperava convencer a senhora do castelo a deixá-lo ir, eram necessárias palavras bonitas.

E, então, Percival deu um passo para o lado e Beau viu uma jovem, talvez com dezoito anos de idade, e, pela primeira vez na vida, descobriu que não tinha palavras. Nenhuma mesmo.

Elas haviam se esvaído.

Como moedas entre dedos desajeitados.

CAPÍTULO NOVE

Ela usava uma jaqueta de corte elegante, azul feito ovo de tordo, debruada em preto, e uma saia de montaria igualmente preta. Seu cabelo dourado estava preso em um coque elegante. Um par de pérolas perfeitas pendia de suas orelhas. Sua coluna era reta como uma espada, seu porte majestoso.

Mas foi o seu rosto que roubou as palavras de Beau.

A luz do sol que entrava pelas janelas brincava com sua geometria sedutora. Ele viu os amplos planos e ângulos de suas bochechas, a linha forte de sua mandíbula, o arco completo de seus lábios vermelhos. Viu seus lindos olhos cinzentos — frios e observadores, ferozmente inteligentes.

E eles o viram.

Beau planejara encantar a senhora do castelo, fazer seu coração palpitar com sorrisos sedosos e palavras acetinadas, enredá-la, assim como fizera com todas as outras mulheres que conhecera. Em vez disso, foi ele quem ficou fascinado.

— Faça uma reverência, seu idiota — ordenou Valmont. Ele agarrou a nuca de Beau e tentou empurrar sua cabeça para baixo. Seu toque áspero quebrou o feitiço.

Beau afastou a mão dele com um safanão e permaneceu ereto.

— Aproxime-se — ordenou Arabella, com um gesto de sua mão adornada com joias. Ela não estava mais olhando para ele.

— Não, obrigado — respondeu Beau, recusando-se a ceder ao tom imperioso da jovem. — Estou bem onde eu... unhh!

Um empurrão de Valmont o fez tropeçar em direção ao chão. Quase caiu de cara, mas se apoiou em uma cadeira. Risadas se elevaram entre a corte de Arabella, mas Beau as ignorou. Lançou um olhar feio para Valmont e depois foi até a cabeceira da mesa.

Se Arabella o vira tropeçar, não deu qualquer indicação disso. Sua atenção estava absorvida por um livro que se encontrava aberto ao lado de uma xícara de porcelana cheia de café preto. Perto do livro, havia travessas de comidas tentadoras, e o estômago de Beau roncou à visão de brioches dourados tão gordos quanto travesseiros, croissants folhados com chocolate escorrendo e muffins de maçã cobertos com flocos de *streusel*. Também havia ovos mexidos fofos salpicados de cebolinha. Salsichas roliças untadas com gordura. Tiras crocantes de bacon.

Arabella fechou o livro quando Beau se aproximou dela. Ele olhou para a lombada. *As antigas edificações de Atenas*.

Arabella tomou um gole de café, pousou de novo a xícara, recostou-se na cadeira e o encarou com seus olhos hipnotizantes. Beau estava com um aspecto terrível; ele sabia que sim. Vira seu reflexo no escudo. Estava sujo, suado e amarrotado. Seu cabelo era um palheiro. *Seu rosto é sua fortuna, garoto. E a minha*, Raphael costumava dizer. Se isso fosse verdade, então ele estava falido naquele momento, e saber disso o fez murchar um pouco sob o olhar penetrante dela.

Por fim, Lady Arabella perguntou, com voz fria:

— Qual é o seu nome, ladrão?

Beau ergueu o queixo.

— Beauregard Armando Fernandez de Navarre — respondeu ele. — Beau, para abreviar.

— *Belo?* — Arabella repetiu, olhando-o de cima a baixo. — Você é tudo menos *belo*, Beau.

As damas riram. Beau se encolheu. O insulto o feriu, por isso, fez o que sempre fazia quando alguém lhe tirava sangue: cortou mais fundo.

— Acho que somos dois — disse. — Já que você é tudo menos bela, Ara-*bella*.

Foi uma meia mentira. Arabella era linda, mas seus modos frios e desdenhosos a tornavam menos bonita. Mentira ou não, porém, suas palavras feriram. A raiva brilhou em seus olhos, mas desapareceu tão rapidamente quanto surgiu, afogada no gelo.

— C-como você *ousa*! — Percival balbuciou, indignado. — Quem pensa que é? Você não passa de um ladrão! Valmont, leve-o de volta para a masmorra!

Você não passa de um ladrão...

As palavras duras explodiram nos ouvidos de Beau; o veneno amargo delas gotejou em seu coração, queimando-o. Quantas vezes ele as ouvira? Dos xerifes e dos juízes, dos comerciantes, do professor, do padre?

Uma surra é pouco para você, garoto, você não passa de um ladrão...

Você não tem lugar na minha escola, garoto, você não passa de um ladrão...

Você não é bem-vindo nesta santa igreja, rapaz, você não passa de um ladrão...

O som dos pés de Valmont caminhando em sua direção silenciou as vozes. Beau desfez-se da dor. Teve apenas alguns segundos antes que o homem o agarrasse.

— Por que sou um prisioneiro? — indagou, sustentando o olhar de Arabella. — Você não tem o direito de me manter preso.

Valmont estava a poucos passos de distância quando Arabella levantou a mão, detendo-o.

— Você não é um prisioneiro — disse ela.

— Eu *não* sou — repetiu Beau. — Huh. — Inclinou a cabeça. — Então, o que eu sou? Um convidado de honra? Devo ser. Você me deu a suíte da torre. Com uma porta que tranca por fora.

— Você foi trancado porque não posso permitir que um criminoso cruel circule livremente em meu castelo — replicou Arabella. — Tenho que considerar a segurança dos habitantes.

— *Criminoso cruel?* — Beau zombou. — Peguei algumas argolas de guardanapo! — Ele as tirou do bolso e as jogou sobre a mesa. — E não saí do local com elas, o que significa que não as roubei. Tecnicamente. Então me deixe ir.

Arabella serviu-se de mais café.

— Receio que isso seja impossível.

Uma imagem de Matteo passou pela cabeça de Beau, seu corpo atormentado por um ataque de tosse.

— Por quê? — pressionou, um tom desesperado em sua voz. — Por que é impossível?

— Porque os idiotas que acompanhavam você destruíram a ponte!

As palavras não vieram de Arabella, mas da mulher vestida de vermelho. Estava agarrada aos braços da cadeira, olhando para Beau com tanta fúria que ele deu um passo para trás.

— Já basta, Lady Viara — avisou Lady Poderesse.

— Eu não posso ficar aqui. Tenho que partir agora, antes que a neve bloqueie a passagem na montanha — protestou Beau. — Deve haver outra saída.

— Não existe — respondeu Arabella sem emoção, voltando a atenção para o livro.

— Mas este é um castelo antigo. Construído na fronteira entre Espanha e França, dois países frequentemente em guerra.

— O que quer dizer?

— Os castelos com probabilidade de serem atacados têm mais de uma saída. Você está me dizendo que não há uma segunda ponte? Um rastrilho? Uma passarela?

— Estou, sim — confirmou Arabella, sem levantar os olhos. — É isso mesmo que estou dizendo.

Quando ela terminou de falar, um som agudo e estridente foi ouvido. Viara levantara-se da cadeira. Poderesse lançou-lhe um olhar de advertência e ela sentou-se de novo, com uma expressão ardente no rosto.

O desespero de Beau transformou-se em pânico. Ele tentou lutar contra isso.

Perder a cabeça não o aproximaria do irmão.

— E quanto a um túnel, correndo sob o castelo? De que outra forma o senhor do castelo enviaria um mensageiro pedindo ajuda durante um cerco? Ou contrabandearia uma princesa para um local seguro?

— Não temos senhores neste castelo — respondeu Arabella. — Tampouco princesas.

— Você está mentindo — disse Beau com veemência. — Há um túnel. Tem que haver.

— Basta! — Lady Viara gritou, batendo as mãos na mesa com tanta força que seu prato saltou. — Você quer sair deste lugar? Construa uma nova ponte e caminhe por ela!

Beau olhou para ela como se a mulher tivesse enlouquecido.

— Construir uma *ponte*? — ele repetiu. — Sobre o *fosso*? Deve ser uma queda de seis metros!

— Nove — corrigiu Arabella, estalando os dedos. — Tire-o da minha vista, Valmont. Encontre algum serviço para ocupá-lo. Ele tem uma dívida a pagar. Os amigos dele roubaram metade da minha prata.

— Leve-o para os estábulos, por que não? — perguntou lentamente Lady Horgenva. — Algo me diz que ele seria bom para remover estrume.

— Por aqui — disse Valmont, segurando o braço de Beau, mas ele se desvencilhou, voltando-se para Arabella.

— Diga-me onde fica o maldito túnel! — perguntou, em tom imperioso.

Lady Viara saltou da cadeira tão rapidamente que o assento caiu, atingindo o chão com um estrondo ensurdecedor. Ela pegou uma pesada taça de cristal da mesa e atirou-a na cabeça de Beau. O objeto errou por pouco e bateu na parede atrás dele, explodindo como fogos de artifício. As outras senhoras se abaixaram e gritaram.

— Você poderia ter me matado! — Beau gritou com raiva.

— Pare com isso, Viara — ordenou Lady Poderesse. — *Agora.*

— Por que você veio aqui? Por quê? Não deveria ter feito isso! — Viara gritou para Beau.

— Ah, não me diga! — Beau gritou de volta.

Arabella ergueu as vistas do livro. Seus olhos encontraram os de Beau.

— Pobre tolo — disse ela. — Você não sabe o que fez.

Beau balançou a cabeça, incrédulo.

— *Eu* que sou tolo? *Eu* que sou? Tola é *você*, garota! Quem deixa um rastrilho levantado à meia-noite?

Naquele instante, Valmont, que estava se esgueirando por trás de Beau, agarrou um de seus braços e torceu-o nas costas, enviando uma onda de dor por seu corpo. O pouco autocontrole que Beau ainda tinha foi destruído.

— Onde estou? — ele gritou. — O que é este lugar esquecido por Deus?

— Só isso mesmo — respondeu Arabella. — Um lugar esquecido por Deus.

— E você? — Beau a interrogou com veemência. — Quem é você?

Arabella riu. Foi um som seco e áspero, como o de pés de milho balançando ao vento.

— Uma abandonada por Deus também. Estamos todos abandonados aqui, ladrão.

Ela acenou com a cabeça para Valmont.

— Leve-o embora.

Valmont empurrou Beau para a frente. Tudo o que ele pôde fazer foi tentar não cair. Arabella observou-os partir. Assim que desapareceram de vista, ela se virou para Percival.

— Isso é obra sua — disse ela com brusquidão. — Você permitiu que um bando de ladrões comesse minha comida e roubasse meus pertences. O que estava pensando?

Percival pareceu chocado.

— Não sabíamos que eram ladrões quando lhes servimos comida — respondeu ele. — Estávamos apenas tentando ser hospitaleiros, Vossa Senhoria. Abrigar viajantes perdidos.

— Isso é *mentira*, Percival. Sei exatamente o que vocês estavam fazendo, todos vocês, e não permitirei isso. É com a vida de um homem que você está brincando. A *vida* dele. Descobrirei quem ergueu o rastrilho e, quando o fizer, esse alguém pagará por isso. E caro.

Por um longo momento, Percival não respondeu. Ele simplesmente ficou parado ali, com as mãos cruzadas diante de si, lutando para esconder a tristeza em seus olhos. Então, com voz trêmula, ele disse:

— Minha senhora, você não pode punir alguém por manter a esperança.

Arabella fechou os olhos com força, como se lutasse contra uma dor repentina e profunda. Depois de um momento, ela os reabriu, levantou-se da mesa e pegou o livro.

— Ainda tem esperança, não é, Percival? — perguntou com frieza.

— Na maior parte dos dias, esperança é tudo que tenho — respondeu Percival.

— Que sorte você tem — declarou Arabella ao sair da sala. — Eu mesma perdi a esperança. Há um século.

CAPÍTULO DEZ

— A COZINHA? PERFEITO. VOU querer uma omelete, Valzinho — disse Beau. — Com pimentões e cebolas, por favor. Pode ser acompanhada de torradas, também?

— Cale a boca — ordenou Valmont, empurrando-o para a frente.

Uma nova onda de dor subiu pelo braço de Beau; Valmont ainda o mantinha torcido nas costas. Estavam atravessando a cozinha do castelo, um espaço maior que a maioria das mansões em que Beau havia trabalhado. Ele viu um chef de chapéu branco mexendo uma panela. Um adolescente descascava e picava legumes; um segundo saiu da despensa carregando um saco de farinha no ombro. Uma mulher, com as mangas da blusa arregaçadas e o cabelo preso num lenço, sovava massa numa mesa com tampo de mármore. Seus olhos seguiram Beau.

Valmont deu-lhe outro empurrão; desta vez Beau perdeu o equilíbrio e foi ao chão, desprendendo-se do controle de seu captor. Ele caiu desajeitadamente de quatro, a poucos metros de uma longa mesa de trabalho de madeira e dos grandes cestos de salgueiro cheios de cebolas, cenouras e batatas que estavam ao lado dela.

— Levante-se — ordenou Valmont.

Beau agarrou a borda de uma cesta e usou-a para se levantar. Seus movimentos eram lentos; estava cansado e com fome. E abalado. Seriamente. Por Arabella, que lhe dissera que não havia saída daquele lugar, e pela cortesã desequilibrada, que lhe atirara uma taça na cabeça. Mas ele sabia que não poderia ceder aos seus sentimentos; tinha que ficar atento.

— Sério, Valzinho, existe chance de eu comer alguma coisa? — perguntou quando estava de pé outra vez.

A expressão brava de Valmont suavizou-se. Apontou para um banquinho perto da mesa de trabalho.

— Sente-se ali — instruiu. Então, virou-se para a mulher que estava sovando a massa. — Camille, por favor, prepare o café da manhã para nosso convidado.

Enquanto Beau estava sentado, o menino que descascava legumes foi até Valmont e pediu-lhe ajuda com uma torneira da pia que estava emperrada. Valmont avisou Beau para não sair dali e seguiu o menino. Camille enxugou as mãos no avental, pegou uma caneca de uma prateleira, despejou nela café de um bule esmaltado e entregou-a em silêncio a Beau.

— Obrigado — disse ele, pegando a caneca. O café estava quente e revigorante, trazendo-lhe de volta um pouco de vigor.

Enquanto Beau bebia, Camille tirou um pãozinho de uma cesta e o abriu de maneira habilidosa. Ela passou manteiga nas metades, depois cortou fatias de um presunto grande e juntou um pedaço de queijo que sobrara do café da manhã dos criados. Enquanto ela trabalhava nisso, os olhos de Beau a examinaram, depois Valmont e o ajudante de cozinha, o chef em seu fogão, um garotinho girando um espeto, uma empregada engraxando um par de botas. Ele viu tudo e todos, exceto a única coisa que procurava. Não acreditava em Arabella. *Havia* um túnel debaixo do castelo, tinha de haver, e o caminho para lá era através da adega.

Então, onde está a porta?, ele se perguntou, esticando o pescoço. Parecia uma girafa, mas felizmente todos estavam ocupados demais com suas tarefas para notar. Quando estava prestes a desistir, o menino que havia passado antes com um saco de farinha no ombro passou de novo, desta vez com uma cesta em uma das mãos e uma lamparina na outra, e desapareceu por um corredor.

Beau pousou a caneca. Seu batimento cardíaco acelerou. *Ele está indo ao porão buscar alguma coisa*, raciocinou. Por que outro motivo ele estaria carregando uma cesta e uma lamparina?

— Tome. — A voz assustou Beau. Era Camille, que havia terminado de fazer o sanduíche e embrulhou-o em um pano de prato limpo. — Tome — repetiu, estendendo-o para ele.

Beau pegou o sanduíche e exibiu seu sorriso mais arrasador, que nunca falhara em abalar corações. Ele não havia chegado a lugar algum com Arabella, mas agora, bem ali na sua frente, tinha uma segunda chance. Ele lisonjearia a padeirazinha. Jogaria seu charme. Faria perguntas a ela.

— Obrigado, mademoiselle — começou.

— É madame, e nós dois sabemos disso — respondeu Camille, secamente.

O sorriso bajulador de Beau desapareceu, mas ele continuou.

— É gentil de sua parte ter pena de um pobre prisioneiro. Eu sou...

Camille o interrompeu de maneira brusca.

— Você acha que é o único?

Beau inclinou a cabeça. Não entendera a pergunta dela. Mas logo compreendeu. Se ele não podia sair dali, ninguém mais podia. A culpa mordiscou as bordas de sua consciência com seus afiados dentes de rato. Ele a afugentou. Se alguém deveria sentir culpa, era Arabella.

— Sim, a ponte... — ele começou a dizer.

— Sim, a ponte... — Camille o arremedou. — Aquela que você e sua matilha de lobos destruíram.

— Ei, na verdade nós não...

— Não fizeram o quê? Não pensaram? Não tiveram cuidado? Não deram a mínima? Não, de fato não fizeram. Vinte cavalos em uma ponte frágil... O que você esperava que acontecesse? — Camille balançou a cabeça, com desgosto. — Você não *dá* nada, não é, ladrão? Apenas pega.

A zombaria de Camille o feriu. Assim como Arabella o fizera. Ele não deixou Arabella ver que ela havia lhe tirado sangue e também não deixou aquela padeira tagarela perceber.

— Oh, ai. *Tão* dura — zombou ele.

Os olhos de Camille se estreitaram. Ela estava prestes a perder as estribeiras quando Valmont reapareceu.

— Vamos — grunhiu, e, pela primeira vez Beau ficou feliz em vê-lo.

Camille baixou a cabeça e voltou a sovar, socando a massa com tanta força que a mesa de trabalho tremia. Beau levantou-se, segurando o sanduíche com uma das mãos. Esperava que Valmont o manietasse novamente, mas, desta vez, o homem pareceu dar-lhe o benefício da dúvida. Eles caminharam em silêncio, separados por cerca de trinta centímetros: saíram pela porta dos fundos da cozinha, atravessaram um pátio murado contendo uma horta, agora encharcada e latente, e entraram nos estábulos.

— As baias precisam ser limpas. Pegue... — Valmont disse, entregando-lhe um forcado. — Mantenha-se ocupado. Não faça eu me arrepender de não o ter trancado.

Assim que ele saiu, Beau jogou o forcado no chão.

— Remova seu próprio estrume, Valzinho — ele murmurou. Depois, sentou-se num cocho de madeira, desembrulhou o sanduíche do pano de prato e atacou-o. Como qualquer pessoa que já passou fome, ele sabia que devia devorar a comida com agilidade, antes que alguém maior e mais forte a roubasse dele. Quando terminou, limpou a boca no pano e recostou-se na parede. — A qualquer momento.

Um ou dois minutos se passaram. Depois cinco. Dez. Beau cantou enquanto esperava, deixando seu olhar vagar. Cavalos curiosos espiavam para fora das baias, piscando perplexos para o barulhento recém-chegado. Havia uma sala de arreios no final do corredor, e ele podia divisar uma fileira de selas pela porta aberta.

Sem dúvida, havia muitas ferramentas úteis ali: sovelas, furadores, limas, tesouras. Ele se serviria.

Passos — de mais de um indivíduo, vindos do pátio externo — tiraram Beau de seus pensamentos.

— Você demorou bastante — ele disse baixinho. Depois tirou o casaco, pendurou-o num gancho e pegou o forcado.

— Cadê? — Valmont trovejou ao passar pela porta.

Beau enfiou os dentes do forcado sob uma pilha de excrementos de cavalo e jogou-os num carrinho de mão, fazendo parecer que estivera trabalhando o tempo todo. Ele fingiu uma expressão confusa quando Valmont se aproximou dele. Dois jovens, que Beau reconheceu da cozinha, estavam atrás dele.

— Eu sei que você está com ela. Entregue-a. *Agora.*

Beau apoiou-se no cabo do forcado.

— Você está sendo muito misterioso, Valzinho. Entregar *o quê*?

— Henri, segure-o. Florian, reviste-o — ordenou Valmont.

Henri, baixo e atarracado, agarrou os braços de Beau e puxou-os para trás. O alto e magro Florian apalpou as laterais de Beau, passando as mãos por seu torso, enfiando-as nos bolsos, verificando a faixa da cintura.

— Calma aí — protestou Beau, enquanto Florian passava as mãos por seus calções. — Nem vai me levar para jantar primeiro?

— Não há nada nele — disse Florian quando terminou.

— Tire-lhe as botas — exigiu Valmont.

Florian obedeceu, virando cada bota e sacudindo-a. Como nada caiu, ele enfiou a mão dentro delas e tateou.

— Importa-se de me dizer o que estamos procurando? — Beau perguntou.

— Você sabe muito bem o que estamos procurando — Valmont rosnou. Seus olhos pousaram no casaco de Beau. Ele o arrancou do gancho e vasculhou seus bolsos.

— Na verdade, eu não sei.

Henri deu uma sacudida forte em Beau.

— A chave mestra. Percival colocou-a sobre a mesa do salão principal e agora ela desapareceu.

Beau virou-se e empurrou Henri com força.

— Cuidado — ele avisou, não mais brincando. — Eu não estou com a sua chave. Talvez Lady Delicadeza a tenha atirado em mim. Talvez uma das criadas tenha varrido a taça quebrada. Vá vasculhar o lixo. — Ele pegou uma bota e a calçou.

— Não acredito em você — declarou Valmont.

— Não dou a mínima se você acredita ou não — respondeu Beau, calçando a outra bota.

Valmont, carrancudo, silenciosamente se virou e saiu. Henri e Florian o seguiram. Um garanhão, perturbado pelas vozes furiosas, escoiceou a parede dos fundos de sua baia. Beau foi até o animal e acariciou seu pescoço para acalmá-lo.

— Você conhece a primeira regra do roubo, garoto? Não? Vou lhe dizer: nunca seja pego com a mercadoria. — Ele se inclinou e sussurrou no ouvido do garanhão. — Tirei a chave da mesa no grande salão quando coloquei as argolas do guardanapo na mesa. Depois a joguei na cesta de cebolas da cozinha. — O cavalo relinchou, inclinando a cabeça. — "Para quê?", você pergunta. — Beau coçou atrás das orelhas do animal. Seu olhar se desviou para a porta do estábulo; seus olhos adquiriram uma expressão sombria. — Para que eu possa dar o fora daqui. Esta noite.

CAPÍTULO ONZE

O CASTELO ABRIA OS OLHOS à noite. Ganhava vida na escuridão. Arabella ouvia. Ouvia os uivos, as risadas, os sussurros e os lamentos. Percival sempre lhe dizia que era apenas o vento soprando nos beirais ou madeiras velhas rangendo. Enquanto caminhava pelos corredores escuros, ela passava a mão pelas antigas paredes de pedra. Seus dedos ficavam molhados.

— É só um vazamento, senhora — dizia Percival, mas Arabella sabia que não.

As paredes haviam testemunhado o que acontecera naquele lugar. Suportaram tanta dor, tanto pesar, que elas próprias estavam chorando. Fantasmas vagavam por ali, criaturas feitas de lembranças e arrependimentos. Vagavam pelos corredores e pelas salas, deixando um rastro de tristeza como uma cortesã deixando um rastro de perfume.

E o tempo todo o relógio dourado marcava o tempo, contando minutos e horas, dias e anos. Arabella nunca conseguia escapar do som. Não importava onde fosse, ouvia o tique-taque, como o monstruoso coração do castelo.

Uma janela da galeria capturou seu reflexo enquanto passava por ela — a gola do roupão de veludo azul emoldurando seu rosto, os cabelos dourados caindo-lhe pelas costas, os chinelos passando como sussurros pelo chão. Nos confins do castelo, lugares aonde ninguém mais ia, cadeiras cobertas com lençóis assomavam como espectros malévolos, com os braços estendidos. Armaduras pareciam sentinelas sombrias em cantos cheios de teias de aranha. Retratos de austeros ancestrais olhavam implacavelmente de suas molduras.

Movendo-se com rapidez por um corredor sombrio após o outro, Arabella experimentava a maçaneta de cada porta, certificando-se de que estavam bem trancadas. De vez em quando, pressionava a palma da mão na porta ou encostava a testa nela, ouvidos atentos, o corpo tenso.

Lady Poderesse as havia prendido. *Para sua própria proteção, senhora*, ela dizia. Nunca lhe dissera onde, caso, em um momento de fraqueza, Arabella ficasse tentada a deixá-las sair. Haviam permanecido quietas durante o aprisionamento, mas agora estavam inquietas; Arabella podia sentir isso. Queriam sair, vagar de novo, fazer-lhe mal. Ela não poderia descansar até saber que nenhuma porta havia sido deixada destrancada. Foi enquanto se deslocava às pressas da ala leste do castelo para a oeste que ela ouviu um canto. O som foi tão inesperado, tão completamente desajustado, tão lindo, que ela parou de repente. Ninguém cantava. Ali não.

Não mais.

Ah, canção do sol nascente!

E canção do orvalho!

Ah, canção das águas...

Era uma voz de homem, tão encorpada e doce como um fio de caramelo quente. Puxando mais para o espanhol que para o francês. Arabella reconheceu a letra; era de "As montanhas de Canigou", uma canção antiga, bela e triste, que o povo dos Pireneus cantava.

O som ficou mais alto. Arabella percebeu que vinha de fora e correu até uma janela. Olhando para baixo, viu um homem de ombros largos atravessando o pátio em direção à cozinha, com uma lamparina na mão.

— Valmont? — ela sussurrou, chocada com a ideia de seu severo mordomo cantando.

Mas não, era outro homem, mais jovem, esguio, que seguia Valmont num ritmo lento, com as mãos nos bolsos e os ombros curvados por causa do frio.

— O ladrão — sussurrou Arabella. Valmont o acompanhava de volta dos estábulos.

A lua derramava seus raios sobre ele, pintando mechas prateadas em seu cabelo preto, destacando os ângulos de seu rosto, reunindo-se em seus olhos escuros e impenetráveis.

— Ele é um homem extraordinariamente bonito — disse uma voz atrás dela.

Arabella sobressaltou-se e afastou-se da janela, nervosa. Uma mulher estava nas sombras, a poucos metros de distância.

— Você me assustou, Lady Poderesse.

— O mais lindo de todos, eu diria — acrescentou Poderesse, aproximando-se. Seus lábios finos se curvaram em um sorriso pesaroso. — Mas, ao contrário dos outros, ele está preso aqui, minha querida. Por *sua* causa.

Arabella se encolheu. As palavras de Poderesse feriram seu coração.

— Mas não fui eu — ela protestou. — Você *sabe* disso. Proibi qualquer um de levantar o rastrilho.

— Importa mesmo quem fez isso? — perguntou Poderesse. — Tudo o que importa é por quê. E imagine se ele descobrisse.

Arabella leu a ameaça em suas palavras e se irritou.

— Você não deve contar a ele. Eu a proíbo.

Poderesse pressionou a mão no peito.

— *Eu*? Nunca, Vossa Senhoria.

Arabella voltou para a janela, com os olhos buscando outro vislumbre do ladrão, mas ele havia desaparecido.

Poderesse estendeu a mão, com os dedos curvos como galhos nus no inverno, e acariciou os cabelos de Arabella.

— O jantar é em uma hora. Venha, devemos vesti-la.

— Ainda não. Ainda não terminei aqui.

— Estarei esperando — disse Poderesse e, então, saiu.

Arabella permaneceu junto à janela por mais um momento, depois continuou pelo corredor escuro, passando de porta em porta, certificando-se de que cada uma estivesse trancada. A estranha onda de alegria que percorreu seu coração momentos atrás havia se dissipado. Sentia-se pesada agora. Carregada. Como um cadáver no fundo de um lago, fitando com olhos cegos um céu escuro e distante.

CAPÍTULO DOZE

O MENINO QUE GIRAVA O enorme espeto de carne atravessou a cozinha com uma tigela nas mãos, a testa franzida e passos cautelosos. Ele era pequeno e franzino, com apenas nove ou dez anos de idade.

Também era o garoto mais imundo que Beau já tinha visto.

Um boné que antes fora branco, mas agora era cinza com fuligem, cobria sua cabeça. Suas bochechas estavam manchadas de especiarias; suas roupas, sujas de massa, manteiga, molho e gordura. Parecia que ele não tomava banho há um ano. Talvez dois.

Ao observá-lo, Beau pensou em seu irmão, que era apenas dois ou três anos mais velho. Mesmo quando estavam sozinhos, ele e Matti, dormindo em celeiros e estábulos, roubando ovos dos galinheiros e maçãs dos pomares para se manterem vivos, Beau tentava manter o menino limpo. Sempre encontrava um riacho para banhá-lo ou um cocho para cavalos onde ele pudesse pelo menos mergulhar a cabeça.

Ele se certificou de que Matti estivesse limpo no dia em que o levou às freiras. O garoto era magro e esfarrapado — ambos eram —, mas estava bem limpo. Matti não sabia por que eles estavam no convento, não a princípio. Quando Beau se ajoelhou para contar, ele jogou os braços em volta do pescoço do irmão e chorou. Quando ele tentou explicar que precisava de comida, fogo, uma cama quente e seca — coisas que Beau não poderia lhe dar —, Matti disse que preferia morrer de fome a ficar sem o irmão.

Não me deixe aqui, Beau, por favor, por favor, não. Eu quero ir com você...

Não chore, Matti. Por favor, não chore. Eu voltarei para buscá-lo. Assim que eu puder. Eu prometo. Juro...

As freiras pegaram o menino, então, soltando seus braços do pescoço de Beau, que foi embora. Foi como arrancar o próprio coração.

Sua promessa a Matti ecoava em sua cabeça agora.

— *Saia daqui*, garoto — ele disse baixinho. Tentava mirar a cesta de cebolas do outro lado da cozinha, e o garoto sujo do espeto estava bloqueando sua visão.

Beau estava sentado à mesa de trabalho da padeira. De novo. Depois de buscá-lo nos estábulos, Valmont colocou uma mão carnuda em suas costas e empurrou-o para um banco.

— Sente-se aqui e fique — o servo lhe disse, como se ele fosse um vira-lata sarnento.

Mas Beau não queria sentar. Ou ficar. Precisava chegar até a cesta de cebolas e pescar a chave que havia escondido dentro dela. A vontade de atravessar as montanhas até seu irmão era tão intensa que doía. Ele se sentia como uma raposa presa em uma cruel armadilha de ferro, tão desesperada para escapar que mastigaria a própria perna para soltá-la.

Invadira dezenas de lojas e mansões, e escapulira sem ser detectado. Conseguia abrir fechaduras diabolicamente intrincadas. Retirara furtivamente relógios dos bolsos de seus donos. Tudo o que precisava fazer agora era tirar uma chave de uma cesta — tarefa simples, mas que parecia impossível. Havia tantas pessoas na cozinha cortando, salteando, servindo travessas, temperando e decorando que ele não conseguia mover um músculo sem que dez delas o vissem.

— Vamos, garoto. Saia da frente — ele sibilou.

Mas, em vez de sair da linha de visão de Beau, o menino caminhou até ele e largou a tigela que carregava. Beau recuou ligeiramente, esperando que uma criança tão imunda como aquela cheirasse como um monte de esterco, mas não. Na verdade, ele cheirava bem. Como frango regado com manteiga. Castanhas assadas. Gordura de bacon.

— Para você. Ajudei o chef a fazer isso — disse o menino, com um orgulho tímido inflando seu peito magro. Tirou uma colher do bolso do avental, colocou-a ao lado da tigela e depois partiu, voltando para o reino ardente dos fornos quentes e dos espetos crepitantes.

Beau olhou para a tigela; continha ensopado de carne. Ele não queria aquilo — seus nervos haviam matado seu apetite —, mas pegou a colher mesmo assim.

Não comer depois de trabalhar o dia todo pareceria estranho; isso poderia deixar Valmont desconfiado, e Beau não podia se arriscar a isso. Pegou uma colherada de ensopado, soprou e enfiou na boca, pronto para engoli-lo com rapidez. Em vez disso, seus olhos se arregalaram e seu estômago ronronou longamente enquanto a carne derretia como manteiga em sua língua. Os tenros pedaços de cenoura e batata, as pequeninas cebolas peroladas caindo no molho escuro de vinho — tinham gosto de algo mais do que eles mesmos. Tinham gosto de paciência. Do tempo gasto. De cuidado.

Ele deu outra colherada e, ao fazê-lo, foi dominado por uma lembrança tão forte que lhe tirou o fôlego. Viu uma mulher. Ela tinha um rosto sorridente e olhos gentis. Estava cantando para ele, seu tom de voz quente e baixo. Podia sentir o cheiro dela — baunilha, manteiga, amêndoas — enquanto ela segurava seu rosto entre as mãos e beijava o topo de sua cabeça. Perdê-la quase o matou. Mas isso também o ensinou. Ele aprendeu como murar seu coração, tijolo por tijolo, para que nunca mais pudesse ser partido. Ninguém era permitido dentro do muro agora, ninguém além de Matti.

— Você quer um pouco de pão? — As palavras trouxeram Beau de volta de seu passado. Ele olhou para cima e viu Camille deslizando um prato em sua direção. Nele, fatias grossas cortadas de um pão grande. Beau agradeceu, rasgou uma fatia ao meio e passou a borda macia e áspera pelo molho. — Rémy pode trazer mais ensopado para você — disse Camille, acenando com a cabeça na direção do menino.

— Rémy é o nome dele? — Beau perguntou. — Ele nunca toma banho? Camille abriu um sorriso.

— Ele não gosta de água.

Ela retomou sua tarefa — colocar flores de glacê em um par de bolos — e Beau deixou seu olhar pousar nela. Era pequena, corpulenta e bonita, cercada pelas ferramentas de seu ofício: uma balança, sacos de confeitar, tigelas de glacê, colheres de pau, espátulas, quebra-nozes e pegadores. Ele experimentara a aspereza de sua língua no início do dia, mas seus olhos castanhos eram calorosos e havia uma tristeza em suas profundezas.

Pessoas tristes são boas pessoas, pensou ele. *Mantenha-a falando. Faça com que ela se abra. Talvez lhe diga algo útil.*

— São lindos — disse ele, apontando para os bolos.

Mas, antes que ela pudesse agradecer pelo elogio, uma voz grave atrás dele gritou uma ordem.

— Termine, ladrão. E cuide de seus pratos. Assim que eu servir a sobremesa, levarei-o de volta para o seu quarto.

Era Valmont. Ele caminhou até o outro lado da mesa, pegou uma torta de chocolate no suporte de porcelana com uma das mãos e um bolo de castanhas com a outra, e carregou-os para fora da cozinha.

Beau praguejou em silêncio. Ele tinha meros minutos para pegar a chave, mas ainda não dava para fazê-lo. Engoliu o restante da refeição, depois levou a louça suja para a pia, demorando-se ali por alguns segundos para perguntar aos auxiliares da cozinha se precisavam de ajuda, mas eles balançaram a cabeça, indicando que não. Com frustração crescente, Beau olhou ao redor. Camille estava na despensa. O chef coava o conteúdo de uma panela. Rémy limpava os espetos. Os outros estavam todos ocupados terminando o serviço. Ninguém olhava para ele. Seus olhos se voltaram para a porta que dava para o grande salão. Valmont ainda não havia voltado, mas poderia voltar a qualquer momento. Era agora ou nunca.

Beau começou a caminhar, seu andar lento e indiferente, enquanto lutava contra a vontade de correr. Pouco a pouco, diminuiu a distância entre ele e a cesta, suas esperanças aumentando a cada passo. Seis metros… quatro e meio… três… ele estava quase lá.

E, então, as portas da cozinha se abriram e Valmont apareceu. Seus olhos perfuraram Beau.

— Aonde você pensa que está indo?

Beau parou.

— Quero uma cebola — replicou com ar inocente.

As sobrancelhas espessas de Valmont se arquearam.

— Você quer uma *cebola*?

— Fico com fome durante a noite.

— Que tal uma maçã?

— Eu gosto de cebolas — alegou Beau. A carranca de Valmont permaneceu, mas sua expressão desconfiada suavizou ligeiramente. Beau sentiu a empolgação crescer dentro de si. A chave era dele. — Só uma pequena — ele se apressou em dizer. — Eu posso pegar…

Mas Valmont o interrompeu.

— Rémy! — ele gritou. — Jogue-me uma cebola!

O menino correu até a cesta, pegou uma cebola grande e a arremessou. Valmont agarrou-a e entregou-a a Beau.

Beau forçou um sorriso ao pegá-la.

— Olhe só, uma grandona. Obrigado.

— Vamos — disse Valmont, dando-lhe um empurrão.

O coração de Beau desanimou quando partiram; seus planos ruíram como um castelo de areia nas ondas. A chave, aquela da qual ele agora estava se afastando, era sua única esperança.

Depois que Valmont o revistou naquela manhã e retornou ao castelo, Beau decidiu dar uma olhada no lugar. Caminhou dos estábulos até a muralha e seguiu até encontrar um lance de degraus de pedra entalhados na lateral. Eles levaram até uma passarela estreita que corria ao longo do topo do muro. Ele subiu os degraus e correu por toda a extensão do muro. Demorou mais de duas horas. Enquanto estava lá em cima, descobriu que Arabella não havia mentido para ele sobre uma ponte.

Fora da muralha, o fosso cercava o castelo numa circunferência longa e ininterrupta, e não havia nada — nem rastrilho, nem passarela — atravessando-o. Dentro da muralha, os terrenos do castelo pareciam intermináveis. Mantinham jardins e pastagens, celeiros para gado, campos, um lago e uma floresta.

Ele parou num ponto, absorvendo a vastidão ilógica e impossível, e pareceu-lhe que o domínio de Arabella era o seu próprio universo, contido e autossuficiente, sem necessidade do mundo exterior. O pensamento o gelou até a medula.

Arabella não mentiu para você sobre uma segunda ponte e talvez também não estivesse mentindo sobre um túnel, dissera uma voz dentro de si. Ele a sufocou. Precisava que houvesse um túnel.

O caminho para o quarto de Beau era longo e sinuoso, e a lamparina que Valmont carregava pouco fez para dissipar a escuridão que tomava os corredores e as escadas. Eles caminharam em silêncio, Beau seguindo seu captor até que, enfim, depois de cerca de quinze minutos, chegaram ao pequeno quarto da torre. Quando Valmont destrancou a porta e o conduziu para dentro, Beau viu que a cama estava feita. Um fogo quente ardia na lareira. Havia uma jarra de água fresca sobre a mesa e um copo limpo. Uma vela queimava num castiçal de lata.

O quarto era mais limpo, mais quente e mais confortável que qualquer outro nos cortiços úmidos onde morara com os ladrões, mas Beau desprezava a visão dele. Aquilo o fazia sentir-se como um animal trancado em uma gaiola.

— Se você acha que sou tão perigoso, por que não me tranca do lado de fora? — ele perguntou com raiva enquanto Valmont lhe desejava boa-noite. — Por que não me faz dormir nos estábulos? Se sou um risco tão grande para a segurança de todos, por que me manter aqui?

Valmont não se dignou a responder, mas, quando a porta se fechou, ele murmurou alguma coisa. Foi difícil ouvi-lo por causa do barulho da chave na fechadura, mas Beau conseguiu entender algumas palavras.

— Não é para nossa segurança, ladrão. É para a sua.

CAPÍTULO TREZE

JOSEPHINE, A LAVADEIRA, ESTAVA SENTADA na cadeira de balanço, aquecendo os velhos ossos junto ao fogo.

— Depois de todos esses anos, alguém de fato consegue levantar o rastrilho, e é *isso* que aparece? — ela disse com desgosto. — Ele é uma perda de tempo. O pior de todos. Não há chance com ele. Nenhuma.

Uma das servas, cerzindo uma meia na mesa dos criados, levantou a cabeça.

— Ele é sorrateiro e astuto — acrescentou Josephine. — Um mentiroso, um trapaceiro *e* um ladrão. Três em um.

A serva começou a chorar. Ela largou o cerzido e saiu correndo da sala.

Lucile, a esposa do jardineiro, uma mulher ativa e de olhos brilhantes, baixou o tricô.

— Francamente, Josephine. Precisava fazer isso? — ela repreendeu.

— Fazer o quê?

— Acabar com as esperanças de Claudette. A pobre garota está apaixonada.

— Apaixonada? — Josephine repetiu, surpresa. — Por quem?

Lucile se inclinou para a frente na cadeira. Seus olhos brilharam à luz do fogo.

— Florian! — ela sussurrou.

— *Florian*? — Josephine disse com uma bufada. — Ele é um idiota. Ela não consegue encontrar alguém melhor?

— E onde, exatamente, ela faria isso? No mercado? Em um baile da aldeia?

Josephine teve a boa vontade de parecer envergonhada.

— Bem, se fosse ela, eu não depositaria minhas esperanças no ladrão.

Uma nuvem caiu sobre as duas mulheres e o restante dos criados, que estavam sentados na cozinha, como faziam todas as noites. Os mais velhos relaxavam em cadeiras almofadadas perto do fogo, bebendo conhaque, e os mais novos sentavam-se ao redor de uma longa mesa de pinho, costurando ou jogando cartas e compartilhando um bule de chocolate quente.

Percival foi o primeiro a quebrar o silêncio.

— Quem fez isso? Isso é o que eu quero saber. Quem teve… quem teve…

— Bolas? — Josephine sugeriu.

— A *ousadia* — continuou Percival — de destrancar a casa de guarda, girar a manivela e levantar a grade de ferro? E como eles conseguiram minha chave?

Josephine ergueu uma sobrancelha.

— Como sabemos que não foi você?

Os demais criados riram.

— Não o nosso Percival — disse Phillipe, ainda vestindo seu uniforme branco de chef.

Ele deu um tapinha carinhoso no mordomo-assistente.

— Ele é mais fiel à senhora que um cão de guarda.

— Talvez tenha sido *você*, Josephine, que é forte como um touro — disse o jardineiro, Gustave, um homem corpulento, vestindo um suéter de lã e fumando cachimbo. Ele cutucou Percival com o cotovelo. — Você sabe que ela poderia ter feito isso. Ora, basta olhar para as mãos dela… cada uma do tamanho de um pernil!

— Você é um tolo paspalhão, Gustave — retrucou Josephine. — Eu estava doente, acamada por um resfriado naquela noite. Dormi durante todo o tempo.

Gustave deu uma longa e pensativa tragada em seu cachimbo.

— Valmont? — sugeriu, exalando uma nuvem de fumaça.

Percival balançou a cabeça.

— Ele estava comigo, jogando cartas. — Apontou para o chef e para o chefe dos cavalariços. — Phillipe, você pode atestar isso. Você estava lá. — Enquanto o chef assentia, Percival voltou-se para o jardineiro. Seus olhos se estreitaram.

— Talvez *você* tenha feito isso, Gustave.

— Não seja ridículo. Já estou dormindo às nove — disse Gustave, com um gesto de desdém. — Claudette, talvez? Ela com certeza tem um motivo: está apaixonada.

— Claudette? Operar uma *manivela*? — Phillipe zombou. — Ela mal consegue usar um batedor de claras.

— Acho que foram os ajudantes da cozinha — comentou Percival. — Eles estão sempre tramando algo ruim. Perguntei a eles, mas negaram, é claro.

Enquanto Phillipe servia mais conhaque, Gustave abriu caminho entre os suspeitos restantes: Martin, o fazendeiro, e sua filha, Mirabelle. O caçador, Jacques. Josette, a outra serva. Os lacaios. As meninas da copa.

Gustave acabara de propor que Louise, a costureira, de costas curvadas e tão magra que parecia que uma brisa de verão poderia carregá-la, fosse a responsável, quando ouviram um barulho. Vinha da porta dos fundos. Parecia um arranhão, seguido por um baque forte.

Percival deu um pulo.

— Ainda não é meia-noite! — ele disse.

— São apenas dez horas! — murmurou Lucile, alarmada.

— Não pode ser... — A voz de Gustave sumiu.

— Então, o que é? — Percival sussurrou.

Ursos vagavam pela floresta do castelo. Leões da montanha. Lobos também. Um deles havia matado uma ovelha na semana anterior.

— Afaste-se! — Gustave gritou, levantando-se da cadeira. Ele puxou uma tesoura de poda do bolso da calça e apontou-a corajosamente em direção à porta.

Henri pegou um cutelo e Phillipe uma faca de trinchar. Quando todos se aproximaram, houve outro baque alto, então, a porta girou nas dobradiças. Lucile pulou. Josephine engasgou. Mas nenhum lobo espumando, nenhum urso pesado apareceu. Em vez disso, Camille emergiu da noite fria, sacudindo folhas da bainha de sua capa, a alça de uma cesta de salgueiro pendurada em um braço.

— Camille! Você nos deu um susto! — Gustave gritou com raiva, brandindo sua tesoura de poda para ela.

Camille olhou para ele, surpresa, e largou a cesta.

— Sinto muito — disse ela. — A porta estava emperrada.

— Que diabos você estava fazendo *fora* do castelo a esta hora?

— Colhendo mata-aranha — respondeu Camille, pendurando a capa em um gancho. — Há um arbusto ainda vivo sob o velho carvalho.

— Mata-aranha? O que você quer com isso? — Gustave quis saber. — É venenoso!

— Valmont me mandou buscar. Ele diz que não é venenoso se for amassado com bastão de prata e transformado em chá — rebateu Camille. — Disse que acalma o coração.

A carranca de Gustave se transformou em uma expressão de preocupação.

— Como está a senhora?

Os olhos de Camille encontraram os dele.

— Agitada.

— E Valmont acha que pode acalmá-la com uma xícara de chá? — Gustave perguntou, balançando a cabeça.

— É melhor eu tratar disso logo — disse Camille, pegando sua cesta e indo em direção à despensa. — A meia-noite não está longe.

— A meia-noite nunca está longe — disse Lucile, com os olhos na porta.

— Onde está Valmont? — perguntou Percival, com a voz inquieta.

— Fazendo uma ronda pelo castelo com Florian, verificando se tudo está trancado durante a noite — respondeu Gustave.

— Camille... — Percival chamou.

A padeira parou. Olhou por cima do ombro. Suas sobrancelhas se ergueram.

— Dê o seu melhor. Esta é a nossa última chance.

Com um rápido aceno de cabeça, Camille se foi.

Gustave observou-a sair e, depois, voltou-se para os outros. Com uma voz baixa e conspiratória, ele disse:

— Talvez tenha sido *ela*!

— Nossa pequena padeira? — Phillipe disse com uma risada. — Ela faz doces, Gustave. Bolos e tortas delicados. Ora, tenho que tirar as panelas pesadas da prateleira para ela. Erguer uma grade de ferro é um trabalho de homem, e de um homem forte. Camille não conseguiria fazer isso nem se quisesse.

Gustave colocou a mão no ombro de Phillipe. Seus olhos azuis, lacrimejantes e desbotados, estavam cheios de dor.

— *Se*, meu velho amigo? — ele disse. — Não há nenhum *se* nesta questão. Claro que ela queria. Todos nós queremos. Quem entre nós deseja morrer?

CAPÍTULO CATORZE

Seu idiota com dedos de salsicha! Quantas vezes eu já lhe falei? Uma fechadura é como uma mulher. Para cortejá-la, você deve pedir, não exigir. Ouça, não fale. Dê, não tome...

A voz de Antonio ressoou dentro da cabeça de Beau enquanto ele se ajoelhava no chão de seu quarto, enfiando um garfo prateado para picles — com uma de seus dentes dobrado para trás — na fechadura da porta do quarto.

Antonio foi quem mostrou a Beau como fazer chaves tensoras impossivelmente finas, furadores e ganchos delgados, e como usá-los. Ele o ensinou a ver dentro de uma fechadura com as mãos em vez de com os olhos, a ouvir enquanto os pinos e os tambores revelavam seus segredos. *Faça essas coisas, garoto, faça-as bem, e não haverá uma fechadura no mundo que você não possa abrir.*

— Estou fazendo bem, Tonio — resmungou Beau entre os dentes cerrados —, mas nem você conseguiria abrir uma fechadura com um mísero garfo de picles!

O fogo estava baixo e o quarto estava frio, mas o suor escorria pelo rosto de Beau. Enxugou-o com a manga e girou o cabo do garfo mais uma vez, mas o metal era fraco demais. O dente ficou preso e não se mexia. Praguejando em fúria, ele puxou até soltá-lo e depois atirou o garfo do outro lado da sala.

— Nunca vou sair daqui — gemeu, caindo de costas.

Beau passara horas trabalhando na fechadura. Já devia passar da meia-noite agora. Esperava já estar em seu caminho há muito tempo, mas ali estava ele, ainda preso em seu quarto.

O vento uivava lá fora como um espírito vingativo, seus longos dedos arranhando e espetando as velhas pedras da torre, tentando encontrar uma maneira de entrar. Beau conhecia aquele vento; ele o odiava. Era o mesmo vento que soprava em torno do convento nos arredores de Barcelona. Ele vasculhava suas lembranças agora como se estivesse limpando a sujeira de um túmulo, expondo coisas há muito enterradas.

Fechou os olhos diante das imagens, que vieram mesmo assim. Vislumbrou Matti, magro e pálido, curvado e tossindo. O som da tosse, áspero e estridente, ecoando em sua cabeça, fez Beau se levantar. Se ao menos ele não tivesse perdido a carta da Irmã Maria-Theresa... Então saberia com certeza que seu irmão havia se recuperado.

Sacudiu as mãos para aliviar a tensão. Limpou a mente. E lembrou-se dos ensinamentos de Antonio.

Pense na fechadura como o coração de uma amante — resguardado, cauteloso, cheio de segredos. Ela deseja abri-lo para você, e o fará, se você permitir...

Beau percebeu seu erro. Em sua ânsia de escapar, fora impaciente e desajeitado, cavando a fechadura com suas ferramentas improvisadas, como um dentista de dedos grossos tentando arrancar um dente podre.

O castiçal com sua vela estava no chão ao lado dele. Beau o levantou e examinou a fechadura.

— Você é de ferro e velha — ele disse. — Também está enferrujada, o que significa que foi negligenciada. Se Antonio estiver certo, se as fechaduras forem como corações, então o seu é pesado.

Com a testa franzida, Beau colocou a vela de lado e remexeu nos objetos que havia roubado dos estábulos e da cozinha mais cedo naquele dia, todos dispostos em um guardanapo no chão. Um quebrador de castanha parecia promissor. Ele inseriu a extremidade pontiaguda no buraco da fechadura e girou-a. O instrumento de pronto se partiu ao meio. Gemendo, ele puxou o pedaço quebrado e remexeu outra vez a pilha de objetos, selecionando um fino prego de ferro e um dente de ancinho.

Paciência, rapaz, paciência...

Lenta e metodicamente, Beau escarafunchou a fechadura, cutucando, persuadindo, ouvindo, até que enfim um pino se encaixou no lugar, e então a respiração de Beau suspendeu-se enquanto os outros seguiam, com uma sinfonia metálica de arranhões, estalos e cliques. Poucos sons eram tão belos para ele quanto o ruído grave e satisfatório de um ferrolho deslizando para trás.

Movendo-se com rapidez, ele amarrou o guardanapo em torno de suas ferramentas e enfiou o fino pacote na cintura. Então, abriu a porta — não muito, apenas o suficiente. Seus olhos de ladrão observaram Valmont entrar e sair, e notaram o local preciso onde as dobradiças rangeram. Ele se espremeu pela abertura, levando a vela consigo e deixando o castiçal para trás.

— É isso aí! — sussurrou, enquanto saía de seu quarto. Ainda havia tempo para encontrar o túnel. Com alguma sorte, já teria partido há muito tempo quando Valmont viesse acordá-lo.

Segurando a vela bem alto, Beau atravessou o patamar e começou a descer as escadas. Depois de dar cinco ou seis passos, olhou para trás, em direção à porta, mas a escuridão era tão densa e a luz da vela tão fraca que ele não conseguia mais enxergá-la. Era como se a noite o sentisse e avançasse em sua direção como um mar escuro, ansiosa por puxá-lo para baixo. Ele ficou surpreso ao sentir um arrepio percorrendo-o.

— Controle-se, seu criançã — disse a si mesmo.

Beau continuou descendo a escada íngreme tão silenciosamente quanto uma sombra, cauteloso para não produzir o mínimo som. Os degraus terminavam num amplo patamar no terceiro andar da ala leste. Três longos corredores serpenteavam ao longo dela. Beau não conseguia distingui-los na escuridão, mas memorizara suas localizações. Ele não tinha ideia sobre qual era o destino dos corredores da direita e da esquerda, mas o que estava à sua frente o levaria à escadaria principal do castelo, que descia até o hall de entrada. De lá, ele seguiria pelo grande salão até a cozinha e depois para o porão.

Começou a andar, deslocando-se em silêncio pelo chão de madeira. E foi então que ouviu o som, baixo e de gelar o sangue. Tentou convencer a si mesmo de que era apenas o vento. Ou a chuva. Pedras assentando. Madeiras rangendo.

Mas não era.

Havia sido o som de um rosnado.

CAPÍTULO QUINZE

NÃO SE MOVA. NÃO VACILE. Não respire, o coração acelerado de Beau o avisou. O lobo nunca corre antes do coelho.

Então, ele prestou atenção. Como um rato escuta quando o gato está perto. Com seus ouvidos, sua carne, seus nervos, com cada fibra de seu ser, e seu corpo lhe informou que a fera estava agachada exatamente na entrada do corredor para onde ele pretendia ir.

Lentamente, tão lentamente que nem parecia que estava se movendo, Beau levou a vela aos lábios e apagou a chama. Ele não conseguia ver a fera; agora, ela também não conseguia vê-lo.

O rosnado ficou mais alto, mais gutural. Beau ouviu um passo, depois outro. A criatura estava se movendo em direção a ele. Os músculos de suas pernas estalaram e saltaram, dizendo-lhe para correr. Corra rápido. Corra *agora*. Mas ele se manteve firme. Sabia que tinha apenas uma pequena chance de escapar.

Dez passos de volta para a escada, disse a si mesmo. *Quarenta e dois passos até o patamar...*

Raphael o ensinara a procurar saídas. Sempre. Em todos os lugares. Ele aprendeu a medir distâncias de cabeça, a memorizar curvas, esquinas e portas. *Cinco passos através do patamar até a porta do quarto...* Ele respirou fundo, lenta e silenciosamente, enchendo os pulmões de ar, e, ao fazê-lo, inclinou o braço para trás. Então, arremessou a vela com toda força que pôde, mirando no corredor à sua esquerda, rezando para que ela conseguisse ultrapassar o arco.

Ele a ouviu aterrissar e rolar pelo chão. Ouviu a fera sair de seu esconderijo e ir atrás dela. E então não ouviu mais nada além de seus próprios passos enquanto voava de volta escada acima.

Beau havia deixado a porta do quarto entreaberta e o fogo, ainda vivo na lareira, lançava um raio de luz no patamar. Ele entrou em seu quarto, bateu a porta e caiu de joelhos. Freneticamente, puxou o pacote de ferramentas da cintura e o abriu.

Enquanto enfiava o dente do ancinho e o prego na fechadura, ouviu passos na escada de pedra. Ouviu um grunhido se transformar em um rosnado. O pânico o atingiu como uma tempestade, fazendo suas mãos tremerem e suas ferramentas caírem.

— *Vamos... vamos lá* — falou baixinho, erguendo-as de novo.

Vá com calma, garoto... Sem pressa...

Antonio estava de volta à sua cabeça, firmando suas mãos.

Suave e lento, como um primeiro beijo...

O rosnado aumentava. A fera estava no patamar. O coração de Beau saía pela boca.

Num último movimento desesperado, ele enfiou o dente de volta na fechadura e passou-o pelos pinos, cutucando os tambores, e um por um eles cederam. Em vez do ruído grave que foi produzido quando ele destrancou a porta, desta vez houve apenas um estalido suave quando o ferrolho disparou.

Uma fração de segundo depois, a fera esmurrou a porta. O impacto fez Beau cair para trás. Enquanto estava sentado no chão frio, com as mãos para trás o sustentando e o peito arfando, ele ouviu o rugido de fúria da fera, que se lançou contra a porta de novo. E, então, Beau ouviu seu rosnado diminuindo, como se a criatura recuasse escada abaixo. Ele prendeu a respiração. Um longo minuto se passou e tudo ficou em silêncio.

Beau soltou um longo e entrecortado suspiro, e se deixou cair deitado no chão, pressionando a palma das mãos sobre os olhos.

— Você é um mentiroso, Valmont — ele sussurrou.

A fera não era fantasia. Não fora uma invenção de sua imaginação encharcada de vinho.

A fera estava ali. Era real.

E queria matá-lo.

CAPÍTULO DEZESSEIS

LADY JENIVA LANÇOU UM OLHAR preocupado para suas colegas cortesãs ao redor da mesa do café da manhã. Elas não pareciam bem.

Lady Cangânia, que se apossara da cesta de muffins e comera todos eles, parecia enjoada. Lady Fidesconança, pálida como uma larva, encolhida num canto, recusava-se a comer qualquer coisa. *A comida estava envenenada*, afirmou ela.

Lady Horgenva cutucou uma casquinha de ferida no queixo. Lady Édsdem fez uma careta para ela e disse que aquilo era nojento. Lady Dome mexia colher após colher de açúcar em seu chá com mãos trêmulas. Lady Morrose, perto de uma janela, fitava ao longe silenciosamente. Lady Poderesse estava sentada olhando para a frente, seus dedos tamborilando no braço da cadeira.

Estavam todas nervosas. Por causa do ladrão.

Um movimento na mesa tirou Jeniva de seus pensamentos.

Era Lady Pluca. Levantou-se da cadeira e caminhou em direção a Arabella.

— Dê só uma olhada naquela bajuladora. Esgueirando-se em torno da senhora como uma hiena — Jeniva sibilou para Édsdem. — Como eu a odeio.

Pluca passou um braço por sobre as costas da cadeira de Arabella. A manga dela estava amassada; seu punho, sujo.

— Uma *segunda* porção de bacon, Vossa Senhoria? Tem certeza de que é uma boa ideia? — ela perguntou, sua voz um gorgolejo untuoso.

Jeniva continuou a observá-la, fervendo como uma panela de mingau.

— Bem, suponho que a costureira sempre pode afrouxar algumas costuras — acrescentou Pluca. — Melhor não ter comido tanto para começar, mas controle nunca foi seu ponto forte, não é?

As mãos de Arabella, apoiadas em cima da mesa, cerraram-se em punhos.

— Ah, que diabo. Perdido por cem, perdido por mil, é o que eu sempre digo. — Pluca pegou o prato vazio. — Por que não pegamos mais? Eu mesma vou buscá-lo.

— Não, *eu* vou! — Jeniva gritou, incapaz de suportar nem mais um minuto a bajulação de Pluca. Ela pulou da cadeira e arrancou-lhe a travessa das mãos.

Pluca abriu a boca de espanto.

— Isso foi uma coisa *perversa* de se fazer, Lady Jeniva. Embora não seja surpreendente, já que você é uma pessoa má.

Mas Jeniva não a ouvia. Já estava a caminho da cozinha. *Por que a senhora tolera Pluca?*, perguntou-se. Ela, Jeniva, era mil vezes mais interessante. Era mais inteligente. Mais engraçada. Mais estilosa. Muito mais bonita.

Ao entrar na cozinha, Jeniva esperava que os criados estivessem em seus lugares habituais, realizando seu trabalho com ar tristonho. Ela quase deixou cair a travessa quando os viu reunidos em torno de uma mesa de trabalho — todos, exceto Valmont —, rindo e gritando. Curiosa, aproximou-se e viu o que os deixava tão alegres. Era o ladrão. Ele tinha algo nas mãos.

— Tem certeza, Josette? — ela o ouviu dizer. — O grão de café está embaixo *desta* casca de noz? Essa é definitivamente a sua escolha?

Ele lançou um sorriso à jovem criada — um sorriso de deixar os joelhos moles, fazer o coração palpitar e as bochechas corarem.

— Sim! Sim! — Ela deu um gritinho, saltitando na ponta dos pés. — Tenho certeza!

Jeniva viu Florian lançar um olhar comprido para Josette. O segredo de polichinelo do castelo era que ele estava apaixonado por ela. E que Claudette estava apaixonada por ele. E que Henri estava apaixonado por Claudette.

— Josette está certa! É essa! — Camille gritou com animação. Ela estava perto do ladrão, com uma tigela aninhada na dobra de um braço.

Percival, colocando folhas de Darjeeling em um bule de chá, concordou:

— Não há dúvida.

— Tem certeza, Perci?

— Tenho — ele respondeu, encarando Beau com um olhar severo. — E *não* me chame de *Perci*.

O chef — Phillipe — opinou:

— Claro que é essa. Eu vi com meus próprios olhos!

Até o garotinho imundo se intrometeu. Jeniva torceu o nariz ao vê-lo. Ele estava sujo e desgrenhado, como sempre. Fedia a manteiga, alecrim e outras coisas que lhe provocaram ânsia de vômito. Com cuidado para não encostar nele, ela contornou o grupo e espiou por cima do ombro de Florian.

Beau tinha três cascas de nozes na mesa à sua frente, enfileiradas.

— Tudo bem, então, se você tiver muita, muita, *muita* certeza...

— Sim! Sim! Vá em frente, vire! — Josette o incentivou.

Beau soltou um suspiro profundo e dramático.

— Acho que desta vez você me pegou.

Então, ele levantou a casca. Não havia nada embaixo dela.

— Ah! *Eu* o peguei! — ele cantarolou, caindo na gargalhada.

Os criados explodiram numa cacofonia de indignação bem-humorada.

— De jeito nenhum — protestou Florian, balançando a cabeça. — Você nos enganou. Não está debaixo de nenhuma das cascas.

Beau sorriu e levantou a casca à sua direita. O grão de café estava lá.

Levantou-se um alarido — a alegre frustração daqueles que foram voluntariamente enganados.

Gritos de *Outra vez! Faça outra vez* ressoaram.

Isso não é bom, pensou Jeniva.

— A patroa quer mais bacon — ela anunciou em voz alta, estendendo a travessa.

Todos os criados ficaram em posição de sentido, envergonhados por terem sido surpreendidos brincando. Phillipe ordenou que Henri atendesse ao pedido. Quando o menino pegou a travessa das mãos dela, Jeniva se afastou e acabou se aproximando de Florian. Chegou tão perto, na verdade, que o braço dela tocou o dele. Ao fazer isso, a expressão alegre do rapaz se tornou sombria.

— Ah, o jogo das cascas de noz — comentou ela de modo jovial. — Continuem. Gosto de um bom truque de mágica.

Os criados relaxaram um pouco. Os sorrisos voltaram aos seus rostos.

— Mostre-nos como você faz isso, Beau! — Josette implorou. — Ah, mostre, *por favor?*

— Isso não é uma boa ideia — disse Florian, com uma expressão de desaprovação, torcendo o queixo. — Se Valmont nos pegar brincando...

— Não seja tão desmancha-prazeres! — Josette o repreendeu. — Valmont não está aqui, está?

Florian estremeceu, dando um passo para trás.

— Vamos, Beau, mostre-nos! — Claudette tentou persuadi-lo.

Beau balançou a cabeça e disse que não poderia revelar seus segredos, mas as criadas continuaram implorando e ele cedeu. Virou a mão esquerda e revelou como usou o dedo anelar para prender o grão de café na palma da mão para, depois, colocá-lo sob a casca que quisesse. Ele a convidou a tentar.

Jeniva observou Josette rindo, corando e olhando para Beau enquanto tentava dominar o truque de maneira desajeitada. Atrapalhou-se várias vezes até que Beau pegou-lhe a mão, colocou o grão de café em sua palma e enrolou o dedo da moça contra ele.

Um pequeno e secreto sorriso apareceu nos lábios de Jeniva. Ela se inclinou na direção de Florian e colocou a mão em seu antebraço.

— Minha nossa, como ele é esperto, não é? — sussurrou.

Florian assentiu bruscamente.

— Sim, minha senhora. Muito esperto.

Havia algo novo em sua voz, algo serpentino e esconso.

Jeniva percebeu; seu sorriso se intensificou.

— Ele também é divertido, e Deus sabe que precisávamos de um pouco *disso* por aqui. Bonito também — acrescentou ela, com um ronronar na voz. — Esse cabelo... é como... — Entrelaçou os dedos no colar de pérolas que usava. — Como uma cachoeira de meia-noite. Florian enrijeceu; Jeniva sentiu isso. — E o corpo também não é nada mau — continuou, deu uma risada rouca e depois olhou de soslaio para Florian. — Oh. Desculpe. Isso foi bastante inapropriado, não foi? Vamos falar sobre o rosto dele. Aquelas maçãs do rosto esculpidas, aquele queixo e aqueles olhos! Como conhaque brilhando em uma taça de cristal. E, palavra de honra, aqueles lábios...

— *Josette!* — O nome foi disparado da boca de Florian.

A jovem criada se virou para ele, com uma expressão interrogativa no rosto.

— Pelo amor de Deus, Florian, o que foi?

— Nós... nós devemos ir. Há trabalho a fazer.

— Eu não vou a lugar nenhum — disse Josette, balançando a cabeça. E, em poucos segundos, lá estava ela rindo com Beau novamente.

Furioso, Florian foi embora. O sorriso de Jeniva era tão largo agora que ela parecia um crocodilo. Ela se virou, procurando por Henri.

— Cadê o bacon, garoto? — falou devagar.

Henri tinha acabado de empilhar as fatias na travessa; levou-a até Jeniva, para sua aprovação.

— Devo levá-lo para a senhora, Lady?

Jeniva inclinou a cabeça e olhou para ele.

— Sim. Venha, vamos levá-lo juntos. — Enquanto se dirigiram para o salão de baile, ela colocou a mão nas costas do garoto e, em seguida, disse em voz baixa: — Parece bastante injusto que Phillipe tenha feito você cuidar do bacon enquanto Florian ficou lá, assistindo à brincadeira. Mas, também, ele é o favorito do chef, não é? Deve ser difícil para você, Henri, ser mais jovem que Florian, não tão bonito, nem de longe tão inteligente, bastante carente no departamento de personalidade e também... hum, como devo dizer? Desmazelado. Não que haja algo errado com isso... — Para deleite de Jeniva, a cabeça de Henri foi baixando, centímetro por centímetro, até que seu olhar pousou no chão. — Você deve estar ressentido com Florian. Talvez até o odeie? No seu lugar, por certo me sentiria assim — continuou, sua voz adoçada com falsa compreensão.

— Não, eu... eu não, eu... — A voz de Henri falhou. Ele levantou a cabeça. Sua expressão, sempre tão obsequiosa e franca, endureceu. Algo feio surgiu em seus olhos, como sangue aflorando de um curativo. — Sim, estou. *De verdade.*

Jeniva sorriu; deu um tapinha nas costas dele, satisfeita por saber que não havia perdido o toque, mas seu sorriso desapareceu enquanto caminhavam juntos pelo corredor. Se o ladrão tinha a capacidade de fazer as criadas corarem, a padeira rir e provocar um sorriso até mesmo naquele melindroso do Percival, o que ele conseguiria fazer com a senhora?

Uma nova onda de risadas vinda da cozinha chegou aos seus ouvidos. *Não mesmo*, ela pensou ao entrar de novo no grande salão. Poderesse, o restante da corte... elas não trabalharam tanto e há tanto tempo só para esse intruso chegar e destruir tudo.

Elas cometeram um erro. Todas, até mesmo Poderesse — a mais forte em seu meio. Subestimaram o ladrão, mas ele era diferente de todos os outros que acabaram encontrando o castelo e poderia ser mais problemático do que elas previram. Afinal, ainda não sabiam do que ele era capaz.

Mas, também, Jeniva disse para si mesma, *ele não sabe do que* nós *somos capazes.*

O pensamento trouxe um sorriso de volta aos seus lábios.

— Tenha cuidado, jovem Beauregard Armando Fernandez de Navarre — ela sussurrou, enquanto seus olhos encontraram Poderesse. — Você não imagina com quem está lidando.

CAPÍTULO DEZESSETE

— Eu gostaria de mais um pouco de café — pediu Beau a Camille, deslizando a xícara vazia sobre a mesa.

— Vossa Senhoria deseja mais alguma coisa? — Camille perguntou, levantando os olhos da massa que estava mexendo.

Beau sorriu para ela.

— Outro brioche? Com geleia de morango?

— Você não tem trabalho para fazer?

— O jogo das cascas de noz é trabalho. Levei anos praticando para ficar bom nisso.

Camille apontou para a travessa de doces na ponta da mesa de trabalho.

— Sirva-se. O bule está no fogão.

Beau assim fez, satisfeito. O pedido tinha sido um pequeno teste — para ver se ele teria permissão para sair da área de trabalho de Camille e circular pela cozinha — e ele passara.

Ele espalhava geleia em seu brioche agora como um pedreiro espalhando argamassa.

— Isso é tão bom. O que você coloca nele? — Beau perguntou.

Camille corou de prazer com o elogio.

— Água de rosas — respondeu. — Só uma gota.

A mulher estava sendo afetuosa com ele. Todos estavam. Porque Beau os deliciara com o jogo das cascas de noz. Encantara. Fizera-os rir. As pessoas farão qualquer coisa por você se você as fizer rir.

Ele estava contando com isso ao fazer seu próximo pedido.

— Posso comer uma cebola também?

Camille lançou-lhe um olhar interrogativo.

— Uma *cebola*?

Beau riu.

— Quem não gosta de cebola?

— Cortada e salteada na manteiga, sim. Inteira e crua? No café da manhã?

Camille balançou a cabeça, mas apontou para a cesta.

É isso aí!, Beau gritou por dentro. Terminou seu brioche e atravessou a cozinha, acenando com a cabeça alegremente para Phillipe ao passar por ele. E depois para Henrique. E Claudette. Estava quase tendo cãibras nas bochechas mantendo aquele sorriso falso. Fizera aquelas pessoas gostarem dele, mas ele não gostava delas. Eram mentirosas, todas.

Havia uma fera, uma criatura brutal e assassina. Valmont sabia disso; todos sabiam. Deveriam ter-lhe contado, mas ninguém falou nada sobre isso. Valmont, na verdade, negou sua existência bem na cara de Beau. Quando Valmont o buscou em seu quarto naquela manhã, Beau teve vontade de soltar os cachorros para cima dele, de dizer-lhe quão perto estivera de ser despedaçado na noite anterior, mas não podia fazer isso, não sem revelar que escapulira de seu quarto. Se Valmont descobrisse, confiscaria as ferramentas de arrombamento de Beau e encontraria para ele acomodações mais seguras, como uma cela de masmorra.

Depois de voltar para seu quarto na noite anterior (por um triz), Beau havia ficado acordado em sua cama, percebendo que agora estava mil vezes mais difícil de escapar. Entendeu que seria necessária toda sua habilidade e astúcia simplesmente para escapulir do quarto até a porta do porão. Perder tempo arrombando fechaduras com ferramentas ruins poderia matá-lo. Ele precisava da chave mestra.

Beau já havia chegado às cestas. Olhou ao redor com agilidade, para ter certeza de que ninguém o observava. Camille estava no forno tirando pães. Phillipe e Rémy enfiavam aves de caça em espetos. As criadas estavam na despensa. Valmont fora chamado e deixara a cozinha, mas poderia voltar a qualquer momento.

Beau inclinou-se sobre a cesta de cebolas e enfiou as mãos dentro dela, procurando a chave.

Mas não estava lá.

Ele cavou mais fundo, afastando freneticamente os bulbos. Seus dedos vasculharam as cascas soltas, procurando metal duro, mas não encontraram nada.

Um gélido pavor tomou conta dele. E se não tivesse enterrado a chave o suficiente e alguém a tivesse visto? Ele inclinou a cesta em sua direção e já estava começando a suar quando viu: um lampejo de latão reluzente.

— Que diabos você está fazendo? — uma voz brusca gritou atrás dele.

— *Droga* — Beau sussurrou, com desânimo. Não podia permitir ser frustrado novamente. Tinha que pegar aquela chave. Agarrando uma cebola, ele se virou e se endireitou. — Estou tomando meu café da manhã — disse ele, dando a Valmont um sorriso inocente.

O homem estava parado a poucos metros de distância, segurando uma pesada chave inglesa de ferro.

Florian e Henri o flanqueavam.

— *Não diga*. Você realmente vai comer isso? — Valmont disse ceticamente, colocando uma mão no quadril. — Eu não o vi comer a última.

— Eu comi. Foi meu lanche da meia-noite — Beau mentiu. Ele a escondera numa calha do lado de fora de sua janela. *Ele não acredita em mim. Acha que estou tramando alguma coisa. O que é verdade*, pensou Beau, tentando manter a calma. Tinha que convencer Valmont do contrário. Precisava encontrar uma maneira de permanecer ali. — O que mais eu faria com isso? — perguntou.

— Vá em frente, então — disse Valmont, apontando para a cebola.

— Vá em frente com o quê? — Mas Beau sabia a resposta.

— Coma.

O estômago de Beau deu um nó, mas ele deu de ombros com indiferença.

— Você é quem manda.

Ele se recostou na mesa, cruzou um tornozelo sobre o outro e começou a remover a casca fina como papel da cebola, esperando que Valmont fosse milagrosamente chamado de novo e ele não precisasse de fato comer aquela maldita coisa, mas o homem não arredou pé. Ele simplesmente ficou ali parado, segurando sua chave inglesa como se fosse um porrete. Florian e Henri, ainda parados um de cada lado de Valmont, estavam com os olhos arregalados.

Beau terminou de descascar a cebola. Olhou para ela, virando-o para um lado e para outro na mão, depois a mordeu como se estivesse abocanhando uma maçã recém-colhida.

Aquilo quase o matou.

A polpa ardida irritou sua língua; o cheiro fez seus olhos lacrimejarem.

Ele deu outra mordida e mais outra, mastigando os bocados crus e engolindo-os, forçando seu estômago a não os vomitar de volta.

— Mmm, *delícia* — declarou ao terminar, limpando a boca com as costas da mão. — Agradável e suculenta.

— Macacos me mordam — disse Valmont.

— Nunca vi isso antes — admirou-se Henri.

— Vocês, rapazes, não comem cebola? Deveriam — aconselhou Beau. — Cebola deixa você bonito.

Josette passou naquele exato momento. Ela ouviu as palavras de Beau.

— Então você deve ter comido muita cebola — comentou ela, lançando-lhe um sorriso sedutor.

Florian olhou para Beau com inveja. Henri olhou para a cesta de cebolas com esperança.

— Você se importa se eu pegar outra? — Beau perguntou casualmente. — Lidar com a grande quantidade de esterco por aqui me dá fome.

Valmont ignorou a alfinetada. Balançou a cabeça como se não pudesse acreditar no que acabara de ver.

— Pegue quantas quiser — autorizou. — Mas a remoção do esterco pode esperar. Cuide primeiro da lenha. Esses dois geralmente fazem isso — indicou os ajudantes de cozinha —, mas eu preciso deles esta manhã. Comece pelo grande salão, depois vá para os aposentos femininos e, por último, para a cozinha. A madeira está estocada num anexo ao lado dos estábulos. — E foi embora.

Florian e Henri o seguiram.

A empolgação subiu pelas veias de Beau. Ele conseguira outra chance de vasculhar a cesta. Inclinou-se novamente, mergulhou as mãos nas cebolas e as desceu até o fundo, onde vislumbrou o brilho do latão. Seus dedos rapidamente encontraram a chave e a enfiaram na manga. Ao se endireitar, colocou a mão no joelho direito e deixou a chave escorregar da manga para dentro da bota.

— Ah! Aqui está uma bela — exclamou, levantando uma cebola para admirar, caso alguém ainda estivesse olhando para ele. Colocou-a no bolso do casaco, surrupiou um pau de canela de um monte na mesa de trabalho do chef e saiu em busca da lenha.

Ao atravessar o pátio vazio, passando pelos jardins tristes e mortos, quebrou um pedaço do pau de canela com os dentes e mastigou-o, desesperado para tirar o gosto de cebola da boca. Uma súbita rajada de vento soprou sobre ele, fazendo-o baixar a cabeça. Era final de novembro e o tempo estava mudando.

Esse é o lobo do inverno uivando. Seu pelo é feito de neve; suas presas são feitas de gelo; seus olhos são o cinzento de um céu tempestuoso. Corra quando ouvi-lo, garoto. Tranque a porta e feche as janelas. Ele está trazendo todo o seu bando consigo.

Raphael lhe disse isso quando o encontrou pela primeira vez. Estirado num beco, o sangue manchando a neve. Então, removeu a faca do peito de Beau, ergueu-o e levou-o para casa.

O vento diminuiu. Não passava de um murmúrio agora. Os céus estavam escurecendo. A temperatura, caindo. A neve não tardaria; Beau podia sentir isso. Alguns centímetros e ele ainda conseguiria atravessar as montanhas; alguns metros e ele ficaria preso no castelo por meses.

Beau abotoou o casaco em volta do pescoço e seguiu em frente. A horrível sensação de desamparo que o possuíra na noite anterior havia desaparecido; uma determinação sombria tomou seu lugar.

Ele tinha a chave. Tudo o que precisava fazer agora era esperar até o anoitecer. Pretendia estar nas montanhas no dia seguinte, a esta hora.

A fera tentara matá-lo duas vezes.

Uma ova que lhe daria uma terceira chance.

CAPÍTULO DEZOITO

— Bom dia, Vossa Senhoria.

Arabella, com os cotovelos apoiados na mesa e o queixo na mão, não ergueu os olhos. Estava focada no tabuleiro de jogo à sua frente. Seus olhos o examinavam como aves de rapina.

E os olhos de Beau a examinavam, demorando-se nas joias que ela usava: o pente de cabelo, as pérolas nas orelhas, o colar de ouro, as pulseiras e os anéis. O anel de sua antiga patroa compraria sua passagem para Barcelona.

Ele não tinha pensado além disso e então se vira prisioneiro no castelo de Arabella, mas, ao passar pelo grande salão, percebeu que precisaria de mais dinheiro quando realmente chegasse à cidade. E apenas uma das bugigangas de Arabella renderia o suficiente para manter Beau e Matti alimentados e alojados durante anos. Ele se aproximou dela, flexionando os dedos de ladrão.

Beau tentou novamente.

— Hum... bom dia, Excelentíssima Majestade? — Uma irritação turvou as feições de Arabella, dizendo-lhe que a senhora tinha ouvido sua saudação, mas, ainda assim, não retribuiu. — Bom dia, Excelência Altamente Real? Vossa Mais Graciosa Senhoria? Vossa...

— Empilhe a lenha e vá embora, garoto.

A voz era de Lady Édsdem. Beau lançou um sorriso para ela e, em troca, recebeu um olhar duro o suficiente para cortar vidro. O rapaz seguiu seu caminho apressado, os músculos de seus braços protestando sob o peso da lenha que carregava.

As outras damas da corte estavam com Arabella no grande salão, tal como estiveram no dia anterior.

— E estão tão estranhas quanto ontem — disse Beau para si mesmo.

Elas não gostavam dele, isso estava claro. Ele olhou para Lady Dome, que se encolheu, embora Beau não estivesse nem perto dela. Lady Viara, zangada e atrapalhada com a linha de bordar emaranhada, lançou-lhe um olhar acusador, como se os seus problemas fossem todos culpa dele.

Lady Poderesse, sentada diante de uma roca, observava-o sem expressão, os olhos fundos acompanhando cada passo. Beau os encarou, mas rapidamente desviou a vista. Havia algo no olhar dela que o enervava, algo oculto e perigoso.

Beau chegou à lareira do grande salão e inclinou-se para depositar a lenha. Ao fazer isso, as toras se desequilibraram na cinta de couro e caíram no chão de pedra, fazendo tanto barulho quanto um deslizamento de terra. As senhoras, assustadas, gritaram para ele como estorninhos.

— Idiota!

— Trapalhão!

— Parvo!

— Imbecil!

Arabella, de alguma forma ainda concentrada no jogo, não disse nada. Beau se perguntou como ela suportava ter aquelas mulheres ao seu redor. Era evidente que elas apreciavam os xingamentos, as provocações e as humilhações infligidas, mas estranhamente seu mau comportamento parecia ser quase protetor em relação a Arabella, como se desconfiassem de qualquer outra pessoa que se aproximasse dela.

Beau empilhou a lenha apressadamente e jogou alguns pedaços no fogo. Ele já estava farto. Esperava enrolar Arabella e aliviá-la de um anel ou uma pulseira, mas preferia carregar lenha e limpar esterco o dia todo a passar mais um minuto na presença de sua corte. Pegou a cinta de couro e se virou, com a intenção de voltar para a cozinha, mas, ao passar por ela novamente, ele a viu fazer menção de segurar uma peça de xadrez, franzir a testa e recolher a mão. Arabella não vislumbrou no movimento uma oportunidade para si, mas Beau viu a dele.

— Boa decisão. Se você realmente tivesse movido sua rainha para F6, seu oponente provavelmente teria usado a Defesa Bovordunkiana e a prendido na Armadilha Trockenbunger-Tinklepot — disse ele.

— Você pode, *por favor*, ficar quieto? — Arabella perguntou, com os olhos ainda no tabuleiro. — Xadrez é um trabalho árduo. É preciso concentração, disciplina e silêncio.

— Pffft — bufou Beau. — E daí?

Arabella olhou para ele, com o foco quebrado.

— *E daí?* — ela repetiu, com gelo em sua voz. — Você acabou de arruinar meu jogo e isto é tudo que tem a dizer... *E daí?*

Os olhos dela encontraram os dele e os sustentaram. Eram do mesmo tom cinza-prateado de um amanhecer de janeiro e o fizeram parar de chofre. Eles o fizeram prender o fôlego. Fizeram o maldito mundo inteiro desabar.

O que há com você? Nunca viu um rosto bonito antes? Deixe disso, disse uma voz dentro dele.

Beau prestou atenção, jogando em direção ao seu objetivo. Largou a cinta de couro, puxou uma cadeira de jantar, girou-a e sentou-se à mesa de frente para a Arabella.

— Não me lembro de tê-lo convidado para se sentar — disse ela.

Beau ignorou isso. Se quisesse roubar algo dela, teria que se aproximar.

— Xadrez é uma completa perda de tempo — começou ele, apoiando os antebraços nas costas da cadeira. — Digamos que você entre em uma partida épica. Joga oito horas seguidas. Não come nem bebe. Com o passar das horas, sobrevém a exaustão. Você está uma ruína. Atingiu o limite da sua resistência. E, então, depois dessa luta enorme e gigante, você vence. — Ele apontou para ela. — O que você conseguiu?

— Uma vitória — respondeu Arabella. — Agora, por gentileza...

Mas Beau a interrompeu.

— Não. Nada. Você não conseguiu *nada*. Ganhou um jogo. Um *jogo*. Como damas. Ou dominó. Quem se importa? Em todo esse tempo que você desperdiçou, poderia ter furtado cem bolsos. Batido dezenas de carteiras. Afanado uma dúzia de relógios. Poderia ter se tornado um homem rico. Ou mulher — ele acrescentou.

— Já sou uma mulher rica.

— Sim, você é — admitiu Beau. Ele se inclinou sobre a mesa, serviu-se de um pedaço de bacon de uma travessa e mastigou-o. — Acho que essa é a diferença entre ricos e pobres. Os pobres trabalham. Os ricos jogam e chamam isso de trabalho.

Arabella cruzou os braços sobre o peito.

— Que declaração pomposa, hipócrita e totalmente estúpida — disse ela. — Está realmente me dizendo que o que você faz é trabalho? Um ladrão é o pior aproveitador que existe.

Beau piscou para ela, perplexo. A resposta de Arabella não foi o que ele esperava, e isso o tirou do rumo por um momento. Não estava acostumado a isso, uma mulher percebendo seu jogo com clareza, e não sabia o que fazer. Abriu a boca, esperando que algo inteligente lhe ocorresse para dizer, esperando que pudesse recuperar sua autoconfiança.

Mas Arabella não lhe deu oportunidade.

— Mostre-me — ela disse.

— Não, Vossa Senhoria! Ele vai matá-la! — gritou Lady Dome.

— Você perdeu o juízo? — gritou Lady Horgenva.

— Mostre-me — repetiu Arabella, sem lhes prestar atenção.

Beau inclinou a cabeça, confuso.

— Mostrar o que para você?

— Mostre-me o que você chama de trabalho. Como roubar bolsos, arrombar fechaduras... esse tipo de coisa. — Arabella descruzou os braços e se inclinou para a frente. — Você disse que os ricos jogam e os pobres trabalham. Então, vamos lá, seu bazofiador molesto e falastrão, mostre-me.

Beau soltou um assobio baixo.

— *Bazofiador molesto e falastrão*... — ele ecoou. — Estou meio insultado, meio impressionado. Eu usaria "seu bostinha nojento", "seu filho da..."

— Tenho certeza de que sim — interrompeu Arabella. — Palavras de baixo calão e blasfêmia são o refúgio dos preguiçosos.

— Que diabos isso significa?

Arabella não deu atenção à piada.

— O uso de palavrões é enfadonho e sem imaginação — explicou ela. — Demore-se um momento. Reflita. Então diga o que você realmente quer dizer. Se eu continuasse a descrevê-lo, poderia chamá-lo de *turrão desbocado* ou *esbulhador de meia-pataca atabalhoado* e também acertaria o alvo.

Beau assentiu pensativamente.

— Entendo o que está dizendo. Se eu fosse descrevê-la, *atoleimada jactanciosa* ou *nariz empinado, empolada e presumida* resolveriam o problema.

— *Empolada?* — Arabella repetiu com descrença e desdém. — *Nariz empinado* nem é um adjetivo de verdade...

Ela parou de falar abruptamente, olhando para a porta.

Sua compostura gelada cedeu, só por um instante, e Beau vislumbrou um lampejo de calor por baixo dela. Seu desconcerto era bom; ele poderia usá-lo. Os seus sentidos de ladrão se aguçaram. Um enorme golpe de sorte acabara de cair em seu colo.

— Você realmente quer aprender a furtar carteiras? — ele perguntou, antes que ela pudesse chamar Valmont para levá-lo embora.

A pergunta pairou no ar, e o coração de Beau desanimou. Ele tinha certeza de que a havia perdido, mas então Arabella desviou o olhar da porta — com relutância, como se lutasse contra seu bom senso — e o devolveu a ele.

— Sim — respondeu Arabella.

As senhoras cochichavam entre si, escandalizadas. *Isso é ultrajante! Vergonhoso! Torpe!*

— Considere a sua posição, Vossa Senhoria — alertou Lady Poderesse. — Ele não passa de um criminoso comum.

Não passa de um criminoso comum...

Por um instante, não era Poderesse quem estava falando, mas a diretora do asilo, com a mão levantada, pronta para esbofeteá-lo até deixá-lo sem sentido. Ele sufocou a lembrança. Não era hora de se distrair.

Os olhos de Arabella voltaram-se para o tabuleiro de xadrez. Ele contornou a mesa até onde ela estava sentada e estendeu a mão. Ela a olhou, mas não a segurou.

— Acredite ou não, mas eu realmente não tenho o dia todo — disse ele.

Depois de um longo momento, Arabella — com as mãos resolutamente ao lado do corpo — levantou-se da cadeira. Beau sentiu o cheiro dela. Cheirava como uma garota rica: vetiver, couro, linho, livros.

— Já vi o suficiente — disparou Lady Horgenva.

Ela saiu da sala. As outras a seguiram, lançando olhares sinistros para trás, estalando a língua e balançando a cabeça. Apenas Lady Poderesse permaneceu sentada ao lado da roca, imóvel como uma aranha.

Beau pôs-se a trabalhar. *Não seja ganancioso*, advertiu a si mesmo. *Ladrões gananciosos são pegos. Tudo que você precisa é de uma joia. Apenas uma.*

— Hum, na verdade... aqui não — disse ele a Arabella, franzindo a testa em fingida concentração. — Eu preciso de espaço. — Beau tomou o braço de Arabella e a conduziu em direção à lareira, mas, quando lá chegaram, ele deu a volta e se postou do outro lado. — Não. Isso também não está bom. Que tal ali? — Apontou para a área entre a extremidade da mesa e a porta. Ele tomou o outro braço dela, guiando-a além da lareira, esquivando-se de uma cadeira. — Eu... oh! *Ai!*

Beau tropeçou; seu braço livre se debateu. Arabella se virou para ampará-lo e colocou a mão firme em seu peito, tentando mantê-lo em pé. Ele sentiu o calor através da camisa.

— O que aconteceu? — ela perguntou, sua testa franzida de preocupação.

— Desculpe — ele pediu, fazendo uma careta de dor. — Dei uma topada com o dedão do pé. — Inclinou-se para ela, forçando-a a suportar seu peso. As mãos dele estavam em seu braço em um segundo, em seu ombro no seguinte, depois em sua cintura. Podia sentir o peito dela arfar enquanto se esforçava para apoiá-lo. — Acho que o quebrei. Dói como um filho da... não... espere... espere um minuto... — Ele franziu o rosto e fingiu pensar. — Dói como se Satanás tivesse aquecido seu tridente favorito nas chamas sulfurosas do Hades e o enfiado direto em meus músculos mortificados, em meus tendões rompidos, em minha ferida séptica e supurativa, em meu...

— Acho que você já deixou claro — interrompeu Arabella. Ela cambaleou um pouco, esforçando-se para sustentar o peso dele, depois empurrou o corpo para a frente novamente. Beau esperou alguns segundos; quando sentiu os braços dela tremerem, ele se endireitou.

Arabella soltou um suspiro longo e exausto.

— Tem certeza de que está bem? — perguntou, endireitando-se.

Beau assentiu.

— Por aqui — ele continuou, seu braço entrelaçado ao dela. Quando finalmente chegaram ao centro da sala, ele a soltou.

— E agora? — ela indagou, olhando para ele com expectativa.

Beau inclinou a cabeça.

— E agora o quê?

— Você vai me mostrar como rouba as pessoas ou não?

— Estenda as mãos.

Arabella hesitou.

— Por quê? Para que você possa pegar meus anéis? Você vai devolvê-los?

— Que anéis? — Beau perguntou, um sorriso se espalhando por seu rosto.

Arabella olhou para suas mãos e abriu a boca, pasma. Elas estavam nuas.

— *O quê?* Para onde eles foram?... *Não* pode ser... como você...

Ela ergueu os olhos para Beau. O gelo dentro deles derretera. Brilhavam agora com uma mistura vertiginosa de admiração e alegria. Ela parecia uma criança que acabara de ver o truque de mágica mais surpreendente.

— Ha. *Ha!* — ela exclamou, balançando a cabeça. — Isso é impossível. É surpreendente. É incrível. *Você é incrível.* Ha.

Beau sentiu uma onda de orgulho. Ninguém nunca o chamara de incrível. Longe disso. Era uma sensação estranha, desconhecida e nova, e ele não tinha certeza se combinava com ele. Assim como as coisas lindas que via nas vitrines sofisticadas, aquilo parecia destinado a outra pessoa.

— Onde eles estão?

Beau pegou as mãos dela e as juntou em forma de tigela. Então, enfiou a mão no bolso do casaco. Saiu dali um anel. Ele o ergueu diante dos olhos atônitos de Arabella e depois o colocou nas mãos dela. Mais três anéis se materializaram. O colar. Seus brincos de pérola. Era preciso fazer um show ao devolver os pertences, arrastar a coisa. Dessa forma, seria como se ele tivesse devolvido tudo.

Arabella olhou para a crescente pilha de joias, estupefata. Então, ela olhou para Beau.

— Como você fez isso?

— Distraindo-a, desviando sua atenção. Levando-a para um lado, depois para outro, esbarrando em você, fingindo tropeçar.

— Ensine-me — pediu ela, ansiosa, e largando as joias sobre a mesa.

— Não faça isso — advertiu Poderesse laconicamente. Mas nem Arabella, nem Beau a ouviram.

— Primeiro me diga por que quer aprender a roubar pessoas — determinou Beau. — Você certamente não precisa de dinheiro.

Ele ainda a estava enrolando. Distraindo-a. Mantendo sua atenção totalmente nele. Certificando-se de que ela não decidisse de repente colocar as joias de volta e percebesse que uma peça estava faltando.

— Gosto de aprender coisas novas.

— Que tal um idioma?

Ela descartou a ideia.

— Eu falo dezessete.

Beau lançou-lhe um olhar cético.

— Ninguém fala dezessete idiomas. Dois, se você vive numa fronteira. Quatro ou cinco se você trabalha para um rei. Mas, mais que isso? Só se você for algum tipo de gênio.

Arabella desviou o olhar.

— Sim. Bem... — Então, ela ergueu os olhos para ele novamente. — Ensine-me. Este é o seu trabalho agora. Ou *você* prefere empilhar lenha?

Beau considerou a oferta dela e levantou um dedo.

— Primeira lição... as coisas bem na sua frente são as mais difíceis de ver.

Arabella inclinou a cabeça.

— Eu não entendo.

Beau se aproximou de Arabella. Quando parou, seu rosto estava a poucos centímetros do dela. *Ainda bem que roubei aquele pau de canela*, pensou ele.

— Aqui estou eu, perto de você. Um pouco perto demais.

— Um pouco — confirmou Arabella, visivelmente desconfortável.

— Você vê meu rosto, mas o que não consegue ver? Meus dedos pairando em seu pulso. Por quê? Porque está distraída com minha extrema beleza. — Arabella bufou. — Você está tão encantada com meus olhos castanhos comoventes, derretendo como chocolate ao sol, tão quentes que você poderia se banhar neles...

— Se eu me banhasse em chocolate.

— E meu nariz forte e nobre... minha boca carnuda...

— Isso parece não ter fim.

— Onde estão minhas mãos todo esse tempo, Arabella?

— Eu... eu não sei.

— Porque você está distraída.

— Certamente *não estou.*

Beau deu um passo para trás e ergueu as mãos. Três pulseiras estavam enfiadas entre seus dedos.

— Espere… *o quê?* — exclamou Arabella, encantada e indignada.

— A outra coisa que você precisa aprender é tornar suas mãos hábeis e rápidas — pontuou Beau. Ele foi até a mesa, largou as pulseiras e pegou um anel. — Veja se consegue tirar isso do meu bolso sem que eu perceba. Não se preocupe em ser rápida ainda. Vá devagar. Use movimentos sutis e leves.

Arabella assentiu, agora animada. Ela esperou que Beau se preparasse e se virasse, então, lançou-se sobre ele. Seus movimentos eram tão desajeitados que ela parecia estar tentando enfiar um tijolo no bolso dele. No início, ela quase empurrou os calções dele para baixo — ele agarrou o cós bem a tempo — e, então, quando ela tentou estender a mão novamente, puxou-os para cima demais.

— Opa! *Ai!* — ele ofegou.

Arabella soltou a mão.

— Desculpe — ela pediu, fazendo uma careta.

— Lembre-se: movimentos *sutis e leves* — reforçou Beau, ajeitando os calções. — Eu não deveria sentir nada.

Ele virou as costas para ela novamente. Arabella respirou fundo e enfiou mais uma vez a mão no bolso dele. Desta vez, seus calções ficaram no lugar.

— Melhorou.

Encorajada, ela agarrou algo — mas não eram joias.

Beau gritou.

— Ai! *Inferno!* É o anel que você quer tirar, não a minha nádega esquerda!

Arabella tapou a boca com as mãos.

— Sinto muito! — ela disse, nervosa. — Eu não... eu... eu nunca quis...

Beau ergueu a mão.

— Desculpas aceitas. Eu tenho uma bunda linda, mas concentre-se, Bellinha, *concentre-se.*

As bochechas de Arabella ficaram vermelhinhas.

— Meu nome não é Bellinha, e eu...

— Tente novamente. Finja que sou um homem rico que bebeu demais. Estou passeando pelo Palais-Royal, em Paris. É meia-noite, a festa está apenas começando. Há música. Dança. Acrobatas estão se apresentando. Estou observando uma linda artista no alto de um trapézio. Ela é uma deusa. Não consigo tirar os olhos dela. Aqui está sua grande chance...

Ele se virou mais uma vez e sentiu um leve puxão na parte de trás dos calções, como um peixe puxando o anzol. Um segundo depois, Arabella segurava o anel e gritava.

— Ha! Olhe! Eu peguei! Eu *consegui*!

— Muito melhor. Mas você usou muitos dedos. Eu os senti. — Ele pegou a mão dela e abriu-a, deixando todos os dedos esticados. — Você só precisa do dedo indicador e do médio. — Ele dobrou os outros dedos e o polegar de Arabella contra a palma da mão. — Use-os como uma pinça — instruiu. Então, estendeu a mão por trás dela e arrancou o pente de seu cabelo. — Viu? Fácil!

Seus exuberantes cachos caíram-lhe sobre os ombros.

— Meu penteado! — ela protestou.

— Está mais para *despenteado* agora.

— *Devolva* o pente — ordenou, tirando o objeto dos dedos dele. Ela o colocou entre os dentes, torceu o cabelo e o prendeu no lugar. Ficou parecendo um ninho de esquilo. — O que foi? — perguntou, percebendo a expressão divertida de Beau.

Ela afastou uma mecha perdida do rosto.

— Talvez você devesse deixar o cabelo solto. Fica muito bem.

Ele arrancou o pente do cabelo novamente e colocou-o na mão dela. E, aí, porque eles estavam tão próximos, mas não falavam nada, e a situação ficou um pouco estranha, Beau sorriu para ela.

Foi o seu sorriso de sedutor, tão costumeiro como um suéter velho. Nem precisou pensar sobre isso. Ele o usara com todas as mulheres que conheceu. Era um sorriso lento, de lábios carnudos e cheio de promessas.

Era eficaz, devastador.

Agora, fora um erro.

Arabella puxou a mão. Ela recuou, parecendo ter provado algo ruim, algo amargo.

— Bellinha? — Beau começou, um tanto inseguro. — Pronta para a próxima lição? Arrombar fechaduras? Precisaremos...

Ela o interrompeu.

— Meu nome é Arabella. E já é o bastante, obrigada.

— Mas...

Ela deu uma volta, frenética, seus olhos examinando a sala.

— Estou aqui, criança. Eu estou sempre aqui.

Arabella soltou um suave gritinho de alívio ao encontrar Poderesse. Ela não pareceu satisfeita, porém, em ver sua dama de companhia. A luz desapareceu dos seus olhos; seus ombros penderam.

— Diga a Valmont que hoje jantarei em meus aposentos — comandou Arabella e depois saiu da sala, com as mãos entrelaçadas e os calcanhares batendo firme nas tábuas do piso.

Poderesse correu atrás dela. Alcançou-a logo antes de Arabella desaparecer pela porta.

— Menina tola. Eu avisei — Beau a ouviu dizer enquanto colocava um braço fino em volta dos ombros de Arabella. — Vá para os seus aposentos. Vou me juntar a você lá com um bom bule de chá.

Arabella assentiu e então se foi. Pela segunda vez, a lábia de Beau falhara. Ele não sabia o que dizer, o que fazer. Sentia-se como um atirador campeão que um dia pegou seu rifle e descobriu que não tinha mais ideia de como acertar um alvo.

— Arabella, espere, eu não… eu não estava… — ele gritou atrás dela, mas já era tarde demais.

Flertando com você, ele ia dizer. *Brincando com você. Para poder conseguir o que quero de você.*

Ele abalara Arabella e não sabia por quê. O que, por sua vez, o abalou.

Ela o confundiu. Intrigou-o. Por que ela queria roubar bolsos?

Como aprendera a falar dezessete línguas? Ele se pegou lembrando do entusiasmo na voz dela. Do calor do seu toque. Da luz em seus olhos. E sentiu falta deles.

Deixe isso pra lá, disse a si mesmo. Ele se divertira ensinando Arabella. Gostava de se exibir, mas tinha um objetivo maior em mente do que um flerte bobo. E conseguiu o que queria: um dos anéis de Arabella.

Ele o guardara enquanto empilhava as demais joias nas mãos dela e, em sua empolgação, ela não notara sua ausência. Beau duvidava que o fizesse; ela tinha tantos outros. O aro era simples, mas o engaste continha três safiras. Ele e Matti ficariam aquecidos e bem alimentados naquele inverno.

Beau estava prestes a sair do grande salão quando ouviu vozes novamente, vozes que estavam sempre dentro de sua cabeça, dizendo que ele não passava de um ladrão. E, então, ouviu uma nova voz. Falando mais alto que as outras.

Silenciando-as. *A voz dela.*

Isso é impossível. É surpreendente. É incrível. Você é incrível…

Beau olhou para a pilha de joias que ainda estava sobre a mesa, onde Arabella as havia deixado, e um estranho desejo tomou conta dele: devolver o anel roubado. O desejo de ser algo mais que um ladrão.

Amaldiçoando a própria tolice, tirou o anel do bolso, caminhou até a mesa e colocou-o em cima das outras joias. Ao fazê-lo, uma voz falou.

— Senhor Beauregard…

Beau sobressaltou-se. Seus olhos procuraram quem falava e logo a localizaram. Era Poderesse. Estava parada nas sombras da porta. Ele não tinha ideia de que ainda estivesse lá.

— Acredito que tenho algo seu. — Ela puxou um envelope pequeno e amassado do corpete, estendendo-o a ele. — Encontrei esta manhã. Debaixo de um tapete no hall de entrada. Você deve tê-lo deixado cair na sua ânsia de nos deixar.

O melhor que Beau conseguiu fazer foi não arrancar a carta da mão dela.

— Obrigado, Lady Poderesse — disse ao pegá-lo.

Poderesse reconheceu seu agradecimento com um movimento de cabeça e deixou o salão. Assim que ela saiu, Beau rasgou o envelope. Ao ler a carta, o pavor tirou a cor de seu rosto.

2 de novembro de 1785
Prezado Beauregard,
Recebi sua carta e respondo com muita pressa.
A doença de Matteo piorou. É a tísica. Sinto muito.
Estamos fazendo o que podemos, mas ele precisa de um médico e de remédios. Somos pobres e não podemos pagar por isso.
Você deve vir buscá-lo imediatamente. A nossa abadia, já úmida e fria, fica ainda pior à medida que o inverno se aproxima e agrava o estado de seu irmão. Com os devidos cuidados, ele pode ter uma chance. Sem isso, não viverá para ver o Natal.
Atenciosamente,
Irmã Maria-Theresa

CAPÍTULO DEZENOVE

A CRIANÇA OBSERVOU DO CANTO da cela enquanto a mulher se sentava à mesa.

— Outra visita? Assim tão rápido? Você deve estar preocupada.

— Não estou preocupada, mas *entediada* — assegurou Lady Poderesse, colocando uma caixa de jacarandá entalhada sobre a mesa.

A criança sentou-se em frente à convidada. Sorriu docemente e disse:

— O que vamos jogar? Canastra? Whist? Que tal *bridge*?[2]

Os lábios finos de Poderesse se estreitaram ainda mais.

— Já descobriram quem fez aquilo? — a criança provocou.

— Não, mas nós vamos descobrir.

— O visitante está causando comoção. Ele certamente irritou Lady Viara. Eu ouvi o chilique daqui.

— Não seja tão arrogante — repreendeu Poderesse, abrindo a caixa. — Você não tem muito mais tempo. Está desaparecendo rapidamente.

A criança ergueu as mãos diante do rosto. Podia ver Poderesse através delas.

— Tenha cuidado com o que deseja — ela advertiu enquanto as baixava. — Você precisa de mim. Não pode existir sem mim.

— Tolice. Mal posso esperar para me livrar de você — retrucou Poderesse.

Ela enfiou a mão na caixa, tirou um tabuleiro de jogo dobrado e o abriu. Um elegante padrão de quadrados de meia polegada havia sido

---

2. "Ponte", em inglês. (N.T.)

cuidadosamente traçado sobre ele. Alegres querubins pintados à mão brincavam em nuvens brancas e fofas ao redor da borda do quadriculado. Eles piscavam os olhos agora, atordoados com a luz. Alguns conversavam ou riam; outros voavam ao redor do tabuleiro. Poderesse entregou à criança um pequeno suporte esculpido em osso. Posicionou um segundo no seu lado do tabuleiro. Então, empurrou um saco de pano sobre a mesa. A criança o abriu e retirou uma peça de marfim. Tinha uma letra desenhada nele.

— *A!* — ela cantarolou.

Poderesse pegou bruscamente de volta o saco e tirou um *Z*. Com uma expressão contrariada, jogou a peça de volta no saco, sacudiu-o, apanhou sete novas peças e as colocou em seu suporte. Depois que a criança fez o mesmo, Poderesse retirou uma pequena ampulheta da caixa, virou-a de cabeça para baixo e depositou-a sobre a mesa. Areia brilhante vermelho-sangue escorria por ela.

— Viara é um problema. Sempre foi — comentou a criança, reorganizando as peças. — Mas você sabe e usa isso. Você *a* usa.

— Bobagem. Ela é a criatura de Arabella.

A criança franziu a testa com pesar.

— A antiga Arabella não queria nada com ela.

— O que a antiga Arabella queria, *de fato*? — Poderesse questionou maliciosamente. — Devo lhe contar?

— Não.

— Ela. Queria. *Demais.* — A criança revirou os olhos. — Você sabe que é verdade — insistiu Poderesse. — Ela se recusou a ser o que se espera de garotas.

— E o que seria isso?

— Ser doce, gentil e bondosa. Quer saber o que mais também? Tolerante. Altruísta. Obsequiosa. Conciliadora. Clemente. Resignada. Abnegada. Graciosa. Submissa...

— Já terminou?

— Estou apenas começando. Compreensiva. Flexível. Amável. Confiável. Respeitosa. Branda. Agradável. Acessível. Solidária. Empática. Atenciosa. Discreta. Afável. Pacífica. Complacente. Compassiva. Paciente. Dócil. Amena. Equilibrada. Moderada. Encantadora. Obediente. E simpática.

Suspirando, a criança pegou várias peças e começou a posicioná-las no tabuleiro quadriculado.

— É engraçado, não? Os homens querem o mundo inteiro e, porque o querem, eles o tomam. César, Alexandre, Tamerlão, Átila, Carlos Magno, Açoca, Gengis Khan... e logo um novo homem, um baixinho... Bonaparte. Uma mulher, no entanto? Ela não tem permissão para querer coisas, muito menos tomá-las. Não deve assumir a liderança, tomar iniciativa ou conquistar o comando. Não pode nem comer um pedaço de bolo. — Ela colocou sua última peça e se iluminou. — Prontinho! Sete letras. Cento e setenta e quatro pontos. — Os querubins, vendo a palavra, bateram palmas.

— *Floruit*? Isso não é uma palavra — protestou Poderesse.

— É, sim. Na verdade, é uma das minhas palavras favoritas. Vem do latim *florere*, que significa desabrochar, florescer, estar no auge de seus poderes. Mais ou menos como eu. — Poderesse bufou. — Você está contestando? — a criança perguntou, pegando mais peças. — Se fizer isso e estiver errada, vai perder a sua vez.

Os lábios de Poderesse apertaram-se com força, como os cordões da bolsinha de um avarento. Ela pegou uma de suas peças, devolveu-a ao suporte e, então, apanhou outra.

— Aqui vamos nós... *fadada*! — ela exclamou, posicionando suas peças para incorporar a letra *f* de *floruir*. — Essa é uma das *minhas* palavras favoritas. Significa grande probabilidade de um resultado desagradável e inevitável. Também tem tudo a ver com você. Isso dá... vamos ver... cento e cinquenta e dois pontos.

Os querubins olharam para a palavra. Seus sorrisos desapareceram. Suas asas baixaram.

A criança olhou para a oponente com uma expressão de desprezo.

— Você é como um cogumelo venenoso, alimentando-se de coisas estragadas. Não me admira que tenha ficado tão forte.

— Tsc, tsc — disse Poderesse, pegando o saco de peças. Ela virou a ampulheta. Então, ela e a criança se enfrentaram no tabuleiro por mais de uma hora, até que todas as peças tivessem sido usadas e as duas estivessem com a pontuação empatada.

— Vamos jogar de novo? — perguntou a criança, recostando-se na cadeira.

Poderesse ficou quieta por um momento, depois disse:

— Você considerou minha oferta?

— Nem por um segundo.

O olhar de Poderesse endureceu.

— Você testa minha paciência, menina. Vá embora. Enquanto ainda pode, ou não será bom para você.

A criança se inclinou para a frente, seu olhar igualmente severo.

— Onde estão as outras?

— Como eu deveria saber? Partiram? Estão mortas? Aqui não estão, de todo modo.

— Eu não acredito em você. Acho que as trancafiou também.

— Pense o que quiser; o tempo está passando. *Au revoir.*

A criança observou enquanto Poderesse se levantava e atravessava a sala. A porta de ferro se abriu e depois se fechou.

O brilho da criança, já fraco, diminuiu. Ela olhou para o tabuleiro e escolheu sete letras das palavras ali — P-O-D-E-R-E-S-S-E — e começou a reorganizá-las.

Os querubins pintados observaram-na, curiosos a princípio, mas voaram com medo e se esconderam atrás das nuvens quando viram a palavra que ela havia formado.

DESESPERO.

CAPÍTULO VINTE

BEAU SENTIU COMO SE ESTIVESSE entrando em seu próprio túmulo.

Os degraus de pedra que desciam em espiral até a adega eram estreitos e íngremes. O cheiro que subia das profundezas dela era uma mistura de terra úmida e madeira velha.

Aranhas, centopeias e outras coisas com muitas pernas corriam pelas paredes. Mas o pior de tudo era a escuridão, que rodeava Beau como uma névoa densa. A chama fraca de sua única vela pouco fazia para dissipá-la.

Mas Beau não permitiu que a escuridão o atrasasse. Ele desceu os degraus traiçoeiros, indiferente ao perigo. Quando leu a carta da Irmã Maria-Theresa, teve que reunir todo seu autocontrole para não disparar para a porta do porão no mesmo instante. Foi uma angústia aguardar que a noite caísse, que os criados deixassem a lareira da cozinha e fossem dormir, que o castelo ficasse em silêncio. Faltavam apenas algumas semanas para o Natal, e ele estava muito longe de Barcelona.

Beau esperou para sair do quarto até ouvir o relógio de ouro no grande salão bater onze horas, torcendo para que os criados já estivessem dormindo e a fera ficassem em sua toca, onde quer que fosse. Não sabia quando a temível criatura se levantava e rondava, mas, nas duas vezes que a vira, era pouco depois da meia-noite. Saindo do quarto com a chave mestra, esgueirou-se pelo castelo, esperando ouvir passos atrás dele a cada avanço. Quando chegou à porta da adega, estava encharcado de suor.

— Aguente firme, Matti. Só precisa aguentar firme — ele sussurrava agora ao chegar ao pé da escada. — Estarei aí em breve.

Tudo o que precisava fazer era encontrar o túnel. Estivera nas adegas dos ricos. Sabia que haveria vários aposentos contendo alimentos salgados, fermentados e açucarados, além de vinhos, e que não demoraria muito para percorrê-los.

Então, ergueu bem alto sua vela bruxuleante e viu que estava errado. A adega de Arabella não tinha poucos aposentos; era vasta. Ele estava parado na soleira da adega do castelo, e era tão grande quanto uma igreja. Barris gigantes de madeira empilhavam-se em três camadas no centro. Tonéis de licor, conhaque e vinho do Porto cobriam suas paredes.

— Isso aqui daria para embebedar a população inteira da França, homens, mulheres e crianças — sussurrou.

Ele caminhou até um dos barris no centro da sala, limpou a poeira e viu o nome de um *château* gravado na madeira. Puxando pela memória, percebeu que reconhecia o lugar.

Fazia fronteira com as terras do comerciante que ele, Raphael e os outros haviam roubado, mas o *château* estava em ruínas; havia pegado fogo há cinquenta anos.

— Deve ser de uma safra antiga — murmurou.

Teias de aranha roçavam o topo de sua cabeça enquanto ele saía da câmara, caminhava por passagens sinuosas e entrava e saía de salas sem portas. Em um aposento, presuntos, cada um do tamanho de uma criança pequena, pendiam do teto, e salames dependuravam-se tão grossos quanto cipós na selva. Ele pegou um e enfiou-o na cintura, como a adaga que costumava guardar ali. Não tinha ideia de quanto tempo levaria para ir do castelo até a cidade mais próxima, e o salame manteria a fome sob controle.

Em outra sala, rodelas de manteiga salgada sobre blocos de gelo e queijos embrulhados em panos, aninhados em prateleiras. Ele vislumbrou cones de açúcar branco e lajotas de chocolate, potes de mel, castanhas cristalizadas, picles e *chutneys*, latas cheias de temperos caros, caixotes de chá e sacos de grãos de café.

— Tem comida aqui suficiente para durar um século — observou enquanto saía apressado de uma câmara para a seguinte. Suas palavras o enervaram. Ele as pronunciara a título de piada, mas nada tinham de engraçadas; eram verdadeiras: havia comida suficiente ali para alimentar Arabella e seus criados durante cem anos. Por que alguém precisaria de tantas provisões?

Era mais uma pergunta que nunca seria respondida, mas Beau não tinha tempo para pensar nisso. Imaginou que já tivesse perdido uma boa meia hora vagando de cômodo em cômodo. Começou a percorrer outro corredor, mas, quando chegou ao fim dele, mais uma vez não encontrou nenhuma porta, nenhum portão, nenhuma boca escancarada de terra — apenas outro cômodo.

O pânico corria por seus pensamentos como um rato no feno. Quão grande era aquela adega? Por quantas salas ele teria que passar? E se não encontrasse o túnel e ainda estivesse ali quando amanhecesse?

Meio caminhando, meio correndo agora, Beau entrou em outra câmara, esta cheia de raízes em latas e potes de vidro com frutas em conserva. Afobado, não viu o nabo largado no meio do chão, talvez derrubado de uma prateleira por um dos ajudantes de cozinha. Seu pé pousou bem em cima dele, que rolou para a esquerda, lançando-o para a direita. Beau perdeu o equilíbrio e desabou com um baque que lhe estremeceu os ossos.

A vela voou de sua mão e foi cair em um caixote de batatas. Ela derreteu brevemente e depois a chama se extinguiu.

A escuridão cobriu a visão de Beau; a umidade preencheu seu nariz. Ele estava deitado de bruços no chão de terra. Seus joelhos e cotovelos haviam sofrido o impacto da queda; estavam latejando. O hálito rançoso do medo gelou sua nuca. Sua vela havia apagado; ele não conseguia enxergar nada. Levantou-se trêmulo, deu alguns passos e colidiu a canela com algo duro. Ao se abaixar para esfregar a dor recente, bateu a cabeça contra uma prateleira. Houve um tilintar e, um segundo depois, um estilhaçar. Um perfume doce se elevou.

— Um pote de compota de maçã a menos no mundo — observou ele com os dentes cerrados.

Virou-se para o outro lado, com as mãos estendidas à sua frente, lutando contra a escuridão. Sua manga prendeu em alguma coisa. Um instante depois, uma abóbora caiu no chão.

— Pare. Acalme-se. Pense, Beau. *Pense.*

Beau respirou fundo para se recompor e viu que nem tudo estava perdido. Se Valmont ou Florian viessem procurá-lo, ele poderia se esconder. O porão era uma coelheira escura e sinuosa. Ele poderia se esgueirar para trás dos barris de vinho do Porto ou enfiar-se sob os queijos. Jamais o encontrariam.

E, então, na noite seguinte, quando todos estivessem dormindo novamente, ele voltaria para a escada, iria até a cozinha apanhar outra vela e retomaria sua busca. Não lhe agradava a ideia de dormir com ratos e insetos, mas já havia suportado coisas piores.

Até lá, não corria risco de morrer de fome ali. Poderia servir-se de qualquer coisa deliciosa que desejasse. Como se fosse uma deixa, seu estômago roncou. Ele puxou o salame da cintura e deu uma mordida generosa e ávida.

Foi quando ouviu o choro.

CAPÍTULO VINTE E UM

Beau não conseguia enxergar na escuridão, mas conseguia ouvir.

A pessoa que chorava não estava longe.

O primeiro pensamento apavorado de Beau foi que pudesse ser a fera, mas ele logo o afastou. A fera rosnava, grunhia e rugia; não chorava. Será que era uma das criadas? Um ajudante de cozinha? Será que o ouviram? Quem quer que fosse, contaria aos outros?

Beau enfiou o salame de volta na cintura e, então, como um ser noturno, deixou que seus ouvidos o conduzissem em direção ao som.

Com as mãos estendidas à sua frente, deu alguns passos cuidadosos. Seus dedos encontraram a saída. Ele tateou o caminho para fora da câmara e ao longo das paredes de outro corredor. Um vazio repentino sob suas mãos sinalizou a entrada para outro aposento. Beau caminhou por ele, cada vez mais fundo na adega. Entrou em outra sala, mas o choro ficou mais fraco, então, ele se virou e refez seus passos até o som ficar mais alto.

Mais duas câmaras, outro corredor, uma curva fechada, e aí ele viu: uma fina fresta de luz, com cerca de sessenta centímetros de largura, ao longo do chão.

Beau parou, surpreso com a iluminação repentina. Caminhou em direção a ela e suas mãos estendidas encontraram madeira áspera. A luz vazava por baixo de uma porta, e os soluços, altos e estrangulados, vinham de trás dela. Suas mãos encontraram a maçaneta e a giraram lentamente, mas a porta estava trancada. Seus dedos experientes sentiram o buraco da fechadura; disseram-lhe que era o tipo de fechadura que só podia ser aberta pelo lado de fora. Quem quer que estivesse atrás daquela porta estava preso.

Impulsos conflitantes digladiavam-se dentro dele. A pessoa no interior da sala trancada era um prisioneiro e obviamente precisava de ajuda, mas ele não estava em condições de fornecê-la. A única pessoa que ele precisava ajudar era Matti. Mas o prisioneiro tinha uma vela ou uma lamparina. Se conseguisse pegá-la, talvez ainda pudesse encontrar o túnel.

Beau enfiou a mão no bolso e tirou a chave. Ele abriria a porta; já era de bastante ajuda. Então, pegaria a fonte de luz do prisioneiro e iria embora. Sua ajuda teria um preço. Tudo na vida tem.

Rapidamente, para poder manter o elemento surpresa ao seu lado, Beau inseriu a chave na fechadura, girou-a e abriu a porta. Ficou tenso, pronto para se defender de um ataque, mas, com exceção de alguns móveis, parecia que a câmara estava vazia. Ele deu um passo e, ao fazê-lo, algo agarrou seu tornozelo.

Beau gritou. Sacudiu a perna com força, tentando se libertar, mas o que quer que o segurasse apenas exerceu ainda mais pressão, cravando fundo em sua carne. Ele olhou para baixo e viu que uma mão envolvia o seu tornozelo. A mão de uma criança, pequena e suja.

Um suspiro entrecortado escapou de Beau. Seu medo se dissipou e a fúria tomou seu lugar. Por que uma criança estava trancada em uma cela fria e úmida? Quem havia feito uma coisa tão terrível assim? A fera? Imagens surgiram em sua memória — de seu irmão, da cruel diretora do orfanato. Ele as afastou.

Então, lentamente — segurando a chave com uma das mãos e levantando a outra para mostrar que não tinha intenção de fazer mal —, ele se ajoelhou e olhou para a criança.

Uma menina o encarou de volta. Estava sentada no chão da cela. Seu cabelo loiro imundo derramava-se sobre seus olhos. Suas bochechas estavam úmidas de lágrimas. Ela estava coberta de sujeira, mas seu rosto brilhava com uma luz pálida e bruxuleante. Ela lembrava a Beau a chama de uma vela, fustigada pelo vento.

A menina soltou Beau. Levantou-se e recuou, tremendo. Usava um vestido rosa. A bainha estava esfarrapada, a gola rasgada, a saia manchada de terra. Ela era pequena, não tinha mais de um metro e meio de altura, e Beau via agora, para seu espanto, que todo o seu corpo brilhava com a mesma luz pálida que emanava de seu rosto. A luz que ele vira saindo por baixo da porta não vinha de uma vela ou de uma lamparina; vinha dela.

Seus olhos, enormes e temerosos, encontraram os dele.

— Não é seguro aqui — ela sussurrou. — Ela está vindo.

— Quem está vindo? E quem é você?

A menina não respondeu. Deu alguns passos hesitantes em direção a Beau, que ainda estava agachado sobre um joelho.

— Não deixe que ela o encontre — advertiu a menina. — Ela é perigosa. Ela me trancou aqui.

— Quem é *ela*? Poderesse? Uma das damas da corte? Por que você tem tanto medo dela?

Veloz como uma serpente, a menina passou correndo por Beau e saiu da cela. Era tão rápida e tinha dedos tão ágeis que ele não percebeu que ela havia arrancado a chave de latão de sua mão até vê-la na dela.

— Ei! Devolva isso! — ele gritou, pondo-se de pé.

A garotinha balançou a cabeça. Ela não estava mais chorando, não estava mais tremendo. Estava recuando pelo corredor agora, sorrindo, e Beau percebeu que tudo não havia passado de um estratagema.

— Tchau, tchau, cara de pau — disse ela, girando a chave entre os dedos. — E, a propósito… obrigada!

CAPÍTULO VINTE E DOIS

ENTÃO, ESSA É SENSAÇÃO DE ser feito de tolo, pensou Beau. *Hum. Agora já sei como é.*

A criança o havia enganado completamente. Fora tão chocante, tão absolutamente desorientador, que, por um longo e doloroso momento, ele não soube o que fazer.

— Espere. Ei. Pare. *Pare!* — ele gritou atrás dela.

— Nem pensar.

— Eu quero a minha chave de volta. *Agora* — ele esbravejou, puxando a adaga da cintura.

Ele esperava que ela ficasse aterrorizada ao ver a lâmina e lhe jogasse a chave imediatamente. Em vez disso, bufou uma risada.

— Ou vai fazer o quê? Vai me obrigar a comer uma tábua de frios? — Ela apontou com a cabeça para a arma dele.

Beau olhou para a adaga que pensava estar segurando e viu que era, na verdade, um salame.

— Mas que droga...

— Posso comer um pedaço de queijo com isso? — a garotinha zombou. — Um pouco de pasta de marmelo?

Beau jogou o salame no chão.

— Eu quero essa chave de volta — ele rosnou. — Você a roubou.

— Isso é muito engraçado vindo de você — disse a menina, colocando a chave no bolso da saia.

O desespero apunhalou Beau. Ele tentou uma nova abordagem. Ela era apenas uma criança, uma criança que fora cruelmente aprisionada na escuridão. Ele lhe demonstraria uma falsa solidariedade.

— Quem a trancou aqui, garotinha?

— Lady Poderesse.

— Quando?

A menina inclinou a cabeça.

— Deixe-me ver… uns cem anos atrás.

— Cem anos atrás — repetiu Beau, seu tom desprovido de emoção.

— Uma década a mais, uma década a menos…

— Menininhas não deveriam contar mentiras.

— Assim como homens adultos também não. E não deveriam roubar coisas, tampouco.

Todo o corpo de Beau ficou frio.

— Como você sabe…

Ela o interrompeu.

— Eu adoraria ficar e conversar, mas tenho trabalho a fazer. Aconselho-o a não ficar aqui também. Tchau, tchau.

E, então, ela se virou e correu, levando consigo sua luz. A escuridão envolveu Beau novamente em seus tentáculos.

— Espere! — ele gritou, indo atrás dela. — Não vá!

A menina exercia um efeito estranho sobre ele. Ela o atraía como um farol, e ele descobriu que não suportaria perdê-la de vista. Ela o conduziria para fora da escuridão. De volta à escada. Para a cozinha. Se tivesse sorte, ainda haveria tempo de pegar outra vela. Para encontrar o túnel e fugir daquele lugar horrível. Para chegar até Matti e curá-lo. Ele poderia fazer essas coisas. Todas elas. Ele *as faria*. Nada poderia detê-lo.

Mas a criança era diabolicamente rápida, e ele tinha que correr para mantê-la à vista. Ela se apressava pelas câmaras e pelos corredores, dobrando as curvas a uma velocidade vertiginosa. Logo alcançou a escada e a subiu correndo, dois degraus de cada vez.

Beau desembocou na cozinha segundos depois dela, ofegante, e a encontrou parada no meio do lugar, com a cabeça inclinada, prestando atenção em algo que ouvia. Quando se dirigiu à menina, ela se virou, apontou para a longa mesa de trabalho e disse:

— Se eu fosse você, eu me abaixaria e me esconderia debaixo dela. Daqui a mais ou menos... *agora*.

— Valmont? Percival? Tem alguém aqui? Camille? — uma voz chamou de um corredor. — A senhora está inquieta. Ela precisa de um bule de chá.

Beau escondeu-se debaixo da mesa no momento em que Lady Poderesse e Lady Viara entravam na cozinha. Ele as ouviu parar e ofegar. Equilibrando-se nas pontas dos dedos, inclinou-se para a frente, para vê-las melhor.

Poderesse, com os olhos absurdamente arregalados, estendeu a mão para Viara e agarrou-lhe o braço com tanta força que as unhas perfuraram a pele da outra dama. O sangue escorria sob suas pontas afiadas. Surpreendentemente, Viara parecia não sentir nada. Seu olhar estava fixo na menina; sua expressão era assassina. Lady Horgenva as seguira até a cozinha. Cambaleava para trás agora, protegendo os olhos com as mãos, como se a luz pálida e bruxuleante da criança a cegasse. Atrás dela, meia dúzia de outras damas sussurravam e sibilavam como um ninho de víboras.

— *Você* — exclamou Poderesse. — Como foi que escapou?

— Nunca falarei — retrucou a menina com uma piscadela.

— Agarre-a! Leve-a de volta para a adega! — Poderesse gritou para Viara.

— Acho que não — atalhou a menina.

Num piscar de olhos, ela enfiou a chave na fechadura da porta do porão, girou-a e então saiu correndo da cozinha por uma porta.

Beau foi invadido por um profundo desânimo. Sua chance de liberdade também se fora. A porta do porão estava trancada agora. Como ele poderia retomar a busca pelo túnel sem a chave? Tentou ver para que lado a criança havia corrido para poder segui-la, mas uma perna da mesa bloqueava sua visão. Ainda podia ver Poderesse, no entanto. Seu rosto estava pálido como ossos. Suas mãos tremiam.

Ela não estava furiosa, como Viara, nem estava abalada, como Horgenva.

Poderesse estava apavorada.

CAPÍTULO VINTE E TRÊS

Beau se apressou pelo corredor estreito da ala oeste do castelo, passando por aposentos e mais aposentos. Todas as portas estavam bem trancadas.

E, então, virou uma esquina e ali elas não estavam. No corredor à sua frente, alinhavam-se destrancadas e abertas. Podia ver o interior dos cômodos; o corredor era iluminado por lampiões apoiados em nichos nas paredes.

Havia alguém por perto; podia ouvir passos. Seria a menina? Ele ficou apreensivo na escuridão, ouvindo com atenção.

Uma fração de segundo depois que a garota saíra correndo da cozinha, Poderesse havia recuperado a compostura e ordenado às damas da corte que se espalhassem pelo castelo e a procurassem.

Beau aguardou até que todas tivessem deixado a cozinha e então saiu correndo também, determinado a encontrar a criança antes delas. Teve o cuidado de evitar as mulheres e, ao olhar agora para as portas, perguntou-se quem as teria aberto. A criança? Uma das damas?

Beau sabia que não poderia ficar ali para sempre. Teria que tomar uma atitude, mesmo que isso significasse arriscar ser descoberto. Com os olhos disparando de um lado para o outro, os ouvidos atentos ao menor som, ele deu alguns passos silenciosos. Chegou à primeira porta, do lado direito do corredor, e espiou lá dentro. O cômodo estava vazio. Avançou lentamente para a segunda sala, à esquerda. Também estava vazia. Ele se movia suavemente, desejando ficar invisível. Estava na metade do corredor quando o relógio dourado no grande salão começou a soar a hora: meia-noite. As badaladas ecoando eram um alarme que deveria ter parado Beau e, então, tê-lo feito correr em busca de segurança, mas ele estava tão desesperado para recuperar a chave que nem as ouviu. Seguiu em frente e, no momento em que atravessava a porta para o último cômodo do corredor, uma figura saiu correndo e se chocou contra Beau com tanta força que ele voou para o lado e caiu no chão.

Gemendo, ergueu as mãos em sinal de rendição. Quem quer que o houvesse derrubado era grande e forte. Tinha que ser Valmont. Esperou que o homem gritasse com ele, agarrasse-o e levasse-o até alguma cela úmida e escura. Mas, ao levantar a cabeça, viu que não era Valmont; era ela, a garotinha. Estava olhando para ele, o rosto congelado numa expressão de alarme.

— *Aí* está você, sua pequena trapaceira! — ele gritou, ficando de pé.

A menina se afastou dele. Sua cabeça girou em direção à escada; ela estava ouvindo o relógio.

— Não se atreva a fugir de novo — disse Beau. — Fique aí. Fique bem…

— Vá embora, seu néscio! Saia daqui! — ela sibilou, afastando-o com um gesto.

Beau piscou de surpresa.

— Do que acabou de me chamar?

— Esconda-se! *Rápido!*

— Não vou a lugar algum, menina. E você também não. Não até que me devolva a chave.

Soou a última badalada. A menina encolheu-se contra a parede.

Ótimo, pensou Beau. *Eu a assustei um pouco. Talvez ela se comporte agora.*

Ele esperou que a criança pedisse desculpas e entregasse a chave. Mas ela não fez nem uma coisa nem outra.

— Está vindo — proferiu ela, com um tremor na voz. Seus olhos colados na escada.

— Está vindo? Poderesse, você quer dizer? — Beau perguntou. — Eu não tenho medo de…

A garota ergueu a mão, silenciando-o. Seu medo intrigou Beau. Ela não parecia muito assustada com Poderesse momentos antes, quando as duas se encontraram na cozinha. Na verdade, Poderesse é que parecia ter medo dela.

Um segundo depois, passos soaram no andar de cima, extremamente audíveis.

A menina correu até Beau, pegando na mão dele.

— Você precisa *ir* — insistiu ela devagar, como se estivesse falando com uma criança. — Volte para o seu quarto. Tranque a porta.

Os passos ficaram mais altos. Não estavam mais no andar de cima; vinham da escada agora.

Rápida como um peixinho, a menina disparou novamente. Virou-se para ele uma vez, com terror nos olhos.

— Corra, Beau — ela implorou. — *Corra.*

CAPÍTULO VINTE E QUATRO

LADY DOME, VACILANDO, TREMENDO, OLHANDO constantemente para trás, agarrou o braço de Lady Poderesse.

— Aquela pilantrazinha. Está procurando suas irmãs. Claro que está. Temos de encontrá-la antes que ela as encontre. Elas são mais fortes juntas, você sabe que são. Elas…

— Pare de tagarelar, sua tola, e procure-a! — Poderesse retrucou, sacudindo-a. — Ela provavelmente está escondida em algum buraco escuro como a ratinha imunda que é.

Poderesse carregava uma bengala com castão de prata; ela a enfiava violentamente embaixo dos móveis e nos cantos enquanto falava.

Dome, choramingando, olhou atrás de uma porta. Então, afastou um par de cortinas empoeiradas, engolindo em seco espasmodicamente.

— É tudo culpa d-d-dele, do ladrão. S-s-simplesmente *sei* disso.

A expressão de contrariedade de Poderesse se intensificou. Dome estava certa; o ladrão tivera algo a ver com aquilo. Muita coisa acontecera desde a sua chegada — o desaparecimento da chave mestra, a repentina libertação da criança — era demais para ser mera coincidência.

Ele havia perturbado o equilíbrio das coisas de uma forma que nenhum outro visitante do castelo jamais fizera. Ele desarmou Arabella. Envolveu-a. Desafiou-a. Sua influência teria que ser contida. Permanentemente. Poderesse devolveu-lhe a carta, depois de abri-la. Esperava que a urgência que Beau devia estar sentindo o levasse a fazer algo precipitado. Algo estúpido. Como ser morto.

Tanto ele quanto a criança eram ameaças à ordem imposta por Poderesse, e ela não aceitava bem ameaças. Sabia que Arabella há muito havia parado de querer coisas que não poderia ter. Ou será que não? Ainda havia alguma pequena parte secreta sua que não havia desistido?

No começo, Arabella ansiava pela menina, mantendo-a sempre ao seu lado. Mas então a menina começou a ir e vir, como uma linda borboleta — estava aqui num momento, era levada pela brisa no momento seguinte — e os dias sem ela foram uma tortura para Arabella.

Poderesse viu isso. Ela, mais que qualquer outra dama da corte, percebeu o tormento de sua senhora.

Com o passar dos anos, à medida que os visitantes chegavam e partiam do castelo, as ausências da criança aumentavam. Mas, por mais que ficasse longe, Arabella sempre a recebia de braços abertos, cobrindo-a de beijos, fazendo-a prometer que nunca mais iria embora. A pequena e cruel mentirosa, entretanto, quebrou suas promessas repetidas vezes. E, quando partia, Arabella ficava dias na cama, de frente para a parede, recusando-se a comer ou falar.

Poderesse era a única pessoa que Arabella permitia se aproximar. Era ela quem se sentava ao lado de Arabella durante as longas e escuras horas, acariciando sua testa. Foi ela quem convencera Arabella de que era melhor ficar sem a menina que ter o coração partido de novo e de novo. Levou algum tempo para envenenar Arabella contra a criança, porém, uma vez conseguido isso, foi fácil persuadi-la a prender a menina.

Depois que ela se foi, Poderesse elevou as damas que estimava — Viara, Pluca e Horgenva entre elas — e baniu aquelas de quem não gostava.

Poderesse e Dome continuaram a busca, passando de uma sala de música para uma galeria de retratos, abrindo armários, arrancando as capas de móveis, até que finalmente se encontraram num corredor com outros membros da corte.

— A pilantrazinha não está na ala norte. Vasculhei cada centímetro dela — declarou Pluca, que se sentou em uma cadeira, tirou uma das sapatilhas e esfregou o pé. — Não *acredito* que você nos fez revistar todo o castelo, Poderesse. Estou exausta. Minhas costas doem. Estou com frio. Você não tem consideração. Nenhuma mesmo. Na verdade, você...

— Onde estão as outras? — Poderesse indagou imperiosamente, interrompendo-a.

— Jeniva e Édsdem ainda estão procurando — respondeu Pluca.

— E quanto a Viara?

— Está na ala sul. Ouvi móveis sendo quebrados, por isso não me aproximei muito.

— A garota encontrará as outras antes que qualquer uma de vocês a encontrem! — Poderesse gritou, furiosa. — Ela vai libertá-las! Não vai parar até que faça isso!

— Não *nos* repreenda, Poderesse — Horgenva respondeu. — Isso é culpa *sua*. Você deveria ter sido mais vigilante. Mais consciente. Você foi tola e preguiçosa. Deveria ter previsto...

— Oh, cale a boca, Horgenva — disse Lady Vildam dePuisi. — Nossa pequena fugitiva é apenas uma criança tola. Nós a encontraremos em breve. Não há motivo para preocupação. — Ela sorriu, mostrando uma boca cheia de dentes tortos. — Vamos continuar procurando, por que não? — acrescentou, conduzindo as outras para fora da sala.

Assim que partiram, Poderesse começou a fuçar nos cantos novamente. Vildam dePuisi estava errada. Havia motivos de sobra para preocupação.

No mundo todo, havia apenas uma pessoa que poderia vencê-la, uma única pessoa que poderia derrotá-la.

Aquela menina traiçoeira e miserável.

CAPÍTULO VINTE E CINCO

— MENINA! EI, MENINA, PARE! — Beau gritou.

Ele começou a correr atrás da garota, determinado a não a deixar fugir de novo. Mas ela desapareceu no corredor, dobrou uma esquina e sumiu, tudo num piscar de olhos.

Beau correu mais rápido, desesperado para acompanhá-la. Ao virar a esquina, seu coração deu um pulo. Ela estava logo à frente. Ele estava prestes a gritar de novo, mas, antes que o fizesse, ouviu passos fortes vindos do corredor atrás dele. Ficaram mais altos, desapareceram e então voltaram a ficar mais altos, e ele sabia que quem quer que os estivesse produzindo estava correndo por cada cômodo, vasculhando-os.

A garota parou em uma porta e tirou algo do bolso da saia. Era a chave. Beau percebeu, pela maneira como suas mãos tremiam enquanto ela se atrapalhava para enfiá-la na fechadura, que a menina também escutara passos. A porta se abriu no momento em que ele a alcançou. Sem dizer nada, ela agarrou seu braço e o arrastou para dentro. Levando um dedo aos lábios, rapidamente fechou a porta, tornou a trancá-la e guardou a chave no bolso. Então, deu um passo para trás. Ouvindo. Vigiando. Aguardando.

— De quem nós estamos…

— *Shhh!*

— … *correndo?* — Beau sussurrou.

A garota não respondeu. Seu olhar estava fixo na porta. Beau pensou em pegar a chave do bolso dela, mas ela provavelmente resistiria, e ele não queria que quem quer que estivesse no corredor os ouvisse.

Não desejava estar ali, desperdiçando um tempo precioso, quando poderia estar na adega, talvez até no meio do túnel, mas não tinha escolha.

Enquanto a garota estava parada perto da porta, esperando e escutando, Beau olhou em volta e notou que haviam entrado nos aposentos privados de alguém. Ele estava no que aparentava ser uma sala de estar, mas parecia que há anos ninguém entrava nela. Um tapete de lã comido pelas traças cobria o chão. Cortinas de seda pendiam das janelas, com as bainhas esfarrapadas e os bordados prateados desgastados. O papel de parede florido estava amarelado. Tiras dele haviam se soltado em alguns pontos e agora jaziam no chão em cachos tristes e empoeirados. Uma passagem arqueada conduzia dessa sala a outra câmara.

Beau lançou um olhar para a criança, preocupado que ela pudesse abrir a porta e fugir, mas a menina ainda permanecia imóvel, com as mãos cerradas.

Deixando que a curiosidade o dominasse, Beau caminhou pelos aposentos, notando uma delicada poltrona, com o assento tomado por uma pilha de livros; um xale de seda cobria o encosto de um sofá. Seus olhos pousaram na lareira. Quando viu o que estava pendurado acima dela, parou no meio do caminho.

A moldura do retrato, como tudo o mais no aposento, acumulava uma camada de poeira e fora escurecida pelo tempo, mas o rosto na tela estava tão fresco e impressionante quanto no dia em que fora pintado.

Beau o encarou, impressionado com a garota que o fitava. Parecia-lhe familiar, mas ele não a conhecia. Com cerca de doze anos de idade, ela tinha uma postura majestosa e segura de si, mas seu sorriso era vibrante e desafiador. Seus cabelos louros, presos em um rabo de cavalo frouxo, derramavam-se sobre um dos ombros. Ela usava uma jaqueta verde-musgo com gola alta. Seus olhos cinzentos eram grandes e expressivos; uma inteligência feroz ardia em suas profundezas.

Com um súbito choque de reconhecimento, Beau percebeu que conhecia, *sim*, a retratada.

— É *ela* — constatou ele, apontando para o retrato. — Ei… ei, menina, é Arabella.

A garotinha se virou, lançou-lhe um olhar fulminante e ironizou:

— Fico sensibilizada com seu brilhante poder de percepção.

CAPÍTULO VINTE E SEIS

NÃO AGRADOU NEM UM POUCO a Beau ser ridicularizado por uma criança.

— Isto não são modos de falar com os mais velhos e superiores — ele a repreendeu numa exclamação abafada.

— Então, é um bom modo de falar com você, já que você não é uma coisa nem outra — a garota retorquiu também numa exclamação abafada.

Beau foi até ela. Ajoelhou e colocou as mãos em seus ombros, pronto para lhe dizer que aquela brincadeira estúpida já tinha ido longe demais. A menina olhou para uma das mãos de Beau, depois para a outra e, então, ergueu os olhos para ele. A expressão neles era escaldante.

Beau, constrangido, tirou as mãos e depois a bombardeou de perguntas.

— De quem estamos fugindo? Por que você estava aprisionada? Qual é o seu nome? — Sua frustração o fez elevar a voz.

— Fique quieto, seu tolo! — a menina ordenou.

Beau baixou o tom.

— Só me diga uma coisa... estes são os aposentos de Arabella?

— *Eram.* Eram os aposentos de Arabella. Ela não vem mais aqui.

A menina voltou sua atenção para a porta e Beau voltou a sua para a lareira, tentando conciliar a Arabella fria, frágil e adulta com a garota do retrato.

Lembrou-se daquela manhã, de sua aula sobre furto de carteiras. Tivera flashes da garota do retrato — um sorriso animado, um brilho naqueles olhos cinzentos. E, embora não quisesse, recordou-se de mais: o cheiro de Arabella, a sensação de seu braço entrelaçado no dele, o calor da mão dela em seu peito.

Um momento depois, viu-se entrando no quarto dela, quase contra sua vontade. *O que você está fazendo? Por que está perdendo tempo?*, uma voz dentro dele perguntou num ímpeto. *Admirar a decoração não vai tirá-lo daqui.* Mas Beau descobriu que não tinha resposta.

No quarto havia uma cama com dossel, um espelho alto encostado em uma parede, uma mesa, uma escrivaninha, armários e um amplo assento na janela, mas o que o surpreendeu foi a grande quantidade de livros. As paredes estavam repletas de prateleiras, todas ocupadas por volumes encadernados em couro. Uma pontada aguda e nostálgica perfurou seu coração. Ele nunca cobiçara nenhuma das coisas que roubara para Raphael — nem joias, nem prata, nem mesmo moedas de ouro, mas sempre fora voraz por livros.

Beau correu os dedos por uma fileira de lombadas. *Le Vau* estava gravado em ouro em uma delas; *Wren*, *Palladio*, *Mansart* em outras. Eram arquitetos. Ouvira seus nomes serem mencionados nas grandes casas onde havia trabalhado. Ele passou para as prateleiras de história, filosofia, peças de teatro, romances e poesia. Seus dedos se detiveram em um pequeno volume dos sonetos de Shakespeare. Ele puxou o livro da estante. A capa de couro vermelho estava desgastada e lisa nos lugares onde mãos a haviam segurado tantas vezes.

Ele o abriu e leu, e viu-se fascinado pela beleza dos poemas. Havia estrofes que lia suavemente em voz alta, só para sentir o ritmo na língua, e outras que lia em silêncio, só para sentir o peso no coração.

Beau desejou desesperadamente apoderar-se do livro, e por um instante, pensou em colocá-lo dentro do casaco, mas o devolveu ao seu lugar. Algumas coisas eram valiosas demais para serem roubadas. Afastando-se das prateleiras, prosseguiu com suas explorações. Do outro lado dos aposentos, havia uma delicada escrivaninha de nogueira, com a superfície repleta de papéis enrolados, um tinteiro de cristal, uma pena e uma pasta de couro.

Uma fina nuvem de poeira ergueu-se no ar quando Beau abriu a pasta. Ele a afastou com a mão. Seus olhos pousaram em desenhos de construções — a catedral de Notre-Dame, na França; a fortaleza de Fasil Ghebbi, na Etiópia; e Kukulkán, uma pirâmide em Iucatã.

Beau sabia que os aposentos privados das pessoas eram seus santuários. Guardavam neles as coisas que amavam: retratos, cartas, joias. Parecia que Arabella não gostava desse tipo de coisa; ela adorava construções. Um choque de animação o percorreu quando ele deu-se conta de algo. Talvez houvesse um desenho do próprio castelo ali. Uma vista de topo, um corte transversal... algo que lhe mostrasse onde ficava o túnel.

Ele pegou um rolo de papel e o abriu, mas mostrava desenhos da Cidade Imperial de Pequim. Jogou-o no chão por frustração. Desenrolou outro, mas representava a biblioteca de Éfeso. Não era daquilo que precisava. Ele olhou para cima e viu um grande baú de madeira. Estava encostado na parede e trancado com um cadeado de ferro — o que lhe dizia que havia algo valioso em seu interior. Usando um abridor de cartas e uma pequena chave de fenda que encontrou em uma gaveta da escrivaninha, abriu a fechadura em minutos, mas o conteúdo do baú não era o que esperava.

— O que é esse lixo todo? — ele murmurou, revirando uma confusão de transferidores, compassos, esquadros e réguas. Fechou a tampa, depois vasculhou o restante da sala, puxando gavetas, abrindo armários, mas mais uma vez não encontrou nada que lhe informasse alguma coisa sobre o castelo. Sentou-se na cama e gemeu. Outro beco sem saída. A noite estava acabando, as horas passando e ele não estava mais perto de escapar.

Ele ouviu a voz do irmão, cheia de medo, ecoando em sua cabeça. *Não me deixe aqui, Beau, por favor, por favor, não...*

E sua própria voz respondendo. *Não chore, Matti. Por favor, não chore. Eu voltarei para buscá-lo. Assim que eu puder. Eu prometo. Juro...*

A raiva o invadiu, impulsionada pelo medo — medo de que fosse tarde demais, de que Matti morresse pensando que ele havia quebrado sua promessa. Ele se levantou, pegou um travesseiro e o chutou para o outro lado da sala. O travesseiro atingiu a parede com um baque forte. Repetiu o ato. Estava prestes a fazer isso pela terceira vez quando seu pé se enroscou nas volumosas dobras da colcha de cetim. Lutando e xingando, conseguiu se libertar, mas, ao fazê-lo, houve um súbito clarão de algo brilhante. Ele se abaixou, olhando para a colcha, e percebeu que o avesso estava densamente bordado com o que pareciam ser quilômetros de fios prateados.

Confuso, arrancou a colcha da cama e a estendeu no chão, puxando as dobras, esticando os cantos, até que estivesse totalmente aberta. Então, deu um passo para trás, surpreso com o que via.

Estendida no chão diante de si, estava uma cidade magnífica, cintilando como estrelas no céu da meia-noite. E, no topo, no canto direito, uma única palavra costurada.

Paraíso.

CAPÍTULO VINTE E SETE

BEAU JÁ TINHA VISTO BORDADOS sofisticados antes.

Tinha visto golas de renda que custavam mais do que a maioria das pessoas ganhava em uma década. Sobrecasacas de seda bordadas com rosas tão vivas que suas pétalas pareciam prestes a cair delas. Vestidos enfeitados com pedras preciosas e pérolas. Mas ele nunca havia visto nada tão bem-feito quanto o bordado que tinha diante de si.

Usando uma variedade de pontos — alguns pequenos e retos, outros espiralados e entrelaçados —, quem fizera o bordado confeccionara um desenho arquitetônico magistralmente detalhado. No centro do cetim azul-escuro, havia uma prefeitura com colunas elegantes, largos degraus de pedra e uma torre alta. Em frente a ela, uma praça arborizada com uma fonte no centro. A cintilante cidade prateada também ostentava uma universidade, com prédios encimados por abóbodas e pináculos, um hospital, uma escola, um mercado municipal, lojas e cafés.

Beau ajoelhou-se e passou a mão pelos pontos. *Quem será que fez isso?*, ele se perguntou. *Arabella? Por que ela iria querer esconder isso?*

Naquele instante, um movimento chamou sua atenção. Um lampejo azul do outro lado da sala. Beau congelou; ergueu o olhar. O espelho estava ali, encostado na parede. Beau olhou diretamente para ele.

Havia alguém no reflexo.

Parado bem atrás dele.

CAPÍTULO VINTE E OITO

BEAU SE LEVANTOU E SE virou, pronto para lutar.

Mas não havia ninguém lá.

Ele deu um passo hesitante em direção ao centro do aposento. Tinha certeza de que havia alguém em pé ali... bem *ali*, no meio do tapete. Por acaso estava vendo coisas agora? Passando a mão trêmula pelo cabelo, ele se virou em direção ao espelho.

O vidro prateado estava vivo, cheio de movimento.

Imagens dançavam diante de seus olhos, sombrias, bruxuleantes, iluminadas por trás — como em uma apresentação de lanternas mágicas. Ele teve um vislumbre de azul novamente, depois lampejos ousados de vermelho, amarelo, rosa e verde, que se misturaram como tintas escorrendo na chuva e, então, entraram em foco.

A boca de Beau se abriu de surpresa. O espelho rachado mostrou Arabella sentada em sua mesa com a cabeça baixa e o cabelo preso em uma trança bagunçada. Livros, compassos, réguas, penas e papel cobriam a mesa. Ela estava desenhando.

Seu olhar a estudou, notando os sulcos de concentração em sua testa, o contorno de sua mandíbula, a luz em seus olhos — não duros com desdém como costumavam ser, mas brilhando com o intenso foco de uma artista perdida em um mundo de sua própria criação.

Atrás dela, na cama, havia meia dúzia de caixas abertas. Vestidos coloridos transbordavam deles, um mais belo que o outro.

Uma Josette com expressão preocupada olhava para eles.

— Senhora, sua mãe estará aqui em breve — dizia-lhe a criada. — Ela vai querer saber qual vestido você pretende usar no baile, e você ainda nem os experimentou!

— Mmm — resmungou Arabella distraidamente, sombreando as janelas de um edifício com um pedaço de grafite.

Josette ergueu um espartilho:

— *Por favor*, senhora, você deve...

— Oh, Josette, o baile que se exploda! — protestou Arabella. — É chato e eu odeio...

O som de passos rápidos vindos do corredor até os aposentos de Arabella a interrompeu. Seus olhos se arregalaram de pânico.

— Ajude-me a guardar essas coisas! Rápido! — ela sussurrou, limpando as manchas cinzentas das mãos com o roupão.

Juntas, elas esconderam as réguas e os compassos em gavetas e depois enfiaram os papéis e os livros debaixo da cama. Quando a porta do quarto se abriu, Arabella segurava o espartilho no lugar enquanto Josette apertava os cadarços.

— Bom dia, mãe... tia Lise — cumprimentou Arabella, forçando um sorriso, enquanto duas mulheres, ambas altas e imperiosas, com os mesmos olhos cinzentos e cabelos louros de Arabella, entravam no quarto.

— Josette, quando terminar aqui, diga a Valmont que ele precisa mudar a disposição dos assentos para o jantar do baile — instruiu a mãe de Arabella, entregando um pedaço de papel à criada. — Ele me colocou sentada ao lado de um mero *barão*. Onde o homem estava com a cabeça? — Ela se virou para a filha. — Acabei de ver o mestre de dança, Arabella. Ele me disse que você não compareceu à aula esta manhã.

— Eu me esqueci. Perdoe-me, mãe — desculpou-se Arabella.

— Ah, sim? E o que estava fazendo que a absorveu tanto?

— Eu estava... — A voz de Arabella vacilou. Ela olhou freneticamente ao redor do quarto. Seus olhos pousaram na cama. — Eu estava tentando decidir entre todos esses lindos vestidos! — ela explicou-se alegremente. — A duquesa ergueu uma sobrancelha cética, e Arabella estremeceu. — Mamãe, que importância tem isso? — ela perguntou, apaziguadora. — Eu *sei* dançar.

— Esse espartilho está muito frouxo — observou a duquesa, com seu olhar críticos percorrendo a filha. — Dê um jeito nisso, Josette.

Josette desatou rapidamente os cadarços do espartilho, puxou-os, depois firmou os pés e aplicou mais força. Um arquejo escapou de Arabella, que pressionou as mãos nas costelas enquanto seus pulmões lutavam para se adequar à sua nova forma. Josette refez os nós dos cadarços e depois recuou.

Beau torceu a cara. O espartilho parecia tão apertado que ele quase esperou ouvir as costelas de Arabella se quebrarem. E, então, escutou um estalo. Mas foi provocado pela duquesa. Algo havia se partido sob seu pé.

— Que raios é *isto*? — ela exclamou, curvando-se.

Um fino pedaço de grafite estava em pedaços sobre o tapete. A duquesa os recolheu. Seu rosto endureceu quando percebeu o que era. Virou a palma da mão, deixando os fragmentos caírem no chão, depois agarrou a colcha da cama e puxou-a para cima. Seus olhos penetrantes percorreram os livros e os papéis ocultos debaixo dela. Ela soltou o tecido e se virou para a filha.

— Eu já deveria saber — declarou, sua voz gelada de raiva. — Devo lembrá-la, Arabella, de que muitos jovens ricos e poderosos estarão no baile e de que todos eles procuram uma *esposa* e não um pedreiro? Você não é uma leiteira, livre para ir e vir quando quiser. Você é a filha única e herdeira de um duque.

Arabella baixou os olhos, as mãos inquietas nas laterais do corpo. Beau percebeu que a moça estava lutando para conter suas emoções, tentando reprimir suas palavras, mas, ainda assim, elas escaparam.

— Prefiro encontrar um professor a um marido — declarou ela. — E prefiro estudar arquitetura a experimentar vestidos.

A expressão da duquesa tornou-se sombria.

— Devo lembrá-la também de que não quero uma repetição do comportamento passado? — continuou. — Na verdade, você se comportará da melhor maneira ou haverá consequências. — Ela estalou os dedos para a criada e depois apontou para os livros de Arabella. — Josette, leve estas coisas para baixo. Diga a Valmont para queimá-los.

A cabeça de Arabella se ergueu de chofre.

— Não! Mamãe, por favor!

— Você não pode culpar ninguém além de si mesma, Arabella. Eu a adverti repetidas vezes. Você não precisa de livros e compassos para encontrar um marido; precisa de modos graciosos e prestativos, e do vestido certo.

Josette ajoelhou-se, tirou os livros de Arabella de debaixo da cama e os carregou para fora do quarto. Arabella a observou partir. E Beau observou Arabella. Ele a viu perder a batalha pelo controle enquanto suas emoções a dominavam, como uma enchente transbordando uma represa.

— Mamãe, você é cruel! Quero aprender como as construções são feitas. Como os vilarejos e as cidades crescem. Como as pessoas vivem, trabalham e se divertem nelas — começou ela, elevando a voz —, e, em vez disso, você exige que eu perca meu tempo em um baile entediante, conversando, sorrindo e afetando timidez para homens que são mais enfadonhos que a morte!

Duas manchas de vermelho-vivo apareceram nas bochechas da duquesa, mas sua voz —, quando ela finalmente falou —, soou firme.

— Como ousa se dirigir a mim nesse tom? — Ela segurou o braço da filha e a conduziu até o espelho. — Olhe para si mesma, Arabella. *Olhe.*

Arabella ergueu os olhos para o vidro prateado. Estavam cheios de lágrimas.

— Narinas dilatadas como as de um touro... o rosto vermelho como a crista de um galo... a voz tão estridente quanto a de uma hiena... eriçada como uma repugnante javalina — enumerou a duquesa, enojada.

— Uma garota que não consegue controlar suas emoções não é melhor que uma fera selvagem.

Um silêncio opressivo e doloroso se abateu sobre o quarto. Lise foi a primeira a quebrá-lo.

— Que vestido lindo, minha querida — elogiou ela, pegando uma peça azul. — Qualquer homem que vir você nele se apaixonará perdidamente e pedirá sua mão no ato.

A rebeldia brilhou nos tristonhos olhos de Arabella.

— Eu preferiria que ele pedisse meu coração primeiro.

Lise balançou a cabeça. Olhou para a irmã e, com um sorriso perturbado, disse:

— A garota tem um espírito ardente.

— Fogueiras que ardem muito intensamente são logo apagadas — comentou a duquesa.

Lise estendeu o vestido para Arabella, que suspirou. Ela entrou nele e passou os braços pelas mangas.

Lise fechou a fileira de botões que descia pelas costas.

— Ninguém gosta de uma garota teimosa, Arabella — observou ela gentilmente. — Ou de uma garota turbulenta. Ou de uma garota irritada. Ou de uma garota difícil.

— Que tal uma garota triste? — Arabella perguntou, sem ânimo.

Lisa estremeceu.

— Essa é a pior de todas.

— Então, que tipo de garota eu serei, tia?

— Uma garota encantadora. Uma garota simpática. Uma garota sempre alegre, sempre positiva, sempre sorrindo. Uma garota que fala sobre jardins, concertos, cavalos e pudim.

— *Pudim?* — Arabella repetiu, incrédula.

Lise assentiu sabiamente.

— Pudim é um tema seguro e incontroverso. Por acaso você já ouviu falar de um pudim que provocasse um discurso acalorado?

— Não, tia — reconheceu Arabella, os ombros pendendo. — Eu nunca ouvi falar.

Depois de experimentar o vestido azul, Arabella provou os demais. A duquesa declarou que o azul era o mais atraente e depois saiu do quarto. Lise a seguiu e Arabella ficou sozinha, olhando-se no espelho.

Ela parecia menor para Beau. Enfraquecida. Derrotada. A raiva havia escoado de seu rosto, e por trás dele, o que havia era angústia, crua e dolorosa. Enquanto ele observava, ela se aproximou, tocou o vidro prateado com um dedo e desenhou um sorriso em seu próprio reflexo. O pequeno e triste gesto tocou fundo o coração de Beau. Sem sequer ter consciência do que estava fazendo, ele estendeu a mão e pressionou-a contra o vidro, seus dedos encontrando os dela. Esqueceu-se de que ela não podia vê-lo, de que ela era apenas uma imagem no espelho.

— Acontece que a duquesa estava certa: *houve* consequências. — A voz, vinda da porta, fez Beau pular de susto. Era a menina. — A duquesa tirou a maior parte das coisas de Arabella, mas ela deu um jeito de continuar desenhando. Para continuar sonhando. — A garota deu alguns passos para dentro do quarto, olhando melancolicamente para a cidade cintilante ainda estendida no chão.

— Foi Arabella quem fez isso? — Beau perguntou.

A menina assentiu. Ela caminhou até as cortinas empoeiradas e traçou o contorno das flores sombrias com o dedo, e, ao fazer isso, seu brilho pálido se iluminou.

— À noite, ela retirava o fio prateado dessas cortinas e usava-o para criar sua cidade. Trabalhava nas breves e solitárias horas, quando todos os outros dormiam profundamente. As únicas que sabiam disso eram as criadas, mas ela lhes dava moedas para guardarem seus segredos. Ela encontrou um jeito. E foi o suficiente. — Sua luz diminuiu. — Até que passou a não ser mais.

— Por quê? O que aconteceu?

A criança estava prestes a responder quando um grito de raiva selvagem e ensurdecedor a interrompeu. O grito foi seguido por uma forte pancada na porta.

— Rápido! Temos que nos esconder! — ela sussurrou, tremendo agora. Agarrou a mão de Beau e puxou-o em direção às janelas.

Houve outro baque. Mais forte. Mais alto. Beau ouviu e finalmente percebeu exatamente quem, ou melhor, o que os estava perseguindo.

— Isso não é Poderesse, é, garota? — ele indagou, o pânico invadindo-o.

Quando as palavras saíram de seus lábios, a porta se abriu com um estrondo. Um segundo grito horripilante preencheu o quarto. A garotinha agarrou sua mão novamente e, desta vez, ele não a soltou. Havia armários sob o assento da janela. Suas frentes eram feitas de painéis filigranados de latão. A menina abriu um e gesticulou freneticamente para que ele a seguisse. Os armários eram largos e profundos, e tanto Beau quanto a garota conseguiram se enfiar no espaço escuro. Eles fecharam as portas no momento em que o que quer que tivesse produzido aqueles sons de gelar o sangue entrou no aposento.

Beau respirou fundo ao vê-la e depois sussurrou duas palavras.

— A fera.

CAPÍTULO VINTE E NOVE

A CRIANÇA CRAVOU OS DEDOS no braço de Beau, alertando-o silenciosamente para não fazer barulho. Para não se mover. Para não respirar.

Os olhos da criatura ardiam de raiva. Sua boca era um rasgão vermelho. Músculos poderosos ondulavam sob seu pelo. Suas narinas dilatavam-se enquanto farejava o ambiente. Então, ela jogou a cabeça para trás e rugiu, e Beau sentiu a criança encolher-se contra ele. Ele cobriu a mão trêmula dela com a sua, apertando-a.

A fera percorreu avidamente o quarto, procurando-os. Como não conseguiu encontrá-los, derrubou uma pilha de livros da mesa, que caíram no chão em uma avalanche de baques ruidosos. Em vez de aplacar a criatura, porém, a ação destrutiva apenas intensificou sua raiva. Ela virou uma cadeira. Derrubou as mesinhas de cabeceira. Apanhou uma mesa e a arremessou contra a parede, despedaçando-a.

Então, começou a atravessar o quarto, em direção a eles. Beau sentiu a criança petrificada de terror. Ele sabia que, se a fera se aproximasse, se olhasse para as portas filigranadas, ela os veria. Seu coração batia forte nas costelas; podia ouvir sua pulsação frenética e tinha certeza de que a fera também ouviria. Mas, a meio caminho, no centro do quarto, a criatura parou e fixou o olhar na colcha, amontoada no chão.

Ela achatou as orelhas para trás, na direção do crânio, arreganhou os dentes e pulou na pilha, mas, quando percebeu que a criança não estava escondida ali, seus olhos se encheram de uma fúria assassina e ela disparou para fora do aposento.

Beau aguardou até ouvir seus rugidos e rosnados desaparecerem no corredor. Só então se atreveu a rastejar para fora de seu esconderijo. Ele se orgulhava de seus nervos de aço. Estivera muitas vezes em situações difíceis. Havia sido perseguido e espancado. Mas nunca, jamais, ficara tão assustado como há pouco, quando a criatura entrou pela porta. Suas pernas pareciam não ter ossos. Seus pensamentos estavam desordenados. Teve dificuldade para falar.

— O q-que é aquilo? Como... Quem...

A menina o seguiu para fora do esconderijo. Beau notou que a luz dela havia diminuído e se transformado em uma cintilação. Parecia que ela iria se extinguir com o mais suave suspiro.

— Tenho que ir agora — disse ela.

— Não, você não pode ir. Eu preciso dessa chave. Preciso encontrar o túnel.

— Não tem túnel nenhum.

Beau balançou a cabeça.

— Isso não é verdade. Não *pode* ser.

A criança lançou-lhe um olhar de comiseração.

— Tenha cuidado, Beau. Sou eu quem a fera quer, mas ela também vai fazê-lo em pedaços se o encontrar. — E, então, ela se pôs a correr para ir embora.

Beau estava muito atordoado para persegui-la, mas a chamou, o mais alto que ousou.

— Espere! Pare. *Por favor.* Me diga seu nome. Quem é você?

Pouco antes de desaparecer pela porta, a criança olhou para ele e, com um sorriso trêmulo, disse:

— Esperança.

CAPÍTULO TRINTA

ARABELLA OBSERVOU ENQUANTO BEAU COLOCAVA uma colher de prata no bolso do paletó.

— Pegue — comandou ele, lançando-lhe um sorriso enquanto se virava.

— Tudo bem, vou pegar — ela falou. *Mas ainda não*, pensou, contente por ele não poder vê-la observando-o. *Ah, ainda não.*

Ele ficou de pé, com um quadril inclinado, os longos cabelos amarrados atrás, o rosto de perfil. Os olhos dela permaneceram em seu nariz, com a protuberância na ponte, nas maçãs do rosto salientes. Desceram, admirando a posição de seus ombros, a curva graciosa de suas costas.

— Eu estava pensando que era pra hoje...

— Estou cultivando o elemento surpresa — respondeu ela, desejando poder parar o tempo e permanecer ali, naquele momento, para sempre.

Um segundo depois, enquanto ela tirava a colher do bolso dele, Beau segurou-lhe a mão, assustando-a e provocando uma cascata de risadas.

— Eu consegui! — ela cantarolou. — Fui delicada como seda. Silenciosa, também.

— *Silenciosa?* Você poderia muito bem ter soltado fogos de artifício — retrucou ele, sem soltar a mão dela.

Ela olhou em seus calorosos olhos castanhos, tão cheios de surpresas. Para o seu sorriso, tão cheio de promessas. E, por um instante, por um único instante num século sem fim, ela estava feliz.

E, então, outro som surgiu acima das risadas deles — tão medido, tão inexorável quanto o tique-taque de um relógio. Arabella ergueu os olhos e seu sangue gelou ao ver quem caminhava na direção deles.

O relojoeiro.

— Não! — ela gritou, seu coração se enchendo de medo. — Por favor. Ele não. *Ele* não.

Ela agarrou a mão de Beau e começou a correr em direção à porta mais próxima, mas, quando chegaram lá, descobriram que Lady Pluca a estava bloqueando. Ela usava um vestido cor de mostarda; a gola de renda estava amarelada e a bainha, suja. Seu rosto pálido apresentava marcas de feridas lívidas.

Arabella virou-se e correu para outra porta, puxando Beau atrás de si. Mas Lady Horgenva apareceu nela, encarando-os de forma maligna, os braços em volta do corpo como uma camisa de força. Suas unhas, curvas e afiadas, estavam cravadas nas laterais do corpo.

Cambaleando, Arabella correu para a última porta, ainda segurando a mão de Beau, mas Lady Poderesse estava parada ali, olhando para o chão. Até que os ouviu se aproximando e, então, ergueu a cabeça, e Arabella viu que não havia nada onde deveriam estar os olhos, apenas dois buracos sombrios e abertos.

Arabella gritou. E sentou-se ereta.

Assustada, desorientada, olhou em volta e viu que não estava no grande salão com Beau; estava em seu quarto. Sozinha. A luz cinzenta da manhã infiltrava-se pela janela. Ela havia adormecido em sua cadeira.

— Foi apenas um sonho... não foi real — sussurrou, pressionando a mão no peito arfante. O alívio a inundou, mas foi rapidamente sobrepujado pelo pavor.

Nada é mais real que um sonho, postulou uma voz dentro de si. E ela sabia que a voz estava certa. Os sonhos eram poderosos. Eram espelhos para a alma. Em seu sonho, parecia que estava de volta àquele tempo — aos dias em que a criança estava constantemente ao seu lado.

Arabella sacudiu a cabeça, afastando a lembrança. Era perigoso desejar que aqueles dias retornassem. A criança estava trancada em segurança há décadas. Todas as três estavam. À luz tênue da manhã, ela sabia que o ladrão estava condenado, assim como todos eles. E não havia nada que pudesse fazer a respeito.

O coração de Arabella se apertou com esse pensamento. Ela fechou os olhos contra a dor lancinante.

— *Isso* não é culpa minha — disse, com voz entrecortada. — *Você* não é culpa minha.

Ah, mas é, sim, disse a voz. *E ele também é.*

Arabella levantou-se, desesperada para escapar da voz. Daria uma cavalgada. Pediria ao cavalariço para que selasse seu garanhão, Horatio,[3] e galoparia pela floresta. O vento soprando em seus ouvidos abafaria todo o restante.

Ela desceu correndo a escadaria curva em um redemoinho de saias e saiu correndo do castelo. Ao chegar aos estábulos, descobriu que o cavalariço estava no palheiro, jogando fardos no chão. Ela mesma selou Horatio e depois se dirigiu para a floresta, incitando o cavalo a galopar antes mesmo de saírem do pátio do estábulo.

Diziam as lendas que não havia cavaleiro na terra veloz o bastante para superar a morte.

Talvez não.

Mas ela tinha a intenção de tentar.

---

3. Nome de um personagem de *Hamlet*, de William Shakespeare. (N.T.)

CAPÍTULO TRINTA E UM

UMA RAJADA DE VENTO PASSOU pelo pátio do estábulo, sacudindo as portas do celeiro.

O vento murmurou e gargalhou como uma bruxa, com voz baixa e rouca, provocando Beau. Avisando que uma tempestade estava a caminho. Uma que traria neve e gelo. Uma que o manteria preso ali.

Com um martelo em uma das mãos e um saco de pregos na outra, ele o ignorou. Então, o vento tentou mais uma vez, aumentando e soprando, até que sua voz se tornou a de uma criança — aguda e assustada.

Por favor, não vá! Não me deixe, Beau!

Beau sabia que a voz não era real; sabia que era apenas sua mente preocupada pregando-lhe peças. Mas ter consciência disso não ajudava em nada. Ele ainda via Matti parado perto de uma janela, aguardando, torcendo e desejando que ele fosse buscá-lo. E o viu se afastar, arrasado, quando, dia após dia após dia, ele não foi. Beau ainda sentia como se o vento cortante tivesse entrado nele e envolvido seu coração com dedos impiedosos.

Encolhendo os ombros contra isso, Beau ajoelhou-se e pregou furiosamente duas tábuas juntas, extremidade com extremidade. Quando terminou, correu para a oficina do estábulo, apanhou mais duas tábuas e fez a mesma coisa. Então, posicionou a ponta de uma tábua recém-alongada sobre a outra e pregou-as novamente. Estava apressado e distraído, e o martelo atingiu seu polegar. Gritando de dor, apertou sua mão e soltou uma série de sonoros palavrões.

Arabella não ficaria satisfeita, pensou depois que o latejar diminuiu um pouco. Bem, ele não dava a mínima para o que Arabella pensava.

Por causa dela, havia passado o dia inteiro construindo a ponte mais horrível do mundo. O anoitecer caía agora, e ele não estava nem perto de terminar.

Tivera a ideia na noite anterior, depois que Esperança o deixara, após correr de volta para seu quarto e se trancar. Não havia túnel — ela o convencera disso —, então, ele teve que inventar outra maneira de escapar: uma ponte estreita de tábuas.

A distância através do fosso parecia ser de cerca de doze metros. As tábuas pregadas tinham, cada uma, três metros de comprimento. Beau planejava emendar seis ao todo, para ter três metros extras de cada lado do fosso. Ele conectaria as tábuas com mais pregos e um pouco de corda, depois empurraria toda a extensão de dezoito metros pelo portão e sobre o fosso. Aí, estabilizaria a extremidade da sua ponte caseira do lado do castelo, com contrapesos que encontrara na guarita, e torceria muito para que a outra extremidade penetrasse na margem do outro lado e se ancorasse ali.

E essa era a parte fácil. Se ele realmente conseguisse estender sua frágil construção através do fosso e ela de fato aguentasse, ele teria de atravessá-la a pé. Cruzaria o vazio caminhando sobre um pedaço de madeira de quinze centímetros de largura por dezoito metros de comprimento, bamba que só ela, emendada com pregos enferrujados e uma corda roída por ratos.

O plano era insano, e ele sabia disso, mas era o único de que dispunha. Beau pegou o martelo e começou a trabalhar novamente, mas, ao fazê-lo, a porta girou nas dobradiças.

— Maldito vento... — ele murmurou, levantando-se para fechá-la.

Mas não era o vento. Era Valmont. Percival o acompanhava. Eles não pareciam nada contentes.

Os olhos de Valmont foram do martelo na mão de Beau para as tábuas no chão e os pregos espalhados ao redor delas. Ele deu uma bufada tempestuosa e partiu na direção dele. Beau preparou-se para uma luta. Já estava farto. De Arabella e de sua corte assustadora. Da pequena larápia. E de monstros assassinos que surgiam à meia-noite.

— Afaste-se, Valzinho. Você não tem o direito de me impedir. Vocês são um bando de mentirosos. Todos vocês. Vocês…

Mas Valmont o interrompeu.

— Cale a boca — comandou, tirando o martelo da mão de Beau e jogando-o no chão. — Venha conosco.

— Para onde? A masmorra?

— Não, para o fosso.

— Por que eu deveria? — Beau perguntou, desconfiado.

— Para que você não acabe se matando — explicou Percival.

Os dois homens se viraram para ir embora. Beau os seguiu. Caminharam em silêncio até chegarem à casa de guarda e sua arcada ao lado do fosso.

— Por que estamos aqui? — Beau questionou, seu olhar examinando a água turva. Algumas rochas cobertas de limo se projetavam de suas profundezas, mas nada parecia viver ali.

Valmont pegou uma pedra grande que havia caído do muro da casa de guarda e atirou-a no fosso. Atingiu a água com um ruído forte e profundo. Por um longo momento, nada aconteceu. E, então, uma das pedras se moveu. Inclinou-se para trás e Beau viu um rosto encarando-o da água. Sua pele era de um verde gangrenoso; seus olhos estavam leitosos de decomposição. Fungo rastejava sobre seus lábios. Enquanto Beau olhava para a coisa, com a barriga contraída de horror, ela rosnou para ele com os dentes enegrecidos.

— O q-que é essa coisa? — ele perguntou, dando um passo apressado para trás.

Enquanto as palavras saíam de seus lábios, a água começou a se agitar e a espumar ao redor da criatura. Um segundo monstro surgiu, e depois outro, até que havia dezenas deles, todos gemendo e se debatendo. Ele viu um homem cuja pele pendia dos ossos como uma cortina esfarrapada. Um peixe nadando para dentro e para fora das órbitas de outro. Uma enguia deslizava pela caixa torácica de um terceiro.

— Se você ainda quer construir uma ponte, certifique-se de que seja forte — disse Valmont, partindo.

Percival permaneceu. Juntos, ele e Beau observaram as criaturas tristes e sombrias, algumas delas ainda rosnando e mordendo, outras arranhando inutilmente o ar, até que, uma por uma, voltaram a submergir.

Beau ficou paralisado no lugar, a imagem dos horrendos rostos das criaturas e o som do gorgolejo pavoroso que subia de suas gargantas ainda o acompanhando. Um passo em falso em sua ridícula ponte e ele estaria na água com elas.

— Percival, o que *são* eles?

— Soldados. Mercenários. Qualquer um que tentou atacar o castelo.

— Eles estão vivos? Mortos? Ambos?

Percival hesitou e então disse:

— Há coisas aqui, Beau, coisas que você não compreende.

— Explique-as para mim, então.

— Elas nos protegem — revelou Percival, apontando para o fosso. — Protegem Arabella.

Beau soltou uma risada amarga.

— *Poupe-me.* Arabella não precisa de proteção. Ela é dura como uma rocha.

— Falou como o ignorante que você é.

A veemência com que Percival cuspiu tais palavras abalou Beau.

— Eu sei tudo o que preciso saber sobre Arabella — assegurou ele de forma pouco convincente.

— Você não sabe *de nada* — Percival retrucou. — Nada da bebê que entrava na despensa do mordomo para empilhar xícaras e pires até ficarem mais altos que ela. Não sabe nada sobre a menina cujos pais a levaram a Paris para comprar seus vestidos, mas que, em vez disso, fugiu para ver a Notre-Dame. Ou como seus pais a encontraram do lado de fora da catedral, desenhando as torres, as janelas, os arcobotantes. Você não sabe nada sobre a jovem que desejava construir coisas.

A própria raiva de Beau se inflamava agora. Ele se lembrou das palavras incisivas de Arabella quando se conheceram e da frieza com que ela o dispensou depois de ele tê-la ensinado a bater carteiras.

— Você tem razão, eu não sei nada sobre essa Arabella — retorquiu ele. — A Arabella que eu conheço trata mal as pessoas. Ela as usa.

A mandíbula de Percival se contraiu em reação às palavras de Beau. Ele desviou os olhos, voltando seu olhar para a floresta além do fosso. Demorou algum tempo até que voltasse a falar.

— Há muito tempo, quando eu era menino, havia um juiz que presidia este reino, nomeado pelo velho duque, avô de Arabella. Seu primeiro decreto foi que cada cidade deveria construir uma prisão e uma forca. Todo ladrão, não importava se houvesse furtado um saco de ouro ou um pedaço de pão, era enforcado. Uma mulher que respondesse ao marido, colocavam-lhe uma máscara da infâmia. Adúlteras eram marcadas com um *A* com ferro em brasa. As celas nunca ficavam vazias. O sangue escorria em riachos dos pelourinhos. Corpos apodreciam nas forcas. O juiz fez de si mesmo nossa bússola moral. Ele e sua família nunca faltavam à igreja. Vestiam-se com simplicidade e se comportavam de maneira respeitável. Mas, uma vez, quando eu já era mais velho e trabalhava numa loja, a mulher do juiz foi comprar luvas. Quando ela apontou para um par, sua manga subiu e vi que seu braço estava coberto de hematomas. A lavadeira, que conhecia a vida de todos, disse que o juiz batia nela. E em seus filhos também. Havia mais histórias. As pessoas diziam que o juiz enganava parceiros de negócios e caluniava rivais. — Os olhos de Percival encontraram os de Beau. — Sempre me perguntei... quando o juiz proclamava suas ordens duras, para mergulhar um caluniador em um lago congelado, para enforcar um ladrão, quem, exatamente, ele estava condenando.

E, então, assentindo brevemente, ele saiu e deixou Beau parado na casa de guarda. Embora estivesse muito frio lá fora, as bochechas de Beau ardiam. Com certeza, aquele velho idiota não o estava comparando com aquele juiz horrível, certo?

Espontaneamente, uma imagem de Arabella, tal como retratada na pintura, veio até ele. Ele viu seus olhos vivos. Suas costas retas, a postura orgulhosa de seus ombros, a inclinação desafiadora de sua cabeça. A pessoa que ela era agora parecia muito diferente daquela do retrato. O que havia acontecido para mudá-la? Quem lhe roubara o que ela possuía naquele retrato: orgulho e paixão?

Por que se importa?, ele se perguntou. *Ela não lhe dá a mínima. Fez de você um prisioneiro. E, se você não construir essa ponte, continuará sendo um.*

Outra rajada de vento uivou, espalhando granizo pelas pedras do pavimento, forçando Beau a se curvar dentro do casaco e mandando-o de volta aos estábulos. Enquanto corria para dentro, uma fúria repentina, rubra e voraz, apoderou-se dele. Ele chutou o saco de pregos. Chutou repetidamente uma tábua emendada, furioso com Miguel e Arabella, furioso com xerifes, diretoras e professores, furioso com sua própria tolice, até que fez em pedaços o que havia construído.

E, então, com o peito arfando e o rosto vermelho, Beau olhou para as tábuas que não havia quebrado. Não passavam de uma piada. Nunca resistiriam ao seu peso. Não aguentariam um gato. Elas iriam envergar, partir-se e o atirar direto no fosso. Ele se ajoelhou, derrotado, e catou os pregos que havia chutado no chão. Não sabia nada sobre construir coisas. O imprestável do seu pai não lhe ensinara. Nem Raphael. A única coisa que ele sabia fazer era roubar. E isso não o ajudaria agora. Isso não contribuiria em nada para levá-lo até Matti.

— O que eu vou fazer? Que diabos vou fazer? — ele gritou.

Como se em resposta, a voz de Percival flutuou de volta até ele. *Você não sabe nada sobre a jovem que desejava construir coisas...*

Os pregos caíram das mãos de Beau, que se levantou e começou a andar. Quando saiu, estava correndo.

Ele não precisava saber construir uma ponte.

Porque conhecia alguém que sabia.

CAPÍTULO TRINTA E DOIS

LADY ÉDSDEM FITOU BEAU DO alto de seu nariz longo e elegante. Ele estava na porta dos aposentos privados de Arabella. Nos braços, carregava um embrulho grande e volumoso amarrado em um lençol.

— A senhora está tomando chá. Passou o dia cavalgando e está cansada — declarou Édsdem com uma bufada de desprezo. — Você não pode entrar agora. Ou, na verdade, em momento nenhum.

— Eu não me importo se ela está tomando chá, tomando banho ou dando uma bela e longa mijada; preciso vê-la — insistiu Beau, abrindo caminho para entrar nos aposentos de Arabella.

— Pare! Você não pode simplesmente... Agora, escute aqui, rapaz!

Beau ignorou os protestos de Édsdem e passou por ela em direção à sala de estar. Arabella estava lendo junto ao fogo, envolta em um quente roupão de lã, rodeada por suas damas de companhia. Uma bandeja de chá prateada havia sido colocada sobre uma mesa entre a cadeira e a lareira. Um livro jazia aberto em seu colo.

Ela levantou a cabeça ao som de sua aproximação.

— Lady Édsdem? — começou a dizer. — O que está havendo...

Beau não lhe deu a chance de terminar. Caminhou até ela e deixou cair sua trouxa a seus pés. O volume atingiu o chão com um alto estrondo.

— Deve ser tudo de que você precisa — disparou. — Com exceção disso.

Ele enfiou a mão no bolso, retirou um frasco de tinta bem fechado e bateu com ele na mesa. Ao fazer isso, algo na bandeja chamou sua atenção: um pequeno e lindo bolo com cobertura de limão e uma violeta cristalizada. Ele o pegou e colocou na boca.

— Fique à vontade — ironizou Arabella. — Gostaria também de um pouco de chá? Espere, deixe-me servir para você. Açúcar? Creme?

Beau, ainda mastigando, ergueu um dedo, pedindo um tempo. Engoliu e disse:

— Creme. Sem açúcar.

Arabella franziu o cenho, obviamente contrariada por ver seu blefe exposto. Ela pegou uma xícara e um pires da bandeja, serviu o chá, acrescentou um pouco de creme e lhe entregou. Beau assentiu em agradecimento e depois sorveu o líquido ruidosamente.

Com os olhos estreitados, Arabella aguardou até que ele terminasse. Quando finalmente o fez, ela disse:

— Agora, será que se importaria de me contar por que jogou um saco de lixo aos meus pés?

— Você vai construir para mim uma ponte sobre o fosso. Trouxe tudo de que precisa para começar.

Enquanto falava, Beau ajoelhou-se e desatou os quatro cantos do lençol. Compassos, transferidores, penas, livros, uma régua T, uma régua triângulo ajustável, uma curva francesa, várias réguas simples e um rolo de papel de desenho estavam amontoados no centro da trouxa.

Arabella arfou. Sua máscara cuidadosamente construída rachou e caiu. Em seu lugar, havia um sorriso radiante e cheio de alegria. Durou apenas um instante, porém, até que a raiva tomasse seu lugar.

— Onde você conseguiu essas coisas? — ela perguntou imperiosamente.

— De seus antigos aposentos.

Lady Viara, sentada perto, levantou-se num pulo, agarrando o bule na bandeja e atirando-o no chão.

— Como ousa! Como *ousa*! — ela gritou quando o bule se espatifou. — Você não tinha nada que se intrometer lá!

— Bisbilhotando as coisas dos outros! Deveria ter vergonha de si mesmo! — Horgenva o repreendeu.

Poderesse não disse nada. Apenas observou, seus dedos experientes trabalhando com uma agulha de bordar, seus olhos saltando de Beau para Arabella e vice-versa.

— Você... você foi lá sem autorização. Invadiu minha privacidade — acusou Arabella. — Você...

— Eu não dou a mínima para a sua privacidade. Por sua causa, estou preso nesta horrível pilha de pedras. Preciso sair daqui. E você vai me ajudar.

A dor se manifestou nos olhos de Arabella ao ouvir tais palavras, e Beau chegou a pensar que ele realmente havia penetrado sua armadura, mas estava errado.

— Receio que tenha cometido um engano — começou ela friamente. — Não faço ideia de como construir uma ponte. — Ela se virou para Lady Pluca. — Chame Valmont.

Pluca correu até a campainha e puxou-a freneticamente.

— Isso é balela, Arabella — insistiu Beau. — Você sabe, *sim*, como construir. Eu vi seus livros e todos os seus instrumentos. Vi a colcha também.

Arabella, agora indignada, respirou fundo. Parecia uma serpente se preparando para dar o bote, mas Beau não lhe deu a oportunidade.

— Quer saber o que mais? Percival me disse que você estudou as maiores construções do mundo. Contou que foi à Notre-Dame e fez um esboço. Se você é capaz de descobrir como funciona um arcobundante, é capaz de...

— *Arcobotante*, seu imbecil — Arabella sibilou. — É arco*botante*.

Beau bateu com o dedo indicador no queixo.

— Hum. Um pouco impreciso, não acha? Sem dúvida você poderia inventar algo mais descritivamente específico para a situação atual do que *imbecil*.

— Onde é que está Valmont? — Arabella gritou, sua compostura agora abalada.

Pluca correu até a porta para procurá-lo.

— Mas isso não importa — Beau continuou. — A questão é... se você sabe tudo sobre catedrais, templos e pirâmides, sabe sobre pontes. Então, construa uma para mim. Não precisa ser grande coisa.

Arabella riu, incrédula.

— Não precisa, é? — ela zombou. — Ufa, que bom. Eu estava preocupada.

— Uma pequena passarela estreita dará conta do recado. Tudo o que ela precisa fazer é não desabar.

Naquele momento, Valmont entrou correndo no aposento.

— O que foi, Vossa Senhoria? Qual é o problema? — ele perguntou.

E, então, viu Beau e a confusão de instrumentos espalhados no chão.

— Retire-o, Valmont — ordenou Arabella. — E depois mande os criados recolherem esse lixo. Peça-lhes que queimem tudo.

Sua última frase não fora simplesmente pronunciada, mas, sim, lançada com raiva. Dirigida a Beau especificamente. Um Valmont furioso o agarrou pelo braço e o empurrou para fora da sala de estar, mas, pouco antes de chegarem à porta, Beau se desvencilhou. Ele se voltou para Arabella, encarou seus olhos incandescentes e não desviou o olhar. Ela era sua última chance.

— Você me meteu nesta confusão — ele lhe disse. — Você pode me tirar dela.

Arabella sustentou seu olhar, então se abaixou, apanhou as réguas de madeira, a curva francesa, o papel para desenho e lançou-os no fogo.

CAPÍTULO TRINTA E TRÊS

JÁ NÃO SE CONTAM HISTÓRIAS da carochinha.
Porque ninguém mais quer ser salvo.
Isso é só para os fracos.
E todo mundo está tão forte agora.

Quem contava os contos já cansou
De repetir só histórias bonitas.
Aquelas que nunca são pedidas
São as que você mais precisa ouvir.

Sobre um cavaleiro com armadura enferrujada.
E uma rainha de gelo que derreteu.
Sobre um belo príncipe que está à espreita,
Com dentes afiados e longas garras.

Os contadores de histórias já se foram.
Para ficar com a bruxa.
E beber com o lenhador.
E aguardar por você na floresta.

CAPÍTULO TRINTA E QUATRO

— *PARE DE ANDAR DE* um lado para o outro, criança. Como vamos arrumar seu cabelo? Ou vesti-la para o jantar?

Arabella dispensou as palavras de Poderesse com um aceno de mão.

— Que *coragem* ele tem — começou ela, caminhando para lá e para cá. — De entrar aqui... fazendo suas exigências ridículas... — Ela parou no centro da sala. — Construir uma ponte... uma *ponte*?

— Com o quê? — Lady Viara bufou. — Suas próprias mãos?

Lady Pluca, parada na porta do closet de Arabella, segurava um vestido de seda.

— Senhora — ela começou a falar com sua voz gorgolejante e lúgubre —, Percival organizou sua mesa. Valmont decantou o seu vinho. A comida que Phillipe preparou está esfriando. A lareira está acesa. Assim como as velas. Florian aguarda ao lado de sua cadeira. As flores logo murcharão.

— Sim, Lady Pluca, estou indo, estou *indo* — respondeu Arabella, com um rubor de contrição colorindo suas bochechas. Ela não tinha a intenção de deixar seus criados esperando.

Ainda irritada e resmungando, ela entrou no closet. Havia um espelho alto num canto. O vidro pareceu sentir o tumulto dentro dela e respondeu a isso. As cores rodopiaram dentro dele, acenando para ela. As imagens tomaram forma.

Arabella recuou ao ver o vidro prateado ganhar vida. Um impulso destrutivo disparou nela. Sua vontade era pegar um vaso, uma estatueta, um peso de porta, *qualquer coisa*, e quebrar o vidro prateado em pedaços, mas era inútil. Ela não conseguia quebrar os espelhos. Quantas vezes já não havia tentado?

Embora não quisesse, Arabella permaneceu imóvel, como fizera milhares de vezes antes, observando a história — a sua história — desenrolar-se, tolamente torcendo por um desfecho melhor. O vidro lhe mostrou uma cena resplandecente: um salão de baile formal, o dourado e o cristal imperando, onde rosas transbordavam de vasos e a luz das velas tremeluzia sobre rostos empoados e com toques de ruge.

Uma garota entrou em foco. Ela usava um vestido azul. Joias pendiam dos lóbulos de suas orelhas e do pescoço. Seu cabelo estava preso no alto da cabeça; não havia um único fio fora do lugar. Tudo nela era controlado — seu corpo, seus gestos, sua voz. Ela se movia pelo salão de baile com um rosto de porcelana e uma fragilidade em seu porte. Assemelhava-se às decorações de ninhos de caramelo no topo de bolos requintados, como se fosse quebrar em pedaços a um simples toque.

O duque, seu pai, visitara-a em seus aposentos antes do baile, com uma advertência.

— Não espero outra coisa senão um comportamento perfeito esta noite, Arabella. Tenho para você uma lista de pretendentes tão longa quanto meu braço: um duque da Sardenha, um visconde alemão, um barão austríaco, um príncipe romeno... Mas, se você não se controlar, terei sorte se conseguir casá-la com um caçador de ratos.

O objetivo do baile era encontrar um marido para Arabella, mas ela não queria um. Queria pedra e argamassa. Vigas e caibros. Ela queria erguer paredes, construir torres, levantar pináculos para perfurar o céu. Mas percebeu que se tratava de um sonho impossível; seus pais nunca o permitiriam, e ela estava cansada de brigar com eles, cansada de decepcioná-los, então, em vez disso, conversou, dançou e sorriu.

Os jovens se apresentaram. Um conde a conduziu pelo salão do tamanho de uma catedral, regalando-a com histórias de seu hobby: colecionar selos. Um barão dançara com ela e falara o tempo todo sobre seus spaniels. Depois de ouvir durante uma hora inteira um duque apaixonado por pesca discursar sobre as diferenças entre a brema-comum e a brema-prateada, Arabella declarou que sentia muito calor e pediu licença para pegar uma taça de ponche. Ela achava uma dificuldade conversar — sobre jardins, concertos, cavalos ou pudim, como sua tia havia aconselhado —, mas seus pretendentes não pareciam se importar. Quanto menos ela falasse, mais eles próprios poderiam fazê-lo.

Ao chegar à mesa de bebidas, avistou o pai, de costas para ela, envolvido em uma conversa com o embaixador italiano.

— Gostaria que seu senhor estivesse aqui — ela o ouviu dizer. — Eu estimaria ser aconselhado por ele a respeito de uma questão política relativa ao meu ducado.

— Quem sabe eu possa ajudar, Vossa Senhoria? — o embaixador ofereceu.

Os homens se aproximaram um do outro. Arabella, intrigada, inclinou-se para ouvir melhor a conversa, mas os homens criaram um muro com seus corpos, isolando-a. Ela ainda podia escutá-los, no entanto.

— Meu povo está inquieto. Houve incidentes de rebelião — contou seu pai. — Meus cobradores de impostos foram surrados. A forca, destruída. Armazéns de grãos, saqueados.

— Porque você tributa severamente seu povo para construir um relógio de ouro gigante, papai — disse Arabella. A si mesma. Ou assim pensou ter feito.

— Que monte de podridão — proferiu lentamente uma voz masculina.

Arabella virou-se. Um jovem nobre estava por perto, segurando um bolinho de creme entre o polegar e o indicador. Ele era alto, como Arabella, e de uma beleza fria, com cabelo castanho-claro preso atrás com uma fita, olhos azuis entediados e um sorriso indolente.

— Sabe o conselho que eu daria? — ele perguntou, a boca cheia do doce. — Reúna os líderes, enforque-os e deixe seus corpos para os abutres.

Arabella estremeceu diante de tais palavras cruéis.

— Você sempre oferece conselhos que não foram requisitados, senhor? — ela questionou.

O homem bufou uma risada.

— Você sempre escuta as conversas de outras pessoas? — Ele terminou o doce e franziu a testa ao ver um pouco de creme grudado em seu polegar. Perscrutando ao redor; seus olhos pousaram em Florian, que carregava para a mesa uma pesada bandeja de prata com frutas açucaradas. — Você, garoto... venha até aqui! — vociferou.

— Meu senhor? — Florian disse ao se aproximar, arfando com o peso da bandeja.

O homem limpou a mão na manga de Florian.

— Siga seu caminho. Xô — ordenou, dispensando o garoto.

Arabella o encarou, sem palavras, e então a raiva a invadiu, sobrepujando o choque. Ela abriu a boca, pronta para dizer para aquele idiota arrogante exatamente o que pensava de seu comportamento atroz. Mas, antes que pudesse fazê-lo, o jovem fez uma breve reverência e disse:

— Estou esquecendo meus bons modos. Permita-me apresentar-me... Constantine, príncipe da Romênia.

Naquele exato momento, bem quando o príncipe fazia uma reverência, o pai de Arabella passou por eles, ainda envolvido em uma séria conversa com o embaixador. Ele a olhou de relance, e as emoções de Arabella deviam estar estampadas em seu rosto, pois o olhar do pai se turvou de repente. A jovem vislumbrou a advertência neles, e isso a fez parar.

— É um prazer conhecê-lo, Vossa Alteza — começou ela, reprimindo o que sentia. — Meu nome é...

— Arabella. Sim, eu sei. Você tem um coração muito mole, Arabella. Só há uma coisa a fazer com camponeses rebeldes: eliminá-los.

Converse sobre jardins, alertou uma voz estridente e em pânico dentro de Arabella. *Converse sobre gatinhos. Converse sobre pudim.*

Mas ela não lhe deu ouvidos.

— O povo do meu pai não precisa de cordas no pescoço. Eles precisam de comida em suas mesas — ela rebateu. — Dois anos de verões chuvosos resultaram em colheitas fracas. Não há trigo para fazer o pão nem feno para alimentar os animais.

Constantine riu.

— Querida, você não compreende como funciona o poder. Permita-me explicar-lhe: dê muito aos camponeses e você os ensinará a querer coisas que não deveriam querer. É assim que as revoluções começam.

— As pessoas só se rebelam quando não têm nada — retrucou Arabella. — Você já viu um rei iniciar uma revolução?

— Suponho que *você* tenha inventado uma forma de lidar com revoltas do populacho? — Constantine questionou.

— Acredito que inventei, sim.

Arabella esperava que ele voltasse a rir dela ou se afastasse. Em vez disso, ele disse:

— Conte-me, sim?

Os convidados do baile, intrigados com a visão da jovem filha do duque dando um sermão a um príncipe, aproximaram-se.

— A minha solução é dar ao nosso povo as ferramentas de que necessita para progredir — explicou Arabella, com convicção.

— Que seriam…?

— Escolas e hospitais. Boas estradas. Encanamento adequado.

— *Encanamento?* — Constantine torceu o nariz.

— Uma questão pouco atraente, sim — reconheceu Arabella com seriedade —, mas importante, pois a ciência nos diz que água potável limpa e esgotos bem conservados reduzem surtos de doenças. — Levada por sua visão, Arabella não ouviu os comentários maliciosos das mulheres, sussurrados por trás dos leques de seda. Ela não percebeu que os homens franziam a testa com repugnância. Animada por ter uma plateia para suas ideias, ela confundiu o interesse de Constantine com entusiasmo. — Essas ideias são ambiciosas, sei disso. Eu começaria com o vilarejo mais próximo do nosso castelo e o usaria como campo de testes — prosseguiu, as palavras derramando-se de sua língua.

— E como você chamaria essa sua cidade-modelo? — Constantine perguntou. — Há um nome para ela? Utopia, talvez?

A multidão riu estridentemente. Tarde demais, Arabella viu o que o homem havia feito. Fizera-lhe perguntas, levara-a a se abrir; ele a persuadira a compartilhar o sonho que vivia em seu coração. Não porque achasse que tivesse algum mérito, mas para ridicularizá-lo.

A vergonha e o constrangimento ardiam nela, mas Arabella se manteve firme.

— Não, Utopia não — respondeu ela. — Paraíso.

Constantine arqueou uma sobrancelha.

— E o que faria dela um paraíso, minha senhora? O fato de você viver lá?

Outra onda de risadas envolveu Arabella. Ela ergueu o queixo para ele e disse:

— Não, meu senhor. O fato de *você* não viver.

Suspiros abafados elevaram-se dos cortesãos. Bufadas e risadinhas se seguiram. Constantine lançou a Arabella um sorriso ácido. Então, declarou:

— Eu tinha a impressão de que a filha do duque era uma jovem dama em idade de se casar. Estava enganado. Ela é jovem, mas não é uma dama. — E, então, ele se foi.

Arabella ficou sozinha por um momento, mortificada por todos os olhares sobre ela. Acontecera novamente. Embora houvesse se esforçado tanto para se controlar, suas emoções explodiram de dentro dela, agitando-se e berrando como um infame palhaço impulsionado por molas saltando de uma caixinha de surpresa. Foi acometida pelo remorso. A notícia chegaria aos seus pais; ela os havia decepcionado mais uma vez. Desejou desesperadamente poder se comportar da forma que eles queriam, mas não sabia como. Era impossível não sentir suas emoções. Era como desejar que seu coração não bombeasse ou que seus pulmões não puxassem ar.

— Arabella, aí está você! Eu a estava procurando!

A jovem se virou e viu a mãe caminhando em sua direção, com as bochechas coradas. Gelou de temor. Preparou-se para a reprimenda que estava prestes a desabar sobre ela.

Mas a duquesa sorria.

Fato inédito, ela parece feliz em me ver, pensou Arabella. *Fico imaginando por quê.*

Ela não teve que esperar muito para descobrir.

— Encontrei um marido para você! — a duquesa declarou, bastante animada. — Eu estava conversando com uma velha e querida amiga. Sua família morava perto da minha, em Paris, antes de ela se casar, e ela fez um *excelente* casamento; acontece que ela tem um filho, apenas alguns anos mais velho que você, e achamos que vocês dois dariam um casal *perfeito*!

Arabella estava cansada. Sua cabeça doía. Ela não queria um marido agora, assim como não queria quando o baile começara, mas era tão raro que fizesse a mãe feliz, tão raro que a duquesa olhasse para ela com algo semelhante a aprovação, que sorriu alegremente e fez o possível para parecer ansiosa ao perguntar:

— Quem é, mamãe?

A duquesa agarrou o braço de Arabella e disse com voz ofegante:

— Sua Alteza Real, o Príncipe Constantine!

A verdadeira Arabella afastou-se do espelho neste momento. Fechou os olhos com força. Quando os reabriu, as imagens no vidro prateado haviam desaparecido. Permaneceu perfeitamente imóvel por um instante, com as unhas cravadas nas palmas das mãos, tentando não se lembrar do capítulo seguinte de sua história.

Ela havia pedido perdão milhares de vezes. Mas isso não importava. Nunca perdoaria a si mesma.

CAPÍTULO TRINTA E CINCO

BEAU CONTEMPLOU A FILEIRA DE portas abertas no corredor escuro à sua frente.

Fora a menina. Quem mais poderia ser? Ela havia retornado. Estava procurando por algo ou alguém.

— Ei, garota! Psiu! Ei, Esperança! — ele gritou.

Ele segurou o castiçal bem alto e deu alguns passos hesitantes pelo corredor, espiando pela primeira porta que encontrou. O aposento — um quarto — estava destruído. Esperança estivera ali? Será que ainda estava? O luar entrava por uma fileira alta de janelas, banhando o cômodo com uma luz prateada. Beau piscou, momentaneamente ofuscado após o completo breu do corredor, e então entrou.

— Esperança? Você está aqui? — ele sussurrou, mas não obteve resposta.

Ele havia saído de seu próprio quarto momentos antes e estava a caminho dos antigos aposentos de Arabella para encontrar livros sobre pontes. Não soubera mais dela depois de ter ido ao seu quarto para exigir-lhe que o ajudasse a construir uma. Quando a manhã chegasse, iria novamente até ela e jogaria os livros no chão. Ele recolheria suas anotações e as colocaria a seus pés, também. Desenhos. Rolos. Pergaminhos. Simplesmente tudo que encontrasse. Ele se tornaria um incômodo tão grande que ela cederia e o ajudaria, mesmo que apenas para se livrar dele.

O relógio bateu onze horas. Suas badaladas sinistras, ecoando por todo o castelo, lembraram Beau de se pôr em movimento. Após seu último encontro com a fera, estava determinado a estar de volta ao seu quarto à meia-noite. Estava prestes a sair do aposento revirado quando notou os guarda-roupas altos no fundo. Suas portas estavam abertas, e vestidos caros caíam por elas. Havia jaquetas ricamente bordadas com fios de ouro, capas de pele, casacos de cetim. Acima das roupas, chapéus emplumados, regalos para aquecer as mãos e delicados sapatos de seda estavam alinhados nas prateleiras.

Beau aproximou-se dos guarda-roupas, guiado por seus instintos de ladrão. Talvez houvesse algo de valor ali. Ele ainda tinha o anel de sua antiga patroa costurado em seu casaco, mas seria valioso o suficiente para recuperar a saúde de Matti? Atravessou o quarto com alguns passos rápidos e depois enfiou a mão em um dos guarda-roupas, mas, quando pegou uma jaqueta do cabide, o tecido se desintegrou em suas mãos. Ele o jogou no chão e pegou uma pelerine, mas tufos de pelos se soltaram. Agarrou uma saia, um vestido, uma capa, mas cada roupa que tocava estava roída pelas traças, era decrépita e estava arruinada.

— O que está acontecendo aqui? — murmurou, perplexo. Por que Arabella guardaria todas essas roupas destruídas?

Ele se lembrou, com um desconforto crescente, dos móveis cobertos de poeira em seus antigos aposentos e da estranha afirmação que Esperança havia feito: que ela estava trancada há cem anos.

Afastando a sensação, Beau correu para outro guarda-roupa, mas, novamente, ficou de mãos abanando. Girou lentamente, esperando, de alguma forma, ter deixado passar um baú, uma urna, uma pequena caixa de joias enfiada numa prateleira.

Foi quando ele a viu.

Uma mulher.

Diminuta. Curvada. Parada de pé nas sombras.

CAPÍTULO TRINTA E SEIS

O PÂNICO ROUBOU O FÔLEGO de Beau. Como não a notara? Estava a poucos metros dele.

Se ela gritar..., sua mente martelava. *Se ela fugir ou chamar Valmont...*

A mulher estava do outro lado do quarto, à direita das janelas, de costas para ele. Beau viu que ela segurava um manto de seda com uma das mãos e o acariciava com a outra.

Sua mente trabalhou rápido. *Seria uma criada? Uma das damas de companhia de Arabella?*, ele se perguntou.

— Ah, oi. Perdoe-me se a assustei — desculpou-se ele, afetando despreocupação e tentando fazer parecer que sua presença ali não era grande coisa, como se sempre zanzasse sozinho pelo castelo tarde da noite.

A mulher não falou nada, mas inclinou a cabeça na direção dele. Um pálido raio de luar atingiu seu cabelo. Beau reparou que estava preso no alto da cabeça e era tão branco e macio que parecia feito de teias de aranha.

— Então... — continuou ele, lançando-lhe um sorriso que aprofundava suas covinhas. — Você viu Valmont? Eu o estou procurando há... — Ele riu. — Nem *sei*! Uma hora?

A cabeça da mulher girou. Ela se virou para ele bruscamente, como uma marionete nas mãos de um titereiro desajeitado. O luar agora iluminava seu corpo, mas seu rosto ainda estava envolto em sombras. Beau viu que ela era esqueleticamente magra. A forma como o vestido esfarrapado pendia de seus ombros, como o traje esfarrapado de um espantalho, o perturbou.

— Você serve à senhora, não? A senhora Arabella — perguntou ele, elevando um pouco a voz.

A mulher soltou o manto que segurava, deixando-o cair no chão.

— Eu sou Lady Daveida e sirvo à *verdadeira* senhora deste lugar — respondeu ela com altivez, erguendo-se em toda a sua altura. — *Todas* nós servimos. — Ela riu então. A risada era alta e estridente, e Beau deu um passo para trás. Ao fazê-lo, a mulher estendeu a mão ossuda diante de si. — Brocado, cetim, veludo, renda... Você já viu tamanha elegância? — perguntou, dando um passo em direção a ele, suas saias varrendo a poeira do chão.

Beau esforçou-se para ver seu rosto, mas as sombras o mantinham oculto.

— Tudo o que ela possuía era requintado, mas não passava de um verniz... Deus sabe que o exterior não combinava com o interior... Mas o que isso importa? — a mulher perguntou. — Superfícies reluzentes são tudo o que importa neste mundo.

Ela passou sob as janelas altas, ainda se movendo em direção a ele. Ao fazer isso, os raios de luar finalmente a revelaram por completo. O coração de Beau deu um salto. Ele queria fugir, mas o horror o manteve preso no lugar.

Seu rosto era um mosaico de cacos de espelho quebrados; seus lábios, um traço de carmim; seus olhos, botões adornados de joias. Seus cabelos presos no alto não apenas pareciam teias de aranha, *eram* teias de aranha, e, quando ela se aproximou, o penteado começou a estremecer.

Enquanto Beau observava, ainda com os pés plantados no lugar, uma perna preta fina e curva apareceu entre os fios brancos e pegajosos, buscando apoio. Foi seguida por outra, e mais uma, e então uma grande aranha negra rastejou para fora. À medida que a criatura descia pela lateral do rosto da mulher, ela sorriu, revelando uma boca cheia de pontas de tesoura afiadas, brilhantes e quebradas.

E, aí, ela atacou.

Os reflexos de ladrão de Beau o salvaram. Ele girou para a direita e se esquivou da mão que parecia uma garra. Então, correu, cruzando a soleira e derrapando no corredor. Estendeu a mão para a maçaneta e bateu a porta atrás de si. Com as mãos trêmulas, arrancou o pacote de ferramentas para arrombar fechaduras da cintura e o abriu. As ferramentas caíram no chão.

— Vamos lá... *vamos lá* — ele sussurrou, pegando o garfo de picles e a chave de fenda e enfiando-os na fechadura.

Risadas estridentes chegaram até ele do outro lado da porta. Ele girou o garfo de modo frenético, esperando conseguir trancar a porta, mas só arranhou inutilmente as entranhas da fechadura.

Uma fração de segundo depois, houve um estrondo alto e estremecedor quando a mulher se jogou contra a porta. Beau buscou a maçaneta, desesperado para manter a porta fechada. Quando sua mão se fechou sobre ela, um movimento à sua direita chamou-lhe a atenção.

Ele virou a cabeça e viu a menina. Esperança. Ela estava correndo. Direto para ele.

CAPÍTULO TRINTA E SETE

HAVIA DUAS MENINAS. BEAU PERCEBIA isso agora.

A segunda era mais redonda e mais robusta. Seu vestido era azul e tão sujo e esfarrapado quanto o de Esperança.

Ao avistarem Beau, elas diminuíram a velocidade para uma caminhada rápida.

— Vá embora. Saia daqui! — Esperança ordenou, enquanto a outra menina se virava e andava de costas, mantendo os olhos no fim do corredor.

— Não posso! — Beau exclamou. Enquanto falava, a criatura dentro do quarto deu um tranco violento na porta, fazendo-a chacoalhar no batente. — Me ajudem. Agarrem a maçaneta e mantenham a porta fechada para que eu possa trancá-la!

— Não há tempo — disparou a segunda garota.

— Mas há uma mulher lá dentro... *uma coisa*! Ela tentou me matar!

— O que está nos perseguindo é pior do que está perseguindo você, eu lhe garanto — explicou a segunda menina quando ela e Esperança passaram por ele.

— *Esperem*, droga, preciso da ajuda de vocês! — Beau estava prestes a dizer mais alguma coisa, mas um grito de fúria vindo da escuridão no fim do corredor o interrompeu. — Quem é *essa*? — ele perguntou, com um tom de exasperação e cansaço em sua voz. — Parece Viara. Ela vai tentar me matar também?

— Pare de falar, idiota, e corra — comandou a menina de vestido azul.

Ela, então, tratou de correr, com Esperança logo atrás de si. Beau as observou partir, sem saber se deveria soltar a maçaneta ou continuar segurando-a. Outro grito o fez decidir-se. Soltou-a, apanhou suas ferramentas e correu, alcançando as crianças enquanto elas dobravam outro corredor. Elas eram rápidas, mas Viara era mais rápida: ela os estava alcançando; Beau podia ouvir seus gritos cada vez mais altos.

O corredor levou Beau e as meninas a uma ampla galeria. Pinturas de cenas de batalha adornavam as paredes. Armaduras, os cantos. Um console, coberto por uma tapeçaria, estava encostado à parede. Outro corredor, longo e reto, conduzia para fora da galeria. Com completo desânimo, Beau se deu conta de que Viara os alcançaria antes que chegassem à metade do caminho.

Esperança percebeu a mesma coisa. Ela tirou um dos sapatos e jogou-o no corredor. Então, correu até o console e levantou a ponta da tapeçaria.

— Entrem aqui! Rápido! — ela sussurrou.

A menina de azul caiu de joelhos e rastejou para baixo. Beau deslizou atrás dela. Esperança os seguiu apressada e soltou o pano. Um instante depois, Viara entrou na galeria. Todos os três prenderam a respiração. Ouviram-na parar e soltar uma risada gutural.

— Vocês não podem fugir para sempre — ameaçou ela.

Beau novamente ouviu passos, primeiro altos e depois se afastando. Então, silêncio. Ele soltou um suspiro trêmulo e recostou-se contra a parede. Esperança caiu contra uma perna da mesa e fechou os olhos. A outra garota levantou a tapeçaria e espiou para fora dela.

— A idiota mordeu a isca — declarou. — O perigo já passou. Vamos.

— Esperem um minuto... Vocês não vão a lugar algum — protestou Beau. — Não até que me devolvam a chave.

— De jeito nenhum — redarguiu a outra garota. — Precisamos dela. Temos que encontrar mais uma de nós.

Sua voz era de criança, mas suas palavras eram cansadas e carregadas de vivência.

— Quem é você? — Beau perguntou.

A menina, ainda espiando por baixo da tapeçaria, não respondeu.

— Ela é minha irmã. O nome dela é Fé — explicou Esperança.

— Esperança e Fé? Que bonitinho. Mas eu quero a chave.

Fé largou a tapeçaria e se virou para ele.

— E o que você acha que vai fazer com ela?

— Ele acha que vai encontrar um túnel — esclareceu Esperança.

Fé bufou.

— Não há túnel algum.

— É. Eu disse isso a ele.

A frustração de Beau, alimentada pelo medo, estava aumentando, mas ele reuniu paciência. Lembrou a si mesmo de que suas duas companheiras eram apenas crianças. Não era de se esperar que soubessem sobre castelos e sua construção.

— *Tem* que haver um túnel — ele insistiu. — Quando castelos são atacados...

Fé o interrompeu.

— *Este* castelo, iniciado pelos normandos em 1058 e ampliado no início do século XV por Filippo Brunelleschi, resultando na alta expressão gótica que o caracteriza, foi construído em granito — declarou ela. — Infelizmente, sem o conhecimento dos arquitetos originais, suas fundações foram enterradas num depósito profundo de xisto, uma rocha quebradiça e instável. Mais ou menos como você. Na verdade, se você fosse uma massa de terra, estaria cheio de xisto. Mas estou divagando. Os construtores originais tentaram cavar um túnel sob o castelo e o fosso, mas logo descobriram que ele poderia desabar a qualquer momento e imediatamente pararam de cavar. Por isso, como eu disse... nada de túnel.

A boca de Beau estava escancarada. Ele a fechou. Então, voltou a abri-la.

— Você é uma *criança*. Como sabe de tudo isso?

Fé lançou-lhe um olhar zombeteiro.

— Quem você pensa que é? Dom Quixote? Acha que vai simplesmente cair fora daqui, feliz, como se isto fosse uma grande aventura? Seus amigos destruíram a ponte. E não há túnel. Você está em maus lençóis, garoto.

— Garoto? *Garoto?* Eu tenho dezenove anos, sua duende tagarela. O dobro da sua idade!

— Rá. É isso que você acha? Você ainda não se deu conta? — Ela se virou para a irmã.

Esperança ergueu a mão.

— Parem de falar, vocês dois. Precisamos prestar atenção. Caso não tenham notado, há uma maníaca homicida à solta.

Fé bufou.

— Só uma? Então esta noite está tranquila.

Raiva, frustração, medo, confusão — tudo isso finalmente irrompeu de Beau.

— Quem são vocês, de verdade? Vocês duas. E quem é Viara? — ele exigiu saber.

— *Viara?* — repetiu Fé, perplexa. Ela olhou para a irmã em busca de uma explicação.

Esperança revirou os olhos.

— É um anagrama. Elas os usam para esconder quem realmente são. Vaidade deu início a isso. Ela acha que é um artifício inteligente e misterioso.

Beau olhou de uma menina para a outra.

— Esperem, eu não entendi... Lady Viara não é Lady Viara?

— Ela é Raiva — respondeu Fé.

— É um apelido? É como as outras senhoras a chamam?

— Não, isso é o que ela é.

— Uma mulher raivosa...

Fé pegou o rosto de Beau nas mãos.

— Elas. Não. São. *Mulheres.* São monstros. Destroem tudo que tocam. — Ela o soltou.

— Eu... eu não compreendo — disse Beau, sentindo-se inconsolavelmente estúpido.

Esperança começou a explicar:

— Elas são as emoções de Arabella...

— ... que ganharam vida — concluiu Fé.

CAPÍTULO TRINTA E OITO

BEAU OLHOU PARA A GAROTINHA robusta, brilhante e desbocada, sentada a poucos centímetros dele, e riu.

— Sem chance. Eu não acredito nisso. Não acredito em *vocês*.

Fé deu de ombros.

— Eu ouço muito isso.

Uma vertiginosa sensação de irrealidade apoderou-se de Beau. Ele a reprimiu.

— Como emoções podem ganhar vida? Emoções não são reais.

Fé bufou.

— Você já sentiu alguma?

— Sim, já. Mas as minhas, como as da maioria das pessoas, vivem no meu íntimo — explicou Beau. — Elas não saem e perambulam por aí usando vestidos elegantes.

— Arabella não é como a maioria das pessoas. E este castelo não é como a maioria dos lugares — afirmou Fé. — Imagino que até você já tenha percebido isso a esta altura. Há um pouco de magia das trevas em atividade aqui.

Beau meneou a cabeça. A sensação de irrealidade se intensificou. Sentiu como se estivesse avançando cada vez mais no gelo que pensava estar duro, apenas para ouvi-lo rachar sob seus pés. O que Fé acabara de dizer… não era verdade. *Não podia* ser. Magia não existia.

Mas, então, de que outra forma explicar a fera? O brilho sobrenatural das duas crianças? A corte medonha de Arabella?

— Então, todas as damas de companhia dela… — ele começou.

— Não são damas de companhia. Longe disso.

— Horgenva? Pluca?

— Vergonha e Culpa — esclareceu Esperança. — Você nunca estranhou? Quero dizer, qual é... *Horgenva? Pluca?* São nomes bastante incomuns.

Beau encolheu os ombros, envergonhado.

— Achei que fossem nomes húngaros.

Esperança fechou os olhos, apertando a ponte do nariz.

— Quem são as outras? — Beau perguntou. — Dome... D... O... M... E... — Ele estalou os dedos. — *Medo!*

— Estou impressionada por estar na presença de uma mente tão brilhante — zombou Fé.

— Jeniva... Édsdem...

— Inveja. Desdém.

— Poderesse... espere, não me digam. — Havia uma camada de poeira onde o chão encontrava a parede. Ele começou a desenhar letras nela. Quando descobriu, lentamente puxou a mão para trás, estremecendo. Como se a própria Poderesse tivesse passado uma unha afiada por sua coluna. — Ela é a mandachuva aqui, não é? — perguntou.

— Sim, é — disse Esperança. — Nem sempre foi assim. Nós costumávamos ser.

— O que aconteceu?

— O domínio de Poderesse sobre Arabella cresceu; o nosso diminuiu — explicou ela. — Lutamos muito, mas ela lutou ainda mais. Arabella também lutou. Dia após dia. Até que os dias se tornaram anos e os anos se tornaram décadas.

— Décadas... — Beau ecoou.

— Já quase um século — acrescentou Fé.

— Vocês não estão brincando, estão? — Esperança balançou a cabeça. — Arabella, vocês duas, os outros... todos vocês estão aqui há um *século*? — Beau pronunciou a última palavra num sussurro, e Esperança assentiu. Beau fechou os olhos, passando as mãos pelos cabelos. — Mas isso não é *possível* — insistiu ele.

— Só que é — rebateu Fé.

— Então, vocês têm o quê? Cento e dez anos? — Beau perguntou, arregalando os olhos.

— Mmm, *um pouco* mais velhas — respondeu Esperança.

— E Arabella?

— Arabella não é uma de nós — explicou Fé. — Ela é humana, presa no tempo.

— Mas como...

— O coração de Arabella se partiu. Cem anos atrás. E Poderesse encontrou as rachaduras. Ela encontrou uma forma de se infiltrar — explicou Esperança.

— Como o bolor rastejante que é — Fé resmungou de raiva.

— Ela nos trancou — prosseguiu Esperança. — Eu na adega, Fé no sótão. — Esperança sorriu para sua irmã. — Acabei de encontrá-la. Temos muito o que conversar. — Ela se virou para Beau e cobriu a mão dele com a sua. — Cuidado com Poderesse — alertou. — Nunca deixe que ela toque em você. Não deixe sequer que se aproxime de você.

Fé começou a rastejar para fora da mesa. Esperança a seguiu.

— Esperem! Aonde vocês estão indo? — Beau perguntou.

— Temos outra irmã. Achamos que Poderesse a prendeu também.

— Quem é ela? — Beau perguntou.

— Amor.

— Estamos tentando encontrá-la — disse Esperança.

— Nós *vamos* encontrá-la — afirmou Fé.

— E depois? — indagou Beau.

Esperança deu-lhe um sorriso sombrio.

— Aí, vamos matar Poderesse. Nós três juntas.

Beau recuou.

— Opa, crianças. Calma lá — disse ele, chocado. — É de assassinato que vocês estão...

Fé o interrompeu.

— Antes que ela mate Arabella.

Abalado, Beau, disse:

— É isso que Poderesse quer? Matar Arabella?

Esperança estava prestes a responder, mas, antes que pudesse fazê-lo, a tapeçaria do console foi puxada com um estalo brusco. Um rosto olhou para ela: esquelético, olhos fundos, lábios repuxados num esgar.

— Viara! Venha rápido! Eu as encontrei!

Era Lady Dome. Sua voz soava como o portão de um cemitério, com as dobradiças rangendo ao vento. Ela recuou, ainda segurando a tapeçaria com uma das mãos, apontando para o console e os fugitivos embaixo dele com a outra.

— Viara! Viaaaara! — gritou.

— Cale a boca, sua aberração — repreendeu Fé, rastejando para fora da mesa. Esperança estava bem atrás dela.

Fé arrancou a tapeçaria de Dome, puxou-a do console e jogou-a sobre a cabeça da adversária. Ao fazê-lo, Esperança atacou-a e derrubou-a. Ela caiu no chão com um estrondo.

Esperança virou-se para Beau, apontando para além dele.

— Suba as escadas até o terceiro andar — ela sussurrou. — Vire à direita no topo e siga pelo corredor principal. Isso o levará até a torre. *Rápido.* Não creio que Dome o tenha visto, mas, se o vir, contará às outras.

E, então, as duas garotas dispararam pelo corredor rumo à escuridão. Enquanto Dome gemia e se debatia, esforçando-se debilmente para se libertar, Beau saiu de seu esconderijo e espiou pelo corredor, buscando localizá-las. Viu as duas crianças tatearem para encontrar as mãos uma da outra. A luz delas brilhou um pouco mais forte quando seus dedos se entrelaçaram. Ele deu um passo incerto na direção delas, tentando decidir entre persegui-las ou recuar. O som de passos batendo com força no corredor finalmente o fez se mover.

Instantes depois, Beau estava de volta ao seu quarto na torre, são e salvo. Ofegante e encharcado de suor, foi até a janela e a abriu. À medida que o ar frio do inverno o envolvia, respirou fundo e se perguntou — não pela primeira vez — se estava enlouquecendo. No ínterim de uma hora, ele se deparara com caos, maníacas e magia. E ainda nem era meia-noite.

Pior de tudo: não conseguira chegar aos antigos aposentos de Arabella a fim de pegar os livros que planejava usar para pressioná-la a ajudá-lo a construir uma ponte.

Ele ouviu a voz de Fé ecoando em sua memória. *Ela é humana, presa no tempo...*

Involuntariamente, seu coração se apertou de tristeza por Arabella. E de pena. Ele não queria sentir essas coisas, mas não pôde evitar. Como devia ter sido para ela ficar aprisionada neste lugar durante um século? Será que foi por isso que não construiria uma ponte para ele? Porque estava sozinha depois de cem anos e desejava companhia?

Mas isso não faz sentido, raciocinou Beau.

Quando o convocou de sua torre pela primeira vez, ela estava furiosa porque ele e seus companheiros ladrões haviam destruído sua ponte. E, logo antes daquele primeiro encontro, ele a ouviu interrogar Percival com raiva, dizendo-lhe que descobriria quem havia levantado o rastrilho e deixado os ladrões entrarem, e, quando o fizesse, essa pessoa pagaria por sua desobediência.

Não, Arabella havia deixado bem claro que *não* o queria ali.

Beau fechou a janela, mas permaneceu onde estava, olhando para fora, para a noite escura de inverno, perturbado por mais uma pergunta sem resposta.

— Alguém ergueu aquele rastrilho — disse ele ao seu reflexo no vidro. — O que significa que alguém quer você aqui... mas quem?

CAPÍTULO TRINTA E NOVE

Camille sabia que não deveria estar no grande salão.

Não tão tarde da noite.

Pisando com leveza, ela subiu no trilho que formava um arco em frente ao relógio dourado e caminhou até as portas do lado esquerdo. Largou a vela e a cesta que carregava, tirou uma faca do bolso e enfiou a lâmina na fresta fina entre as portas. Algumas voltas na trava e elas estavam abertas. Colocando o pé entre elas, Camille pegou suas coisas e entrou no mecanismo do relógio.

Com cuidado para não interferir em nada, percorreu o caminho entre as figuras, contornando algumas, mergulhando sob outras, até chegar à que desejava: uma menina sorridente sentada no chão, com as mãos unidas em uma batida de palmas.

— Aí está você, minha princesa! — exclamou ela, ajoelhando-se ao lado da bebê. Enfiou a mão na cesta, tirou uma linda tiara de flores e ervas e colocou-a na cabeça da criança. — Há lavanda para devoção, tomilho para coragem e alecrim para lembrança. — Então, beijou a mão fria de porcelana da bebê. — Sinto saudades de você, minha querida. Cada minuto de cada dia. E eu a amo. Eu a amo tanto, tanto.

Camille também levara um minúsculo bolo. Depositou-o no colo da criança. Sabia que os ratos levavam os doces, mas gostava de fingir que a menina os comia.

— Espero que goste deste. Tem todos os seus sabores favoritos: baunilha, framboesa e limão, e tem uma borboleta no topo. Está vendo? Fiz com merengue e pétalas de rosa. — Sua voz ficou embargada. Lágrimas escorreram de seus olhos. — Perdoe-me, minha pequena — continuou ela, tentando sorrir. — Mamãe está cansada esta noite.

Camille acordara cedo naquela manhã, como sempre fazia para começar o preparo das fornadas do dia, mas, em vez de ir para a cama cedo, como sabia que deveria, ficou acordada para assar o bolo da filha. A figura de um homem alto segurando uma rédea nas mãos estava atrás da criança. Camille apoiou a cabeça nas pernas dele e fechou os olhos.

Não tinha a intenção de adormecer, e, quando o enorme relógio começou a soar a hora — onze horas —, ela acordou com um sobressalto e a boca aberta pelo susto.

— Oh, não! — sussurrou, agarrando freneticamente sua cesta. Beijou a criança mais uma vez, depois se pôs de pé e pegou a vela.

Tropeçando, escorregando, batendo a cabeça no braço de uma figura, prendendo o pé nas saias de outra, ela voltou para as portas, esperando que Lady Arabella tivesse ficado em seu quarto esta noite. Mas, quando irrompeu pela porta e saltou do trilho para o chão, suas esperanças foram frustradas. Sua senhora estava sentada em uma poltrona, com uma expressão de extremo descontentamento no rosto. Suas damas estavam atrás dela.

Camille baixou os olhos para os pés.

— Si-sinto muito, Vossa Senhoria — ela gaguejou. — Eu estava apenas...

— Desembuche! — Poderesse ordenou. — Por que está aqui? A senhora não permite que ninguém fique aqui tão perto da meia-noite, exceto a sua corte.

— Eu trouxe um bolo — disse Camille suavemente. — Para dar à bebê.

— Um bolo? Para uma criança mecânica? Que gesto inútil.

Camille estava arrependida, mas, ao sentir a dor das palavras duras de Poderesse, seu remorso evaporou. Poderesse era uma erva daninha venenosa, espalhando suas vinhas por toda parte, sufocando todas as emoções luminosas que tentavam lançar brotos.

Camille levantou a cabeça.

— Era para a minha *filha* — repetiu ela, lutando para controlar a raiva.

Poderesse fez um ruído de desgosto.

— É isso o que aquelas monstrinhas cruéis, Esperança e Fé, fazem. Elas perturbam a criadagem — explicou a Arabella.

Os últimos resquícios de controle que Camille possuía cederam.

— Você acha que é a única personagem nesta história? — perguntou a Arabella, elevando a voz. Ela apontou para o relógio. — Meu *marido* está lá... minha *filha*!

— Seus esforços são inúteis — disse Poderesse. — A corda do relógio está acabando. A maldição não pode ser quebrada.

Camille a ignorou.

— Ajude-o, senhora — pediu ela, com os olhos ainda em Arabella.

— Como ousa? Lembre-se do seu lugar — advertiu Poderesse.

Camille virou-se para ela desafiadoramente.

— Ou o quê, Lady Poderesse? Você vai me trancafiar? Atirar-me numa cela como fez com as crianças? Vá em frente. Você está certa... A corda do relógio está acabando. Em questão de dias, o castelo desmorona. Eu morro. Meu marido morre. Minha filhinha... — Sua voz ficou embargada. Com esforço, prosseguiu. — Minha filhinha *morre*. Então, ao diabo com o meu *lugar* e ao diabo com *vocês*. — Ela se voltou para Arabella. — Beau quer que você construa uma ponte para ele. Faça isso.

— Por que ela faria isso? Só um tolo praticaria uma ação tão inútil — observou Pluca.

— Mas a pequena padeira *é* uma tola — zombou Horgenva.

— Camille — começou Arabella —, mesmo que eu pudesse construir uma ponte, o que é uma suposição absurda, já que eu não posso, assim que ela estiver no lugar, ele a cruzará e nos deixará. Nada vai mudar. Não para nós. A maldição não será quebrada. Todos nós ainda morreremos.

— Faça isso porque você se importa com ele.

Poderesse empalideceu.

— Isso é verdade? — ela questionou, olhando de Camille para Arabella.

Arabella rapidamente se virou.

— Claro que não — afirmou ela.

— Aquelas duas pestes encontraram Amor? — Jeniva guinchou. — Elas a libertaram? — Ela se virou para Poderesse. — Você a aprisionou, não foi?

Poderesse ficou em silêncio.

Dome pressionou as mãos nas bochechas.

— Lady Poderesse, você a *aprisionou*, não foi? — ela perguntou com voz trêmula.

Poderesse balançou a cabeça de forma rígida e relutante.

— Ela foi muito rápida. Escapou.

— Então, ela ainda está *aqui*? — Dome sussurrou.

— Não, saiu do castelo. Quase um século atrás.

— Como você sabe?

— Porque eu a procurei — Poderesse retrucou. — Por décadas. Em todos os quartos, corredores e alcovas. Ela *não* está aqui. Eu posso lhes assegurar.

Dome soltou um suspiro, aliviada, e baixou as mãos.

Camille correu até Arabella e se ajoelhou ao lado de sua poltrona.

— Você se importa com ele, sei que se importa. Eu vejo isso em seus olhos. Você o ama, senhora. E, quando se ama uma pessoa, você a ajuda.

— Camille, eu *não o amo*...

— Não seja ridícula! — Poderesse interrompeu. — Mesmo que a senhora amasse o ladrão, coisa que *não é* verdade, o amor não pode construir uma ponte sobre um fosso. Seriam necessários cem homens, com pilares, cordas e guinchos. Precisaria...

Camille se endireitou.

— Não fale de amor, Lady Poderesse — disse, com os olhos brilhando de raiva. — Não encha a boca com essa palavra quando não a carrega no coração. — Ela ergueu o dedo, apontando para todas as mulheres. — *Nenhuma* de vocês sabe nada sobre amor. O amor não foge. Não dá as costas. O amor nunca, *jamais* desiste.

Arabella se encolheu. De Camille, de tudo o que ela estava pedindo.

— Eu não posso ajudá-la. Não posso ajudar ninguém — ela sussurrou.

Lady Morrose deu um passo à frente, magra e rígida.

— A senhora sente muito, Camille. Por seu marido, sua filha. Mas, ainda assim, nada pode ser feito.

Camille a ignorou e se dirigiu a Arabella.

— Sei que você sente muito, senhora, mas não me importo. Chega de desculpas. Você chafurda em sua dor. Chafurda em nossa dor. Enclausura-se com suas damas, dia após dia. Meu Deus, não acha que todos temos arrependimentos?

Arabella fechou os olhos. A amargura se alastrou em sua expressão como tinta derramada em um pergaminho.

— Imagino que o meu seja bem mais profundo — declarou.

— Claro que sim — retrucou Camille, com um tom cáustico na voz.

Arabella o captou e abriu os olhos.

— O relojoeiro me amaldiçoou — disse ela com veemência. — *A mim.* Pela coisa terrível que fiz.

— Você não faz ideia do que eu fiz. Do que todos nós fizemos.

Arabella riu sem alegria enquanto se levantava da poltrona.

— O que você fez, Camille? Queimou um pouco de geleia? Assou um bolo além da conta? — questionou, afastando-se dela, de sua corte, do relógio, de tudo.

— Eu traí meu marido.

O salão estava mergulhado em silêncio, exceto pelo tique-taque do colossal relógio dourado. Arabella parou e se virou.

— Duas vezes. Com seu mestre de dança.

Lady Vildam dePuisi riu por trás da mão.

— Isso é informação demais para *mim*.

— Claudette rouba chocolate do porão — continuou Camille. — Valmont chutou Henri. Josette gosta de brincar com os sentimentos de Florian. Josephine rouba vinho. Martin guarda meio litro de leite da ordenha matinal e bebe tudo sozinho.

— Pelo amor de Deus, Camille — insistiu Arabella. — Tudo isso não é nada comparado a...

— Você? Seus erros? Seus arrependimentos? — Camille se aproximou de Arabella. — Desça de seu pedestal, senhora. Desça na lama com o restante de nós. Com os tolos. Os covardes. Os mal-humorados e ciumentos. Os de coração partido. Somos todos como você. Não consegue ver isso?

— Não adianta, Camille. Acabou. Tudo está perdido. Eu estou perdida — declarou Arabella, e a tristeza em sua voz fez Camille prender a respiração.

Ela segurou as mãos de Arabella nas suas. Havia uma força surpreendente naqueles dedinhos.

— Tente, senhora. *Tente.* Faça tudo o que puder. Ajude-o. E você não estará.

CAPÍTULO QUARENTA

TALVEZ AS DAMAS DA CORTE estejam certas.

Talvez Camille seja uma tola.

Preparando bolos para uma criança mecânica. Tentando quando todo mundo desistiu. Desafiando o desespero.

Mas a questão é a seguinte... Não é tão ruim ser tolo. Na verdade, as pessoas tolas são muito subestimadas.

Somente uma pessoa tola salva um pássaro com asa quebrada que nunca mais voará.

Somente uma pessoa tola entrega um ramo de margaridas a um velho rabugento.

Somente uma pessoa tola dá seu lindo casaco novo a uma garotinha mendiga.

O mundo não precisa de mais pessoas espertas. Há muitas delas por aí. Você as vê em toda parte: desviando-se dos alquebrados e perdidos, escondendo-se atrás de uma árvore para devorar seus bolinhos e não ter de compartilhá-los, evitando ativamente a dor de todos os outros.

O que o mundo precisa é apenas de uma coisa: mais pessoas irremediavelmente tolas fazendo coisas surpreendentemente tolas.

CAPÍTULO QUARENTA E UM

ARABELLA MANDOU TODAS EMBORA.

Estava sozinha no grande salão agora, tentando decidir para onde ir. Já era tarde, quase meia-noite, e, pela manhã, ela teria que fazer uma escolha. Sua cabeça lhe dizia para rumar aos próprios aposentos, mas seu coração lhe aconselhava a seguir por um caminho diferente através do castelo, um que a levasse a um quarto na torre.

Ela estava numa encruzilhada e sabia que encruzilhadas eram lugares solitários, limiares entre um mundo e outro. Ladrões e assassinos eram enterrados nelas. Bruxas também. Com estacas no coração para que seus espíritos inquietos não pudessem vagar. Valmont sempre dizia que o diabo permanecia nas encruzilhadas, pronto para desencaminhar os mortais.

— O que eu faço? — ela gritou, atormentada, sua voz ecoando pelo corredor.

Como em resposta, o espelho sobre a lareira tremeluziu. Arabella observou enquanto ele se transformava numa janela, mostrando-lhe outro tempo, outra Arabella.

Aquela Arabella também estava no grande salão. Parecia diferente, embora muito igual — sozinha, insegura, tão cheia de anseios. Ela se aventurara a descer, como fazia todas as noites, na ponta dos pés calçados só de meias, e ficara nas sombras.

O relógio de ouro estava apenas na metade de sua construção. Ainda não tinha mostrador, sino nem trilho com figuras se movendo ao longo dele, apenas um amálgama diabolicamente complexo de engrenagens, rodas, molas e batidas. Um homem, com as mangas arregaçadas, estava diante da monumental obra, ajustando a tensão da corrente que suspendia os pesos do relógio.

Os olhos de Arabella passaram dele para as brilhantes folhas de ouro, todas arrumadas em uma pilha, que seriam usadas para revestir o relógio. No início do dia, da janela da bela carruagem de seu pai, vira uma criança magra colhendo grãos de trigo na terra de um campo recém-ceifado. Ela se perguntava agora o que apenas uma daquelas folhas brilhantes poderia fazer por aquela criança, por toda a sua família. Arabella odiava o relógio, aquela loucura do pai, feita apenas para exibir sua riqueza. No entanto, ela também não conseguia deixar de se maravilhar com o relógio, pois era uma proeza de equilíbrio e precisão. Havia admiração em seu rosto enquanto observava o relojoeiro trabalhar. E inveja.

Ela permaneceu nas sombras, sem querer ser vista, até que o relojoeiro, ajustando uma mola, disse:

— Já que você está aqui, é melhor se tornar útil. Você poderia me passar aquele alicate, por favor? — Arabella não se mexeu, mortificada por ter sido descoberta. — Não vou contar aos seus pais, se é isso que a está preocupando.

Aliviada, ela se abaixou, pegou o alicate do chão e o entregou ao relojoeiro.

— Que máquina magnífica — comentou.

Os lábios do relojoeiro abriram um sorriso com o elogio.

— Obrigado — ele respondeu, enfiando o alicate no mecanismo do relógio. — Mas ainda não terminou. Preciso confeccionar a caixa.

— Gostaria que você não tivesse de esconder o mecanismo — disse Arabella, observando enquanto ele endireitava um dente torto de uma engrenagem. — Nada é mais bonito que as obras que você idealiza. Nunca me canso de admirá-las.

Ao terminar de falar, ela olhou para as mãos, cruzadas à sua frente. Um diamante em seu dedo anelar esquerdo brilhava à luz da lamparina. Era tão grande quanto um molar e igualmente grotesco.

O relojoeiro olhou para ele.

— Eu soube do seu noivado. Você deve estar muito feliz. O príncipe Constantine é um portento, não? Bonito, alto, poderoso, rico; tudo o que uma mulher poderia desejar.

— Quando o relógio estará pronto? — Arabella indagou, ignorando a pergunta. — O príncipe o admirou e meu pai deseja nos dá-lo como presente no dia do casamento.

— Em três ou quatro meses, creio — respondeu o relojoeiro. Seus olhos encontraram os dela por cima dos óculos. — Ou nunca, se esse for o seu desejo.

— Por que eu desejaria isso? — Arabella perguntou, com uma expressão interrogativa no rosto.

O relojoeiro largou o alicate.

— Eu ouvi o rei. Depois dos festejos e das negociações. Depois que os contratos de casamento foram assinados. Ouvi-o dizer ao filho que a jovem era uma boa escolha, uma linda garota de família rica. Embora, talvez, um pouco voluntariosa. "Mas ela aprenderá o seu lugar. Será rainha um dia", disse ele. "E as rainhas, assim como as crianças, devem ser vistas e não ouvidas."

Arabella removeu alguns fiapos imaginários da saia.

— É isso que você quer, criança? Nunca ser ouvida?

— Não importa o que eu quero — respondeu Arabella, repetindo as palavras que sua mãe lhe havia dito. — Não sou uma leiteira, livre para ir e vir quando quiser. Sou a única filha e herdeira de um duque.

— E isso importa para você?

— Você é impertinente, senhor — retrucou Arabella, virando-se para sair.

— As pessoas sempre se ofendem com a verdade — pontificou o relojoeiro, enxugando as mãos no avental. — Eu a vejo, Arabella. Vejo o movimento do seu coração com a mesma nitidez com que vejo o deste relógio. E você?

Arabella se virou, com os olhos faiscando.

— O que gostaria que eu fizesse? — ela perguntou.

— Ouça seu coração.

— Isso é exatamente o que eu *não* devo fazer. Devo renunciar ao meu coração e ceder aos desejos dos outros. Aqueles que sabem melhor das coisas: meus pais e, em breve, meu marido.

— Você deve fazer uma coisa e apenas uma coisa: tornar-se a pessoa que deveria ser. Não importa quão assustadora essa tarefa possa ser. Caso contrário, sua vida não será uma vida; será apenas uma morte longa e prolongada.

— Você não entende, senhor. Tenho um dever.

— Para com quem? — perguntou o relojoeiro. — Seu pai, que tributa cruelmente seu povo para pagar por esse brinquedo gigante de ouro? Sua mãe, que lentamente a espreme até a morte para realizar suas próprias ambições? O seu dever é para com eles, Arabella? Ou para com a menina que deseja construir escolas e hospitais? A garota que inventou Paraíso?

A cor sumiu do rosto de Arabella.

— Como sabe sobre Paraíso? Por que está me fazendo essas perguntas? Quem é você?

— Eu sou o relojoeiro, criança. O mestre das horas. O guardião do tempo.

Arabella recuou, assustada pelo homem e pelas suas palavras, assustada pelos desejos que despertavam nela.

— Não posso fazer o que você pede — declarou ela.

— Não pode ou não quer? — desafiou o relojoeiro. — Você ouviu vozes de muitas pessoas, todas dizendo que você não pode, que não deve, que não é para seguir o desejo do seu coração. Mas com quem elas estão realmente falando, Arabella? Com você? Ou consigo mesmas? Desconsidere-as, criança. Elas nada mais são do que corvos crocitando, com um medo mortal de que outra pessoa consiga o que elas próprias têm medo de tentar.

— Mas como? — perguntou Arabella, com uma risada incrédula. — O que devo fazer? Embalar meus livros? Meus esboços? Deixar meus pais, este castelo, tudo e todos que conheci?

— Se for necessário, sim — respondeu o relojoeiro. — Eu a aconselharia a embalar algumas de suas joias também. Uma passagem para Roma ou Veneza, um quarto quando você chegar lá, honorários de um professor... Essas coisas custam dinheiro.

Arabella deixou que suas palavras penetrassem profundamente em sua consciência como pedras caindo na água. Por um breve e lindo momento, ela se viu em Veneza, desenhando o Palácio Ducal, estudando as torres da Basílica, caminhando sobre a ponte de Rialto, e seu coração pulou de alegria.

Mas então ouviu: uma voz que lhe sussurrava de um lugar ainda mais profundo. Uma voz que ficara mais alta desde que Constantine a humilhara no baile. Era seca e áspera, como uma cobra deslizando pela grama morta. *Não seja ridícula, sua garota tola. Você não é esperta o suficiente para se manter em uma sala de aula composta de homens. Não é forte o suficiente para comandar os exércitos de pedreiros e carpinteiros necessários para construir um castelo. Não é talentosa o suficiente para criar projetos tão magníficos quanto os palácios e as catedrais que admira. Quem diabos você pensa que é? Tudo isso nada mais é que...*

— Um lindo sonho — disse Arabella em voz alta. — Só isso. Nada mais. Devo retornar ao meu quarto agora. Boa noite, senhor.

— Boa noite, Lady Arabella — despediu-se o relojoeiro com tristeza. — Durma bem. E lembre-se disto: o mundo inteiro está pronto e disposto a lhe dizer não. Não se junte a esse coro de covardes.

Arabella saiu correndo da sala. Do lado de fora da porta, parou, com lágrimas nos olhos. Piscou para afastá-las, desesperada para reprimir a tempestade de emoções que se acumulava dentro de si antes que isso a levasse, mais uma vez, a problemas. Olhando para o anel em seu dedo como se fosse um câncer em sua mão, ela disse:

— É tarde demais, relojoeiro. Eu já me juntei.

O espelho tremeluziu outra vez e depois voltou a endurecer, transformando-se em vidro prateado e frio. E Arabella sentiu-se endurecer com ele, como sempre acontecia, incapaz de escapar do passado e do seu raio de atração que a puxava para baixo. Um dia, muito em breve, afundaria tanto que se afogaria.

Ela não podia salvar a si mesma nem àqueles que compartilhavam o castelo com ela, mas talvez pudesse salvar o ladrão antes que o tempo acabasse. Talvez ele não precisasse se afogar com eles.

CAPÍTULO QUARENTA E DOIS

A SUAVE LUZ DA MANHÃ banhava Beau enquanto ele dormia.

Um de seus braços estava jogado sobre a cama, uma perna pendia dela. Roncava. Babava também. E precisava fazer a barba.

Ainda assim, era tão lindo.

Os olhos de Arabella o absorveram. Ela desejou poder acariciar o cabelo escuro que caía em cascata sobre o travesseiro, passar os dedos pelos lábios carnudos. Pressionar os próprios lábios no trecho de pele que aparecia pelo V da camisa dele.

Pare, disse a si mesma. *Não é certo olhar para um homem adormecido que não sabe que está sendo observado e ficaria horrorizado se soubesse.*

— Aham — ela pigarreou para acordá-lo. Mas Beau não acordou. Arabella mordeu o lábio. — Monsieur Beauregard Armando Fernandez de Navarre? Perdoe-me…

Beau rolou de costas e roncou mais alto.

Sem saber o que fazer a seguir, Arabella enfiou timidamente uma mecha de cabelo atrás da orelha. Ela havia escapado do lenço que amarrara na cabeça — um lenço que era um desvio marcante de seus trajes habituais, assim como o casaco velho e simples que usava por cima de um suéter largo, a saia de trabalho de linho e as surradas botas de salto baixo. Ela segurava um rolo de papel.

— Beau. Beau? *Beau!* — gritou, mas Beau continuou roncando. — Sério? — ela bufou. — Não tenho o dia todo. — Ela caminhou até ele e lhe deu um empurrão. — *Acorde!*

Os olhos de Beau se abriram. Uma fração de segundo depois, ele estava de pé, com o punho cerrado.

Arabella gritou, pulando para trás.

— É assim que você diz bom-dia? — perguntou cautelosamente.

A jovem ficou muito surpresa com a reação dele, mas também se pôs a se perguntar sobre isso. O que acontecera com o rapaz para deixá-lo tão pronto para lutar antes mesmo de acordar?

— Como chegou aqui? — Beau perguntou, baixando o punho.

— Pedi a Valmont a chave da porta — respondeu Arabella.

— Mas estamos no meio da noite.

— Nada disso. Já passa das sete. O sol está nascendo — ela constatou rapidamente. — E temos trabalho a fazer. Mas talvez você queira se vestir primeiro?

Beau olhou para si mesmo. Sua camisa estava amassada. Sua roupa de baixo, escorregando do traseiro. Um pé estava coberto por uma meia; o outro estava nu. Corando um pouco, ele foi até a cadeira e puxou seus calções que descansavam sobre ela. Vestiu-os, sentou-se na cama e calçou as botas.

Arabella, impaciente, ajoelhou-se no chão ao lado dele e estendeu o papel enrolado que segurava. Não havia tempo a perder.

— Eu desenhei isto ontem à noite — explicou, apontando para o esboço que havia feito. — Ainda há problemas para resolver, mas é um começo.

Beau inclinou-se para perto dela. Sua expressão se aguçou quando viu o que ela havia desenhado.

— É uma ponte...

— Como você é astuto — ela brincou.

Mas Beau não parecia estar com disposição para brincadeiras. Estava diferente esta manhã, sério e inquieto. Como se algo o tivesse assustado.

— Por que mudou de ideia? — ele perguntou, tocando o braço dela, fazendo-a virar-se para ele.

Seus lindos olhos estavam arregalados e penetrantes, e Arabella teve que desviar a vista antes que vissem demais nos dela.

Para salvá-lo, ela pensou.

— Porque não consigo resistir a um desafio — respondeu.

— Não, porque você quer que eu vá embora — Beau rebateu.

Arabella não gostou do rumo que a conversa estava tomando, por isso, mudou-a de volta para a ponte.

— Se começarmos a moldar as estacas esta manhã, talvez consigamos...

— Arabella...

— Sim? — ela respondeu, ainda sem olhar para ele.

— Eu *sei*.

O pavor percorreu seu coração.

— Hum? — Ela mostrava despreocupação, sem desviar os olhos do desenho. — O que você sabe?

— Sei quem são suas damas da corte. Sei o que elas são. Descobri ontem à noite.

Arabella respirou fundo.

— Como você sabe? — Ela ainda estava olhando para o desenho, mas não o via mais.

— Duas crianças me contaram... Esperança e Fé.

— Não, isso não pode ser verdade. Não *pode* — enfatizou Arabella, sentindo-se desamparada. — Você as viu? — Beau assentiu. — Onde?

— Aqui. No castelo.

— Elas escaparam. Eu sabia. Eu *senti*. — Ela soltou um gemido e enterrou o rosto nas mãos trêmulas.

— Arabella? O que há de errado? Você tem medo delas? — Beau perguntou, colocando uma mão gentil em suas costas. — Por quê? São apenas crianças, apenas crianças inocentes.

Arabella riu amargamente, baixando as mãos.

— Acredite em mim — começou —, elas não são crianças nem inocentes.

— Mas eu não acredito em você — rebateu Beau. — Nem em você, nem em Valmont nem em Camille. Não acredito em ninguém neste maldito lugar. Como posso? Vocês mentiram para mim o tempo todo.

Suas palavras a escaldaram.

— Desculpe. Você deve ter se perguntado... — ela começou a dizer.

— *Perguntado?* — ele repetiu, incrédulo. — Sim, pode-se dizer que sim. Eu me *perguntei* por que suas damas de companhia parecem ter saído de um pesadelo. Por que seu fosso está cheio de mortos-vivos. Por que uma criatura, um lobo do inferno vaga pelo castelo à noite. E por que você não parece ter mais de dezoito anos quando já passou dos cem.

Arabella estremeceu diante do sarcasmo em sua voz e da raiva por trás dela.

— Há coisas, Beau... coisas que é melhor você não saber.

Beau se irritou com isso.

— Melhor para quem?

— Para *você*.

O rapaz começou a discutir com ela.

— Sem chance. Isso não é bom o suficiente.

— Vai ter que ser. Você acha que sabe das coisas. Sobre minhas damas. Sobre mim. Você não sabe. Não sabe *nada*. Melhor continuar assim.

Ela pretendia que suas palavras soassem como uma ordem; em vez disso, soaram como o que eram: um apelo assustado e desesperado.

— Mas eu quero saber.

Algo em sua voz — talvez bondade, talvez pena — quebrantou-a.

— Não! — ela gritou. — Você não quer. Você *não* quer.

— Tudo bem, tudo bem, acalme-se, Arabella. Desculpe. Eu não queria aborrecê-la.

— Vou ajudá-lo a construir uma ponte — declarou Arabella, tentando manter a voz calma. — E então você vai atravessá-la e continuar andando. Do outro lado do fosso, pela floresta e subindo as montanhas, sem olhar para trás. Diga que vai...

— Arabella, eu não…

— *Diga, Beau!* — Arabella gritou, batendo a mão no chão.

Beau se afastou dela, nervoso.

— *Eu vou*. Pronto, eu disse. Estamos bem?

Arabella assentiu, ainda aborrecida, ainda assustada, envergonhada por sua explosão, mas aliviada por ele ter parado de pressioná-la.

Um silêncio constrangedor desceu sobre eles. Beau foi quem o quebrou. Ele olhou para o desenho novamente, desta vez com mais atenção.

— Será que vai dar certo?

Arabella respirou fundo, tentando firmar as mãos, a voz, o coração palpitante.

— Pode ser — ela respondeu. — Mas também nós dois podemos cair no fosso antes mesmo de afundarmos a primeira estaca. Acho que vamos descobrir, não é? — Ela enrolou o desenho e se levantou. Beau também. Outro silêncio constrangedor se abateu. Desta vez, foi Arabella que o rompeu. — Tome seu café da manhã — recomendou, forçando um sorriso. — E depois me encontre na casa de guarda. Nós temos muito a fazer.

— Farei isso — confirmou ele. — E, ei, obrigado por me ajudar. Que gentileza a sua construir uma ponte nova para mim, uma vez que ajudei a quebrar a antiga.

E, então, ele a abraçou.

Era o tipo de abraço caloroso e forte que alguém daria num amigo, num cavalo ou num cachorro muito grande. A princípio, Arabella ficou rígida, surpresa pelo gesto, mas a proximidade dele a descongelou. Suas mãos encontraram as costas de Beau. Ela fechou os olhos e sentiu o rosto dele pressionado contra o dela, o áspero roçar de seu queixo mal barbeado. Sentiu o ritmo da respiração de Beau subir e descer, e o seu calor envolvendo-a.

Foi o primeiro abraço de verdade que ela recebera em cem anos, e acabou muito cedo.

— Desculpe — ele disse, enquanto a soltava. — Eu provavelmente não deveria amarrotar a realeza.

As pernas de Arabella tremiam tanto quando saiu do quarto que ela pensou que seus joelhos iriam ceder. Deu alguns passos escada abaixo, quase tropeçou e se apoiou na parede. Os soluços subiram de seu coração até a garganta.

Bem no fundo dela, algo mudara, algo tão sismicamente profundo, tão irrevogável, que ela precisou conter um grito. Sua mão foi para o peito; ela sentiu os ferrolhos de seu coração trancado se abrindo, um por um, e isso a aterrorizou.

Esperança e Fé estavam livres. E Poderesse admitiu que não havia trancafiado Amor. Ela afirmara que Amor havia deixado o castelo. Mas e se estivesse errada? E se ela estivesse ali e Esperança e Fé a tivessem libertado?

— Maldito seja, ladrão — ela sussurrou. — O que foi que você fez?

CAPÍTULO QUARENTA E TRÊS

A PRINCESA NO CAIXÃO DE vidro não está realmente morta.

Está apenas fingindo.

Ela gosta de estar dentro do vidro. É tranquilo e seguro. Pode ver o mundo passar com os olhos semicerrados.

As irmãs de criação feias gostam de ser solteiras.

Elas emaranham os cabelos em ninhos e usam os sapatos do falecido pai.

Elas esfregam tinta nos dentes, depois sorriem para o príncipe e riem quando ele corre.

E Rapunzel? Ela poderia deixar sua torre quando bem entendesse.

Tudo o que precisa fazer é cortar a trança e amarrá-la em uma cadeira.

Não ache que ela não pensou sobre isso.

Mas, como as outras, ela fica.

Porque tem medo de nunca ser amada.

E mais medo ainda de ser.

CAPÍTULO QUARENTA E QUATRO

ARABELLA ESTAVA NA SOLEIRA DA casa de guarda, olhando por sobre o fosso, com a testa franzida.

Beau estava ao lado dela, inquieto como um cavalo de corrida, cada nervo do seu corpo estalando de impaciência. Ele queria começar logo, *fazer* alguma coisa, pegar um martelo e pregar coisas, construir a ponte.

Mas Arabella ainda estava descobrindo como fazer isso sem matar ninguém.

— Para o meu projeto funcionar, tudo vai depender da resistência da madeira à ruptura sob tensão — declarou e, então, começou uma palestra sobre força de suporte de carga, centro de massa, deflexão e vários outros termos que ele não entendeu.

Enquanto ela falava, Beau mudou de posição e acidentalmente empurrou uma pedra para fora da soleira com o pé. A pedra atingiu a água com um impacto violento. Alguns segundos depois, uma dúzia de rostos horríveis surgiram, rosnando e abocanhando o ar. Outros mais se juntaram a eles, atraídos pelo barulho, até que o fosso se transformou em uma espuma fervente de monstros apodrecidos.

— Você precisava irritá-los? — Arabella perguntou. — Não consigo ouvir meus próprios pensamentos.

Beau não respondeu. Apenas ficou olhando para aquele medonho espetáculo. Para um homem morto sem mandíbula com uma salamandra rastejando para fora de sua órbita ocular. Queria perguntar a Arabella como era possível que um homem morto nadasse no fosso e rosnasse para eles. Queria lhe perguntar tantas coisas, mas ela deixara claro que não responderia. Suas perguntas a deixaram com raiva, o que não o incomodou. Elas também a deixaram assustada, e isso, sim, incomodou-o.

Ele gostaria de saber por que ela tinha medo de Esperança e Fé. Desejou que ela confiasse nele o suficiente para lhe contar. Pior de tudo, gostaria de saber por que desejava essas coisas. Por que ele se importava? Arabella, a vida dela, aquele lugar, as outras pessoas que ali viviam não eram da conta dele. Matti era sua preocupação; sua única preocupação.

— Você tem certeza sobre essa sua ideia? As estacas de madeira? As tábuas? — ele perguntou, a frustração fervendo em sua voz.

— De jeito nenhum.

— Por que não podemos simplesmente jogar uma corda? Eu poderia lançá-la por cima do fosso. Sou forte o bastante para isso.

— Quem vai amarrar a corda do outro lado?

— Alguém.

— Isso é um pouco vago.

— Alguém certamente caminhará pela floresta fazendo alguma coisa no caminho de algum lugar para outro lugar — ele bufou.

Arabella lançou-lhe um olhar de soslaio, o qual lhe dizia que ele estava sendo bobo e inútil.

— E se amarrássemos uma corda a uma flecha? — ele se aventurou. — E atirássemos a flecha em uma árvore?

Arabella considerou a ideia e depois disse:

— Uma flecha disparada de um arco longo, que tem um peso de tração de cerca de setenta quilos, viajando a cerca de, oh, digamos, cinquenta metros por segundo numa distância de, mmm... acho que quarenta metros... quase certamente geraria força suficiente para perfurar o tronco de uma árvore, mas seria suficiente para se cravar profundamente? E, mesmo que isso acontecesse, a corda só estaria presa à haste da flecha. — Ela olhou para os monstros novamente. — Você realmente quer confiar sua vida a um pedaço fino de madeira?

— E se fizéssemos uma flecha de metal, como um atiçador de lareira? E disparássemos com um canhão?

— Isso se chama arpão. Você tem um?

A frustração de Beau transbordou. Ele inclinou a cabeça para trás e soltou um gemido longo e alto. Estavam ali há meia hora e não haviam feito progresso algum. Ele não estava nem um centímetro mais perto de Matti. Cada minuto que passava parecia um ancinho de dentes afiados rasgando seu coração.

Arabella, indiferente ao barulho, continuou a se concentrar no espaço entre o castelo e a margem oposta, depois disse:

— Durante suas conquistas do que hoje chamamos de Alemanha, Júlio César construiu uma ponte de madeira de trezentos metros sobre o Reno. Você sabia disso?

— Não. Mas, o que quer que ele tenha feito, vamos fazer o mesmo.

— Ele tinha as florestas da Gália para saquear em busca de madeira e quarenta mil homens para derrubá-las. Eles construíram enormes bate-estacas na margem, moveram-nas para a água e depois cravaram pilares profundamente no leito do rio. Em seguida, conectaram os pilares com vigas horizontais, colocaram pranchas sobre elas e marcharam para o outro lado. E fizeram isso em apenas dez dias. — Ela se virou para Beau. — Podemos fazer uma versão modificada.

— Quem está falando bobagem agora? — Beau perguntou.

— Acho de verdade que podemos. Baseei meu desenho nas passarelas simples e elegantes construídas em bambu pelos povos rurais da Índia. Basicamente, elas funcionam da mesma forma que a ponte de César, mas são muito mais fáceis de construir.

— Alô, Arabella? Não temos bambu.

— Não, nós não temos. Teremos que usar pranchas de carvalho. Elas não são tão flexíveis, mas, ainda assim, funcionarão... Acho.

— Você *acha* — enfatizou Beau, olhando para os monstros novamente.

Arabella desenrolou seu desenho.

— Veja, se nós simplesmente... — Antes que ela pudesse terminar seu pensamento, uma rajada gélida arrancou o desenho de suas mãos. O vento sustentou o papel esvoaçante sobre o fosso por alguns segundos e depois o soltou na água. Os monstros o despedaçaram.

— Ei, que bom presságio — ironizou Beau.

Implacável, Arabella enfiou a mão em um dos braseiros ao lado do arco e tirou dali um pedaço de carvão. Então, entrou na casa de guarda. Suas paredes internas, protegidas das intempéries, eram de um cinza claro e liso. Ela foi até uma e começou a desenhar.

— Nós cravamos as estacas em pares diagonais, para formar Xs. Não deve ser muito difícil, desde que haja uma camada de lama profunda o suficiente para penetrar. O primeiro par entra aqui — traçando um X na parede —, a cerca de trinta centímetros da casa de guarda. O par seguinte é posicionado a um metro do primeiro. — Ela traçou outro X na parede. — Não podemos espaçá-los mais porque cada pilar deve servir como plataforma de trabalho para construir o par seguinte, já que não temos o luxo de bate-estacas móveis...

A animação coloria a voz de Arabella enquanto ela falava. Seus movimentos, sempre medidos e contidos, tornaram-se grandes e abrangentes. Seu esforço físico acrescentou um tom rosado às suas bochechas pálidas. Seus olhos, com suas profundezas sempre escondidas, agora dançavam como mercúrio.

Beau observava com espanto silencioso enquanto ela desenhava, franzia a testa, apagava um erro com a manga e começava de novo. Parecia-lhe que uma borboleta havia emergido subitamente do casulo e sacudido as asas magníficas e brilhantes.

Ela continuou falando, continuou desenhando, virando-se para ele de vez em quando, mas ele não tinha certeza se ela o via. Arabella via outra coisa, algo que ele não conseguia ver. Via linhas e ângulos, forças e resistências, tensão e equilíbrio. Via elegância, beleza e força.

E, pela primeira vez, pela primeira vez de fato, Beau a via.

CAPÍTULO QUARENTA E CINCO

Houve um arfar de surpresa, um grito, um estrondo na superfície da água e então:

— Oh, maldita estaca filha da mãe! Sua miserável da peste! Que porcaria! Dane-se no inferno toda essa droga!

Beau lançou um olhar irônico para Arabella.

— Isso é um pouco impreciso. Reflita bem. Diga o que você realmente quer dizer. Foi isso que alguém me disse uma vez.

— Que essa estaca amaldiçoada por Deus vá para as profundezas sulfurosas do submundo e seja enfiada no traseiro do diabo!

— Muito melhor — elogiou Beau, reprimindo um sorriso.

O que acabara de acontecer não tinha graça nenhuma, mas Arabella, sim. Quando estava com raiva, ele descobriu, ela praguejava como um pirata.

Ela estava olhando para o fosso agora, com as mãos nos quadris, o olhar fixo nas estacas de madeira afiadas flutuando na superfície da água.

— Não podemos continuar a perdê-las — destacou ela. — Não temos um suprimento infinito.

Eram quase quatro horas. Desde o início da manhã, ela e Beau, acompanhados por Florian e Henri, tentavam cravar uma estaca de madeira na lama do fosso para moldar o par do primeiro pilar para a ponte. Na primeira tentativa, eles não cravaram a estaca fundo o suficiente e ela tombou. Na segunda tentativa, bateram numa pedra e a estaca saltou como uma rolha antes de cair na água. Na última tentativa, conseguiram ancorar uma estaca, mas a segunda escorregou e bateu na primeira com tanta força que ambas tombaram, quase levando Henri e Florian junto.

— Estamos perdendo a luz — constatou Beau, olhando para o céu. Alguns flocos de neve caíam. — Está esfriando mais e estamos ficando cansados. Talvez devêssemos parar por hoje.

Embora Beau estivesse preocupado em não desgastar Arabella, a ideia de terminar o dia sem nada para ver além de quatro estacas flutuando no fosso era profundamente desanimadora para ele. Cada dia sem progresso era mais um dia em que Matteo não recebia a ajuda de que precisava.

Arabella, porém, não estava nem um pouco cansada.

— Não estou pronta para desistir — declarou. — Precisamos saber se isso vai funcionar. Senão, terei que bolar um novo plano. Esta noite.

— Ou amanhã.

— Ou esta noite — repetiu Arabella, energicamente.

Beau levantou uma sobrancelha.

— Ora, Vossa Senhoria, se eu não a conhecesse, diria que você quer se livrar de mim.

— Estamos perdendo tempo. Você disse que precisava atravessar as montanhas antes que a neve fechasse a passagem, não é? — Suas palavras foram concisas e curtas, e Beau percebeu a ansiedade por trás delas. Fazia aquilo por ele? Ou por ela própria? O rapaz não teve muito tempo para se perguntar sobre isso, no entanto. Arabella afastou-se rapidamente, fazendo-lhe sinal para que a seguisse.

Ela está tão diferente, pensou ele, observando-a passar pela casa de guarda e ir até o pátio onde Henri estava trabalhando em mais estacas. Seu lenço havia escorregado há muito tempo. Ela prendera o cabelo às pressas em um rabo de cavalo e o amarrara com um pedaço de barbante. Sua saia estava manchada de sujeira. Havia aberto um rasgão no casaco.

Mas a mudança nela fora maior que uma mudança de guarda-roupa. Ela não apenas parecia diferente; *estava* diferente. Os olhos de Beau se demoraram em Arabella, procurando definir o que exatamente havia mudado. Era o rosto dela, ele decidiu. Geralmente fechado e inescrutável, agora estava tão aberto quanto o céu. Quando se deparava com um problema, a frustração o obscurecia como nuvens toldando o azul do firmamento. Mas, depois que o problema era resolvido e o caminho a ser seguido era revelado, a satisfação que Beau via nele era como o sol nascendo.

Beau ainda a observava quando ela se inclinou ao lado de Henri e Florian, que tinham acabado de afiar outra estaca. E, então, ele percebeu: *esta é a Arabella feliz.* Por alguma razão que ele não conseguia explicar, e não tinha certeza se queria, a felicidade dela o tocou.

— As pessoas fazem isso sem bate-estacas. Nós também podemos — ela encorajou os garotos, observando enquanto eles levantavam a pesada estaca, carregavam-na pela casa de guarda e baixavam sua ponta afiada na água. — Inclinem um pouco para a esquerda... Isso... Agora, segurem-na no lugar — Arabella instruiu e, então, virou-se. — Beau? Você está pronto?

Beau saiu de seu devaneio e pegou uma marreta. Depois de se certificar de que Arabella estava fora do caminho, ele ergueu a ferramenta bem alto e a baixou sobre a estaca com toda força. Era difícil. Ele tinha que mirar bem e em ângulo, e então acertar a marreta com toda a sua força. Ele repetiu a ação várias vezes, atingindo o topo da estaca, afundando-a cada vez mais na lama. O impacto enviava ondas de choque por seus braços e, embora estivesse frio, o suor escorria por seu corpo. Finalmente, quando o topo da estaca estava cerca de meio metro acima da soleira da casa de guarda, Arabella fez-lhe sinal para que parasse.

Ele fez isso com alegria, ofegando ao recuar e largando a marreta no chão da casa de guarda. Os músculos de seus braços tremiam; suas costas doíam. Flocos de neve, caindo com mais força agora, alojavam-se em seus cabelos e seus cílios.

Arabella agarrou a estaca com as mãos. Fez força contra ela. A estaca não se moveu. Então, ela tentou puxá-la para si; de novo, a estaca não se moveu.

— É isso aí! — Arabella cantarolou. — Está firme! — Olhou para o céu; o crepúsculo começava a cair. — Vamos pegar a segunda e amarrá-la à primeira. Aí, poderemos começar o trabalho de amanhã com um par instalado.

Assim como antes, Florian e Henri afiaram a ponta de uma longa estaca de madeira e depois a mantiveram firme enquanto Beau a marretava. A segunda estaca foi afundada mais rapidamente que a primeira. Arabella testou novamente e viu que estava boa.

— Viva! — ela comemorou. — Conseguimos! Eu sabia que poderíamos! Vamos apenas amarrar as duas estacas e então terminamos por hoje.

Ela correu de volta para a casa de guarda e saiu de lá alguns segundos depois, correndo, com um rolo de corda.

O que aconteceu a seguir poderia não ter acontecido se o sol não estivesse se pondo, a neve não estivesse aumentando e a temperatura não estivesse caindo.

O pé de Arabella bateu num pedaço de gelo coberto de neve. Ela derrapou, largou a corda e caiu para a frente.

Houve um grito, um tremular de saias e ela desapareceu.

CAPÍTULO QUARENTA E SEIS

— Arabella, *NÃO*!

Beau se lançou sobre ela, tentando agarrar seu braço, seu suéter, sua saia, *qualquer coisa*, mas era tarde demais. Ele a viu atingir a superfície do fosso. Viu a água cinzenta fechar-se sobre ela.

— Não. Não, não, não, não, não... Vamos, Arabella, você sabe nadar, não sabe? — ele balbuciou, procurando-a freneticamente. Mas não havia sinal de Arabella. Pela primeira vez, ele não pensou. Não calculou. Não pesou os prós e os contras. — Vou descer — declarou ele, agarrando um rolo de corda. — A água está gelada. Ela não vai durar mais que alguns minutos.

— Onde ela está? — perguntou Florian. Ele e Henri estavam agora ajoelhados na beira da soleira.

Enquanto ele falava, Arabella emergiu, ofegante e cuspindo.

— Ali! — Henri gritou, apontando alguns metros à esquerda das estacas.

— Arabella! — Beau gritou. — Nade até as estacas!

Ela assentiu. Suas braçadas eram espasmódicas e desajeitadas, fazendo espuma na água ao seu redor. Beau enrolou a corda na cintura e deu um nó. Ele olhou para baixo novamente. Arabella chegara às estacas. Ela tentou abraçar uma, mas suas mãos escorregaram.

— B-Beau, jogue-me uma corda — ela gritou.

Ela estava meio congelada. Suas roupas, encharcadas. Beau sabia que ela nunca seria capaz de erguer-se do fosso e subir pela lateral da muralha do castelo, não sem ajuda.

— Estou indo pegá-la! — ele gritou. — Já, já chego aí! Aguente firme...

Suas palavras morreram. Beau não olhava para Arabella. Ele olhava além dela.

— Arabella, *shh*. Não fale. Não se mova.

— P-p-por favor... Beau... está tão *frio*...

— Arabella. Fique *quieta*.

— B-B-Beau... a corda...

— Droga, Arabella, cale a boca! Eles podem ouvi-la! Eles podem *senti-la*!

Arabella, agora tremendo, lançou-lhe um olhar confuso e depois girou a cabeça na direção do olhar dele. Beau a ouviu ofegar. Ela se virou para ele, com os olhos suplicantes.

— Eu vou aí pegá-la. Prometo. Apenas. Fique. *Parada*.

As garras do medo cravaram-se em Beau como as de um falcão em um coelho. Ele sabia que tinha apenas alguns minutos para salvar a vida de Arabella.

— Henri, distraia-os! Jogue alguma coisa! Qualquer coisa! — ele pediu. — Mas jogue longe dela!

Henri correu para a casa de guarda e saiu de lá com uma manivela quebrada, uma pedra de bom tamanho, pedaços de uma jarra quebrada. Ele os despejou na soleira e começou a jogá-los sobre a água, o mais longe de Arabella que conseguiu.

Beau testou o nó da corda que ele havia enrolado e entregou o resto do rolo para Florian.

— Passe a corda por aquilo. — Ele apontou para uma argola de ferro na parede perto da arcada. — E então vá puxando. Rápido. — Florian obedeceu, enfiando a corda pela argola, puxando-a com alternância das mãos, o mais rápido que pôde. — Ótimo. Agora, vá soltando-a aos poucos.

Enquanto Florian lhe dava alguma folga na corda, Beau se virou de costas na soleira, pés equilibrados na beirada, e pôs-se a descer pela parede do fosso, passo a passo, com cuidado. Foi difícil; vinhas grossas cresciam do fosso e por cima do muro, emaranhando seus pés. Ele olhou por cima do ombro enquanto descia e viu que muitos dos monstros não estavam mais se movendo em direção a Arabella, mas se debatiam na água, balançando suas cabeças horríveis na direção dos estrondos provocados pelos objetos atirados por Henri.

Muitos, mas não todos.

Ele olhou para Arabella, mas ela não olhava para ele. Tinha a vista fixa numa coisa a um metro de distância dela, algo sem olhos e sem lábios, com vermes se contorcendo no que restava de suas bochechas.

Tudo dentro de Beau lhe dizia para se apressar, mas ele sabia que, se escorregasse e perdesse o equilíbrio, desperdiçaria segundos preciosos pendurado inutilmente até recuperá-lo de novo.

— Oh, Deus. Por favor, não...

Era Arabella. Beau arriscou outro olhar para ela. O monstro estava a apenas trinta centímetros dela agora. E torcia a cabeça como se pudesse sentir o cheiro dela.

Henri enfiou os dedos na boca e soltou um assobio estridente.

— Ei! Aqui em cima, lindinho! — ele gritou. — Veja o que tenho para você!

O monstro parou e voltou para cima seu rosto assustador.

E então Henri, segurando um contrapeso de ferro de nove quilos, estendeu-o sobre a água, no pequeno espaço entre Beau no muro e Arabella agarrada à estaca, e, com uma prece sussurrada às pressas, deixou-o cair. Atingiu o crânio da criatura com um baque úmido e crocante, mergulhando-a sob a superfície.

Um momento depois, Beau estava na água ao lado de Arabella. Ela tremia tanto que não conseguia mais falar. A tensão na corda em volta da cintura de Beau o mantinha à tona.

— Henri! Jogue mais corda! — ele gritou.

Henri, ainda olhando por sobre a soleira, assentiu. Ele desapareceu e logo reapareceu com um novo rolo. Segurando uma ponta, jogou o resto para Beau, que a agarrou e enrolou na cintura de Arabella. Seus dedos, já dormentes de frio, estavam rígidos e desajeitados. Foram necessárias várias tentativas para dar um nó, mas enfim conseguiu.

— Você tem que subir pela parede. Como acabei de fazer — Beau disse a Arabella. — Florian e Henri vão puxá-la. Eles darão suporte à maior parte do seu peso. É difícil, mas você consegue.

Arabella assentiu. Beau a guiou até a parede e a ajudou a virar o corpo para que seus pés ficassem apoiados nela. A neve caía com mais força agora, arranhando seus olhos.

— Henri, Florian, puxem-na para cima! — ele gritou.

Os dois garotos haviam passado a ponta da corda de Arabella pela argola de ferro na parede, assim como havia sido feito com a corda de Beau. Eles a puxavam agora, e Arabella começou a subir a parede, centímetro por centímetro, lentamente, com a água escorrendo de suas roupas encharcadas. Seu progresso era lento, mas constante, e, então, na metade do caminho, seu pé direito escorregou. Ela caiu para a frente e bateu com força na parede, depois ficou ali pendurada, impotente.

— Vamos, Arabella! Recomponha-se! — Beau sibilou para ela, lançando um olhar nervoso para trás. Ele não tinha certeza do que o pegaria primeiro: os monstros ou o frio mortal.

Com um esforço doloroso, Arabella se endireitou. Lentamente, diminuiu a distância entre ela e a borda, seus membros tremendo com o esforço. Quando enfim se aproximou, Florian estendeu a mão, agarrou-a pelas costas do suéter e puxou-a para um local seguro.

— Sua vez, Beau! — Henri gritou. — Rápido. Rápido *mesmo*.

Beau viu o olhar do menino direcionado a algo atrás dele. Nem precisou olhar para saber o que era. Assim que a tensão atingiu sua corda, ele levantou as pernas, plantou os pés na parede e começou a escalar.

Ele não tinha dado mais de dois passos quando sentiu uma mão ossuda agarrando sua perna. O puxão foi forte e Beau escorregou, batendo na parede, pendurado, ambas as pernas chutando a criatura.

Mais monstros se aproximaram, rosnando e atacando-o. Ele chutou com mais força, tentando mantê-los afastados.

Enquanto fazia isso, começaram a chover pedras. Ele olhou para cima. Florian derrapara para a frente, empurrando sem querer pedrinhas para além da soleira. Beau se endireitou, mas seu rosto estava vermelho de esforço. Henri, logo atrás dele na corda, lutava contra o peso morto.

— Suba, Beau! Não podemos sustentá-lo por muito mais tempo! — Florian gritou.

Beau chutou forte. Seu pé acertou um crânio. Os dedos que seguravam seu tornozelo se desenrolaram. Seus pés, que lutavam de maneira desesperada por um apoio na parede, enfim o alcançaram. Ele firmou as pernas e começou a subir de novo.

Passo a passo, Florian e Henri recuaram da borda. Membros trêmulos, tendões se destacando em seus pescoços, eles conseguiram se manter firmes enquanto Beau subia pela parede. Depois do que pareceu uma eternidade, ele alcançou a borda e se jogou sobre ela.

— B-b-bom trabalho, rapazes — elogiou. Seus dentes batiam convulsivamente; seu corpo parecia feito de gelo. Ele tentou desatar a corda em volta da cintura, mas ela estava congelada, e seus dedos paralisados só conseguiram se atrapalhar. Florian logo cortou-a com uma faca. — O-o-onde está... — Beau começou a dizer, mas, antes que pudesse terminar a pergunta, seus olhos a encontraram. Ela estava deitada no chão da casa de guarda, enrolada como uma bolinha trêmula. — Arabella! — ele gritou, andando trôpego em direção a ela.

Arabella abriu os olhos. Eles pareciam distantes e sem foco.

— Está tão frio — ela gaguejou.

— Henri, o espeto na cozinha está montado? — Beau perguntou enquanto colocava Arabella sentada.

O menino assentiu.

— Acenda o fogo embaixo dele. Florian, conte a Valmont o que aconteceu. Peguem toalhas. Cobertores. Sopa quente. *Vão*.

Florian e Henri começaram a correr. Com o que restava de suas forças, Beau pegou Arabella nos braços, e tropegamente, atravessou a casa de guarda.

Então, ele correu. Não pela própria vida, não desta vez.

Pela de Arabella.

CAPÍTULO QUARENTA E SETE

BEAU DISPAROU PELA PORTA ABERTA.

Florian e Henri fizeram tanto barulho ao entrar na cozinha que todos os criados e damas da corte vieram correndo.

— Isso tudo é obra *sua* — Poderesse sibilou para Beau enquanto ele carregava uma Arabella inerte através do aposento até a lareira aberta onde as carnes eram assadas. — Aonde está está indo? Leve-a para cima, para os aposentos dela!

— Não há tempo — rebateu Beau. — Florian, como vai essa sopa? — ele gritou por cima do ombro.

— Quase pronta! — Florian gritou de volta enquanto Phillipe despejava canja em uma caneca.

Beau colocou Arabella de pé. Ela oscilou e depois caiu para o lado. Era como tentar levantar uma marionete.

— Arabella! — Ele lhe deu um tapa leve no rosto. — Acorde! — Ela afastou a cabeça com um gemido de protesto. Tentou afastar a mão dele, mas Beau agarrou seu queixo. — Fique de pé. Levante os braços — berrou.

Arabella obedeceu o melhor que pôde, e Beau agarrou a bainha de seu suéter encharcado, puxou-o pela cabeça e jogou-o no chão. Em seguida, desabotoou a blusa de Arabella e a tirou. Uma longa fileira de botões descia pela parte de trás da saia. Beau não perdeu tempo com eles; simplesmente agarrou o cós e rasgou-o. A saia despencou no chão.

— Desembarace os pés da saia — comandou. — Aproxime-se do fogo. — Enquanto ela fazia isso, ele chutou para o lado a saia encharcada. — Onde estão os cobertores? — ele gritou.

Naquele mesmo instante, Claudette entrou correndo na cozinha, com os braços carregados de roupa de cama. Josette vinha logo atrás, trazendo um roupão e chinelos.

Beau pegou um cobertor e o ergueu, protegendo Arabella do olhar de seus criados. Ele próprio desviou os olhos.

— Tire a roupa de baixo dela.

— Agora escute aqui, isso é muito indecente! — Horgenva gritou.

— Cale a matraca, gárgula — ordenou Beau. A dama berrou como uma galinha zangada. — Depressa, senhoras, *depressa* — Beau pediu às criadas. — Já removeram toda a roupa de baixo?

— Sim — respondeu Josette.

— Friccionem-na com as toalhas. Vão com calma com as orelhas e os dedos das mãos e dos pés. Ela pode estar com queimaduras de frio. — As criadas fizeram o que ele lhes ordenou, enxugando a umidade da pele de Arabella e proporcionando um pouco de calor ao corpo dela. — Vistam-na com o roupão e os chinelos — mandou Beau, assim que terminaram. — Henri! Traga uma cadeira aqui. Coloque um cobertor sobre ela.

Arabella permaneceu de pé ali, curvada, abraçando-se, ainda tremendo incontrolavelmente. Beau guiou-a até a cadeira e sentou-a. Ele pegou as extremidades do cobertor e dobrou-as em volta dela. Colocou outro cobertor sobre a cabeça e os ombros dela, depois se ajoelhou e envolveu um terceiro em volta dos pés. Florian apareceu com uma caneca de canja e a entregou a ele.

— Você precisa beber isto — anunciou Beau, oferecendo a caneca para Arabella. — Consegue segurá-la?

Arabella assentiu.

— O-o-obrigada — agradeceu, derramando um pouco da canja enquanto pegava a caneca. Ela a soprou e depois tomou um gole. Outro arrepio a atravessou. — Ainda posso ver aquela criatura — soltou. — É a última coisa de que me lembro. O que aconteceu depois…

— Pulei para buscar você, mas Henri, o matador de monstros, salvou a pátria — relatou Beau, sorrindo para o menino.

Henri sorriu com orgulho.

— Foi, é? — Arabella perguntou. Ela se virou para o garoto. — Obrigada, Henri. Eu...

— Onde diabos ele está? Vou despedaçá-lo. Juro por Deus que vou! — A voz grave de Valmont ecoou pela cozinha. Seu corpo chegou depois. Ele foi até a lareira e seu olhar passou das roupas molhadas de Arabella, espalhadas pelo chão, para a própria Arabella, curvada perto do fogo. Ele arregaçou as mangas e fechou uma das mãos em punho. — Acabou para você, ladrão — rosnou.

Arabella o deteve.

— Valmont, não — pediu ela. — Foi culpa minha. Beau salvou minha vida.

Valmont parecia cético, mas baixou o punho. Beau se levantou. Ele queria explicar a Valmont o que havia acontecido. Em vez disso, quase caiu. Florian amparou-o, firmando-o.

— Beau, o que foi? O que há de errado? — perguntou Arabella, alarmada.

— Não tenho certeza — respondeu Beau, olhando para as próprias mãos. Seus dedos estavam azuis. Suas mãos tremiam. Desde o segundo em que Arabella tropeçara na casa de guarda e caíra no fosso, ele não havia pensado em nada além de salvá-la. Agora seus dentes batiam descontroladamente. Suas pernas pareciam fracas. Todo o seu corpo começou a tremer.

— Dê a ele um cobertor. Depressa — ordenou Arabella a Florian.

Enquanto Florian enrolava um cobertor nos ombros de Beau, Arabella se levantou e fez Beau sentar-se em sua cadeira.

— Henri, atice o fogo — solicitou ela. — Ajude-o a tirar as roupas molhadas.

Enquanto Henri puxava as botas de Beau, Percival entrou correndo na sala.

— Adiarei seu jantar, Lady Arabella, e prepararei um banho quente para você — prontificou-se ele.

Arabella levantou-se, agarrando-se aos cobertores, e virou-se para Beau.

— Se você puder me perdoar por quase ter matado a nós dois, gostaria que se juntasse a mim.

As sobrancelhas de Beau se ergueram.

— No banho?

Florian e Henri soltaram uma gargalhada. As criadas reprimiram risadinhas.

Arabella pigarreou.

— Não, *não* no banho. Na minha mesa. Para o jantar.

Foi como se Arabella tivesse soltado fogos de artifício na cozinha. Todos no aposento, todos os criados, todas as damas, prenderam coletivamente a respiração, enquanto as palavras dela pairavam, resplandecendo, no ar.

E Beau, que havia saltado em águas profundas, geladas e cinzentas, que havia enfrentado monstros infernais sem sequer pensar em sua própria segurança, de repente ficou com medo.

Fora tão estúpido o que ele fez. Por que fizera aquilo? Por que arriscara sua vida, sua *vida*, por uma garota que nem sequer lhe fazia a cortesia de lhe dar uma resposta sincera — sobre ela mesma, seu castelo, as criaturas nele? Beau não sabia e agora se sentia preso. Todo mundo o fitava. *Eles acham que eu deveria ficar deslumbrado com o convite de Arabella? Grato por isso?*, ponderou. *Como um camponês recebido à mesa da senhora?*

Bem, ele não estava. Salvara-lhe a vida, sim, mas só porque precisava dela. Arabella iria lhe construir uma ponte, para que pudesse chegar até seu irmão. Esta fora a razão, a única razão.

Poderesse olhava para Beau como se suspeitasse que ele estava mais que deslumbrado, mais que grato. Era como se os olhos com olheiras de Poderesse pudessem enxergar dentro de seu coração os novos e estranhos sentimentos que ali haviam se enraizado.

— Não, obrigado — agradeceu ele. — Não estou com fome.

Sua recusa magoou Arabella. Ele pôde ver isso. Seus olhos se contraíram por um instante, mas ela se forçou a abri-los novamente.

— Claro — proferiu de forma tranquila, esforçando-se para salvar as aparências. — Tenho certeza de que você está exausto por suas ações heroicas. Eu o verei pela manhã. — Ela se levantou e saiu da cozinha. Suas criadas e damas a seguiram.

O resplendor no ar desapareceu. Beau sentiu os criados que ficaram na sala soltarem um grande suspiro coletivo, expelindo a esperança momentânea como uma fumaça acre.

Beau ficou irritado com as expectativas deles. Isso se mostrou em sua voz.

— Alguma chance de um banho para mim, Valzinho? Quem sabe umas roupas secas?

Valmont balançou a cabeça.

— Pode deixar que vou lhe dar um banho. Vou jogá-lo de volta no fosso.

Percival interveio.

— Prepararemos um para você nos alojamentos dos criados — prometeu ele. — Fique perto do fogo por enquanto ou você morrerá.

Beau assentiu; puxou o cobertor em volta do pescoço. Ele estava mais frio que antes.

A temperatura havia caído na cozinha.

Para algo abaixo de zero.

CAPÍTULO QUARENTA E OITO

— Beau! Beau? Ei, *Beau*! Percival disse que seu banho está pronto.

Beau acordou assustado, sem saber onde estava. Então, viu o rosto de Florian pairando sobre ele e percebeu que havia adormecido em frente à lareira. Ele esfregou os olhos e levantou-se lentamente, pronto para ir ao alojamento dos criados.

— Ah, mas espere! Eu esqueci. Não há toalhas — continuou Florian. — Claudette usou uma tonelada delas para secar a senhora. Percival disse para pedir umas a Josephine.

Beau revirou os olhos.

Camille ergueu a vista da massa que estava misturando.

— Josephine está nos aposentos da patroa — explicou ela. — Vá até a rouparia, Florian. Há mais empilhadas lá.

Florian saiu apressado e Beau caminhou em direção à mesa de trabalho da padeira.

— Posso pegar uma xícara de café quente? — pediu. Precisava de algo para combater o cansaço ou adormeceria na banheira.

Camille começou a encher uma caneca para ele com o bule que parecia estar sempre esquentando no fogão.

— Aqui está — disse Florian, reaparecendo com duas toalhas e entregando-as a Beau. O rapaz olhou em volta e se aproximou de Beau, para que Camille não pudesse ouvi-lo. — Acho que você foi um pouco precipitado ao recusar aquele convite para jantar.

Beau gemeu.

— Até você?

— O chef está na despensa, cortando alguns filés bem grossos.

— Obrigado, Florian. Mas isso seria um grande erro.

— Huh?

— Ah, deixa pra lá.

Com as toalhas debaixo do braço, Beau pegou a caneca que Camille havia colocado sobre a mesa para ele. Queria agradecê-la, mas ela estava do outro lado da cozinha, conversando com Phillipe. Ele tomou um gole, fechando os olhos enquanto o calor se espalhava pelo peito.

— Ei, macarons! Esta é minha noite de sorte!

Os olhos de Beau se abriram. Fé estava parada ali, com os dedos pairando sobre uma bandeja com guloseimas de Camille. Esperança estava com ela. Fé pegou um dos doces e deu uma mordida.

— Você certamente é um idiota — ela constatou, enquanto mastigava.

— Prazer em ver você também — cumprimentou Beau, largando a caneca.

— Não está sentindo o cheiro? Phillipe está preparando um banquete. — Ela terminou a guloseima, foi até o fogão e mergulhou o dedo em uma panela. — Huuum! — soltou, lambendo o dedo. — Esse molho aqui está de matar, *sério*...

— Você deveria jantar com Arabella — declarou Esperança a Beau.

Beau balançou a cabeça, teimosamente.

— Não.

— Por quê? — Fé pressionou. — Porque está bravo por ela não lhe contar tudo o que você quer saber? Como se ela devesse simplesmente entregar a você a chave da alma dela? Não pode roubar todas as chaves, garoto. Algumas você tem que ganhar.

— Você tem um metro e vinte de altura — constatou Beau. — Pare de me chamar de *garoto*.

— Vai jantar com ela? Você tem que comer, não é? E é noite de bife!

Beau hesitou, inseguro agora. Aquelas duas crianças desagradáveis tinham a capacidade de tirá-lo de suas certezas de portas fechadas e empurrá-lo para o reino das possibilidades.

— Nunca jantei com a nobreza. O que eu faria? Comportar-me como um cortesão? Não sei como — admitiu. Então, odiando ter demonstrado um mínimo de vulnerabilidade, ele sorriu e disse de modo irreverente: — Acho que sempre poderia ser o charmoso e devastadoramente atraente conquistador de mulheres que sou.

— Que tal ser um amigo, Beau? — Fé sugeriu. — Por que não tenta isso?

Antes que Beau pudesse responder, eles ouviram passos.

— Tchau! — Fé sussurrou. Ela pegou outro macaron e saiu correndo da cozinha.

Esperança ficou.

— Culpa nunca construiu uma ponte nem salvou uma vida.

Beau sentiu um arrepio percorrer seu corpo. Era como se Esperança tivesse visto no fundo dele o verdadeiro motivo pelo qual ele não queria se juntar a Arabella: porque sentia que não deveria estar sentado em um grande salão de jantar, comendo boa comida, quando seu irmão mais novo teria sorte se conseguisse uma tigela de sopa quente.

— Como você sabe...

Os passos foram ficando mais próximos.

— A bondade é um dom raro neste mundo, Beau. Aceite quando lhe for oferecida.

— Eu não preciso da bondade dela. Isso não vai me ajudar.

— Quem está falando sobre ajudar você?

E, então, ela também se foi.

Percival entrou na cozinha. Rémy o seguia. Eles carregavam travessas. Ao depositá-las, Percival disse:

— Por que ainda está aqui? Seu banho está esfriando.

Beau assentiu. Ele foi em direção à escada dos criados. Mas, então, parou e se virou.

— Ei, Perci? — ele disse.

— Não me chame...

— Diga ao chef que ele tem dois para o jantar.

CAPÍTULO QUARENTA E NOVE

A NOTÍCIA SE ESPALHOU ENTRE os criados.

A senhora e o ladrão estão jantando.

Camille mexe a massa para fazer uma torta. Ela usa o melhor chocolate, grãos de café moídos e castanhas cristalizadas, além de acrescentar uma pitada de páprica. Todo mundo sabe que esse tempero desperta paixão.

Lucile, a esposa do jardineiro, enrola seu xale de lã vermelha nos ombros e se aventura na estufa para cortar flores para a mesa. Ela escolhe camélias para o desejo e rosas para o amor.

Claudette, Josette, Florian e Henri preparam o grande salão como se o próprio Deus viesse jantar. Lustram a mesa. Dão corda na caixa de música. Arrumam a mesa com a melhor porcelana.

E Phillipe, o chef, começa a cozinhar. Ele não sabe se estará vivo dentro de uma semana, mas sabe que comida é amor.

Por cem anos, preparou canja de galinha para seu velho amigo Valmont, que tosse demais depois de muitos anos respirando pólvora nos campos de batalha.

Por cem anos, assou ossobuco para Josephine, cujas costas doem de tanto levantar lençóis molhados. O rico tutano lhe faz bem. Há cem anos ele prepara pato com ginjas para Percival, o amor de sua vida, que está perdendo a mobilidade diante de seus olhos. Suas articulações estão cada vez mais rígidas; seu andar, mais lento. Ele tenta esconder essas coisas atrás de vincos mais perfeitos e palavras mais afiadas, mas Phillipe as vê.

Phillipe luta por eles, por todos eles, em seu gigantesco fogão de ferro, como um general travando uma guerra.

Luta contra inimigos poderosos: tristeza, desgosto, desesperança, desespero. Luta com armas poderosas: cebola, alho, manteiga e sal.

Mas já há algum tempo ele vem perdendo a batalha.

E sabe disso. Percebe-o nos ombros curvados de Gustave. Nas lágrimas de Claudette. Nos olhos de coração partido de Camille. Vê isso nos cantos empoeirados do castelo, em todos os cômodos onde nunca mais se entra, nos vasos vazios de flores.

Arabella desistiu. Muito tempo atrás. Ele mesmo está perto de desistir. Não sabe como continuar a luta. Exige mais força do que pensa ter.

Então, pega uma trufa branca que estava guardando, leva-a ao nariz e inala seu aroma terroso. Isso traz de volta a lembrança do primeiro jantar que ele preparou para Percival, há muito tempo: tagliatelle com creme, vinho branco e fatias finas de trufa.

Ele era um jovem chef na mansão de um duque em Paris, e a trufa lhe custou o salário de uma semana.

Bertrand, o padeiro, disse que ele tinha perdido a cabeça.

— O que um fungo sabe sobre o amor? — ele zombou.

— Mais do que você — respondeu Phillipe.

Ele surpreendera Percival, que, na época, era pajem, tarde da noite. Eram apenas os dois na cozinha cavernosa, com a travessa de macarrão, meia garrafa de champanhe que sobrara do jantar do duque e luz de velas.

Percival nunca havia provado uma trufa, e Phillipe ainda se lembra da expressão em seu rosto enquanto a experimentava. Ele mastigou a primeira mordida e engoliu, depois se inclinou sobre a mesa e beijou Phillipe nos lábios.

— Eu me apaixonei naquela noite — sempre diz Percival.

— Por mim? — Phillipe sempre brinca. — Ou pela trufa?

Phillipe olha para a pequena e gorda joia em sua mão. Funcionara uma vez... poderia funcionar novamente?

Embora doesse ter esperança, ele acende o grande fogão mais uma vez. Aquece uma panela de caldo de galinha, pega um saco de arroz e um pedaço de parmesão. Não dá tempo de fazer massa fresca, mas risoto também serve.

Valmont entra na cozinha carregando uma bandeja de prata. Percival está logo atrás dele com uma garrafa de vinho. Eles olham para a trufa.

— Não vai funcionar — declara Percival com um suspiro.

Phillipe lança um olhar para ele.

— Eu não vou desistir. *Não posso* desistir.

— Mas eles não se amam. Nem gostam um do outro. É inútil.

— O que exatamente é inútil? — Phillipe pergunta, seu tom de voz se elevando.

— Tudo isso. Tudo. Nós tentamos, Phillipe, não é? De novo e de novo e de novo e de novo...

Phillipe bate a panela que está segurando no fogão e gesticula para Valmont.

— Nosso velho amigo não é inútil! — ele grita. — Gustave, Lucile e Josephine não são inúteis! As criadas não são! Até *Florian* não é inútil! Nós somos importantes, Percival. Cada um de nós. Esta é a nossa história também.

O queixo de Percival treme. Seus olhos se enchem de lágrimas. A cena derrete a raiva de Phillipe. Ele atravessa a sala e encosta a testa na de Percival.

— Você não é inútil. É minha vida — ele confessa ferozmente. — E eu vou lutar por você até o tempo acabar. Até que as paredes ao nosso redor se transformem em pó. Até eu dar meu último suspiro.

Percival assente. Enxuga os olhos e toca a bochecha de Phillipe. Então, ele se vira e sai da cozinha.

Phillipe o observa partir e depois pega seu ralador. Este será o melhor risoto de trufas já feito. Será tão delicioso, tão sedutor, que o ladrão não saberá o que o atingiu. Só quando termina de ralar o parmesão é que percebe que Valmont ainda está lá. Está encostado na mesa, com uma expressão de dor no rosto.

A testa de Phillipe se enruga de preocupação.

— O que o está machucando agora, velho amigo? — ele pergunta. — Seu ombro? Seu joelho?

Valmont balança a cabeça. Ele bate no peito.

No lado esquerdo.

Onde está seu coração.

CAPÍTULO CINQUENTA

BEAU EXAMINOU SEU REFLEXO NO espelho, virando-se para um lado e para o outro.

Ele nunca tinha visto uma peça de roupa tão bonita, quem dirá usado uma. Vestir a sobrecasaca era como se envolver num pedaço da meia-noite. A seda índigo brilhava à luz das velas; seus botões de prata, cravejados de safiras, cintilavam.

Beau segurou um entre o polegar e o indicador, inspecionando-o.

— Quanto você acha que valeria um desses, Perci?

— Eu não saberia dizer. Sou um assistente de mordomo, não um receptador — Percival fungou, passando as mãos pelos ombros de Beau, alisando o tecido. Ele olhou por cima dos óculos; seus olhos encontraram os de Beau no espelho. — Eu sei, no entanto, que há seis botões na frente desta casaca e mais três em cada punho. E é melhor que todos ainda estejam lá quando você me devolvê-la.

— De onde veio isso? Era seu?

Percival riu.

— Meu Deus, não. Pertenceu ao duque, pai de Arabella. — Ele foi até a frente de Beau e ajustou a lapela da casaca. Um sorriso melancólico curvou seus lábios. — Em sua juventude, ele era uma figura bastante garbosa.

Beau usava botas altas de couro preto, calções marfim e uma camisa de linho branco e macio por baixo da casaca, com babados no pescoço e nos punhos.

Percival puxou um dos punhos da camisa, fazendo com que o babado tivesse o caimento certo.

— Boas roupas são importantes. Fazem você querer andar ereto. Manter a cabeça erguida. Fazem você querer ser...

— *Melhor* — Beau terminou, baixinho. A palavra lhe ocorreu espontaneamente.

Percival parou de ajeitar o babado do punho e fitou Beau, semicerrando os olhos, como se enxergasse algo pela primeira vez.

— Sim — concordou. — Melhor. — Ele rodeou Beau uma última vez e disse: — É hora de ir.

Beau assentiu e o seguiu, dizendo a si mesmo que só estava fazendo isso para ser educado, para agradar Arabella. Até terminarem a ponte, precisava da ajuda dela.

Mas a verdade era diferente. Ele cobiçava outra chave agora — a chave para o mistério que era Arabella. Desejava girá-la e ver o que destravava. Nunca desejara algo assim antes; nunca se permitiu desejar. Aprendera há muito tempo que era melhor não desejar coisas. Dessa forma, não doía tanto quando você não as conseguia.

As altas portas duplas do grande salão estavam fechadas. Percival segurou as maçanetas e abriu-as, e Beau ficou surpreso, assim como havia ficado na primeira vez que pusera os pés no castelo. As chamas crepitavam na lareira, aquecendo o ambiente. Rosas brancas e camélias, entrelaçadas com hera, derramavam-se em cascata dos vasos. Velas elegantes tremeluziam em candelabros de prata. A caixa de música tocava uma melodia lenta e cadenciada. Tudo parecia ainda mais bonito que naquela primeira noite.

Exceto a cabeceira da mesa. Que se encontrava em extraordinária bagunça.

Arabella estava sentada ali, entre pergaminhos, livros, penas e um tinteiro. Ela abriu espaço para trabalhar empurrando a toalha de mesa, os castiçais, os vasos, os pratos, as taças e os talheres. Com a cabeça inclinada, desenhava. De novo. Com uma intensidade quase maníaca. Isso o intrigou.

Beau viu que ela usava um vestido de seda no mais intenso tom de esmeralda. A gola subia alto nas costas. Seu corpete, bordado pesadamente com fios de ouro e pérolas, corria em linha reta de ombro a ombro, estreitando-se na cintura. Seu cabelo brilhoso estava preso no alto por um pente de pérolas. Um xale azul-escuro pendia das dobras de seus braços.

Como você está linda, pensou.

E, então, ele sentiu o medo transformar seus ossos em areia e desejou de todo coração não ter feito isso. Desejou poder se virar e sair. Mas era tarde demais.

Percival pigarreou.

— Com licença, Vossa Senhoria... — ele começou.

— Coloque-o em qualquer lugar, Percival — comandou Arabella, sem se preocupar em erguer a vista.

— Não posso, Vossa Senhoria. *Não é* um prato. É o senhor Beauregard.

Arabella olhou para cima.

— *Beau?* — ela indagou. Antes que pudesse se conter, sua boca, seus olhos e todo o seu rosto se abriram em um sorriso.

— O convite para jantar ainda está valendo? — ele perguntou.

— Sim, claro — respondeu Arabella. Beau ficou paralisado no lugar. Até Percival pigarrear. Então, caindo em si, pegou uma rosa de um vaso, fez uma reverência para Arabella e entregou-lhe a flor. — Oh, não precisava se preocupar — ela agradeceu com um sorriso mordaz, aceitando-a.

— Sim, bem — ele falou timidamente. — Tentei comprar um buquê para você na cidade, mas todas as floriculturas estavam fechadas.

Arabella soltou uma risada, e os ombros de Beau relaxaram um pouco. Eles estavam de volta ao ritmo familiar de provocações, alfinetadas e semi-insultos.

— Sente-se... Sente-se *aqui*. — Ela apontou para a cadeira à sua direita e depois franziu a testa diante da bagunça que tinha feito.

Percival também franziu a testa. Não restava dúvida de que aquilo era uma tragédia para ele.

— Eu a ajudarei, minha senhora — prontificou-se, solícito.

— Não há necessidade — respondeu ela, empurrando a toalha, os vasos, os saleiros e os potes de mostarda pela mesa, num amontoado de linho enrugado e prata tilintando. — Pronto — declarou ela, satisfeita. — Agora há bastante espaço.

Percival suspirou, depois desembaraçou do amontoado dois conjuntos de pratos, taças e talheres, dispondo-os na frente de Arabella e Beau.

— Você estava trabalhando na ponte? — Beau perguntou a ela.

— Sim. E acho que descobri como podemos afundar a segunda dupla de estacas — disse ela, apontando para o desenho.

— Descobriu? Que ótimo, Arabella! — exclamou Beau, com entusiasmo, mas sua empolgação desapareceu e foi substituída pelo pânico quando ele se sentou e olhou todos aqueles diferentes talheres. Ele já havia estado em muitos grandes salões antes, mas sempre servindo, nunca sendo servido.

— Perci — sussurrou pelo canto da boca. — Os *talheres*.

— Você também não deve *roubá-los* — advertiu Percival, lançando-lhe um olhar severo.

— Eu *não vou* fazer isso. Esqueci qual garfo serve para quê!

A expressão de Percival suavizou-se; ele deu um tapinha nas costas de Beau.

— Basta ir de fora para dentro.

O conselho pouco fez para tranquilizar Beau, mas, felizmente, Percival tinha um remédio mais forte à mão: uma garrafa de champanhe gelado em um balde de prata. Ele providenciou duas taças de cristal e procurou um local adequado para colocá-las.

— Oh, Percival, não se preocupe — repreendeu Arabella. — Pode colocá-las em qualquer lugar.

Percival empurrou para o lado os desenhos de Arabella e também uma pilha de livros. Então, depositou as duas taças na mesa e serviu a bebida. Quando terminou, limpou a borda da garrafa, colocou-a de volta no balde de gelo e foi para a cozinha.

Arabella pegou sua taça.

— Um brinde a não sermos devorados pelos monstros do fosso.

Beau encostou sua taça na dela.

— Saúde — brindou ele e, então, engoliu metade do champanhe. Ele ficava, para seu profundo aborrecimento, estranhamente tímido perto dela. Nunca ficara tímido perto de uma mulher. *Nunca.* Bebeu o resto do champanhe.

— Toda aquecida e seca agora? — Beau perguntou.

Toda aquecida e seca agora?, uma voz dentro dele imitou. *Parece uma vovozinha falando.*

— Estou, obrigada — respondeu Arabella. — E você?

— Um banho quente me recuperou. — Ele gesticulou para o seu traje. — Percival encontrou isso para mim.

— Eu me lembro dessa casaca — comentou Arabella, com um sorriso melancólico. — Era a favorita do meu pai.

Beau não sabia o que dizer.

— Ele não está mais aqui? — Arabella não respondeu, mas seus olhos se encheram de tristeza, e Beau imaginou que ele devia ter morrido. — Mas ele está sempre aqui. No seu coração, quero dizer, certo? — ele se apressou em acrescentar, fazendo uma careta diante de sua própria insensibilidade. — Sinto muito, eu não deveria ter tocado em um assunto tão delicado. Parece que essa é a minha especialidade.

Naquele momento, Percival voltou, com um guardanapo de linho branco dobrado sobre o braço, e Beau ficou feliz em vê-lo — e em poder mudar de assunto. Percival vinha seguido por Florian e Henri. Os garotos carregavam pratos cobertos por abafadores em forma de cúpulas. Florian colocou o seu diante de Arabella; Henri colocou o dele na frente de Beau. A um aceno de Percival, eles ergueram as cúpulas.

— *Vichyssoise* com guarnição de *crème fraîche* e caviar — anunciou Percival. Então, ele se inclinou para perto de Beau e sussurrou em seu ouvido. — Traduzindo para você: sopa fria de batata.

Serviu um vinho branco ácido, perfeitamente gelado, e então ele e os ajudantes da cozinha se retiraram. O constrangimento que Beau havia causado ao mencionar o pai de Arabella havia sido dissipado, mas, enquanto ele olhava para sua tigela, uma nova infelicidade tomou seu lugar. Nada no prato — *frio?*, *batata?*, *sopa?* — parecia atraente. Sopa de batata era o que ele, Raphael e os outros comiam quando não tinham um centavo. Ele enfiou a colher de sopa na tigela, levou-a aos lábios e teve uma grata surpresa. A sopa era como cetim derramado em sua língua. Tinha gosto de caldo curtido e cozido por muito tempo, batatas terrosas, creme de leite fresco e pimenta-do-reino. O caviar era um ponto de exclamação salgado.

— Isso está incrível — elogiou. E rapidamente engoliu outra colherada. — Arabella, você tem que provar.

— Mmm, sim — ela concordou distraidamente, esticando um braço em direção aos desenhos que Percival havia afastado. Não fez menção de pegar a colher.

— É sério mesmo. Está *tão* bom — insistiu ele entusiasmado, levado pelo prazer que a comida de Phillipe lhe proporcionava. — Você tem que experimentar. Tome...

Ele mergulhou a colher de volta na tigela, encheu-a e estendeu-a para ela. Mas, em sua empolgação, inclinou a colher e derramou o conteúdo na frente do lindo corpete verde de Arabella. Parecia que uma gaivota havia voado sobre ela e deixado uma recordação.

Beau respirou fundo, horrorizado consigo mesmo. Como ele pôde ser tão desajeitado? O que havia de errado com ele esta noite?

— Oh, não. Sinto muito — implorou ele, afobado. — Aqui... Eu resolvo isso.

Ele mergulhou a ponta do guardanapo em uma jarra de água e depois esfregou vigorosamente a mancha, determinado a removê-la antes que deixasse marca. Estava tão concentrado em sua tarefa que não notou Arabella enrijecer nem percebeu a expressão mortificada em seus olhos.

— Beau? — ela chamou, seu tom de voz se elevando um pouco.

— Não se preocupe. Sério, Arabella, estou conseguindo. A mancha está quase saindo e...

Arabella pigarreou.

— Beau, esse é o meu decote — destacou ela. — Pode parar com isso?

Beau congelou.

— Oh, meu *Deus*. — Seus olhos se arregalaram de horror quando ele se deu conta do que havia feito.

Arabella afastou lentamente a mão dele e pegou sua própria colher de sopa.

Beau enrolou o guardanapo molhado. Depois o alisou novamente. Depois o dobrou.

— Eu... eu nem sei o que dizer.

Ele não estava se reconhecendo. Sempre fora tão senhor de si perto das mulheres, comandando a situação. Era *ele* quem as deixava atrapalhadas. Mas esta noite ele estava tão estabanado e desajeitado quanto um garoto de catorze anos com voz estridente e joelhos juntos.

Percival o salvou novamente. Ele apareceu com a garrafa de vinho branco, renovou as taças e depois instruiu Florian e Henri a retirarem os pratos.

— O que vem a seguir, Percival? Você sabe? — Arabella perguntou, enquanto Beau tomava uma grande golada de vinho.

— Receio que não, Vossa Senhoria. Phillipe só me revela quando o prato está pronto para ser servido.

— Que pena — lamentou Arabella. — Nosso convidado gosta tanto de ser mantido a par das coisas, que só pensa a esse res*peito*.

Beau engasgou com o vinho, que, por pouco, não lhe saiu pelas narinas e espirrou na mesa. Percival olhou de Beau, que agora assoava o nariz no guardanapo, para Arabella, que fingia uma expressão de inocência com os olhos arregalados, e então partiu para a cozinha, com uma expressão de confusão no rosto.

— Você é malvada — disparou Beau, quando conseguiu falar novamente.

— Foi o que me disseram — ironizou Arabella.

Percival deixara a garrafa de vinho sobre a mesa na pressa de buscar um guardanapo novo para Beau. Arabella pegou-a e encheu a taça de Beau. Qualquer estranheza que persistia entre eles havia desaparecido.

— Não realizamos tanto hoje quanto eu esperava — reclamou ela, com um tom de pesar na voz.

— Acho que não, mas as estacas que conseguimos colocar no fosso estão lá para ficar — amenizou Beau. — Mas como vamos conseguir fincar o próximo par? Esse é o desafio.

Arabella, tendo desistido de vasculhar seus desenhos, juntou seus talheres e os de Beau. Ela colocou uma faca de manteiga horizontalmente sobre a mesa.

— Como mencionei, acho que descobri. Digamos que esta faca seja a soleira da casa de guarda. — Ela colocou dois garfos cruzados alguns centímetros à frente de si. — E estes garfos sejam o primeiro par de estacas…

Beau se inclinou, com os cotovelos apoiados na mesa e o queixo na mão, observando-a enquanto ela explicava a logística de colocar o segundo par de estacas. Ele gostava de como ela ficava espontânea quando falava sobre construir coisas. Como torcia o nariz, semicerrava os olhos. Como se recostava na cadeira, tamborilando os dedos no braço, e depois avançava, animada com uma descoberta.

— Portanto, o maior problema que teremos amanhã é a estabilidade: a nossa — explicou ela. — Precisaremos criar algum tipo de plataforma no ângulo formado pelo primeiro par de estacas, para podermos nos apoiar enquanto colocamos o segundo. — Ela franziu a testa para o diagrama que havia feito e depois esboçou algumas ideias. — O que você acha? — perguntou ao terminar. — Beau não a escutava de fato. Estava impressionado demais com o ardor nos olhos de Arabella e a paixão em seus gestos. — Beau... *Beau?* — Ela batia na mesa na frente dele com a palma da mão.

— Hum?

— Você prestou atenção em alguma coisa que eu disse?

Percival o salvou.

— *Chateaubriand* com risoto de trufas e aspargos cozidos no vapor — anunciou ele, reaparecendo com Florian e Henri.

Quando os garotos colocaram os pratos na mesa, ele serviu um vinho tinto envelhecido, tão escuro que parecia preto à luz das velas, e os três voltaram para a cozinha.

Tudo o que Beau pôde fazer foi se controlar para não avançar no prato. O filé, lindamente grelhado por fora; o molho *béarnaise* amarelo que o cobria, impregnado do aroma de manteiga e estragão; o perfume inebriante do arroz trufado — tudo fazia seu estômago se contrair de fome. Mas ele sabia que não devia começar antes da sua anfitriã, por isso, esperou até que Arabella começasse, depois cortou a carne e levou um pedaço aos lábios.

— Oh. Uau. Quer dizer, *caramba* — exclamou ele.

A comida de Phillipe estava enfeitiçando Beau e Arabella. Quando terminaram o prato principal, Percival trouxe a sobremesa: uma enorme torta de chocolate, recheada com camadas de creme de manteiga de café, ganache de chocolate e merengue de castanhas. Depois disso, vieram os queijos — os quebradiços, os grudentos, os mofados, os fedorentos. Cerejas com cobertura de açúcar. Figos embebidos em brande. Merengues minúsculos. Conhaque.

Após quase duas horas à mesa, Beau recostou-se na cadeira e gemeu.

— Se eu comer mais alguma coisa, os botões desta casaca vão estourar. — *E se eu tomar mais um gole*, pensou ele, *minha cabeça vai saltar do pescoço.*

Arabella riu.

— Essa casaca fica bem em você. Na verdade, você poderia passar por um jovem nobre com ela. — Arabella recostou-se na cadeira, tomou um gole de vinho e sugeriu: — Por que não faz isso?

— Por que eu não faço o quê? — Beau perguntou, confuso.

— Por que não finge ser um nobre, um conde. Para ser convidado para bailes e fins de semana para a prática de tiro nos grandes castelos. Talvez até Versalhes. Por que não? Poderia roubar com muito mais eficiência dessa maneira.

Beau sorriu, surpreso ao saber que Arabella tinha um lado travesso, e ficou intrigado por isso. Ele se inclinou para a frente, com os cotovelos apoiados na mesa.

— Nunca imaginei que você fosse um gênio do crime, Bellinha.

Arabella também se inclinou para a frente.

— Pense nisso. Onde provavelmente estarão os maiores diamantes? No pescoço da esposa de algum proprietário rural? Ou pendurado no decote de uma grã-duquesa?

— Nisso você tem razão.

— Eu precisaria treiná-lo primeiro.

— *Você*? Me *treinar*? — Beau ironizou com uma risada incrédula. — Em quê?

Arabella, sorrindo maliciosamente, disse:

— Etiqueta da corte. Títulos. Ordem hierárquica. Por exemplo, numa representação histórica ao ar livre, quem precede imediatamente o rei… um duque ou um visconde? Numa caça aos pássaros, quando um conde pode entregar sua arma a um príncipe?

— Hum.

— Você pode se passar por um nobre de um país distante. Dessa forma, poderia ser perdoado por algum deslize, mas teria que, pelo menos, saber atirar em faisões, oferecer biscoitos no chá da tarde, conversar sobre frivolidades e dançar.

— Eu sei dançar, Arabella.

— Sabe? O minueto? Uma contradança?

— Talvez não essas danças — admitiu Beau.

— Vou lhe ensinar — declarou Arabella, que tirou o xale e correu para a caixa de música. — Essa engenhoca toca diferentes tipos de música — esclareceu.

Ela abriu a lateral da caixa de música, substituiu um pequeno cilindro de latão por outro e caminhou até uma área aberta. Beau a encontrou lá enquanto uma música monótona e pomposa começava a tocar, de repente se sentindo um tantinho desequilibrado e um pouco constrangido com suas roupas emprestadas. Ele havia exagerado na comida. E no vinho. O típico comportamento de um garoto de rua sem noção de coisa alguma: exatamente o que ele era. Roupas caras, vinhos finos, danças da corte — pertenciam ao mundo em que Arabella vivia, um mundo que ele só podia visitar. Arabella lhe fez uma reverência, e Beau se curvou para ela. A jovem foi para o lado dele e levantou o braço. Ele a fitou, sem saber o que fazer, seu desconforto aumentando. Mas, então, Arabella pegou o braço dele e levantou-o também, depois colocou a mão sobre a de Beau, sorrindo. Seu sorriso era verdadeiro. Sua pele era sedosa; o toque dela era suave e quente, acalmando-o imediatamente.

— Passo e desliza, passo e desliza... Sim, isso mesmo — ela instruiu. — Cabeça erguida, queixo para cima. Braços para fora... Não! Não como uma *cegonha, assim*. — Beau suspirou. A música era lenta; os passos, complicados. — Mãos graciosas. Certo, agora vire — solicitou Arabella. — Não, *não*... em minha direção... e longe novamente.

É isso. Agora coloco minha mão na sua e caminhamos. Com passos leves... *Leves*, Beau! E vire mais uma vez... Muito bom. Agora repita.

Os ombros de Beau desabaram de desânimo.

— Repetir? Quer dizer que temos que fazer isso de novo? Eu vou morrer.

— Você quer parar?

— Eu quero. Estou morrendo.

Arabella soltou a mão de Beau e se afastou dele um passo, com as mãos nos quadris.

— De quê?

— Tédio.

— É uma pavana, Beau. É uma dança de corte refinada e elegante.

— É uma marcha fúnebre — retrucou Beau, mal-humorado.

— O que acontece se você for convidado para um baile oferecido pela condessa viúva Von Bismarck e ela lhe pedir para ser seu par?

Beau deu de ombros.

— Eu não irei.

Arabella ergueu uma sobrancelha.

— Isso seria uma pena. A condessa possui o maior par de brincos de rubi que já vi.

Beau decidiu virar a mesa.

— E se *você* se encontrar no Cordeiro Abatido, dançando com Raphael, o Senhor dos Ladrões — ele a desafiou. — Ele roubou a chave do cofre do estalajadeiro. Você poderia tirá-la dele; é a melhor batedora de carteiras de Paris. Mas, primeiro, precisa se aproximar dele. E o ladrão-mor adora dançar. Contudo, não uma pavana.

— Acho que perderia minha oportunidade — confessou Arabella com tristeza. — Tudo o que sei são danças da corte.

— Então, você tem sorte de eu estar aqui — disse Beau, animando-se. — Ele tirou a casaca emprestada e a colocou sobre uma cadeira. Depois, afrouxou o plastrão de seda em volta do pescoço. — Vou ensinar a você uma dança de verdade — declarou. — Uma gavota. Uma rigadon. Um verdadeiro arrastapé caipira. Só precisamos da música certa.

Beau caminhou até a caixa de música e vasculhou os cilindros. Os nomes das músicas que tocavam estavam impressos neles, mas ele não encontrou o que queria. Franziu a testa, ficou frustrado e depois estalou os dedos.

— Vamos! — convidou, pegando-a pela mão e puxando-a para si.

— Aonde?

— Dançar.

Quase todos os criados estavam na cozinha quando Beau e Arabella irromperam pela porta. Eles não tiveram tempo de se curvar ou fazer uma mesura antes que Beau gritasse:

— Lady Arabella deseja dançar. Ei, Perci! Você sabe tocar alguma coisa?

— Bem, sim. Sei, sim — respondeu Percival, depois de superar a surpresa. — Violino.

— Vá buscá-lo!

Perci? Arabella articulou com os lábios para seu mordomo-assistente.

Percival revirou os olhos.

— Florian, você toca alguma coisa? — Beau perguntou.

— Acordeão — respondeu Florian, com orgulho.

— Por que não estou surpreso? — disse Beau. Ele incentivou Florian a pegar o acordeão e depois se virou para os outros. — Que tal um violão? Alguém toca violão?

Valmont limpou a garganta.

— Sou conhecido por dedilhar alguns acordes de vez em quando.

— Eu tenho um pandeiro — Henri ofereceu.

Enquanto os dois também corriam para buscar seus instrumentos, os demais criados terminaram o que estava fazendo: lavar a louça, apagar o fogo, limpar o forno. Quando todos estavam reunidos e acomodados, todo o grupo já havia tirado os aventais, e bolos e conhaque foram servidos a pedido de Arabella.

Percival e Valmont tocavam juntos ocasionalmente, mas os quatro nunca haviam se reunido para isso, e suas primeiras tentativas foram péssimas.

Beau cobriu os ouvidos com as mãos. Então, girou nos calcanhares e caminhou decidido até os músicos.

— Para, para, para! — ele comandou. — Não é música sofisticada. Música de verdade. Alguém conhece "O pescador e sua bela vara longa"? Não? Que tal "A pistola doce do ladrão de estrada"?

Percival olhou para Valmont; Valmont olhou para Percival. Eles menearam a cabeça.

Beau soltou um suspiro impaciente.

— Dê-me isso, Valzinho — solicitou, pegando o violão. Ele segurou o instrumento contra o corpo, posicionou os dedos no braço e começou a dedilhar. — Esta se chama "A corda frouxa do carrasco"...

— Nunca ouvi falar — admitiu Percival.

— Isso é porque eu a inventei. Agora preste atenção... é assim — pediu Beau, enquanto começava a cantar a música de taverna engraçada e obscena, tocando o acompanhamento no violão de Valmont.

Sua bela voz e seus dedos rápidos eram mágicos. A princípio, os criados se entreolharam, surpresos com o talento de Beau. Então, em poucos segundos, estavam rindo, batendo palmas e cantando o refrão. Henri fez uma falsa reverência para Florian, que a retribuiu, e os dois começaram a dançar, Henri dando passinhos afetados, Florian girando-o. Quando Beau terminou a música, sob uma explosão de vivas e aplausos, até Arabella estava batendo palmas.

Valmont, Percival, Florian e Henri puxaram cadeiras e sentaram-se. Então, começaram a tocar a música de Beau. Pouco a pouco, foram pegando o jeito.

— Mais animação, rapazes! É uma festa, não um velório — instigou Beau. — Um, dois, três! Um, dois, três! — Ele batia as mãos, marcando o ritmo.

Martin, o fazendeiro, pulou numa cadeira e comandou a quadrilha. Gustave e Lucile iniciaram um passeio. O velho jardineiro agarrou as mãos da esposa, girou-a e acompanhou-a pela fila. Josette, com as bochechas vermelhas e rindo, as saias esvoaçantes, juntou-se a Claudette. Camille fez uma reverência ao pequeno Rémy. Phillipe curvou-se para Josephine.

— É *disso* que estou falando! — Beau gritou. Ele ofereceu o braço a Arabella e eles se juntaram à fila de dançarinos. — Faça o que eu fizer.

Arabella cometeu alguns erros, mas logo conseguiu acompanhá-lo. Quando chegaram ao fim da fila, separaram-se e voltaram ao começo, Henri largou o pandeiro e começou a dançar uma vigorosa hornpipe, uma dança de marinheiros, sob os aplausos de todos os outros dançarinos.

Arabella bateu palmas de alegria.

— Quero vê-lo superar isso, Beauregard Armando Fernandez de Navarre! — Seus olhos cinzentos estavam brilhando.

— Bellinha, você não está me desafiando, está? Porque isso seria uma péssima jogada.

Arabella assentiu.

— Sinto muito...

— E deveria sentir mesmo.

Arabella sorriu:

— ... que você seja um medroso.

Beau fingiu estar insultado. Os músicos aumentaram o ritmo, provocando-o. Beau aceitou o desafio e lançou-se em sua própria hornpipe, movendo os pés ainda mais rápido que Henri. Para seu *grand finale*, ele fez uma pirueta, deu uma topada com o dedão do pé, tropeçou, caiu para trás e aterrissou no colo de Valmont, com um alto estrondo.

O violão de Valmont explodiu. A cadeira desabou. E, então, os dois homens debatiam-se no chão como duas tartarugas de casco para baixo.

— Com mil trovões! Saia de *cima* de mim! — Valmont berrou.

— *Ai*, Valzinho! Pare de puxar meu cabelo!

— Solte o meu pé!

Josephine e Lucile riam tanto com a cena que começaram a perder o fôlego. As risadas estridentes das criadas eram entremeadas por guinchos. Percival se dobrou em dois, rindo de se sacodir, e Phillipe gargalhou até ficar com lágrimas nos olhos. Arabella pressionou a mão sobre a boca, mas nem ela conseguiu reprimir a hilaridade, explodindo numa gostosa risada.

E Beau, que ainda estava no chão, de quatro, depois de se desvencilhar de Valmont rastejando, observou-a, pasmo. Ele já a ouvira rir antes. Sem alegria. Zombando. Acidamente. Aquilo, agora, era uma risada verdadeira: espontânea, irrestrita, alegre. Cheia e cintilante, como um riacho prateado na primavera. E bonita. Tão bonita.

Assim como ela.

E estava corada. Seus olhos brilhavam. Mechas de cabelo sedoso haviam se soltado do coque e agora emolduravam seu rosto.

E, de repente, Beau a desejou. Com uma intensidade que nunca sentira em toda a sua vida. Queria abraçá-la, beijá-la, dizer-lhe quão adorável ela era. Ele rapidamente olhou para baixo, antes que alguém percebesse seus sentimentos. Antes que ela percebesse. Beau sabia muito bem que uma criatura tão radiante e magnífica não era para ele, mas ouvi-la dizer isso o mataria.

Ele se pôs de pé e ajudou Valmont a se levantar. Arabella prometeu a Valmont que substituiria seu violão por um da sala de música do castelo. Depois pediu a Percival que fosse buscar mais conhaque na adega. Ao fazê-lo, um calafrio visível a percorreu. Ela estava corada de tanto dançar, mas os fornos estavam desligados, o fogo havia se extinguido e a cavernosa cozinha esfriara.

— Vou pegar seu xale, senhora — disse Josette.

Arabella dispensou o oferecimento.

— Obrigada, mas eu posso fazer isso.

— Vou com você — ofereceu-se Beau. — Deixei a casaca do seu pai lá. Percival vai me matar se alguma coisa acontecer com ela.

Percival o ouviu.

— Certamente vou — confirmou.

Quando chegaram ao grande salão, Beau mal conseguia enxergar para encontrar a casaca. A maioria das velas derretera; o restante não passava de tocos. Emanavam apenas uma luz suave que deixava o aposento na penumbra.

— Pobre Valmont — lamentou Arabella, pegando seu xale. — Além de você quebrar seu violão, eu pisei no pé dele durante a gavota. Todo mundo se movia tão rápido! Não consegui acompanhar os passos que acontecem logo antes do salto. — Ela largou o xale outra vez, levantou ligeiramente as saias e olhou para os pés. — Passo à frente e puxa. Passo à frente e puxa. Cruza, toca... cruza, levanta e depois salta? — Olhou para Beau.

— Quase — disse Beau, caminhando em direção a ela. — É assim... — Ele lhe mostrou os passos. Depois de duas tentativas, ela os executou perfeitamente. — Ótimo, mas vá um pouco mais rápido — sugeriu ele, acelerando o ritmo.

— Preciso da música — ela protestou.

— Sem problemas — pontuou Beau, pegando as mãos dela. Ele recomeçou a cantar "A corda frouxa do carrasco" conforme a conduzia pelos passos, mas inventou uma nova letra.

Diga lá, Arabella, quem é aquele mancebo formoso?
As mulheres suspiram por seu rosto tão belo.
Ele se veste tão bem e é um professor talentoso...

Arabella, girando sob o braço de Beau, interrompeu-o antes que ele pudesse cantar o verso seguinte.

Diga lá, Beauregard, por que torna tão difícil dançar com o senhor?
Pisou nos meus dedos tantas vezes que eles estão destruídos.
Odeio ser reclamona, mas meus pés estão me matando de dor,
Se não aprender a andar com leveza, com certeza ficarão mais f...

— *Arabella!* — Beau a repreendeu, interrompendo-a.

— O que foi? — ela perguntou inocentemente, enquanto caminhavam lado a lado.

Beau a olhou feio.

— Você estava prestes a dizer uma palavra de baixo calão e sem imaginação. Uma que começa com *F*.

— Eu estava prestes a dizer *feridos* — retrucou Arabella. — Não consigo imaginar o que você estava pensando.

A boca de Beau se contorceu num sorriso. Ele a girou num círculo completo, e eles continuaram dançando e cantando letras inventadas, fazendo um ao outro rir, até que esgotaram o repertório de gracejos e pararam ofegantes, a poucos centímetros um do outro, ainda de mãos dadas. E já não riam.

Solte-a, ordenou uma voz dentro de Beau. *Agora mesmo. Ela não quer isso.*

Beau a soltou. Antes que a deixasse sem graça. Antes que ele ficasse sem graça.

Mas Arabella não se afastou.

Em vez disso, olhou para ele com uma interrogação nos olhos.

Sem palavras, ele lhe respondeu.

E, então, ela o beijou.

CAPÍTULO CINQUENTA E UM

QUANDO BEAUREGARD ARMANDO FERNANDEZ DE Navarre beijava uma mulher, ele só pensava em roubar.

Sua mente nunca estava nela; estava sempre em uma centena de outros lugares, tentando descobrir como pescar uma chave de seu bolso, tirar uma pulseira de seu pulso ou extrair docemente a informação sobre a localização do cofre do patrão.

Agora, pela primeira vez — pela primeira e única vez — em sua vida, ele não pensava em nada, apenas sentia.

Sentia o doce calor dos lábios de Arabella nos seus, seu sabor, que era de conhaque e chocolate amargo.

Ele sentiu o calor do corpo dela pressionado contra o seu. E sentiu portas se abrirem em seu coração, as quais sabia que nunca mais seria capaz de fechar.

Nada — nem tiros, facadas ou celas de prisão — o assustava tanto quanto isso. Ele interrompeu o beijo, dominado pelo medo, e deu um passo atrás, lutando contra o pânico, o impulso de se salvar, de deixar o salão, de se afastar dela, sem olhar para trás.

Os olhos de Arabella, a princípio, foram questionadores, depois a dor os tomou e ele não conseguiu suportar. Pegou o rosto dela entre as mãos e a beijou novamente, mas, ao fazê-lo, um barulho começou atrás deles, o sinistro ruído dos pesos dos relógios subindo pelas correntes.

O relógio dourado ganhou vida. Engrenagens, rodas dentadas e linguetas engataram. Uma porta se abriu perto do grande sino prateado.

O relojoeiro mecânico apareceu com seu martelo e começou a tocar a hora: meia-noite.

As badaladas, vivas e insistentes, soaram como um alarme. Elas pressionaram a consciência de Beau, intrometendo-se, tentando avisá-lo de alguma coisa. Ele as bloqueou; não queria ouvi-las. Só queria ficar como estava, com os lábios pressionados nos de Arabella, as mãos enterradas na seda de seus cabelos. Mas, antes que ele percebesse o que estava acontecendo, Arabella se afastou dele, cambaleando para trás, com os olhos arregalados de medo.

— O que há de errado? — ele perguntou, confuso. — Ela não respondeu. Simplesmente recuou, com os olhos no relojoeiro, as mãos levantadas, como se quisesse empurrá-lo para fora da sala. — Arabella? — ele insistiu e então deu conta. Meia-noite. — Meu Deus, a fera.

Arabella desviou o olhar para ele, mas seus olhos estavam distantes. Ele nem tinha certeza se ela o via.

Beau sabia que a cruel criatura sairia para rondar o castelo a qualquer momento, se já não estivesse à solta. Eles corriam um perigo terrível, ambos. Os servos também.

— Está tudo bem — tranquilizou ele, estendendo a mão para ela. — Vou levá-la para o seu quarto. Você estará segura lá.

Os olhos de Arabella se concentraram nele e depois se arregalaram de medo. Com a voz estrangulada, ela sussurrou uma única palavra.

— *Corra.*

CAPÍTULO CINQUENTA E DOIS

— Não vou abandoná-la. Não vou deixar aquela coisa machucá-la. Segure minha mão, Arabella.

Mas o olhar de Arabella estava agora voltado para dentro. Ela nem parecia estar ouvindo Beau. Ele foi em direção a ela, determinado a tirá-la do perigo, mas, antes de dar três passos, ela gritou e depois se dobrou em duas.

— Arabella, o que há de errado?

— Não toque nela! — Uma voz explodiu atrás dele.

Beau se virou; era Valmont. Ele correu em direção a Beau, alcançando a argola de ferro em seu quadril, e tirou uma chave mestra dela. Percival vinha logo atrás dele. Seus rostos refletiam um terror malcontido.

— Algo aconteceu com ela… ela está machucada — disse Beau.

— Afaste-se dela — ordenou Percival.

Beau ficou chocado com sua insensibilidade.

— Mas ela está com dor!

— Vá embora, seu idiota! — Valmont trovejou. Ele pressionou a chave na mão de Beau. — Vá para o seu quarto. *Agora.* Tranque-se.

— Eu não vou a lugar algum! Ela precisa de ajuda! — Beau gritou. — *Olhe* para ela!

Arabella caiu de joelhos, gemendo. Estava sofrendo.

Valmont agarrou Beau pelas costas da casaca, empurrou-o para a porta e jogou-o no hall de entrada. Beau tropeçou, apoiou-se na borda de uma mesa, depois se virou e correu de volta, mas as portas se fecharam na cara dele.

— Ah, é, Valzinho? Você acha que vai ficar assim?

Ele subiu correndo a larga escadaria de pedra, atravessou um patamar, desviou por um corredor estreito e desceu correndo a escada dos empregados até a cozinha. Um momento depois, estava voltando para o grande salão, com os olhos chispando de fúria.

— Beau, *não!* — Percival gritou, correndo em sua direção.

Mas Beau, ágil como uma pantera, esquivou-se dele. Correu até a lamentável figura, agora encolhida em um canto escuro.

— Arabella, fale comigo — ele exigiu, segurando seu braço. — O que está havendo...

Um grito contínuo de dor e raiva rasgou o ar, e a próxima coisa que Beau percebeu foi que ele estava deitado de costas, com a cabeça latejando onde havia batido no chão de pedra. Ele se levantou e olhou em volta. Arabella o arremessara para o outro lado do salão.

— Por quê... *como*... — ele murmurou, atordoado.

— Levante-se, Beau. Devagar. Muito, muito devagar. Então, volte para a cozinha e se esconda. É sua única chance — comandou Valmont, calmamente.

— Arabella — Beau chamou, ignorando-o. — Fale comigo. Por favor.

Ouviu-se um grunhido e então Arabella emergiu da escuridão, lenta e deliberadamente, como um predador à espreita. O horror tomou conta de Beau quando encontrou o olhar dela. Seus olhos estavam redondos e as pupilas incrivelmente grandes. Seus dentes caninos haviam se alongado em poderosas presas curvas que brilhavam brancas contra seus lábios escurecidos.

Sua mão disparou e envolveu as costas de uma cadeira. Só que não era uma mão; era uma pata peluda, com garras semelhantes a facas na ponta. Suas roupas haviam sumido; estavam em farrapos atrás dela. Pelos grossos cobriam seu corpo e, embora ela se apoiasse em duas pernas, suas costas estavam arqueadas e seus membros, dobrados.

Quando a última badalada da meia-noite ecoou e morreu, Beau ergueu os olhos para os dela, para a mulher que acabara de segurar nos braços, e se viu olhando para o rosto da fera.

CAPÍTULO CINQUENTA E TRÊS

Arabella era um pesadelo que ganhou vida.

Fios prateados de saliva escorriam de sua mandíbula. O pelo aveludado do seu focinho estava enrugado; seu beiço, arreganhado em um rosnado cruel.

Mas foram os olhos dela que fizeram as entranhas de Beau se contraírem. Não havia nada lá. Nem clemência, nem piedade. Apenas cálculo frio. Ela o estava estudando, do mesmo modo que um lobo estuda um cervo para descobrir a melhor maneira de derrubá-lo.

Ela foi se aproximando cada vez mais, cabeça baixa, olhos fixos em Beau. *Não se dê ao trabalho de correr*, eles diziam. *Você não vai conseguir.*

Mas Beau não acreditava que ela o atacaria. Não até o último segundo.

Foi como se uma corda invisível tivesse se rompido. Ela se lançou contra ele, rosnando, com os dentes à mostra. Ele só teve tempo de levantar o braço e proteger a garganta. As garras erraram o alvo e cortaram tecido e pele, tirando sangue. O impacto fez Beau cair estatelado. Enquanto ele caía no chão, a fera se desequilibrou e foi na direção de uma parede, mas, com a agilidade vigorosa de um predador, conseguiu girar antes de acertá-la. Seus olhos se estreitaram de fúria; suas orelhas achatadas contra a cabeça. Ela se preparou para atacar novamente.

Beau não teve tempo de se levantar antes que ela estivesse em cima dele.

— Arabella, sou eu... *eu*... — ele gritou, apoiando as mãos nos ombros dela.

Ela se lançou sobre ele, dentes tentando mordê-lo a poucos centímetros de seu rosto. Enquanto Beau lutava para mantê-la afastada, tinha vaga consciência das vozes ao seu redor. Estavam gritando com ela. Valmont tinha um atiçador de ferro. Percival pegara uma lenha da pilha perto da lareira. Beau ouviu Camille gritando também. Ela pegou uma faca da mesa. Todos tentavam ajudá-lo, procurando afastá-la.

— Pare, Arabella, *por favor* — Beau implorou com voz rouca. — Antes que você me mate.

Suas palavras fizeram o que gritos e armas não conseguiram. Com um rugido — não de raiva, mas de angústia —, Arabella recuou. Por um instante, a garota humana, assustada e atormentada, emergiu nas profundezas dos olhos prateados da fera.

Beau se levantou.

— Está tudo bem. Você não precisa ter medo — tranquilizou ele.

Arabella hesitou. Beau podia senti-la ouvindo suas palavras. Podia sentir que ela queria acreditar nelas. Mas, então, Arabella se sacudiu, como um lobo se livrando da água, e, com um último e angustiado rugido, ela se foi. Saindo do grande salão. Atravessando as enormes portas do castelo. Para uma tempestade de neve rodopiante.

Beau, segurando o braço ferido, observou-a partir. Então, ele se virou para os outros.

— Arabella é a fera? *Arabella?* — perguntou com voz rouca.

Percival assentiu.

Dentro de Beau, a raiva acendeu. Ele caminhou até Valmont.

— Seu mentiroso, seu saco de...

— Cuidado com a boca, garoto — alertou Valmont.

— Você me devia a *verdade*! — Beau gritou, empurrando-o.

— Eu não lhe devia *nada*, ladrão — retrucou Valmont, com os punhos cerrados.

— Parem com isso! — Camille gritou, postando-se entre eles.

Beau recuou, tremendo de fúria.

— Aonde ela foi? — ele perguntou a Camille.

— Para a floresta. Para a escuridão — respondeu. — É perigoso quando ela se transforma. Ela mal se reconhece, mal nos reconhece. Não vai voltar tão cedo. Até que a manhã se aproxime. Até que a luz a mude de volta.

Beau pegou um guardanapo da mesa e rapidamente o amarrou no braço, como um curativo, depois se dirigiu para a porta.

— Aonde você está indo? — Valmont indagou.

— Encontrá-la.

E então ele também desapareceu, avançando rapidamente pelo longo corredor dos criados até a cozinha. Parou na porta para tirar um casaco pesado com capuz de um gancho e um par de luvas de uma cesta. Pegou uma lamparina acesa em cima de uma mesa e saiu. O lobo do inverno uivou como se estivesse esperando por ele. O vento rasgava suas roupas. A neve o cegava.

Ele deu alguns passos, protegendo a lamparina o melhor que pôde. Antes que o lobo do inverno se aproximasse e o engolisse inteiro.

CAPÍTULO CINQUENTA E QUATRO

Alguns dizem que os contos de fadas são janelas que nos mostram um mundo de faz de conta. Cheio de criaturas impossíveis.

Mas estão errados.

Os contos de fadas são espelhos, não janelas. Mostram-nos este mundo. Mostram-nos a nós mesmos.

Aproxime-se, dê uma olhada bem aqui, no vidro prateado... Não é uma feia irmã de criação, uma rainha má, uma fada malévola que você vê aí.

É você.

Arrebatando o sapatinho de cristal. Manipulando o concurso de beleza. Deixando objetos pontiagudos espalhados por aí.

É você.

Perdido na floresta. Trancado na casa de doces.

Só. Com medo. E com raiva, com muita raiva.

Porque uma madrasta malvada arrancou seu coração.

Porque um pai descuidado largou você aos lobos.

Aproxime-se do espelho, criança. *Mais perto*. O que você vê?

Troll? Bruxa? Ogro? Fera?

Cace a fera, diziam os antigos. *Mate a fera*.

Mas, e se *você* for a fera?

CAPÍTULO CINQUENTA E CINCO

ARABELLA O BEIJARA.

Ela parara perto dele, tão perto. E lhe perguntara, e ele respondeu que sim. E os lábios dela pareciam tudo o que ele nunca soube que queria. E o corpo dela, pressionado contra o dele, parecia um lar.

E então ela tentara matá-lo.

Beau podia sentir seu próprio sangue agora, úmido e quente, encharcando o guardanapo em sua manga. Ele precisava de um curativo de verdade. Uma lareira. Abrigo. Precisava retornar ao castelo antes que morresse congelado. Mas não o faria, não até encontrá-la.

Ventos cortantes jogavam neve em seu rosto, forçando sua cabeça para baixo. Os montes de neve cada vez mais profundos agarravam-se às suas pernas. Tudo o que ele pôde fazer foi manter viva a chama de sua lamparina, que estava por um fio.

E, no entanto, ele seguia em frente, movido por uma fúria incandescente que nenhuma tempestade de neve poderia acalmar.

O vento rodopiava em torno dele, provocando-o com as palavras delas. *Há coisas, Beau... coisas que é melhor você não saber...*

— Você é uma mentirosa, Arabella! — ele gritava em resposta.

O que ele não sabia lhe dilacerara o braço em três lugares. Estava cansado de não saber das coisas.

Arabella era uma mulher de carne e osso? Uma fera à espreita? Era a garota contida e fria que ele conheceu, uma garota que conseguia tirar sangue com uma palavra ou um olhar? Ou a garota com quem ele dançou, uma garota com fogo nos lábios?

Beau iria encontrá-la, e, animal ou garota, ela teria que lhe contar a verdade.

À medida que avançava mais profundamente na floresta escura, o vento foi diminuindo pouco a pouco, e a intensidade da nevasca abrandou o suficiente para que ele não precisasse mais proteger os olhos contra ela. Sacudiu o capuz e olhou em volta, erguendo bem alto a lamparina.

— Arabella! — ele gritou. — Sou eu, Beau!

Não houve resposta. Beau aventurou-se mais longe, examinando os montes brancos em busca de rastros.

— Arabella, saia! Quero falar com você!

Assim que as palavras deixaram os seus lábios, ele vislumbrou algo: um borrão escuro se deslocando velozmente através de um grupo de pinheiros.

As entranhas de Beau se contraíram de medo. Seu chamado invocara uma criatura, mas não aquela que ele queria.

Um lobo negro emergiu das árvores e parou a poucos metros dele, com a cabeça baixa e os olhos brilhando. A ele se juntaram mais cinco.

Eles eram feras reais, não encantadas.

Mas igualmente perigosas.

CAPÍTULO CINQUENTA E SEIS

A MATILHA SAIU DAS ÁRVORES. Pareciam sombras sob a luz fraca da lamparina. Seu líder avançou agachado em direção a Beau. Os outros se espalharam, cercando-o.

Beau sabia que estava em sérios apuros. Saíra correndo do castelo e entrara na floresta armado apenas com sua raiva. Foi um movimento imperdoavelmente estúpido. Se ele morresse ali, Matti também morreria. Ele girou em círculos, batendo os pés, balançando a lamparina, gritando, tentando parecer maior do que era, mas os lobos continuaram avançando, aproximando-se, apertando o cerco.

Ele nem viu o prateado. Só ouviu as passadas da criatura, sussurrando através da neve atrás dele um instante antes de ela saltar.

O impacto deixou Beau de joelhos. Ele deixou cair a lamparina; que sibilou e apagou na neve. Golpeou o lobo prateado, e o animal recuou. A escuridão encorajou os outros, no entanto. Um deles se aventurou mais perto e atacou. Beau o viu chegando pelo canto do olho, chutou--o e sentiu a bota acertar seu focinho. Ele ganiu e caiu para trás. Um terceiro avançou e atacou seu ombro, mas Beau se esquivou e o lobo errou sua carne, enterrando os dentes no tecido de seu casaco. Ele foi puxado para o lado. Seus braços se agitaram acima da cabeça. O lobo prateado percebeu outra vulnerabilidade e investiu contra a barriga de Beau, mas errou o alvo e cravou os dentes em sua perna.

Beau gritou de dor. Bateu no lobo com os punhos, mas o bicho não o soltou. Ele ouviu rosnados, estalos e depois um rugido tão alto e cheio de fúria que sacudiu a neve dos galhos dos pinheiros. Os lobos estavam lutando entre si agora? Ele conseguia ver tão pouco na escuridão, mas ouviu o líder uivar alto, e, um instante depois, o lobo prateado o soltou e recuou para as sombras com o restante da matilha.

Beau se deixou cair para trás na neve, com a respiração entrecortada. O sangue do ferimento escorria para a brancura que o cercava, enfraquecendo-o. Parecia que ele estava deitado num campo de papoulas vermelhas, disforme e chocante. Não sabia por que os lobos fugiram, mas tinha consciência de que precisava voltar ao castelo antes que perdesse mais sangue. A noite fria já lhe enrijecia os membros. Em seguida, ela se infiltraria em seu torso e transformaria seu coração em gelo.

Ele tentou se sentar, mas uma tontura nauseante o tomou e o puxou de volta para baixo. Olhou para o céu, na esperança de encontrar uma estrela para focar, para que pudesse parar o horrível giro em sua cabeça. Em vez disso, imagens rodopiaram juntas em seu cérebro, numa confusão de cores e sons.

Ele viu uma rua sinuosa numa cidade. Uma freira, de cabeça baixa, um rosário entrelaçado nos dedos. Ouviu o som de uma tosse úmida e aguda. Um sino de igreja tocando.

— Levante, *levante*, seu filho da mãe inútil — murmurou, com a voz embargada.

Mas ele não conseguiu. Seu corpo havia passado por muita coisa. Sua força estava se esvaindo, junto com seu sangue. Lágrimas escorreram de seus olhos. Ele teve tempo de sussurrar algumas últimas palavras para o céu antes que a escuridão o envolvesse.

— Sinto muito, Matti... Sinto tanto, tanto.

CAPÍTULO CINQUENTA E SETE

ENTÃO, ISSO É A MORTE, pensou Beau.

Não era tão ruim quanto temia. Ele estava aquecido, pelo menos. E deitado em algo macio.

Estou no céu?, perguntou-se.

Haveria de encontrar sua mãe ali? O que ele lhe diria? Como contaria que havia falhado com ela, que havia deixado Matteo sozinho?

Ele forçou os olhos a se abrirem, procurando o rosto da mãe, os olhos castanhos que conhecera, tão calorosos, tão cheios de bondade. Em vez disso, viu um par de olhos cinzentos olhando para ele. Suaves como a asa de uma gaivota, cheios de preocupação.

— Arabella? — murmurou. Parecia que alguém tinha esfregado uma lixa na sua garganta. — Eu estou... estou *vivo*?

— Cansada de se fazer de dodói, Bela Adormecida? É hora de levantar seu traseiro magro dessa cama.

Beau virou a cabeça e viu um rosto com bigodes olhando para ele também. Tinha uma expressão mal-humorada.

— Acho que não consegui chegar ao céu — lamentou ele, com a voz ainda rouca. — Parece que estou no inferno. Com o próprio Satanás.

Valmont empertigou-se, ofendido.

— Limpei seus ferimentos, ladrão. Eu o costurei e o lavei, fiquei acordado metade da noite com você.

— Não sabia que se importava, Valzinho.

Valmont virou-se para Arabella.

— Vou mandar trazerem café da manhã, Vossa Senhoria — declarou ele secamente, depois saiu do quarto.

— Você feriu os sentimentos dele — advertiu Arabella.

Beau fechou os olhos. Não se importava com os sentimentos de ninguém. Haviam mentido para ele, todos eles, e suas mentiras quase lhe custaram a vida. Depois de engolir algumas vezes para aliviar a garganta seca, ele falou novamente.

— Como eu cheguei aqui? — perguntou.

— Valmont e Florian. Eles saíram para procurá-lo, encontraram-no na floresta e trouxeram-no de volta — respondeu Arabella.

— Mas os lobos...

— Eu cuidei deles.

Ela serviu um copo de água e o entregou a Beau, explicando que havia fugido do castelo para as profundezas da floresta, mas ouviu os lobos uivando e ele gritando, e então voltou e lutou contra os animais, afastando-os.

Devo agradecê-la por isso?, Beau se perguntou. Não o fez. Forçou os olhos a se abrirem e olhou em volta. Estava deitado em uma cama de dossel, num quarto grande e bem mobiliado. Ele se sentou, fazendo uma careta diante do latejante coro de dor que vinha de seu braço e de sua perna.

— Por que não estou no meu quarto, na torre? — ele perguntou, sua voz ainda rouca.

— Este fica mais perto da cozinha — explicou Arabella. — É mais fácil trazer água quente para cá, além de remédios e cataplasmas para combater infecções.

Ele olhou para ela, então. Estava sentada em uma cadeira ao lado da cama, vestindo um roupão de dormir. Parecia que tinha acabado de chegar da floresta. Seu cabelo desgrenhado estava solto sobre os ombros. Tinha folhas e pequenos galhos presos nele. Ela encontrou os olhos dele, depois olhou para as mãos. Estavam cruzadas em seu colo.

— Você me viu. A primeira vez que tentei escapar — começou ele. — Desci as escadas da torre até o patamar. Você me perseguiu...

— Eu só queria assustá-lo. Para evitar que você perambulasse pelo castelo e descobrisse os segredos. — Os olhos dela encararam os dele. — Se há alguém com quem você deveria estar zangado, este alguém sou eu, não Valmont. Por persegui-lo. Por atacá-lo no salão de jantar. Pelos arranhões em seu braço. Eu... nem sempre consigo controlar isso. Sinto muito, Beau. Sinto muito. Por tudo. Florian, Henri, eu mesma... Nós construiremos a ponte para você. Prometo. Valmont também ajudará. E Martin e Gustave e qualquer outra pessoa que consiga afiar uma estaca ou usar uma marreta.

Enquanto ela falava, algumas de suas damas se reuniram no quarto de Beau, formando uma rodinha, sussurrando por trás das mãos, lançando olhares curiosos para ele.

— Acho que ele vai morrer — previu Lady Dome. — De alguma infecção terrível. Sepse, talvez. Gangrena. Ou raiva.

Lady Édsdem torceu o nariz.

— Esperemos que ele faça isso rapidamente, e não numa bagunça malcheirosa.

Mais integrantes da corte entraram no quarto, aglomerando-se na porta. Foram seguidas por Josette, que carregava uma bandeja com o café da manhã. No meio de tanta conversa, ninguém notou as duas menininhas que se esgueiraram por trás dela e se esconderam entre as cortinas.

Josette colocou a bandeja sobre uma mesa, fez uma reverência e saiu. Arabella levantou-se, preparou um prato para Beau e colocou-o na mesinha de cabeceira. Suas damas observavam cada movimento dela com um interesse intenso e vívido.

— Vou embora agora. Você precisa descansar — despediu-se Arabella, virando-se para partir.

Havia um tom evasivo em sua voz, algo arisco em seus modos.

— Não — disse Beau.

Arabella parou na porta.

— Há algo errado com o café da manhã? Gostaria de mais alguma coisa?

— Pare com isso, Arabella.

Ela assentiu como se estivesse esperando por isso.

— O que você quer, então? — ela perguntou.

— A verdade.

Arabella deu uma risada amarga.

— Por onde eu começaria?

Ela fez a pergunta a si mesma, não a ele, mas ele respondeu mesmo assim.

— Eu a vi. No espelho dos seus antigos aposentos. Com sua mãe e sua tia. Você estava experimentando vestidos para um baile. Comece por aí.

CAPÍTULO CINQUENTA E OITO

ARABELLA SENTOU-SE NA BEIRA DA cama de Beau.

Ele tinha tantas perguntas; ela podia ver isso. Mas como poderia responder a elas? Assim que o fizesse, ela o perderia. Beau a odiaria quando descobrisse, como todos os outros. Vê-lo se afastar dela, ver seus lindos olhos se encherem de fúria… era mais do que ela podia suportar.

— Segredos são segredos por uma razão — pontuou ela, desviando o olhar.

— Eu a vi se transformar em uma fera. Bem diante dos meus olhos. Eu a vi com pelos, orelhas pontudas e dentes afiados. — A voz de Beau foi se elevando enquanto falava, sua raiva tomando conta dele. — Eu a beijei, Arabella. Pouco antes de você tentar me matar. Então, chega de seus segredos.

Parte de Arabella desejava lhe contar, desejava se abrir com ele. Mas uma parte maior estava com medo, e as palavras ficaram presas como carrapichos em sua garganta.

Nesse momento, Lady Vildam dePuisi entrou na sala na ponta dos pés, o rosto pintado com sua habitual maquiagem de palhaço: círculos vermelhos no centro das bochechas pintadas de pomada branca, sobrancelhas pretas altas, lábios em formato de coração.

— Ora se *esta* não é uma reunião adorável? — ela exclamou, olhando ao redor para Beau, Arabella e sua corte.

— Oh, droga, não — disse Fé, saindo de trás das cortinas.

— Cuidado com Vildam dePuisi, Beau. Ela é uma maníaca — disse Esperança, juntando-se à irmã.

Arabella ouviu as meninas e se virou para elas como se estivesse se virando para um carrasco.

— Tenha cuidado, senhora! — Dome gritou, encolhendo-se atrás de Lady Viara. — Só Deus sabe o que elas farão!

Viara rosnou para as duas garotas, avançando na direção delas.

Fé tirou uma adaga das dobras da saia e apontou para ela.

— Faça-me ganhar o dia — ameaçou. Viara recuou.

Olhando furtivamente para Beau, Lady Fidesconança se aproximou de Arabella. Ela usava um vestido da cor de hera rasteira. Seu cabelo era de um preto oleoso. Sua pele tinha a aparência esbranquiçada, translúcida e inchada de algo que vive debaixo de uma pedra.

— Foi *ele* — ela sussurrou no ouvido de Arabella. — Foi *ele* que as deixou sair. *Ele* roubou a chave mestra. Eu *sabia*. Eu sabia disso o tempo todo.

Arabella virou-se para Beau, chocada.

— *Você* as deixou sair?

A própria raiva de Beau, latente, acendeu-se.

— Droga, Arabella, sou eu que estou fazendo as perguntas agora!

Vildam dePuisi correu para a cabeceira de Beau. Colocou um braço em volta dos ombros dele. O jovem tentou se afastar, mas ela o segurou com força.

— Não. Se. *Preocupe!* Nem por um *segundinho*! — ela cantarolou, batendo no nariz de Beau com o dedo. — Se ela não responder, encontrarei alguém que o faça!

Ela o soltou e sorriu — com tanta força que suas bochechas racharam como um vaso caído. Beau empalideceu ante a imagem. Vildam dePuisi riu de sua reação e depois correu para o rebanho de damas da corte.

— Horgenva? Pluca? Onde estáááão vocês duas? — ela chamou, desaparecendo na multidão. — Vamos, senhoras, não é hora para serem tímidas. Ah! Aqui vamos nós!

Um momento depois, o grupo de cortesãs se apartou dando passagem, e Horgenva tropeçou para a frente, empurrada por Vildam dePuisi. Como um roedor retirado de sua toca, ela tentou voltar para um lugar seguro, mas Vildam dePuisi não deixou.

— Na-na-ni-na-não! — ela a repreendeu, balançando um dedo. Vildam dePuisi girou Horgenva e deu-lhe outro empurrão.

Horgenva usava um vestido descorado que a fazia parecer mais uma prisioneira que uma dama da corte. Vildam dePuisi cutucou-a nas costas, direcionando-a para Beau. Quando Horgenva o alcançou, curvada e torcendo as mãos, ela começou a falar, mas sua voz era tão baixa e trêmula que ele teve que se inclinar para ouvi-la.

— Não, Horgenva. Pare — exigiu Arabella. Ela se levantou; suas unhas estavam cravadas nas palmas das mãos. — *Pare.*

Vildam dePuisi virou-se para Arabella.

— Ele tem o direito de saber, não acha? — ela perguntou, seu sorriso lunático endurecendo para algo mais sombrio.

— Você não tem o direito de contar a ele. Eu proibi.

— Eu *sei* disso, mas e daí? Vou traí-la! Todas nós vamos. É o que fazemos! — Vildam dePuisi vibrou e se voltou para Horgenva. — Vamos, sua boba! Fale!

— É tudo por causa *dela*!

Foi Pluca, e não Horgenva, quem falou. Ela estava apontando para Arabella. Quando a corte se virou para Pluca, ela se encolheu, baixando a cabeça. Falou novamente, mas suas palavras foram abafadas pelo cabelo, que caía sobre seu rosto.

Vildam dePuisi correu até ela.

— Querida, não conseguimos ouvi-la! Não podemos ver seu lindo rosto! — Ela penteou o cabelo oleoso de Pluca para trás e colocou-o atrás da orelha, revelando um rosto que era qualquer coisa, menos lindo. Os olhos de Pluca eram opacos; seu olhar, rápido e furtivo. Suas bochechas estavam pontilhadas de crostas. Seus lábios mordidos, em carne viva.

— *Ela* fez aquilo — disse Pluca, olhando sinistramente para Arabella. — Ela sempre foi uma garota bestial.

— Do que você está falando? — Beau perguntou.

— Você não deve falar sobre isso! — Arabella gritou.

Vildam dePuisi fixou em sua senhora um olhar radiante e cruel.

— Isso não é justo com ele, é? — ela disse em voz grave e teatral, apontando o polegar para Beau. — Quero dizer, *você* não gostaria de saber se estivesse...

— Pelo amor de Deus, *pare* — gritou Arabella, com a voz embargada.

— Como desejar — ronronou Vildam dePuisi. — Não direi nem mais uma palavra.

— Mas eu, sim.

Poderesse caminhou até Arabella e colocou a mão ressequida em seu ombro. Arabella cedeu ao toque de Poderesse, impotente. Lágrimas brotaram de seus olhos.

— Há cem anos — disse Poderesse —, Arabella matou alguém.

— Um jovem — disse Horgenva.

Poderesse sorriu.

— O Príncipe Constantino.

CAPÍTULO CINQUENTA E NOVE

O CORAÇÃO DE BEAU PARECIA feito de vidro.

E as palavras de Poderesse abriram uma rachadura fina, que começou a se alastrar como uma teia de aranha. Ele lutou contra as palavras, não querendo acreditar no que acabara de ouvir.

— Isso não é verdade. Não é, Arabella, é? — ele perguntou.

Arabella fechou os olhos e balançou a cabeça, confirmando Poderesse, e a rachadura aumentou.

— Quando você... quando você estava transformada em fera? — Beau perguntou, lembrando-se das garras afiadas, das presas curvas.

— Ah, não — interrompeu Pluca. — Quando ela era quase uma menina ainda.

— E esse Constantino... quem era ele? — perguntou Beau.

— O *noivo* de Arabella. Aposto que nunca na *vida* você *viu* um homem como ele! — disse Vildam dePuisi, ofegante. — Quero dizer, você não é de se *jogar fora*, Beau, e eu certamente não o deixaria passar, mas o príncipe? — Ela revirou os olhos como se tivesse acabado de comer um delicioso pedaço de bolo. — Ele era tão bonito quanto um deus.

— E muito rico — acrescentou Lady Cangânia, pegando um pãozinho da bandeja do café da manhã de Beau.

— O duque e a duquesa decidiram que ele seria o marido de Arabella — explicou Pluca. — Eles queriam uma aliança com uma casa real.

Vildam dePuisi puxou a manga de Beau e direcionou sua atenção para um espelho na parede próxima.

— Uma forte magia aconteceu neste lugar — começou ela, dramaticamente. — Tão forte que ficou gravada nos espelhos. Agora eles reprisam os acontecimentos para Arabella, para que ela nunca se esqueça. Faz parte da maldição!

— Maldição? — Beau repetiu.

Vildam dePuisi pressionou a mão no peito.

— *Sim!* — exclamou. — A maldição mais terrível que se possa *imaginar!* Aconteceu na caça ao veado.

— Chega, Lady Vildam dePuisi.

Era Lady Morrose. Ela trajava um vestido da cor de ameixas esmagadas. Seu rosto, suas mãos, cada centímetro visível de sua pele estavam manchados de hematomas, alguns antigos, outros recentes.

— Ela faz isso consigo mesma, sabe? — Vildam dePuisi sussurrou para Beau, abafando uma risadinha.

— Sente-se, Vildam dePuisi — disse Morrose. — Não vou pedir de novo.

Os ombros de Vildam dePuisi se curvaram de desânimo.

— Você sempre estraga *tudo* — ela bufou, enquanto caminhava até uma cadeira, arrastando os pés durante todo o caminho.

— Antes de um casamento real, a tradição manda que as famílias dos noivos celebrem a união com uma caça ao veado. O pai de Arabella foi o anfitrião — explicou Morrose, caminhando até o espelho. Ela apontou para o vidro. — Olhe ali...

— Não — exclamou Beau. — Não vou fazer isso. — Ele se virou para Arabella. — A menos que você diga que eu posso. Você. Não elas.

Ele entendia algo agora que não havia compreendido antes: que estava contemplando lembranças que viviam nas profundezas de Arabella. E que as ver era um ato íntimo.

Os olhos de Arabella ainda estavam fechados. As lágrimas que ela contivera agora escorriam por seu rosto.

Esperança se aproximou dela e, protegida por Fé, tocou a mão de Arabella.

— Você consegue fazer isso — ela sussurrou. — Você *consegue*.

Arabella abriu os olhos.

E sussurrou uma única palavra. *Sim*.

CAPÍTULO SESSENTA

— ONTEM VISITEI A DUQUESA d'Orléans — declara a marquesa d'Alençon —, e ela tinha um novo serviço de chá incrivelmente charmoso!

— Você viu o lindo chapéu de montaria de Lady Louise? — pergunta a condessa de Marignac. — *Preciso* descobrir o nome de sua modista.

— Se quer saber minha opinião, hortênsias não têm lugar num jardim herbáceo — diz a baronesa de Beauvais, torcendo o nariz.

Arabella está no estábulo do castelo, montada numa égua tranquila. Seu sorriso artificial parece pintado no rosto, como o de uma marionete de parque de diversões. Ela usa um traje de montaria cor-de-rosa com detalhes em preto, pois o príncipe acha o rosa mais adequado. Anáguas rígidas farfalham sob sua saia. Um espartilho de linho engomado envolve seu torso, com os cadarços tão apertados que parecem prestes a se romper.

Ela não range mais os dentes para conversar e apenas ocasionalmente crava as unhas nas palmas das mãos. E, se o coração dela se partir toda vez que passar por um castelo ou catedral... bem, o que isso importa? Ele está escondido em uma gaiola de ossos, onde ninguém consegue ver suas rachaduras.

O príncipe monta em Horatio, o magnífico garanhão de Arabella, pois é considerado impróprio para uma futura princesa montar um animal tão vigoroso. Uma centelha de ciúme brilha em seus olhos ao vê-los, mas ela a apaga antes que alguém perceba. O pai dela está contente esta manhã; a mãe está sorrindo. Ela não vai arruinar a felicidade deles.

— Um cálice de Porto aqui! — Constantine grita, estalando os dedos no ar. — Que raios o partam! Onde está aquele maldito garoto?

Henri, carregando uma garrafa e cálices em uma bandeja, corre até o príncipe e lhe serve a bebida. Constantine arranca o cálice de sua mão. Henri se curva. Quando ele se vira para ir embora, Constantine se inclina para fora da sela e lhe dá um chute no traseiro.

O garoto cai estatelado. A bandeja bate nas pedras do pátio com um baque surdo. A garrafa e os cálices se quebram. Enquanto ele se levanta com dificuldade, com o rosto esfolado em carne viva, uma risada que mais parece um zurro preenche o pátio.

Os senhores e as damas da corte sabem que não devem ficar ali em silêncio, com rostos impassíveis, enquanto um príncipe vibra e uiva. No início, há apenas risinhos, depois risadas e então gargalhadas.

O sorriso pintado de Arabella desaparece. A raiva ameaça tomar conta. Alarmada, ela fecha os olhos e puxa o ar algumas vezes; a barbatana de baleia em seu espartilho não permite que respire fundo. Ela ouve Constantine, seu noivo, o homem com quem passará o resto da vida, berrar para Valmont limpar uma mancha de sua bota, gritar para Florian apertar a correia da sela de Horatio e ordenar que Percival saia para buscar um prato de bolos, como se ele fosse um garoto ajudante de cozinha.

Quando ela abre os olhos novamente, seu sorriso está de volta ao lugar. Ela conversa com a duquesa sobre bules, aliviada por sentir apenas o que foi treinada para sentir — nada.

Os cavaleiros estão todos montados agora. Os cães são trazidos dos canis. Eles ladram e uivam, impacientes para partir. A caçada começará em breve. Mas, então, Horatio relincha infeliz e escoiceia outro cavalo. O cavalo recua e seu cavaleiro quase cai.

— Afrouxe as rédeas — sussurra Arabella.

Ela sabe que o garanhão é teimoso e orgulhoso, e não tolera tolos.

Ele é um cavalo digno de um príncipe, mas o príncipe não é digno de um cavalo.

Constantine força mais as rédeas, tentando manter Horatio sob controle, puxando o freio cruelmente. Com as narinas dilatadas, Horatio joga a cabeça para trás e dança em círculos, tentando tirar o monstro de suas costas.

O arquiduque austríaco ri enquanto Constantine tenta manter-se sentado. O orgulho ferido transforma-se em raiva no belo rosto de Constantine, deixando suas bochechas vermelhas.

— A correia está muito apertada, seu idiota! — ele grita com Florian, batendo nele com seu chicote.

Arabella empalidece ao observá-lo. Ela aperta os lábios, sabendo que não deve dizer nada. Força o rosto a esconder o que está pensando: como um homem tão lindo pode ser tão horrível?

O príncipe bate em Florian novamente. Desta vez, o chicote abre um corte em sua bochecha.

Arabella abre a boca, indignada.

— Pare com isso! — ela exclama. As palavras saem de seus lábios contra sua vontade, mas ninguém as ouve. São abafadas pelo choro do cavalariço, pelos gritos do príncipe, pelos relinchos frenéticos do cavalo.

Arabella precisa se fazer ouvir. Ela respira o mais profundamente que consegue, mas seu espartilho está tão apertado que é difícil respirar o suficiente para falar, quem dirá gritar.

A duquesa, montada ao lado dela, agarra seu braço, cravando-lhe as unhas.

— Fique *quieta*. Não cabe a você repreender o príncipe.

Mas alguém o fará, Arabella anseia desesperadamente. *Alguém irá detê-lo. Seu irmão, seu pai... alguém.*

Horatio bate os cascos freneticamente. Cavalariços e criados se dispersam. O príncipe chicoteia o cavalo impiedosamente. O animal indefeso urra de dor.

E, bem no fundo de Arabella, algo se estilhaça.

— Santo Deus! — ela grita, pegando as rédeas. — Ninguém vai detê-lo?

A duquesa agarra as rédeas.

— Fique onde está, sua garota tola! — ela ordena.

Mas é muito tarde.

Arabella arranca as rédeas da mão da mãe e encosta os calcanhares nas laterais do cavalo.

— Pare! Pare com isso, seu bruto! — ela grita.

Ela ergue seu próprio chicote, com o objetivo de arrancar o chicote do príncipe da mão dele, mas o pobre Horatio não sabe disso. Ele a vê vindo em sua direção, e seu terror só aumenta.

Acontece tão rápido. Leva apenas um piscar de olhos, mas para Arabella durará cem anos.

O garanhão empina. O príncipe cai da sela. Ouve-se um estalo agudo quando ele atinge os paralelepípedos. Ele se contorce e depois geme. A respiração abandona o seu corpo. Ele fica ali estirado, completamente imóvel, com olhos vazios e o sangue escorrendo pelas fendas entre as pedras.

CAPÍTULO SESSENTA E UM

Arabella salta da sela. Enquanto os cortesãos abrem a boca de espanto e apontam, ela tropeça, endireita-se e cai de joelhos ao lado do príncipe inerte.

Agarra a mão dele, esfrega-a e tenta acordá-lo. O sangue dele mancha suas saias.

Ela não consegue recuperar o fôlego. As emoções giram através dela como uma tempestade. Puxa seu corpete rígido, o cruel espartilho por baixo dele.

Dedos afiados cravam em seu ombro. A duquesa está atrás dela.

— Pelo amor de Deus, Arabella, o que você fez?

Os pulmões de Arabella estão desesperados por ar. Ela tenta se controlar, mas não consegue. Fora oprimida por muito tempo. Os cortesãos estão gritando agora, condenando Arabella. O séquito do príncipe levanta seu corpo e o carrega para dentro do castelo. O duque tenta colaborar, ordenando que seus servos ajudem, mas eles são friamente rejeitados.

— Você vê agora? — sua mãe sibila. — Vê o que acontece quando as garotas não se contêm? O príncipe está *morto*. Nossas vidas acabaram. Estamos arruinados.

Sua mãe está certa. Ela deveria ter ficado quieta. Isso é tudo culpa dela. Ela arranha o peito. Está sufocando.

Há um forte ruído de tecido se rompendo. Seu traje e o espartilho estão rasgados nas costuras, o ar entrando em seus pulmões. Ela respira fundo e depois solta um grito entrecortado, sobrepujada. Suas emoções são selvagens por terem ficado enjauladas por tanto tempo.

E, então, há outro som de rasgo — mais profundo, mais alto, mais assustador que o de tecido.

É o da dilaceração da alma de Arabella.

CAPÍTULO SESSENTA E DOIS

ARABELLA PERMANECE DE JOELHOS, A testa tocando o chão frio, os dedos cravados nas costelas.

Por um longo momento, só há silêncio; então, ele é quebrado pelo *poc-poc-poc* rítmico e retumbante de saltos nos paralelepípedos.

Uma mulher surge, espectral e imperiosa, usando um vestido cinza. Ela separa a multidão enquanto atravessa o pátio.

Arabella levanta a cabeça. Suas bochechas estão manchadas de lágrimas. Seus olhos, vazios.

— Eu sou Lady Poderesse — apresenta-se a mulher ao se aproximar dela, apontando para a comitiva sombria que a segue. — E esta é a *minha* corte.

A duquesa, sempre perfeitamente controlada, começa a desmoronar.

— Quem a chamou aqui? — ela pergunta, confusa com os novos rostos.

— Ora, Lady Arabella fez isso — responde Poderesse, com um gélido sorriso.

A duquesa aponta para três meninas pequenas e brilhantes que estão distantes da corte de Poderesse.

— E aquelas crianças? Estão com você?

Poderesse segue o olhar da duquesa; seu sorriso congela.

— Não por muito tempo — responde ela.

Lady Vildam dePuisi dá um passo à frente.

— Vão! Xô! — ela grita para alguns membros dispersos do séquito do príncipe. — Saiam deste lugar. Enquanto ainda podem.

Assustados com o sorriso muito largo de Vildam dePuisi e seus olhos vidrados de marionete, os cortesãos obedecem, tropeçando em si mesmos na pressa, mas o duque fica indignado com a presunção de Poderesse e começa a berrar ordens.

Poderesse levanta a mão.

— Você entendeu mal, Vossa Senhoria. Você não está mais no comando aqui. *Eu* estou.

— Valmont! Expulse essas mulheres! — o duque grita. — Eu *não* receberei ordens na minha própria...

Poderesse se aproxima do duque, colocando a mão em forma de garra no ombro dele. Ao seu toque, ele se encolhe como uma maçã podre. Ela pressiona e, com um suspiro suave e surpreso, ele cai de joelhos. Então, ela caminha até a duquesa e a deixa impotente também.

Os cortesãos do duque e da duquesa, agora com medo, recuam, enquanto Poderesse volta seus olhos desalmados para Arabella.

— *Uma garota que não consegue controlar suas emoções não é melhor que uma fera...* Não foi isso que sua mãe lhe disse? — ela provoca.

Como um chacal, ela ronda Arabella e, ao fazê-lo, começa a falar em rima. A cor desaparece do rosto de Arabella quando ela percebe o que é isso. Um encantamento. Um feitiço. Uma maldição.

Uma garota que prefere quebrar a dobrar
Causou a um príncipe herdeiro sangrento findar.
Tão egoísta, obstinada, estranha, estulta,
A ela cabem toda vergonha e culpa.
A fera que por dentro já és serás também por fora.
Criaturas selvagens, peludas, serão teu banquete agora.
Para sempre por escuras florestas vagarás,
Sobre musgo e folhas mortas dormirás.
Para tornar ainda pior tua mortificação
Envolvo este castelo inteiro na maldição.

Condenados estão por toda a eternidade,
Todos que vejo, de qualquer idade,
A um destino muito pior que a morte.
Estarão vivos, embora não seja sorte.
Figuras mecânicas imóveis se tornarão
Cativos terão o tempo como prisão.
Esperança e fé estarão perdidas;
Tuas tolas ambições, esquecidas.
Junto comigo minha corte ativa
Cuidará para que amor não sobreviva.
A alma de um mortal eu aniquilo assim
Cobrando meu preço nefasto e amargo no fim.
Ah, que prazer minha sombria obra me traz.
Por acaso o teu silêncio era pedir demais?

— *Não!* — Arabella grita, nauseada de medo. — Por favor! Eu não queria machucá-lo! *Por favor!*

Mas Poderesse apenas ri.

— Ajudem minha filha... alguém, por favor! Não deixem que esse seja o fim dela!

É a duquesa. De alguma forma, conseguiu ficar de pé e vem cambaleando em direção a Poderesse.

Poderesse olha para os pés dela com um sorriso de comiseração fingida. Oferece a mão à mãe de Arabella e, quando a duquesa a aceita, sua boca se abre de espanto. Ela tenta recuar, mas não consegue se mover. É como se seus pés estivessem presos ao chão. Ela deixa escapar gritinhos assustados enquanto luta para se libertar.

— O que foi que você fez? — grita o duque, avançando em direção a Poderesse.

Mas seu corpo paralisa antes que ele possa alcançá-la. Surge um ruído, um gemido metálico e estridente, como se alguém estivesse dando corda em uma caixa de música. Ou em um relógio. O corpo da duquesa enrijece. O duque congela no lugar. Seus olhos tornam-se vidrados, como os de um animal empalhado. Círculos de cor pintados brotam em suas bochechas.

Os cortesãos e os servos estão agora paralisados pelo medo, incapazes de desviar os olhos das grotescas transformações. Poderesse se move entre eles com uma alegria intensa e perversa. Cutuca uma condessa, dá uns tapinhas em uma criada, passa a mão na cabeça de uma criança. Tudo o que é humano, quente e vivo se esvai ao seu contato até que, um após o outro, todos se tornam figuras mecânicas.

Tarde demais, aqueles que ela ainda não tocou percebem o que está acontecendo. Eles tentam correr, mas os portões do pátio se fecham.

Apenas Arabella, ainda de joelhos, não tenta fugir.

— Por favor, não castigue essas pessoas pelas minhas transgressões — ela implora.

Suas palavras são interrompidas por uma nova voz.

— Lady Poderesse! — a voz diz com ímpeto. — Eu ordeno que você pare!

Poderesse se vira. Seu rosto se transforma em uma careta de ódio. Ela conhece aquela criatura. Inveja o seu poder, cobiça-o.

Aquele que falou segue para o centro do pátio. As batidas de sua bengala nas pedras soam como um metrônomo.

Arabella olha para ele com a vista turvada pelas lágrimas. E o reconhece.

É o relojoeiro.

CAPÍTULO SESSENTA E TRÊS

— Você passou dos limites, Lady Poderesse — adverte o relojoeiro. — Outra vez.

Arabella se levanta. Vai cambaleando até ele.

— Ajude-nos! Desfaça essa maldição, eu imploro!

O relojoeiro segura as mãos dela. Seus lábios exangues se abrem e ele pronuncia um encantamento também, mas é tarde demais.

Criança, o que conjuraste aqui, em teu destempero?
Receio que seja um demônio de nome Desespero.
Sombrio e terrível, uma criatura sem coração,
Cujas mãos tua pira funerária acenderão.
O que ela começou não posso deter,
Tampouco o que já está feito reverter.
Mas algumas coisas corrigirei, farei mudarem:
Uma fera serás só à noite, quando as doze badaladas soarem.
As almas aprisionadas no relógio assim devem ficar.
Seus destinos não consigo alterar.
Àqueles que ainda não foram transformados,
Devo, por enquanto, confiar teus cuidados.
A maldição do desespero não pode ser anulada,
Mas há um meio de ela ser quebrada.
Conserta o que tu destruíste por desilusão.
Junta os caquinhos do teu coração.
Procura ser boa, acreditar, estender a mão,

Até que alguém que evitaste te mostre afeição.
Atravessa a ponte, faz o tempo retroceder,
Que os teus medos não te possam deter.
Assim quebrarás essa obra do mal
E desfarás o encantamento infernal.
E, quando a amar aprenderes por fim,
Tu também serás amada enfim.
Uma advertência, porém, a quem agora me escuta,
Quando contra a sombria mortalha do Desespero se luta...

O relojoeiro está prestes a recitar os últimos versos de seu poema, mas, antes que possa fazê-lo, ouve-se um estrondo explosivo e estilhaços de vidro chovem no chão. Arabella está atrás de Beau, com o peito arfando. Ela acabou de atirar um tinteiro no espelho, mas foi o tinteiro — e não o espelho — que se espatifou, cobrindo o vidro prateado com tinta preta, que escorre da moldura e empoça no chão.

O espelho parece estar sangrando.

CAPÍTULO SESSENTA E QUATRO

Arabella, desvelada, falou:

— Já chega, ladrão. Você tem minha história agora. E suas respostas.

Vildam dePuisi, incapaz de se conter, correu de volta pelo quarto até Beau e sentou-se com um baque ao lado dele.

— Você consegue *imaginar* a culpa? A vergonha? — ela sussurrou, exultante.

Arabella fechou os olhos. Sua mão agarrou o roupão, os dedos enroscados no tecido. Seu peito estava contraído, como se alguém tivesse acabado de enfiar uma faca nele.

Pluca girou a lâmina.

— Todas aquelas pessoas presas como insetos no âmbar. Acho que elas veem, que sentem. Imagine estar imobilizado em um corpo mecânico, totalmente consciente, mas incapaz de se mover ou falar.

Jeniva empurrou Pluca para o lado.

— Arabella suportou estoicamente no início — relatou a Beau. — Ela tinha esperança. Afinal, o relojoeiro lhe falara que a maldição poderia ser quebrada se ela aprendesse a amar. Cada vez que um homem atravessava o rastrilho, cada vez que entrava no castelo, ela esperava que ele se tornasse seu pretendente. Mas todos partiram novamente assim que descobriram a verdadeira Arabella. E quem poderia culpá-los? Quem poderia amar uma fera? Ela fez o possível para se recuperar, para seguir em frente, para nunca perder a esperança ou a fé. Mas, depois de falhar repetidas vezes em encontrar o amor, depois de ver aqueles ao seu redor sofrerem, sabendo o tempo todo que ela era a causadora de seu sofrimento... Bem, tornou-se demais. A esperança já não era um conforto para ela; era um tormento.

— Então, Poderesse me prendeu — acrescentou Esperança. — E minhas irmãs também.

— E, quando partimos, Arabella desistiu — disse Fé. — Ela baixou o rastrilho e, desde então, foi assim que ele permaneceu.

— Até agora — completou Vildam dePuisi, batendo palmas como uma criança. — Até *você*.

— Agora? Eu? — Beau se admirou. — Eu... eu não entendo.

— Ah, não, é?

E então Beau entendeu, num choque de compreensão tão forte, tão visceral, que ele se sentiu mal.

— Porqueeeeee... — Vildam dePuisi o incentivou, dando-lhe uma cotovelada na lateral do corpo.

— Porque — começou Beau, sua voz quase um sussurro — eu sou o mais recente pretendente.

CAPÍTULO SESSENTA E CINCO

Beau estava zonzo.

Ele se sentia como se tivesse sido atropelado por uma carruagem em fuga e deixado para morrer.

— Deixar a grade de ferro levantada não foi um acidente. Não foi um erro — constatou ele com firmeza. — Você me prendeu aqui de propósito.

— Não, Beau, isso não é verdade! — Arabella protestou de modo veemente.

Mas Beau mal ouviu sua negação.

— Você ordenou que o rastrilho fosse levantado, como um caçador preparando uma armadilha. Você organizou um banquete no grande salão como se estivesse lançando uma isca. E nós? — Ele riu amargamente. — Raphael, Antonio, todos os demais... éramos os coelhos estúpidos que pularam direto nela. E eu sou o mais estúpido de todos. Eu deveria salvá-la, certo? Apaixonar-me por você e quebrar a maldição.

— *Não* fui eu — protestou Arabella, com a voz embargada. — Eu *juro* que não.

Beau meneou a cabeça, furioso agora. Por que confiara nela? Por que a deixara entrar em seu coração? Ele já devia saber. Ela não era diferente das outras mulheres que o usaram. Mulheres que o viam apenas como um rosto bonito, um brinquedo divertido.

— Quem fez isso, então? — ele perguntou. — Seus servos? *Faça-me o favor.* Por alguma razão, eles são tão leais a você quanto cães de guarda. — A dor da traição de Arabella deixou-o sem palavras. Demorou um momento até que ele pudesse falar novamente. — Parece que você também é uma ladra, Arabella — finalizou. — Mas você roubou mais do que eu jamais roubei.

Esperança deu um passo à frente. Puxou Vildam dePuisi para fora da cama, para longe de Beau, e então fitou-o, com olhos suplicantes.

— *Não*. Não me olhe assim — Beau ordenou. — Ela não é problema meu. Ninguém neste castelo infernal é problema meu.

Então, ele afastou as cobertas, colocou as pernas para fora da cama e se levantou. A bainha da camisa caiu quando ele fez isso, cobrindo-o até as coxas.

Uma constelação de marcas de dentes de lobo pontilhava de uma de suas panturrilhas. Pontos feios costuravam os rasgões que as garras de Arabella haviam deixado em seu antebraço. Um gemido de dor escapou de Beau quando suas pernas suportaram seu peso.

— O que você está fazendo? — Arabella gritou. — Deite-se ou romperá os pontos! — Ela se virou para Vildam dePuisi. — Chame Valmont!

Beau a ignorou.

— Onde está o meu casaco? As minhas calças? — ele exigiu, enquanto Vildam dePuisi tocava freneticamente a sineta.

— Sua roupa está sendo consertada. Estavam rasgadas e manchadas de sangue — explicou Arabella. — Percival encontrou algumas roupas velhas para você vestir.

— Onde elas estão?

Arabella hesitou, mas, vendo que ele estava determinado, apontou para uma pilha bem dobrada de roupas em cima de uma cômoda.

Lutando contra a tontura, Beau vestiu-se rapidamente. Ele calçou as botas, aliviado ao ver que o couro de uma delas estava apenas furado, não rasgado. Valmont entrou no quarto enquanto ele abotoava o casaco.

— Sim, Vossa Senhoria? — Valmont adiantou-se.

— Por favor, Valmont, explique a Beau que ele não deveria se levantar. Faça-o entender — implorou Arabella.

Beau, completamente vestido agora, estava se dirigindo para a porta, mas Valmont o interceptou, pronto para empurrá-lo de volta para a cama.

— Saia do meu caminho — comandou Beau, afastando-o. — Eu não vou voltar para a cama. E você não vai me trancar. Nem hoje, nem esta noite, nem nunca mais. Se vocês ainda estão tão preocupados que eu possa matá-los enquanto dormem, podem muito bem me trancar *do lado de fora*. — Ele lançou um olhar mordaz ao redor da sala, para a corte, os servos. — Vocês são tão culpados quanto sua senhora. Todos sabiam, mas ninguém me disse a verdade. Ninguém.

Então Beau saiu e deixou todos olhando para ele. Em poucos minutos, estava fora do castelo. O dia estava claro, mas brutalmente frio. Ele caminhou lentamente até a casa de guarda, seu andar rígido e cambaleante, a raiva ainda fervendo em seu sangue.

Um vento forte agitava folhas mortas em seu caminho enquanto ele se deslocava. Pareciam fantasmas sussurrando enquanto raspavam as pedras do pátio. De seu íntimo, brotou-lhe uma lembrança de anos antes. Ele estava parado à margem de uma feira de Natal em uma praça movimentada da cidade, observando os compradores. Estavam com as bochechas vermelhas e riam. Bem-vestidos e bem alimentados, comprando presentes para seus familiares e amigos. Os casais caminhavam de braços dados. Os pais seguravam as mãos dos filhos.

Enquanto Beau os observava, algo sombrio se desenrolou dentro dele. O rapaz assoprou as mãos para aquecê-las e depois mergulhou na multidão como um tubarão entre arenques.

Quando voltou ao esconderijo dos ladrões, foi até Raphael, que estava sentado perto do fogo, e apresentou o seu saque. Ele sacou dos bolsos carteiras e moedas, relógios, anéis, pulseiras, caixas de rapé, porta-remédios e até alguns botões de prata, e jogou tudo no colo do líder dos ladrões. Beau levou cinco minutos inteiros para esvaziar os bolsos das calças, do casaco e a parte interna das botas.

Os olhos de Raphael brilharam de espanto com o fruto dos roubos que Beau lhe trouxera. Ficou tão satisfeito, tão orgulhoso de seu protegido, que lhe deu uma brilhante moeda de ouro.

Mas Beau a devolveu. Ele não queria isso. Raphael não entendeu; nenhum dos ladrões também. Beau não roubara moedas ou um relógio de bolso daquelas pessoas. Roubara os seus sorrisos, sua felicidade. Agarrara o amor entre eles, tentando arrebatá-lo. Se ele não podia ter aquilo, por que os outros deveriam?

Ao entrar na casa de guarda, a lembrança se dissipou. Mal podia esperar para sair dali. Que idiota fora, brincando de construtor. Brincando de ser um nobre. Um amante. Ele não era nada além de um ladrão. Isso é tudo o que era, tudo que seria. O mundo inteiro não lhe dissera isso?

Beau pegou um martelo, cerrou os dentes contra a dor dos ferimentos e começou a trabalhar. Tinha uma ponte para construir. Ele não era o maldito salvador de ninguém.

CAPÍTULO SESSENTA E SEIS

— Por que diabos você fez isso? — Fé gritou para Arabella.

Mas Arabella, ainda parada diante do espelho, não respondeu.

Édsdem foi até Fé e olhou-a de cima a baixo.

— Eu poderia agarrá-la e trancá-la sem ajuda. Você é muito pequena.

— Uma granada também é, colega. Caia fora — Fé disse, erguendo sua adaga novamente.

Édsdem saiu do caminho e Fé foi até Arabella.

— Você cortou o relojoeiro antes que ele pudesse terminar o encantamento! — ela gritou. — Impediu Beau de ouvir a parte mais importante. Esqueceu o que acontece? Espere um minuto, vou lembrá-la.

Ela pegou um guardanapo da bandeja do café da manhã e limpou a tinta do espelho. O relojoeiro ainda estava visível no vidro e, enquanto o observavam, ele pronunciou mais alguns versos.

Você já não tem a eternidade, um século e acabou,
A contagem regressiva da corda do relógio se iniciou.
Em cem anos, a maldição não poderá ser revertida.
Depressa. Boa sorte e adeus, amigos. Estou de partida.

— Esse século está quase acabando, Arabella — enfatizou Fé, enquanto a imagem no espelho desvanecia. — Você tem apenas alguns dias restantes. Cinco, para ser exata. Sabe o que isso significa, não é? Se não quebrar a maldição nos próximos cinco dias, você morre. — Ela apontou para os servos. — *Eles* morrem. — Gesticulou para Esperança, para todas as damas de companhia. — *Nós* morremos.

Quando as palavras saíram de seus lábios, o som de marteladas foi ouvido, abafado e distante, chegando até as janelas da câmara vindo da casa de guarda.

Fé agarrou a mão de Esperança e foi em direção à cozinha.

— Aonde está indo? — Arabella perguntou.

— Contar a ele — Fé falou por cima do ombro.

— Não, eu a proíbo! — Arabella gritou. — Você ouviu o que ele disse. Ele não me ama. Na verdade, ele me odeia, e não serei a causa de outra morte. Há uma chance de que ele consiga sair daqui, uma chance de que possa viver. Se Beau souber a verdade, poderá tentar ficar. Para quebrar a maldição por pena de nós. Mas, se ainda estiver aqui quando o relógio bater meia-noite no fim do quinto dia, *ele* morre.

As marteladas ficaram mais altas. Cada golpe era como se estivessem cravando pregos no coração de Arabella.

Poderesse juntou-se a ela e pegou sua mão.

— A ponte que você começou é incrível, criança — começou ela. — Uma maravilha, construída apenas com refugos e engenhosidade. As pontes às vezes são boas, mas também são estruturas arriscadas. Elas desabam com tanta frequência. Muros são melhores, na minha experiência. Tão largos e fortes. Tão impenetráveis. Tão *seguros*. — Ela colocou a mão enrugada nas costas de Arabella. — Sei que você nutre sentimentos pelo ladrão. Não ceda a eles. Isso não tem como acabar bem. Você sempre foi uma garota tão egoísta. Foi assim que arruinou sua vida e a de todos os outros. Não estrague a dele também. Pela primeira vez na vida, seja a melhor versão de si mesma. Se você realmente ama o ladrão, deixe-o ir.

Ela teria dito mais, porém, naquele exato momento, um croissant coberto com geleia de morango acertou-a em cheio na nuca. Ele ficou preso ali por um segundo e depois caiu no chão, com um respingo grosso e úmido. Poderesse se virou. Fé estava ali, com os braços atarracados cruzados sobre o peito, sorrindo desafiadoramente.

— Você jogou isso?! — Poderesse rosnou. — Como ousa?!

— Você fala demais, falastrona — disparou Fé, depois olhou para Arabella. — Esta é a sua última chance. Você sabe disso, certo?

Esperança pegou as mãos de Arabella.

— Beau deveria saber a verdade — insistiu ela.

A ferocidade ressurgiu nos olhos de Arabella; ela fulminou Esperança com eles.

— Se você disser uma só palavra a ele, eu me atiro no fosso. Juro.

— Mas você se mataria — ponderou Esperança.

Arabella assentiu; ela desvencilhou as mãos.

— Melhor ainda, eu mataria *você*. Não haveria mais dor. Não haveria mais sofrimento. Não haveria mais Esperança.

Esperança engoliu em seco.

— Você me odeia tanto assim?

— Você não faz ideia.

— *Por quê?*

— Porque você é cruel. Mais cruel que todos esses monstros juntos — disse ela, apontando para sua corte. — Me fez acreditar. De novo e de novo. Me fez acreditar que existiam coisas como perdão, redenção, amor... até para mim. Me fez acreditar que existe uma saída.

— E *existe* — insistiu Esperança.

— Existe? — Poderesse perguntou maliciosamente. — Diga-me, garota, você já encontrou sua outra irmã? — Fé lançou a Esperança um olhar de advertência. Foi rápido e furtivo, mas Poderesse percebeu e ronronou: — Amor foi a única de vocês que teve bom senso suficiente para deixar este lugar.

— Quero a palavra de vocês de que não contarão a Beau mais nada sobre a maldição, as duas — Arabella impôs a Esperança e Fé.

Esperança parecia prestes a protestar, mas Fé agarrou-a e puxou-a em direção à porta, ainda brandindo sua adaga. Horgenva, Pluca e Jeniva se aproximavam dissimuladamente, tentando cercá-las.

— Você tem a nossa palavra — prometeu Esperança enquanto Fé puxava seu braço. As meninas saíram correndo do quarto, fecharam a porta e trancaram-na com a chave mestra.

— Isso vai retardá-las um pouco e nos dar algum tempo para nos escondermos — explicou Esperança, puxando a irmã pelo grande salão, em direção à escadaria principal.

— Nós estragamos tudo — lamentou Fé, colocando a adaga de volta na bainha. — Todos estão condenados.

— De jeito nenhum! O que aconteceu lá foi maravilhoso! Foi o melhor resultado possível! — Esperança comemorou.

Fé piscou de perplexidade para sua irmã.

— Você perdeu a cabeça?

— Pense só... Arabella se traiu. Ela nos mostrou o que realmente está em seu coração. Não quer que mal algum aconteça ao ladrão. Prefere que ele saia deste lugar e ela morra a ele ficar e morrer.

Fé refletiu sobre isso.

— Você acredita que Arabella realmente se importa com ele?

Esperança assentiu.

— Acredito. No passado, ela teria feito e dito qualquer coisa para que um pretendente se apaixonasse por ela. Para quebrar a maldição. Para salvar a própria pele. Mas nunca os amou, não de verdade.

Fé se animou e seu brilho aumentou um pouco.

— Acho que podemos trabalhar isso.

— Podemos, mas precisamos da ajuda de Amor. Precisamos encontrá-la e não temos muito tempo — ressaltou Esperança, enquanto subiam as escadas.

O brilho de Fé diminuiu.

— Procuramos em todos os lugares. E se Poderesse estiver certa? E se ela realmente se foi?

Esperança a interrompeu.

— Ela está aqui. Eu posso senti-la — declarou. — Não desanime, Fé.

CAPÍTULO SESSENTA E SETE

TODAS AS GAROTAS DOS CONTOS de fadas são mentirosas.

Acha que é do lobo que Chapeuzinho Vermelho tem tanto medo? Isso é apenas uma mentira que ela conta à mãe para evitar uma surra. É seu próprio coração que a aterroriza. É sua vontade de conversar com um estranho bem-falante, seu desejo imprudente de segui-lo pela floresta.

Não é a Rainha Má que assusta Branca de Neve. Nem a floresta. Isso é só o que ela diz aos sete homens gentis para que eles a acolham. É sua crença, que a corrói profundamente como um câncer, de que ela não tem escolha a não ser aceitar o veneno que lhe é oferecido.

Cinderela conta as piores mentiras de todas. Informando sua madrasta, suas irmãs de criação, damas e cavalheiros, e qualquer um que queira ouvir tudo sobre seu final feliz. Sorrindo até seu rosto doer. O que ela nunca conta a ninguém é o quanto aqueles sapatinhos de cristal doem. Como eles cavam sulcos sangrentos em seus calcanhares e esmagam os dedos dos pés. Como a impedem de correr. De bater os pés e chutar. Como tudo o que pode fazer agora é caminhar. Como tudo o que ela fará, pelo resto da vida, será caminhar: devagar, calmamente e dois passos atrás do príncipe.

Se você quer conhecer uma pessoa, não peça para ouvir a verdade dela.

Ouça suas mentiras.

CAPÍTULO SESSENTA E OITO

— Logo estará escuro.

Beau parou de serrar e ergueu os olhos. Camille estava ali parada, enrolada em sua capa azul, com a alça de uma cesta de salgueiro pendurada em um braço.

— Eu trouxe o jantar para você.

— Obrigado — disse ele, voltando ao trabalho.

Florian e Henri tinham entrado há uma hora, mas Beau não voltara ao castelo desde que soube a verdade sobre Arabella, naquela manhã. Ele não queria vê-la. E ela devia estar sentindo o mesmo, pois não se juntara a ele na casa de guarda, optando por enviar conselhos e instruções por meio de Valmont. Beau havia trabalhado direto, parando apenas para beber água ou comer o sanduíche que Rémy lhe levara ao meio-dia. O trabalho e seus ferimentos estavam cobrando seu preço. A exaustão pintara círculos escuros sob seus olhos, a dor sulcara linhas em sua testa, mas ele se recusava a descansar. Descansar não o ajudaria a atravessar o fosso. Não o levaria até Matti.

Viara agora lhe fazia companhia, divertindo-se em jogar pedras nos monstros do fosso. Ele não se importava que a dama ficasse por perto, pois estava consumido pela raiva. De Poderesse e sua corte horrível. De Valmont, de Percival e dos outros criados. De Arabella. Acima de tudo, ele estava com raiva de si mesmo. Por acreditar em coisas nas quais não deveria acreditar. Por desejar coisas que não deveria desejar.

Fora um tolo em pensar que Arabella poderia gostar dele. Beau conhecera o amor uma vez. Muito tempo atrás. Cheirava a alecrim e tangerinas.

Tinha um gosto tão doce quanto bolos de San Juan. Parecia tão quente quanto o sol catalão. Perdê-lo fez dele uma pessoa selvagem, solitária, desconfiada e cautelosa com armadilhas, e é assim que ele permaneceria.

— Preparei um prato de frango para você — começou Camille, tentando novamente puxar conversa. — Com batatas assadas, molho, pãezinhos...

Beau estava prestes a perguntar se ela poderia simplesmente deixar a cesta quando Viara se virou bruscamente e farejou o ar. Ela largou a pedra que segurava e saiu correndo da casa de guarda, parecendo ter acabado de sentir o cheiro de um cadáver de uma semana.

Camille a observou partir.

— Ela odeia o cheiro de frango assado. Todas odeiam. — Ela se virou para Beau. — O trabalho está indo bem?

— Estou chegando lá — respondeu ele. — Deverá estar pronto em alguns dias.

— Ah — Camille soltou, baixando a cabeça.

— Algo errado? — Beau questionou, olhando para ela.

Camille largou a cesta. Seus olhos brilhavam de emoção.

— Você não se importa com ninguém, não é? Exceto com você mesmo.

— Uau. De onde veio isso? — Beau perguntou, sentando-se sobre os calcanhares.

— Você a ama.

— Quem?

— Oh, por favor.

— Não sei do que você está falando.

— Por que está tão bravo?

— Talvez porque ela tenha me prendido aqui?

Camille fez um barulho de desgosto.

— Ela não o prendeu. Ela lhe disse que não.

— Eu não acredito nela.

— Bem, você deveria. Porque ela não fez isso.

— Oh, não? Quem fez isso, então?

— Eu.

Beau soltou uma risada.

Camille ergueu o queixo, cruzando os braços sobre o peito.

— Roubei a chave do quarto de Percival uma noite, quando ele estava tomando banho — explicou ela. — Abri a porta da casa de guarda e devolvi a chave antes que ele terminasse. Mais tarde, naquela noite, tirei o cavalo de arado do celeiro, amarrei-o à roldana e levantei o rastrilho. Algumas horas depois, você e seus amigos entraram no pátio.

Beau estudou o rosto dela. Ele largou a serra.

— Você não está mentindo, está? — Camille balançou a cabeça.

— Droga, Camille, *por quê*? — ele gritou.

— Porque minha filha é uma das figuras mecânicas e meu marido também! — Camille gritou de volta. — Porque eu os quero de volta! Esse é um motivo bom o suficiente para você?

A expressão nos olhos de Camille — uma mistura de tristeza, raiva e medo — era tão intensa que Beau teve que desviar o olhar.

— Sinto muito, de verdade. Mas não posso fingir...

— Mas você *não* está fingindo. Você a ama, mas não admite isso. Porque é um lobo solitário, certo? O amor é para tolos, e você não é tolo. É muito durão, muito astuto. — Ela lhe deu um sorriso que parecia ter sido embebido em vinagre, de tão ácido. — Tenho novidades para você: você *não* é durão. É um covarde.

Beau ergueu as mãos.

— Alto lá, Camille...

Mas ela prosseguiu.

— Você acha que o amor é para pessoas fracas, mas está errado. O amor é para os mais fortes. Os mais corajosos. Os mais ferozes. — Ela olhou para o teto da casa de guarda por um momento, piscando. Então, encarou Beau novamente. — Quando eu tinha onze anos, minha mãe ficou doente. Câncer.

— Isso é duro, eu…

— Cale a boca e *ouça* — exigiu ela. — A doença era um monstro com facas no lugar dos dentes e a devorou. Meu Deus, como ela gritava. E, quando sua garganta ficava dolorida demais para continuar gritando, ela batia a cabeça na parede até o sangue escorrer pelo gesso. Xingava meu pai, um homem bom e gentil. Desferia palavrões que me deixariam vermelha se os repetisse. Tudo porque ele não conseguia parar a dor que ela sentia. Nada que ele tinha, nem conhaque, nem vinho, podia ajudá-la. — Camille engoliu em seco e continuou: — Meu pai não era médico; não sabia o que fazer. Às vezes, cometia erros e piorava as coisas, e, então, segurava a cabeça entre as mãos e chorava. Ele tentou tanto. Passava gelo nos lábios dela, ressecados. Beijava-lhe as mãos. Ele a abraçava e cantava canções de ninar… — A voz de Camille tremia de emoção. — E, no final, quando os olhos dela não passavam de dois buracos pretos e o rosto era apenas um crânio com pele esticada sobre ele, meu pai lhe falou que ela era linda, a mulher mais linda que já tinha visto. Ele lhe disse como minha mãe o fizera feliz. Como estava orgulhoso de ser seu marido. Prometeu cuidar de nós e afirmou que ela não deveria se preocupar. Ele estava morrendo de medo. Estava zangado, perdido e com o coração partido, mas sorriu, beijou-a no rosto e disse-lhe que não havia problema em partir. — Lágrimas escorreram pelo rosto de Camille. — Isso… *isso*, Beau, é amor. — Ela enxugou o rosto com as palmas das mãos e saiu correndo da casa de guarda.

— Camille, espere… — Beau pediu, indo atrás dela.

Mas ela já havia sumido.

Ele estava triste. Triste por Camille. Por sua mãe e seu pai. Triste por sua filha, seu marido e todos os outros dentro do relógio. Mas ela estava enganada. Não podia ajudá-los. Não podia quebrar a maldição.

Ele também se sentiu culpado. O remorso instalou-se em seus ossos como uma doença quando se lembrou de como tinha sido horrível com Arabella. Não acreditou nela quando ela afirmou que não lhe fizera uma armadilha. Ele havia gritado com ela, acusado-a de algo que não tinha feito e depois partiu furioso.

Beau saiu da arcada e voltou ao trabalho. Haveria outros. Ele construiria a ponte. Para si mesmo, sim, mas para eles também. Era assim que ele poderia ajudar Camille e sua família, Valmont e Percival, todos eles. Seria assim que faria as pazes com Arabella. Outros homens cruzariam a ponte, e um deles se apaixonaria por ela.

Beau pegou a serra novamente. Suas mãos estavam azuladas de frio. Seu corpo doía. E ainda havia muito o que fazer. Ele teria que colocar a prancha sobre estacas bambas. Teria que enfrentar os monstros do fosso enquanto fazia isso. E, então, se a ponte aguentasse, se ele conseguisse atravessar para o outro lado, teria que enfrentar tempestades e lobos enquanto cruzava as montanhas. Mas faria isso. Enfrentaria todos aqueles monstros e muito mais, em vez de enfrentar a única coisa que o aterrorizava acima de tudo.

Seu coração traiçoeiro e perigoso.

CAPÍTULO SESSENTA E NOVE

Beau não queria adormecer.

Isso não teria acontecido se ele não tivesse se esforçado tanto. Se não estivesse tão cansado. E faminto. E com frio. E não fosse teimoso.

Ele havia se sentado perto da pequena fogueira que acendera no chão da casa de guarda e se recostado na parede, com a intenção de fechar os olhos por apenas alguns minutos.

Duas horas depois, havia mergulhado tão profundamente no poço sombrio do sono que não ouviu as badaladas do relógio dourado soarem fracamente pelo pátio ao baterem a hora: meia-noite.

Foi um ruído suave e seco que o acordou. O som de passos nas folhas mortas.

Seus olhos se abriram e o instinto entrou em ação. Ele ficou instantaneamente alerta, todos os sentidos em atenção máxima. Olhou em volta, mas não viu ninguém. Apenas imaginara o som? Sua fogueira havia se extinguido; restavam apenas algumas brasas. O tempo passara... quanto? Seus olhos se voltaram para a arcada. A neve castigava a escuridão. Um sentimento nauseante em suas entranhas lhe dizia que era tarde demais. Ele deveria ter deixado a casa de guarda há horas. Deveria ter ido para a segurança dos estábulos e trancado a porta.

Acalme-se, seu bebezinho, ele disse silenciosamente a si mesmo. *Não há ninguém aqui além de você.*

E, então, viu o brilho das brasas refletido em um par de olhos prateados e percebeu que estava errado. Ela estava lá, do outro lado da casa de guarda, agachada nas sombras.

Por um breve segundo, ele pensou em fugir, mas sabia que nunca conseguiria correr mais rápido que ela.

Seus olhos dispararam ao redor, procurando algo que pudesse usar como arma. Mas o martelo… a serra… as tábuas… estavam muito longe. Ele nem pensou em gritar por socorro. Seria inútil. Ninguém o ouviria.

Estava sozinho com a fera.

E totalmente indefeso.

CAPÍTULO SETENTA

ARABELLA EMERGIU DA ESCURIDÃO, VULPINA e cautelosa.

De um lado, segurava um coelho morto. Do outro, um esquilo e duas tâmias. Sangue manchava o seu focinho. Ela o lambeu para limpá-lo.

Seus olhos prateados permaneceram nele, observando-o, avaliando-o, enquanto ela andava de um lado para o outro perto das brasas brilhantes.

Está tentando decidir se me mata ou não, pensou Beau.

Ela bufou, de modo profundo e tempestuoso, alertando-o para manter distância, e então jogou suas presas no chão.

Lentamente, para não a assustar, Beau se levantou e juntou lascas e restos das tábuas que havia serrado antes e colocou-os sobre as brasas. Fios de fumaça subiram. Dedos finos de chamas enrolaram-se em torno deles.

Arabella sentou-se perto do fogo. Ela pegou uma tâmia e arrancou-lhe a cabeça com uma mordida, quebrando o crânio entre os dentes. Terminou com o animal em duas mordidas e depois comeu o esquilo. Enquanto rasgava pele e esmagava ossos, seus olhos deixaram Beau e pousaram no desenho a carvão da ponte que ela havia feito dois dias antes na parede da casa de guarda.

Foi a primeira vez que Beau conseguiu sentar-se com ela, e não fugir dela. Foi a primeira vez que ele pôde acolhê-la simplesmente. Ela era um milagre. Poderosa. Feroz. Magnífica. Seu pelo era de um cinza belo e escuro. Seus olhos eram da cor de uma lua de inverno. Ela cheirava a riachos prateados, ao vento norte, à neve.

Hesitante, ele estendeu a mão e tocou o pelo do braço de Arabella. Os olhos dela voltaram-se para os dele. Suas orelhas se achataram. O veludo em seu nariz enrugou. Suas presas brilharam.

Mas Beau não estava com medo. Palavras que ele descobrira em seu antigo quarto, num livro de sonetos, chegaram-lhe aos lábios. Palavras que se alojaram em seu coração.

— "Qual a tua substância, de que tu és feita, para que milhões de sombras estranhas sobre ti se inclinem?"

A ferocidade no rosto de Arabella suavizou-se em surpresa. Seus olhos se arregalaram, e Beau vislumbrou uma dolorosa vulnerabilidade neles. Ela rapidamente desviou o olhar, não acostumada a ver admiração no rosto de um ser humano, ele adivinhou. Não acostumada a ver outra coisa além de medo.

— Soneto Cinquenta e Três. Meu favorito — proferiu ela, com os olhos fixos no fogo. — Eu não sabia que você lia Shakespeare.

Beau piscou surpreso.

— Você... você pode *falar*?

— Claro que eu posso falar. — Arabella se levantou nas patas traseiras e começou a desenhar, mas, no meio do caminho, ela se virou e ergueu um dedo em forma de garra. — *Não* toque no meu coelho.

— Nem sonharia em fazer isso.

Ela assentiu e, então, parecendo um pouco envergonhada, ofereceu:

— Acho que você poderia se servir de uma coxa, se quiser.

— Estou sem fome, obrigado.

Arabella lançou um último olhar possessivo para suas presas mortas e depois continuou a desenhar. Inclinou a cabeça, absorvendo tudo, traçando linhas com uma garra preta curva, depois apagou uma parte com a pata. Após uma breve busca, encontrou o pedaço de carvão que usara para fazer o esboço e começou a redesenhar as linhas apagadas.

— As estacas estão muito próximas — declarou ela. — Precisamos colocá-las mais afastadas ou nunca terminaremos.

Nós, pensou Beau. Ela disse *nós*, não *você*. Ela queria ajudá-lo. Mesmo que ele não pudesse ajudá-la. A constatação o fez sentir-se dolorosamente culpado, mais uma vez, por culpá-la por algo que ela não tinha feito. Eles não haviam conversado desde que Beau saíra do castelo. Talvez fosse hora de fazerem isso.

— Arabella... — ele começou. — Desculpe. Eu estava errado. Sobre o rastrilho. Acredito em você. Sei que não fez aquilo.

Arabella parou de desenhar, mas não se virou.

— O que o fez mudar de ideia?

Beau abriu a boca para responder, mas então percebeu que poderia colocar Camille em apuros. Ele rapidamente procurou palavras que não eram exatamente a verdade, mas que também não eram uma completa mentira.

— O tempo — finalmente respondeu. — Tempo para esfriar a cabeça. Para pensar sobre as coisas. — Arabella assentiu e Beau continuou. Havia outra coisa sobre a qual ele queria falar. — Ouça, sobre... sobre a...

Aquele beijo, ele ia dizer. *Aquele que você me deu. Aquele que eu lhe dei.* Mas ela não deixou.

— As pranchas? — ela perguntou. — Você já colocou alguma entre as estacas? Acho que ainda funcionaria se colocássemos uma mais estreita em trechos mais longos. Sacudiria mais, mas espero que não o suficiente para arremessar seu traseiro de ladrão no fosso.

— Não arremessar meu traseiro de ladrão no fosso seria bom — confirmou Beau, reprimindo um sorriso ao ouvir seu linguajar.

Depois de extrair um pedaço de osso dos dentes com uma garra, Arabella apagou outra parte de seu esboço e o redesenhou, falando sobre envergadura e altura, o que Beau não entendeu. Mas ele entendia uma coisa: ela não queria falar sobre o beijo que trocaram. E ele ficou aliviado; pelo menos, foi o que disse a si mesmo. Era mais fácil manter a conversa limitada à resolução de problemas de tensão superficial. Analisar problemas de tensão e evitar fossos e coisas difíceis e sombrias que neles se escondiam.

— Estou consultando tudo o que encontro sobre passarelas — continuou Arabella. — Estou preocupada com o fim da nossa ponte. O lado da floresta parece ser mais alto que o lado da casa de guarda. E se chegarmos lá e estivermos bem abaixo da borda? O que fazemos então?

Beau pensou por um momento e depois sugeriu:

— Equilibrar uma escada na prancha?

— Não, a menos que você queira nadar de novo — respondeu ela. — Estive analisando imagens de pontes venezianas para ver se consigo resolver esse problema. Os venezianos fizeram o que estamos tentando fazer, mas um milhão de vezes melhor. Cravaram estacas no lodo e na lama da laguna, e depois as conectaram com tábuas também. Em seguida, colocaram camadas de calcário sobre as tábuas para servir de base para as construções. Foi um trabalho árduo e feio, mas, mesmo assim, com madeira, lama e rocha, aqueles construtores criaram uma das cidades mais bonitas do mundo.

— Uma cidade inteira construída sobre a água — observou Beau. — Não parece possível.

— Certa vez, um embaixador veneziano me contou histórias sobre sua terra natal. Ele descreveu tudo de modo vívido: os palácios e a arte, a música e os bailes de máscaras, o cheiro de maresia, as canções dos gondoleiros... — A voz dela sumiu. Quando finalmente voltou a falar, suas palavras estavam carregadas de anseios não realizados. — Você pode imaginar a beleza disso, Beau? É por isso que os construtores constroem, não é? Por que tentam fazer com que seus castelos e catedrais toquem as estrelas. Para que possamos nos apoiar nos ombros do passado e ver o infinito.

Beau olhou para ela e pensou: *Esta criatura triste e brilhante também tem sido prisioneira aqui. Por muito mais tempo que eu.*

A enormidade desta constatação, dos anos que ela passou vivendo naquele lugar sombrio, isolado do mundo, atingiu Beau com força.

Quão solitário deve ter sido para ela, ele pensou. *Que agonia para uma mente tão inteligente e investigadora.*

— Você vai quebrar essa maldição, Arabella. Irá para Veneza um dia. Eu sei que vai — ele assegurou, sua voz repentinamente rouca.

Arabella deu-lhe a sombra de um sorriso.

— Talvez. — Ela olhou para o desenho novamente, franzindo a testa com preocupação. — Ainda há muito a fazer, e só nos restam quatro dias. — Então, como se estivesse se corrigindo, ela acrescentou rapidamente: — Antes que o inverno fique mais rigoroso, quero dizer. — Fez uma careta e coçou furiosamente atrás de uma orelha. — Pulgas. Que incômodo. Tenho que afogar essas malditazinhas em um banho quente todas as manhãs.

Beau riu. Ele gostava dessa Ara-fera. Ela era franca e engraçada. Boca-suja. Gulosa e rude. E inteligente. Muito inteligente. Assim como a outra Arabella.

Ainda segurando o carvão, Arabella caminhou até outra parede, que não tinha nenhum desenho.

— Eu gostaria de ter tempo. E guinchos. Uma pedreira de granito. Cavalos e carroças. E duzentos pedreiros — lamentou ela. — Que ponte eu poderia construir então...

Ela começou a desenhar, não uma frágil passarela de tábuas feita de restos, mas uma maravilha em arco, larga o suficiente para a passagem de duas carruagens ao mesmo tempo, com calçadas gradeadas e postes de ferro.

Beau fazia perguntas enquanto ela desenhava, uma após outra, só para que pudesse ouvir a paixão em sua voz enquanto ela respondia. Mais uma vez, perdidos no trabalho, na conversa e um no outro, Beau e Arabella se esqueceram do tempo.

Até que Beau, sentindo a falta de sono, bocejou. Até que ele esfregou o rosto com as mãos, tentando afastar o cansaço. Até que seu estômago roncou por comida.

— Eu me pergunto se Camille já acordou — comentou. — Eu realmente gostaria de uma xícara do café dela. E de um ou cinco croissants quentes.

Arabella virou-se para ele e piscou, como se ele a tivesse tirado de um transe. Então, voltou o olhar para o arco. Ainda nevava, mas a escuridão começava a clarear.

— Oh, não. Ai, que droga. Beau, me dê sua camisa. Rápido!

Ele olhou para ela de soslaio.

— Minha camisa? Por quê?

— Apenas me *dê* — ela exigiu.

Beau balançou a cabeça. Ele não queria tirar a camisa. Não na frente dela.

— Tome — ofereceu ele, pegando seu casaco. — Pegue isso.

— É muito curto. Preciso da sua camisa.

— Não.

— Pelo amor de Deus, Beau! — ela gritou, com os olhos arregalados de pânico. — Não tenho tempo para discutir!

— Você não pode ficar com ela. Está, hum, está muito frio. *Eu* estou com muito frio.

— Em cerca de sessenta segundos, *eu* é que estarei com muito frio, já que vou estar completamente nua. Por favor, Beau, em nome da decência, me dê sua maldita camisa!

CAPÍTULO SETENTA E UM

— VIRE-SE.

— É esse o problema?

— Ué, você é a única que pode ser recatada?

— É justo — concordou Arabella, virando-se de costas para Beau. — Mas ainda preciso dessa camisa. Agora mesmo.

Ela estendeu a pata para trás e, alguns segundos depois, sentiu-o pressionar a camisa nela. Agarrando-a, ela correu para o outro lado da casa de guarda, escondendo-se atrás da manivela da roldana bem a tempo.

Um instante depois, sua agonia começou. Ela suportara aquilo todas as manhãs durante um século e, ainda assim, a intensidade da transformação sempre era sofrida. Tudo o que era grande demais e exagerado — os longos ossos dos membros, os dentes, o focinho, os músculos poderosos — eram encolhidos. Ela sentia como se o seu corpo inteiro, cada centímetro de carne, cada tendão, vaso sanguíneo e nervo, estivesse sendo comprimido em uma caixa pequena demais. Reprimiu os gritos, não querendo que Beau os ouvisse, e, então, justamente quando pensou que iria enlouquecer de dor, tudo acabou, e ela voltou a ser humana, compacta e contida.

Arabella respirou fundo algumas vezes e vestiu a camisa de Beau. Não tinha botões, apenas um V no pescoço, e deslizou facilmente pela cabeça. Os punhos ultrapassavam suas mãos, e a bainha caía até as coxas. Ela não estava aquecida, mas, pelo menos, estava coberta.

— Obrigada — disse a Beau ao sair de trás da manivela, batendo os dentes.

— Você deveria entrar, antes que morra congelada — observou ele, que havia vestido o casaco. Era feito de couro, macio e desgastado, com uma gola sem lapela.

— Você também deveria.

— Tenho de apagar o fogo.

— Vou esperá-lo.

Ele balançou a cabeça.

— Não há necessidade.

Arabella assentiu, constrangida e confusa. Um momento atrás, ele lhe pedira desculpas. Ela não esperava por isso e apreciou profundamente que ele acreditasse nela, mas agora um muro havia sido erguido entre eles novamente. Ele nem olhava para ela, e ela não tinha ideia do motivo.

— Está bem — concordou Arabella, com os braços em volta do corpo, tentando reter um pouco de calor. — Vejo você lá dentro.

Beau não respondeu. Ele se inclinou para a frente, cutucando o fogo, e, ao fazê-lo, a frente do casaco abriu, expondo o pescoço, parte do peito e a curva do ombro esquerdo.

Ele se apressou em fechar o casaco novamente, mas não foi rápido o suficiente.

Arabella parou de chofre com a visão. Ficou olhando. Não conseguiu evitar.

Beau a viu olhando. Ele desajeitadamente colocou o casaco de volta no lugar, o sangue correndo por suas bochechas, e Arabella sentiu como se tivesse visto algo que não deveria, algo que ele nunca teria revelado de bom grado.

Desvie o olhar, comandou uma voz dentro dela. *Olhe para o desenho. Para aquele rolo de corda ali. Para o chão. Para qualquer lugar, menos para ele.*

Mas ela não fez isso.

— Acho que você estava certa, não é? — ele comentou. — Eu sou tudo menos *belo*.

Arabella não lhe respondeu. Ela segurou o casaco dele e, pedindo permissão com os olhos, puxou-o dos ombros. O casaco se acomodou nas dobras dos braços de Beau.

Ela prendeu a respiração. Gentilmente, tocou uma das cicatrizes.

— Ainda doem? — Beau assentiu. — O que aconteceu?

Ele balançou a cabeça.

— Está no passado. Deveria ficar lá.

— Conte-me.

Beau ficou imóvel por um momento, e Arabella sabia que ele estava lutando consigo mesmo, avaliando se deveria confiar nela ou não. Por uma fração de segundo, ela viu indecisão em seus olhos e uma vulnerabilidade crua, mas então o rosto dele endureceu. Ele puxou o casaco de volta. Um segundo depois, estava do outro lado da casa de guarda, dirigindo-se para a porta.

— Beau, espere...

Ele parou, mas não se virou.

— Gustave faz um unguento. Alivia a dor. Pode ajudar.

— Eu não preciso do unguento de Gustave. Tudo que preciso é de um jeito de sair daqui.

Ao deixar a casa de guarda, seus passos soaram finais, irrevogáveis, como a porta de uma masmorra batendo. Arabella ficou olhando para ele, com medo de ter ido longe demais, pressionado demais, receando que este fosse o fim. Até que uma criança entrou na casa de guarda e, com vozinha baixa e fraca, disse:

— Não deixe isso acontecer.

Arabella olhou para ela. Era a primeira vez que ficavam a sós em muito tempo.

— Vá até ele. Depressa. A corda do relógio está acabando.

Arabella balançou a cabeça.

— Ele me odeia.

— Ele se odeia — corrigiu Esperança. — Vocês têm muito em comum.

— Lá vem você de novo, prometendo demais.

— Apresento possibilidades. Transformá-las em certezas é com você.

Arabella ficou parada, olhando temerosa para a arcada. Então, Esperança lhe deu um empurrãozinho. Era tudo de que precisava. Ela continuou andando, passando pela arcada e adentrando o pátio, com passos cada vez mais rápidos, até começar a correr.

CAPÍTULO SETENTA E DOIS

Arabella correu para dentro do castelo e subiu as escadas.

Quando chegou à torre, estava sem fôlego. Ela parou diante da porta de Beau, ainda vestindo a camisa grande demais, e bateu. Mas ele não abriu. Girou a maçaneta, mas estava trancada.

— Beau? Beau, eu sei que você está aí. Abra a porta — exigiu, batendo com a palma da mão.

Não houve resposta.

— Isso é infantil, Beau.

Novamente, não houve resposta.

— Covarde! — ela gritou, dando um chute na porta.

Sempre preocupada com o tique-taque do relógio, Arabella sentou-se, com as costas apoiadas na porta, sem saber o que fazer. Um momento depois, ela ouviu o som de passadas pesadas. Olhou para cima e viu Fé correndo em sua direção.

— Por que você está sentada no chão? — ela perguntou, sem fôlego.

Arabella lhe deu um débil sorriso.

— Como sempre, sua irmã me fez uma deslumbrante promessa e me deixou de mãos vazias — respondeu.

— Quer um pouco de queijo para acompanhar essa lamentação? — Fé perguntou.

— Não estou me lamentando! — Arabella protestou, insultada. — Eu apenas...

Fé a interrompeu.

— O ladrão não deixaria uma porta trancada detê-lo.

— Ele sabe arrombar uma fechadura. Eu não.

— Então, você teve sorte de eu ter aparecido — disse Fé. Ela enfiou a mão no bolso e puxou a chave mestra.

— Foi *você* quem roubou? — Arabella perguntou, indignada.

— Não exatamente. Eu a peguei de alguém... alguém que a roubou *outra vez.*

Antes que Arabella pudesse interrogá-la mais, novas vozes subiram em espiral pela escada.

— Lady Arabella? Está aí? O que está acontecendo com você? Esse comportamento não está à sua altura! Ele é um reles marginal!

— Saia da frente dessa porta! Antes que ele arrebente uma cadeira na sua cabeça!

— Eca, aí vêm elas — constatou Fé. Ela correu pelo patamar e se escondeu atrás de uma mesa. — Você consegue fazer isso. Acredite em si mesma!

Arabella estufou um pouco o peito, animada pelo encorajamento de Fé.

— Você acredita em mim? — ela perguntou.

Fé encolheu os ombros, inclinando a mão de um lado para o outro.

— Mais ou menos — ela disse e, então, abaixou-se.

Alguns segundos depois, a corte de Arabella chegou ao patamar, agitada como um saco de ratos.

— Ele não quer nada com você. Não vê isso? Ninguém quer!

— Ele só a beijou porque sentiu pena.

— Você vai fazer papel de boba.

Arabella se afastou delas e foi em direção à porta de Beau, segurando a chave com força, com as mãos. Ela tentou reunir coragem para girá-la, mas era impossível sentir-se corajosa quando tudo o que conseguia ouvir eram os comentários de suas damas. Durante cem anos, suas vozes venenosas ecoaram em seus ouvidos. Ela ansiava por ouvir outra voz agora — a sua própria.

— Calem a boca! — ordenou, girando para elas.

Édsdem recuou, chocada, pressionando a mão no peito.

— Uma dama *jamais* levanta a voz — ela repreendeu. — É agressivo e impróprio, e... e...

— Eu disse para você parar.

Édsdem recuou. Ela parecia menor.

— Lady Poderesse ficará sabendo disso — ameaçou.

Dome agarrou o braço de Édsdem com força e começou a se lamuriar. Édsdem a afastou com um movimento brusco.

— Oh, pare de choramingar!

Dome começou a uivar.

— Dome? É você que está fazendo todo esse barulho?

Era Horgenva. Pluca cambaleou atrás dela.

— Quem a fez chorar? — Horgenva perguntou. — Foi você, Édsdem, não foi? Você é uma bruxa.

Édsdem olhou Horgenva de cima a baixo.

— Onde conseguiu esse vestido, querida? Roubou de alguma mendiga?

Horgenva abriu a boca de espanto e disparou um nome feio contra Édsdem, que a xingou de algo pior. Jeniva, Vildam dePuisi e Viara juntaram-se a elas. A briga ficou mais estridente. Arabella deixou para lá. Ela endireitou os ombros e se afastou delas. Depois, meteu a chave na fechadura, girou-a e abriu a porta.

Beau estava deitado na cama, com os pés no chão, olhando para o teto.

— Você está invadindo minha privacidade — acusou ele.

— Acho que isso nos deixa empatados — Arabella retrucou, atravessando o quarto e deitando-se ao lado dele.

— Eu não a convidei para o meu quarto, muito menos pedi que se deitasse na minha cama — insistiu ele, sem tirar os olhos do teto.

Arabella virou a cabeça para ele.

— Eu me convidei. Já que este quarto é meu. E a cama também.

Com Beau tentando ao máximo se concentrar no teto e Arabella focada nele, nenhum dos dois ouviu as damas da corte entrarem no quarto e tomarem seus lugares como espectadoras no Coliseu, ansiosas pelo início do espetáculo sangrento. Fé entrou atrás delas, rápida e furtiva.

Arabella estava assustada, mas recorreu às suas novas reservas de esperança e fé, tentando novamente.

— Como conseguiu essas cicatrizes?

— Arabella, eu não quero falar disso.

— Você sabe tudo sobre mim, Beau. *Tudo*. E eu não sei nada sobre você. Você exige que eu compartilhe meus segredos, mas guarda os seus.

— Você sabe o que importa: eu sou um ladrão.

Arabella pensou em como ele pulou no fosso para salvá-la. Como a ensinou a furtar bolsos. Como a fez voltar a dançar. Rir de novo. Pensou nos versos do soneto que ele lhe recitara e em como isso a fez se sentir, pela primeira vez em cem anos, que era algo mais que um monstro.

— Beauregard Armando Fernandez de Navarre, você é muito mais que um ladrão. Não consegue ver isso?

Arabella pegou a mão dele, com medo que ele a afastasse, mas ele não o fez. Então, perguntou novamente como conseguira as cicatrizes.

— Você não desiste, não é? — Beau comentou. Ele ficou quieto por um longo momento; seu olhar estava em outro lugar, em algum momento do passado. Então, finalmente, falou. — Roubei a carteira de um homem, que me pegou e tentou me esfaquear até a morte.

Arabella sentiu o coração partir-se em pedaços.

— Quando foi que... — ela começou, mas depois perdeu as palavras, engoliu em seco e tentou novamente. — Quando isso aconteceu? Quantos anos você tinha?

Beau fechou os olhos.

— Dez.

CAPÍTULO SETENTA E TRÊS

BEAU GUARDAVA UMA CAIXA DE lembranças dentro de sua cabeça, cheia de tesouros. Às vezes, tirava a caixa e revirava-os mentalmente, como se fossem pedaços de vidro marinho ou seixos polidos — a pequena casa de pedra, a luz do sol entrando pelas janelas; uma tigela de tangerina sobre a mesa; o som de uma mulher cantando.

Eram dele e somente dele. Nunca os mostrara a quem quer que fosse. Agora, Arabella pedia para vê-los. Seria mais fácil, pensou ele, cortar as próprias costelas e mostrar a ela seu coração batendo. Lágrimas brotavam de seus olhos, transformando-os em brilhantes piscinas prateadas.

— Conte-me — ela pediu.

— O homem tinha saído de um bar, bêbado. Achei que seria um alvo fácil, mas ele me sentiu pegar sua carteira e puxou uma faca. Quando acabou, eu estava estirado no chão com uma lâmina no peito. De alguma forma, ele errou meu coração.

O olhar de Beau ainda estava no teto; o de Arabella também. Eles não viram outra dama da corte entrar — uma que não andava livremente pelos corredores do castelo há décadas —, Lady Diedape.

Alta e de constituição forte, ela usava um vestido azul-celeste e nenhuma joia. Seus longos cabelos castanhos caíam pelas costas. Ela sentou-se na única cadeira do quarto. As outras damas recuaram ao vê-la, como um ninho de cobras que avista um mangusto.

— O que aconteceu depois? — Arabella perguntou.

— Raphael me encontrou. Ele me acolheu. Cuidou dos meus ferimentos. Salvou minha vida. Quando melhorei, disse-me ser bom que meu rosto tivesse sido poupado, pois faria sua fortuna com ele. Ensinou-me tudo o que sabia: bater carteiras e arrombar fechaduras, roubar lojas e casas. Trabalhei nas ruas de Barcelona durante anos. Até que as coisas ficaram feias demais para nós e partimos para o interior da Espanha e depois para a França. Eu tinha quinze anos e comecei a trabalhar como ajudante de cozinha nas casas dos ricos. Eu era alto. As criadas sempre pensavam que eu era mais velho do que realmente era. Alguns olhares apaixonados, alguns beijos roubados, e elas me contariam qualquer coisa. Onde ficavam a prata, as joias, o cofre. — Ele abriu os olhos e virou a cabeça em direção a Arabella. — Então, é isso. Minha história.

Arabella enxugou os olhos com a palma da mão.

— Mentiroso. Você não me contou nada. Tinha apenas dez anos quando roubou a carteira. Por que estava sozinho? Onde estavam seus pais? — Beau respirou fundo. Isto era exatamente o que ele temia: que Arabella não parasse. Que tentasse desenterrar todas as lembranças sombrias que ele havia enterrado. — *Beau* — ela pressionou.

Beau exalou um suspiro rápido; as palavras o seguiram.

— Minha mãe morreu no parto. O bebê, uma menina, morreu também — contou. — Meu pai ficou com o coração partido e começou a beber. Caiu de uma ponte uma noite e se afogou. Eu tinha nove anos. Meu irmão, Matteo, tinha três. Não havia ninguém para nos acolher, então, fomos colocados em um orfanato. Eles nos separaram e nos espancavam por qualquer motivo ou sem motivo algum. Eu o ouvia. Ouvia Matti gritando quando batiam nele. Ele era tão pequeno, Arabella... — As palavras de Beau sumiram. Sua garganta lutava para funcionar. Demorou um longo momento até que pudesse se recompor. — Uma noite, eu o peguei. E corri.

Lady Zertisat entrou silenciosamente na sala. As outras fizeram sinal para que se juntasse a elas, mas ela não o fez. Ficou sozinha, descalça, com os cabelos brancos caindo pelas costas, as lágrimas escorrendo pelo rosto.

Horgenva apontou para ela e riu. Diedape ouviu-a. Balançando a cabeça, ela foi até Horgenva e disse:

— Já chega.

— Uma criança de nove anos e outra de três sozinhas? — Arabella disse. — Como sobreviveram?

— Roubávamos ovos de galinheiros — respondeu Beau. — Bebíamos leite das vacas do campo. Arrancávamos cenouras de hortas e maçãs das árvores. Dormíamos em celeiros. Mas, então, o tempo mudou e ficou mais difícil encontrar comida. Matti estava sempre com fome, sempre com frio. Ele precisava ficar aquecido e seco. Por isso, levei-o para um convento no bairro antigo da cidade e implorei às freiras que cuidassem dele. Pertenciam a uma ordem muito pobre e disseram que não podiam, mas prometi que pagaria pelo sustento dele. Eu roubava o dinheiro. Sozinho, a princípio. Depois, com o bando. Guardava moedas. Raphael nunca descobriu.

— Onde está Matteo agora? Ele deve ter, o quê? Treze anos de idade? Ele saiu do convento?

— Ainda está lá. Está doente. É a tísica.

Arabella empalideceu com suas palavras. Ela sabia que as pessoas com tuberculose raramente melhoravam.

— Sinto muito, Beau.

— Não sinta, Arabella. Não se preocupe — Beau disse vivamente. — Ele vai melhorar. Sei que vai. Vou buscá-lo. Prometi à minha mãe que cuidaria dele. Quebrei todas as outras promessas que já fiz, mas não vou quebrar essa. — Ele sentou-se, agora agitado, e inclinou-se para a frente, com os antebraços apoiados nos joelhos. Raios de luz da manhã brincavam em seu rosto, enfatizando suas feições agora um pouco encovadas, as rugas tênues em sua testa. — Ele chorou muito quando eu o deixei. Às vezes, ainda o ouço. Chamando por mim. Implorando para que eu não vá. Nunca desaparece. Só piora.

— O que você quer dizer?

Beau olhou para ela, seus olhos eram poços profundos de dor.

— Meus pais eram pobres — explicou ele —, mas minha mãe queria mais para nós. Ela vendeu a única coisa de valor que tinha, uma pequena pulseira de ouro, para pagar as mensalidades da minha escola. Eu ainda a vejo. Nas minhas lembranças, nos meus sonhos. Ela está com o coração partido pelo que fiz. Pelo que eu me tornei.

— Beau, o que aconteceu com você e Matti não foi culpa sua — disse Arabella.

— Pffff. Certamente *foi* — soltou Pluca, baixinho.

Diedape ouviu-a.

— Preciso explicar o que significa *parar*? — ela perguntou.

— Eu só... gostaria que as coisas tivessem sido diferentes — comentou Beau, devastado.

Enquanto ele falava, Pluca disse a Diedape para onde ela poderia ir. Édsdem deu um tapa em Zertisat, que, indignada, derrubou-a no chão. Horgenva empurrou Morrose. E, então, uma briga barulhenta e acalorada irrompeu enquanto as mulheres competiam pelo domínio.

Arabella, observando com angústia enquanto elas se esmurravam de forma barulhenta, sentiu-se violentamente abalada, indo e vindo entre emoções. Num momento, foi tomada pela fúria. Então, uma risada histérica explodiu, apenas para ser substituída um segundo depois por um total e esmagador pesar.

— *Eu gostaria que as coisas tivessem sido diferentes* — começou ela com um suspiro pesado. — Isso é eufemismo, Beau. É o eufemismo do ano. Não, do século. Cem anos longos, desamparados, sem esperança, sem alegria, aterrorizantes, embrutecedores, cinzentos e podres. Ah, se ao menos as coisas *tivessem* sido diferentes. Por que não podemos voltar no tempo?

Ela lutou para se conter, mas a represa rompeu e, então, como uma inundação violenta no leito seco de um rio, sobrevieram-lhe soluços convulsivos.

Beau, preocupado, pegou a mão dela e apertou. Arabella retribuiu, chorando. Depois de um momento, quando a torrente de lágrimas diminuiu, ela olhou para suas mãos entrelaçadas e disse com voz entrecortada:

— Sei que não será você quem quebrará a maldição. Sei que não tem… sentimentos por mim. Meu Deus, isso é embaraçoso… Sei que não me ama. Mas prometi que daria o melhor de mim para tirá-lo daqui e falei sério. Não há tempo a perder. Quanto mais cedo você for embora, mais cedo poderá chegar até seu irmão. — Havia uma sombra na voz de Arabella, algo que não queria ser visto. Beau percebeu e ficou intrigado. Ele poderia tê-la pressionado se não estivesse ele próprio se esforçando tanto para esconder algo. — Beau? Você me ouviu? — ela perguntou, soltando a mão dele e se levantando. — Nós temos que ir. Há muito trabalho a fazer. Beau? Você ficou quieto. Alguma coisa errada?

Beau olhou para ela.

— Sim, Arabella — começou ele. — Alguma coisa está errada. Você está errada. Eu *realmente* amo você.

CAPÍTULO SETENTA E QUATRO

O SILÊNCIO SE ABATEU SOBRE o pequeno quarto de Beau.

As damas pararam de brigar. Todas ficaram imóveis.

Todas, exceto Esperança, que se juntou a Fé. Ela deu uma cotovelada na irmã e disse:

— Veja! *Veja!* É Alegria — apontando para a cortesã que acabara de chegar, uma mulher ruiva, sardenta e sorridente, com curvas exuberantes realçadas por um vestido lilás. Ninguém a via há um século.

Arabella permaneceu tão imóvel quanto o restante de sua corte. Tudo o que ela conseguia ouvir era o bater de seu próprio coração. Como isso aconteceu? Esperança e Fé não tinham encontrado Amor, mas Arabella sabia que o que sentia era real. Poderesse estava errada? Amor estava de fato em algum lugar do castelo? Arabella fechou os olhos, subitamente convencida de que suas damas estavam lhe pregando uma peça cruel. Com medo de que, se ela se movesse, falasse ou sequer respirasse, Beau negaria o que havia dito. Diria que ela o entendera mal. Riria dela.

Segundos se passaram. Meio minuto.

E, então, Beau voltou a falar, com um tom magoado na voz.

— Normalmente, quando alguém faz uma declaração de amor, recebe uma resposta de volta. Mesmo que não seja o que deseja ouvir. Ainda que...

— O que você disse? — Arabella perguntou, sua voz quase um sussurro.

Beau olhou para ela, incrédulo.

— Sinto muito. Por acaso estou atrapalhando seu horário de dormir?

— Não.

— Você não estava prestando atenção?

— Eu *estava*, sim. Mas não posso... Eu não consigo acreditar... Você disse...

— Se eu disse que amo você? Sim, Arabella. Eu disse.

— *A mim?*

— Sim.

— Mas tem certeza de que se referia a *mim*?

— Você só está querendo que eu diga de novo.

Arabella abriu os olhos e encarou-o.

— Sim, Beau. Eu quero. Mais do que eu jamais quis algo em toda a minha vida triste, estranha e horrível.

Mas havia mais tristeza que alegria em seus olhos enquanto falava. Ela era como uma pobre criatura que passou tanto tempo em uma jaula que não conseguia se lembrar de como era a liberdade.

Beau percebeu sua angústia. Ele se levantou e segurou o rosto de Arabella com a mão, passando o polegar por sua maçã do rosto.

— Eu amo você, Arabella. Direi isso mil vezes, se precisar. Se isso for necessário para quebrar a maldição. — Seus olhos procuraram os dela. — Nós a quebramos? Acabou agora?

Arabella balançou a cabeça.

— Ainda não. Há mais uma coisa que precisamos fazer. *Atravessa a ponte, faz o tempo retroceder...*

— *Que os teus medos não te possam deter* — concluiu Beau.

Então, os lábios dele estavam nos dela, e Arabella sentiu o calor do beijo de Beau. E o querer. E uma promessa, que parecia o cheiro de fumaça de lenha em uma noite de inverno. Como um cavalo veloz numa floresta perigosa. Como chegar em casa pouco antes de escurecer.

— Eu amo você, Arabella — repetiu ele. — Amo você, e vamos terminar de construir a ponte e depois vamos atravessá-la juntos. — Ele fez uma pausa e acrescentou, hesitante: — Pelo menos, acho que vamos.

— Acha? — Arabella repetiu, a dúvida obscurecendo sua recém-descoberta felicidade.

— Sim, acho. Estou meio que balançando na corda bamba aqui — confessou Beau, sentindo-se desamparado.

— Eu não entendo.

— *Você*... também... *me*... ama?

Arabella olhou para ele com uma expressão atordoada e incrédula.

— Sim, claro que eu o amo. Não sabe disso?

— Curiosamente, não sei. Dado que você tentou me matar várias vezes.

— Tinha medo de demonstrar. Temia por você, acima de tudo. Que ficasse preso aqui, condenado como todos nós. — Ela tocou-lhe o rosto, precisando dizer a si mesma repetidas vezes que Beau era real, que aquilo era real. — E com medo por mim mesma. Com medo de que você visse meus sentimentos e zombasse de mim por causa deles.

Beau se levantou, conduziu todas as mulheres para fora de seu quarto e fechou a porta. Então, puxou Arabella para os seus braços e a beijou até que nenhum dos dois conseguisse respirar.

— Peça outra camisa a Percival — comandou ela, interrompendo o beijo com relutância. — E depois tome um café. Nós vamos precisar disso. Temos uma ponte para terminar.

Depois de um último beijo, Arabella o deixou e passou correndo pela corte, rumo ao seu quarto.

Do fundo do castelo, o relógio dourado bateu a hora — eram oito horas —, lembrando-a de que o tempo estava se esgotando. Que faltavam tão poucos dias. Ela quase se virou naquele momento. Quase correu de volta para Beau e lhe disse que ele não tinha ouvido a pior parte do poema do relojoeiro — que havia um fim para a maldição, e o prazo estava quase esgotado. Ele entenderia; Arabella sabia que entenderia. Mas uma vozinha assustada dentro dela, traumatizada por um século de tristeza, recusava-se a confiar no amor. Pois há muito tempo lhe diziam que as garotas que sentiam demais, pensavam demais e falavam demais não o mereciam. Aquela voz disse a ela que ficasse calada. Que Beau poderia ficar com raiva se soubesse. Que ela poderia perdê-lo.

E, então, Arabella cometeu um erro terrível. Deu ouvidos à voz.

CAPÍTULO SETENTA E CINCO

CAMILLE DEU UM TAPINHA NA linda abóbora laranja que Gustave acabara de lhe trazer. Ela pegou seu cutelo.

— O que você vai fazer com isso? — ele perguntou.

— Uma charlotte. Para o jantar esta noite — ela respondeu. — Recheada com mousse de abóbora condimentada e finalizada com biscoitos de chocolate.

— Hum! Eu serei sua provadora! — Josette voluntariou-se, empilhando croissants ainda quentes em uma bandeja para o café da manhã de Arabella e Beau.

A cozinha estava fervilhando de empolgação. A notícia sobre o que acontecera no quarto de Beau correra pelo castelo, graças a Esperança e Fé, que eram talentosas na arte de ouvir escondido.

— Amor... — Valmont dissera com ceticismo, as sobrancelhas espessas franzidas, enquanto os criados se amontoavam em torno das duas garotas há uma hora.

— Sim — respondera Esperança.

— Amor *mesmo*, de verdade? — Lucile havia perguntado.

— Sim! — Esperança cantarolara.

— A-M-O-R? — Florian tinha acrescentado.

— Florian, você sabe soletrar! — Fé havia dito, batendo palmas de mentirinha. — Quer que eu lhe ensine mais algumas palavras de quatro letras?[4]

---

4. No inglês, a maioria dos palavrões tem quatro letras. (N.T.)

— Ela está aqui, então. Em algum lugar. A outra irmã de vocês? — Valmont perguntou às meninas. — Ninguém a viu.

— Deve estar — respondeu Esperança. — Arabella se apaixonou, não foi?

— Só não a encontramos, ainda — acrescentou Fé.

— Mas vamos encontrar. Nós *vamos* — acrescentou Esperança, como se tentasse convencer a todos. E a si mesma.

— Você sabe o que isso significa? — Percival perguntou, com a voz baixa.

— Isso significa que Lady Arabella cruzará a ponte. E a maldição será quebrada — respondeu Phillipe. — Isso significa que viveremos.

Percival apertou o pano de cozinha que segurava até os nós dos dedos ficarem brancos. Ele olhou para Phillipe.

— Você se lembra? — Percival perguntou para Phillipe. — Da casinha de pedra na floresta?

Todos se lembravam. Os dois haviam comprado o chalé com suas economias suadas, na esperança de um dia se aposentarem lá.

Por um longo momento, Phillipe não conseguiu responder.

— Sim — ele finalmente falou, trocando com Percival um olhar de anseio e esperança que demorara um século para acontecer.

Todos os criados tinham esperança, embora isso os assustasse. Esperavam sair do castelo e atravessar a ponte também. Esperavam nunca mais ouvir o relógio dourado marcando os minutos, as horas e os anos de suas vidas. Mas outras habitantes do castelo não receberam a notícia com alegria.

Lady Horgenva e Lady Vildam dePuisi irromperam na cozinha agora em um redemoinho de cinza e vermelho, gritando para os criados. Uma carregava um pedaço de corda; a outra, um par de algemas de ferro.

— Onde elas estão? Enfiando os dedos sujos na massa? Roubando doces? — Vildam dePuisi perguntou imperiosamente.

— As crianças que você procura não estão aqui, Vossas Senhorias — respondeu Percival, com a voz fervendo de desprezo.

Vildam dePuisi percebeu.

— Cuidado, meu velho — ela o advertiu. — Ainda estamos no comando aqui. *Você* gostaria de passar algum tempo trancado na adega? Posso providenciar isso.

Enquanto ela falava, Rémy se aproximou delas, carregando uma travessa de salsichas para o café da manhã. Estava tão imundo como sempre, salpicado de gordura, manchado de cinzas, deixando um rastro de aromas de sálvia, tomilho e noz-moscada.

Os lábios desajeitadamente pintados de carmim de Vildam dePuisi formaram uma careta quando ele passou. Ela agarrou as grandes e berrantes pérolas em volta do pescoço e começou a ter espasmos de ânsia, como um gato vomitando uma bola de pelo.

— Santo Deus, que *fedor*! — ela gritou. Rémy parou e olhou para ela, incerto.

Horgenva atacou.

— Sim, é isso mesmo. Ela está falando de *você*, seu pivete fedorento.

O garotinho se encolheu. Suas bochechas ficaram vermelhas sob a sujeira.

Horgenva viu sua humilhação; seus olhos brilharam cruelmente.

— Você *fede*. Você é imundo e nojento. Nunca se lava?

Os olhos de Rémy se encheram de lágrimas. Ele recuou como um cachorrinho que levou um chute. Camille apertou o cabo do cutelo com mais força.

— Vamos, Rem. O chef precisa de alguns ovos.

Foi Henri quem falou isso. Ele conduziu o menino até a mesa de trabalho de Phillipe, tirou a bandeja dele e a colocou sobre a mesa. Rémy esfregou os olhos com o punho cerrado. Henri se ajoelhou ao lado dele.

— O chef também precisa de batatas e cebolas. Você pode me ajudar a carregá-las?

Rémy assentiu.

— Bom rapaz — Henri disse, dando tapinhas nas costas dele. Depois saiu, com o menino trotando logo atrás.

— Está satisfeita, Lady Horgenva? Você fez uma criança chorar — disse Camille.

— *Satisfeita?* Santo Deus, não. Estou eufórica! — Horgenva respondeu.

Camille ergueu o cutelo.

— Saia daqui. Antes que eu a jogue para fora. Em pedaços.

Horgenva abriu a boca, horrorizada. A cabeça de Vildam dePuisi girou na direção de Camille. Seus olhos de boneca se estreitaram; seu sorriso se alargou.

— Coitadinha, você realmente acha que tudo terminou, não é? — ela disse. — O grandioso final com todos vivendo felizes para sempre? Só porque Esperança e Fé estão correndo pelo castelo como duas lunáticas fugitivas. Mas está se esquecendo de uma coisa... Amor não está aqui. Alguém a encontrou? Não. O que quer que Arabella e o ladrão *pensam* sentir um pelo outro — atração, paixão, luxúria — *não* é amor.

Camille bateu com o cutelo na abóbora com tanta força que ela se partiu em duas.

Vildam dePuisi olhou para as metades carnudas e cruas, balançando para a frente e para trás na mesa. Seus dedos ajeitaram nervosamente um botão do vestido.

— Venha, Horgenva — ela chamou. — Estamos distraindo a criadagem.

As duas damas saíram da cozinha e seguiram pelo corredor em direção ao grande salão, mas pararam para ouvir as vozes dos criados que lhes chegavam da cozinha.

— Não podemos desistir. Esperança e Fé são fortes — disse Camille.

— Elas sobreviveram todos esses anos — acrescentou Percival.

— Talvez sejam suficientes — arriscou Josette.

Vildam dePuisi agarrou o braço de Horgenva, exultante.

— Você ouviu a palpitante preocupação em suas vozes? A incrível inquietação? O maravilhoso medo?

Horgenva arqueou uma sobrancelha.

— Eu ouço a aliteração estúpida na sua.

Vildam dePuisi beijou a bochecha oleosa de Horgenva, deixando ali uma mancha de carmim, depois a agarrou pelo braço e a arrastou junto de si.

— Os mortais são *tão* tolos — enfatizou ela. — Eles partem seus próprios corações repetidas vezes, daí se postam entre os pedaços quebrados e declaram que o amor vence tudo. — Ela explodiu em uma gargalhada estridente. — Quatro dias, Horgenva, minha querida. Só mais quatro dias. Então, o tempo acabará, o castelo desmoronará e nós venceremos.

CAPÍTULO SETENTA E SEIS

PODERESSE OS OBSERVAVA, ARABELLA E Beau.

Eles estavam sentados à mesa de jantar, xícaras e pratos espalhados, cabeças unidas. Estavam debruçados febrilmente sobre um desenho revisado que Arabella havia feito para a última seção da ponte.

Poderesse fora informada da conversa que acontecera há poucos dias no quarto de Beau. O sangue escuro que corria em suas veias ferveu quando ela viu outras damas da corte — damas que haviam sido banidas para as sombras — ressurgirem: Compaixão. Orgulho. Vulnerabilidade.

A maldição terminaria no dia seguinte, à noite, quando o relógio batesse meia-noite, e a ponte estava quase concluída. E se o ladrão realmente conseguisse quebrar a maldição? Isso significaria o fim dela.

Não, isso não vai acontecer, assegurou Poderesse a si mesma. *Não pode.*

Ela conhecia os termos da maldição: Arabella deveria aprender a amar e ser amada em troca. Mas a terceira maldita irmã não fora encontrada. Porque ela não estava ali; Poderesse tinha certeza disso. O ladrão era uma mera paixão, uma fantasia passageira. Arabella não o amava. Era impossível.

Poderesse inclinou-se para Pluca, que lia um livro, e sussurrou:

— Preciso de alguns minutos com ele. A sós. — Ela apontou para o copo de água de Arabella, que havia sido empurrado para perto da beirada da mesa. — Veja o que pode fazer.

Pluca levantou-se e fechou o livro.

— Está frio esta manhã, Lady Poderesse — disse ela. — Vou buscar um xale. Não vou demorar nadinha.

Pluca caminhou em direção à mesa, parou perto de Arabella e fez-lhe uma rápida reverência, como era de costume. Ao se levantar, porém, e continuar seu caminho, ela tropeçou. Seu livro voou. Seu corpo balançou para a frente. Parecia que ela iria cair no chão, mas, no último momento, conseguiu se segurar na beirada da mesa... e derrubar o copo de água de Arabella em seu colo.

Arabella ofegou quando a água fria encharcou sua roupa.

Pluca ofegou ainda mais alto. Suas mãos taparam a boca.

— Sinto muito, Vossa Senhoria! Eu sou tão desajeitada. Tão imprestável. Tão ruim *em tudo*.

— Chega, Lady Pluca — pediu Arabella, levantando-se. — É só água. — Ela olhou para Beau. — Vou me trocar. Só levará um minuto. Encontro você na casa de guarda.

Beau também se levantou. Ele deu uma última mordida em um pãozinho, que engoliu com um gole de café. Então, vestiu o casaco.

Poderesse juntou-se a ele.

— Que sorte a desajeitada Lady Pluca não ter estragado seu desenho. É definitivo? — ela perguntou casualmente.

— Esperamos que sim — respondeu Beau, olhando-a com desconfiança.

O olhar de Poderesse pousou no desenho.

— Meu Deus, mas essa ponte é estreita. — Ela olhou para Beau. — Será que é forte o suficiente para sustentar vocês dois?

Beau começou a enrolar o desenho.

— O que exatamente está me perguntando, Lady Poderesse?

Poderesse colocou a mão em seu braço. Ao toque dela, a luz brilhante em seus lindos olhos diminuiu. A cor em suas bochechas desapareceu. E seu pulso, tão forte e acelerado, enfraqueceu um pouco.

— Gostaria de ver essa sua ponte maravilhosa — comentou Poderesse. — Venha, vamos caminhar juntos. — Seu xale estava acomodado na dobra dos cotovelos. Ela o enrolou no pescoço e depois passou o braço pelo de Beau.

Os dois atravessaram o grande salão, saíram do castelo e passaram pelo pátio coberto de neve. Poderesse comentou sobre o vento frio e as nuvens velozes, prevendo um dia claro e ensolarado, um bom dia para construir.

Cruzaram a casa de guarda e, ao chegarem à soleira mais distante, ela soltou o braço de Beau. Seus olhos percorreram as estacas cruzadas, marchando aos pares no meio do fosso, a passarela estreita.

— Devo dizer que é engenhoso. Está de parabéns, senhor Beauregard. — Poderesse virou o rosto para ele. — Conheço o plano. Amanhã você atravessa, não? Logo ao amanhecer?

— Não, ao meio-dia — respondeu Beau. — Assim, o sol pode derreter qualquer gelo nas tábuas.

Poderesse balançou a cabeça com pesar.

— Ah, meu esperançoso jovem amigo. Pensa que pode ajudá-la, mas não pode.

— Já a ajudei — rebateu Beau desafiadoramente. — E ela me ajudou.

Os olhos de Poderesse ficaram duros como obsidiana.

— Não entregarei Arabella a você, não sem lutar. Eu sei quem ela é. Sei do que é capaz. E, apesar disso, eu me importo com ela. Sou a única que realmente fez isso.

— Eu também me importo com ela, Lady Poderesse.

— Você? — Poderesse desviou o olhar para o outro lado do fosso. — Imagine por um momento que vocês dois realmente consigam quebrar a maldição e devolvê-la ao seu estado anterior. Então, o quê? Um final de contos de fadas? — A mandíbula de Beau se contraiu. Poderesse percebeu e partiu para o golpe de misericórdia. — Acho que não. E você também. Ah, você pode querer ser o cavaleiro de armadura brilhante, cavalgando para salvar a donzela, mas não pode ser. Porque, no fundo, sabe que não é bom o suficiente para ela. Ela é erudita, culta, refinada. Uma membra da aristocracia. E você?

Ela riu com desdém e, ao fazê-lo, seu rosto mudou, derretendo e se transformando. E, de repente, não era Poderesse que estava diante dele, mas, sim, o xerife, depois de ele ter acabado de trancafiá-lo numa cela. Beau queria correr, mas o horror o congelou no local. Poderesse abriu a boca para falar, e as palavras saíram com voz de homem.

Uma surra é pouco para você, garoto, você não passa de um ladrão...

Seu rosto mudou novamente, desta vez para o do professor.

Você não tem lugar na minha escola, garoto, você não passa de um ladrão...

E, então, o do padre.

Você não é bem-vindo nesta santa igreja, rapaz, você não passa de um ladrão...

— N-não... *não*. Não é verdade... — Beau gaguejou, balançando a cabeça, mas seu protesto foi fraco. As palavras de Poderesse esgotaram o espírito de luta nele.

— Eles estavam certos, não estavam? — Poderesse murmurou, assumindo novamente sua forma. — Você realmente não passa de um ladrão, Beauregard. Um garoto sem importância dos bairros miseráveis. Seu pescoço deveria ter sido quebrado por uma corda anos atrás. Não tenho dúvidas de que isso acontecerá em breve.

Os olhos de Beau estavam opacos. Seus ombros, caídos. Poderesse apertou-lhe o braço com força e levou-o para perto da soleira. Um passo, depois outro, conduzindo-o não para a estreita passarela de tábuas da ponte, mas à direita dela, onde não havia nada, a não ser uma queda abrupta no fosso.

— Arabella precisa de amor para quebrar a maldição, sim, o amor de um *bom* homem. Se você realmente se importa com ela, seja um bom homem. Pela primeira vez na vida, faça a coisa certa. Quando amanhã chegar e você atravessar aquela ponte, faça-o sem ela.

O olhar de Beau baixou para o chão. Ele tentou afastar a desesperança que o imobilizara.

— Você... você está...

— *Certa* — concluiu Poderesse, aproximando-o da borda. — Sempre estou. Eu o vejo, Beau. Vejo o homem que você realmente é: astuto, desonesto, egoísta, e sei que nunca escapará de ser este homem, não importa o quanto tente. É tarde demais. Você fez muita coisa errada. Causou muito dano.

E, então, Beau prendeu o dedo do pé em alguma coisa e tropeçou. Ele olhou para baixo. Era um coelho morto.

— Que diabos isso está fazendo aqui? — Poderesse resmungou, chutando-o para o lado. — Ela puxou o braço de Beau novamente; eles estavam a apenas dois passos da borda agora. Mas, desta vez, Beau, ainda olhando para o coelho, não se mexeu. — Venha — ela o persuadiu suavemente. — Apenas mais um passo...

Beau estava resistindo, lutando, tentando recuperar alguns últimos resquícios de força. Poderesse já tinha visto isso muitas vezes. Os mortais muitas vezes faziam uma tentativa final e fútil de escapar antes de sucumbirem a ela. Isso a lembrava de uma gazela tentando se libertar das garras do leão, de um rato fugindo da sombra da coruja. Tão nobre. Tão corajoso. Tão absurdo.

Ela esperou que Beau percebesse que era impossível, esperou que cedesse. Mas ele não o fez. Endireitou as costas e levantou a cabeça. Foi necessária uma grande força de vontade. Foi custoso; dava para ela ver que sim. O medo convulsionou seu coração murcho. Ela esperou, silenciosamente o incitando a falhar. Em vez disso, houve um afluxo de sangue às bochechas de Beau. O fogo acendeu em seus olhos, e ele afastou com brusquidão o toque dela como um cachorro sacudindo a lama.

— Você está certa, Lady Poderesse — começou. — Eu não sou bom. Mas Arabella é. E ela merece mais que roedores mortos, este lugar, você. Ela merece uma chance de provar isso. — Ele pegou o coelho, caminhou até a soleira e jogou-o no fosso. — Se me dá licença, tenho uma ponte para construir — declarou com uma voz dura como granito e com determinação.

Poderesse recuou, horrorizada. Então, ela se virou e correu da casa de guarda para o castelo. Pela primeira vez, encarou a possibilidade de seu próprio fracasso.

Pois Poderesse tinha feito algo que raramente fazia: cometera um erro.

O ladrão era esperto. Ele ensinara Arabella a roubar.

E a primeira coisa que a selvagem garota roubara foi seu coração.

CAPÍTULO SETENTA E SETE

É MEIA-NOITE, E ARABELLA CORRE.

Sob a pálida lua prateada. Pelos campos brancos. E para a floresta.

Em busca de um cervo.

Seus membros poderosos a transportam pelos leitos dos riachos. Suas patas largas atravessam o gelo fino como casca de ovo. O choque da água fria a faz ofegar e depois rir.

Ela atravessa samambaias e arbustos, sob galhos de pinheiro, passando por pedras.

O cheiro resinoso das sempre-vivas, a argila bolorenta do chão da floresta, o aroma mineral da neve recém-caída — esses perfumes são mais delicados para ela que o caro almíscar ou o âmbar-gris. Eles fazem seu sangue correr nas veias. Eles a estimulam.

Ali na floresta, sem amarras e sem ser observada, a fera dentro dela é livre para querer. Para perseguir o que deseja e pegá-lo. Sem vergonha. Sem culpa. Sem desculpas.

Hoje, depois do amanhecer, ela se livrará dessa pele pesada para sempre. Banirá sua corte sombria e difícil, e nunca mais olhará para seus rostos. Ela sairá do castelo e atravessará aquela ponte. Hoje, a maldição será quebrada.

E, no entanto, ao sair da floresta com folhas no pelo e terra sob as garras, à medida que a aurora cinzenta se ergue sobre as árvores, não são os raios do sol da manhã nos seus olhos que a fazem piscar.

São suas próprias lágrimas.

CAPÍTULO SETENTA E OITO

Era a última vez.

A última vez que Beau andaria nas sombras. A última vez que entraria furtivamente na casa de outra pessoa. A última vez que ele arrombaria uma fechadura.

Ele seria um homem melhor daqui em diante. Por Arabella. Por Matti.

— Eu juro — ele sussurrou.

Mas eles teriam que quebrar a maldição primeiro. *Hoje*. Arabella havia dirigido ela mesma e todos ao seu redor impiedosamente no dia anterior, tentando terminar a ponte. Quando Beau perguntou por que estava tão ansiosa, ela murmurou algo sobre tempestades de neve. Eles trabalharam duro e quase concluíram na noite anterior, mas, então, chegou a meia-noite e, com ela, a fera, forçando-os a entrar em casa. Beau também estava tenso no dia anterior, mas por um motivo diferente: Poderesse. Ela pretendia detê-los. Havia tentado matá-lo há dois dias, e ele não tinha dúvidas de que tentaria novamente. Razão pela qual ele se movia tão furtivamente pelo castelo agora, logo após o amanhecer, determinado a evitá-la. Ele estava sujo, suado e com os olhos sonolentos. Saiu do quarto pouco depois da meia-noite e voltou para terminar a ponte com as palavras de Poderesse ecoando em sua cabeça. *Não entregarei Arabella a você, não sem lutar*. Ele acreditava nela; Poderesse não brincava.

Os pinos da fechadura cederam. O deus dos ladrões estava com ele. Ele abriu uma fresta da porta, rezando para que as dobradiças não rangessem, então se espremeu para dentro do quarto e fechou-a.

Um sorriso se abriu em seu rosto quando a viu, a luz pálida da manhã banhando-a. Ela estava esparramada de bruços na cama enorme, a cabeça pendendo para um lado, os braços pendurados em direção ao chão, as pernas emaranhadas nos lençóis, um pé descalço sobre um travesseiro.

Ele caminhou em direção a ela, evitando os rastros lamacentos no chão. As folhas mortas. O esquilo meio mastigado. Ele precisava acordá-la. Os dois tinham de ir. Antes que os criados acordassem. Antes que Poderesse pudesse cumprir sua ameaça.

Ele precisava ter cuidado, no entanto. Se a assustasse, se ela gritasse, Poderesse, Horgenva e as demais assombrações viriam correndo.

— Arabella! — ele sussurrou. Nada. — Arabella, acorde!

Um grunhido. Alguns roncos.

Beau olhou nervosamente para a porta.

— *Vamos*, Arabella... — Ele atravessou o quarto silenciosamente e fez cócegas na sola do pé dela.

— Erf. Blerg. Hahaha.

— ARABELLA!

Arabella sentou-se e virou-se. Seus olhos se arregalaram. Ela respirou fundo, pronta para soltar um grito ensurdecedor.

— Shhh! — Beau sussurrou, tapando-lhe a boca com a mão. — Sou eu!

Arabella afastou a mão dele com um tapa.

— O que você está *fazendo*? — ela sibilou. — Quase me matou de susto!

— Precisamos ir. Agora mesmo.

— Isso vai ser difícil — rebateu ela, sonolenta. — Considerando que a ponte não está terminada.

— Está. Está pronta. Trabalhei durante a noite. Coloquei as últimas tábuas pouco antes do amanhecer. Eu não queria que ninguém soubesse. Não queria que Poderesse descobrisse. Ela vai tentar nos impedir, Arabella. Sei que vai. Alguns dias atrás, eu menti para ela. Disse que partiríamos ao meio-dia. Ela não está esperando que partamos agora. É exatamente por isso que vamos.

Arabella sentou-se na cama e piscou, recuperando a plena consciência. O decote de sua camisola havia escorregado sobre um ombro. Seu cabelo solto caía-lhe pelas costas. Suas bochechas estavam coradas. Beau não conseguia tirar os olhos dela. Arabella o viu olhando para ela.

— Quer me beijar tanto quanto eu quero beijá-lo? — ela perguntou.

— Mais. Porém, se eu fizer isso, nunca sairemos deste quarto.

— Do outro lado da ponte, então.

— Sim, do outro lado. Cem vezes, espero. Mas agora você precisa se vestir. *Rápido*, Arabella.

Arabella entrou em seu closet. Então, quase imediatamente, colocou a cabeça para fora.

— Beau, o que eu visto? — ela gritou. — O que faremos quando chegarmos do outro lado? — Ambos estiveram tão ocupados construindo a ponte que nenhum deles pensou no que aconteceria depois que a atravessassem.

— Tenho que ir a Barcelona, para buscar Matti — respondeu Beau. — Mas voltarei para você, Arabella, eu juro.

— Eu vou com você.

— Você não pode — disse Beau. — É uma viagem longa e difícil pelas montanhas no inverno.

— Você está falando com uma garota que passa as noites ao ar livre, na neve, e come roedores no café da manhã. Posso dar conta das montanhas.

Beau quis protestar, mas viu a determinação nos olhos dela e sabia que essa era uma discussão que perderia. Ele viu algo mais ali também: bondade. Arabella sabia o que seu irmão mais novo significava para ele e queria ajudar a reuni-los. Ninguém mostrava bondade para com ele, não há muito tempo, e Beau teve que engolir em seco uma ou duas vezes antes de conseguir dizer:

— Obrigado.

Arabella vestiu-se rapidamente com roupas quentes e botas de couro, colocou algumas moedas de ouro em uma pequena bolsa igualmente de couro e, momentos depois, eles estavam saindo de maneira furtiva de seus aposentos, com as mãos entrelaçadas.

— Conheço um atalho — anunciou ela, liderando o caminho.

Beau a seguiu, cauteloso e tenso, os olhos esquadrinhando os corredores. Não precisavam ir muito longe e não havia razão para pensar que não conseguiriam. Ninguém esperaria que eles acordassem tão cedo. As damas da corte ainda estariam dormindo. Beau, no entanto, sabia que não devia subestimar Poderesse.

Ela era como uma víbora sob folhas mortas. Um escorpião. Uma aranha venenosa.

Algo que não se espera até que seja tarde demais.

CAPÍTULO SETENTA E NOVE

— Levem alguns pãezinhos! — Camille sussurrou, colocando um pacote quente embrulhado num pano nas mãos de Beau. — Vocês querem um pouco de geleia?

— Camille, o que vamos fazer com pãezinhos e geleia? — Beau sussurrou de volta.

— Comê-los? — Esperança se aventurou.

— Você nunca deve ir a lugar nenhum sem pãezinhos e geleia — aconselhou Fé.

Os cinco estavam na cozinha, tentando manter a voz baixa. Camille certificou-se de que Beau e Arabella também tivessem chapéus, cachecóis e luvas quentes.

— O sol já nasceu. Em breve, a corte também estará de pé. Precisamos *ir* — disse Beau. — O que acontece quando uma maldição é quebrada, afinal? Há relâmpagos ou algo assim?

— Não sei. Nunca quebrei uma antes — respondeu Arabella.

— Eles voltarão para nós, os do relógio. É isso que vai acontecer — explicou Camille. — Volte para nós também, senhora — acrescentou ela, pegando a mão de Arabella.

— Farei isso, Camille — prometeu Arabella, cobrindo a mão da padeira com a sua.

Um baque foi ouvido no andar de cima. Os olhos de todos se voltaram para o teto.

— É Percival — constatou Camille. — Descerá aqui em breve. Ele prepara uma bandeja de chá para a senhora e a leva para seus aposentos.

— Lady Poderesse a tira dele — acrescentou Arabella. — Ela o encontra diante da minha porta. Se ele está acordado, é mais tarde do que eu pensava. Ela provavelmente estará lá agora, perguntando-se onde...

— Lady Arabella! — A voz de Poderesse, estridente e alarmada, veio do grande salão. — Percival! Valmont! Onde está a senhora? Ela não está na cama!

— Hora de ir! — Fé sussurrou, agarrando o braço de Esperança e se dirigindo para a porta dos fundos.

— Vá, senhora! Rápido! Eu vou retardar Lady Poderesse — sussurrou Camille.

Beau e Arabella foram atrás das duas garotas, mas então Arabella parou e voltou, as palavras de Camille ecoando em seus ouvidos. *Eles voltarão para nós... os do relógio...*

— Foi você, não foi? — Arabella perguntou a Camille. — Foi você quem levantou o rastrilho.

Camille assentiu, preparando-se para a raiva de Arabella.

Em vez disso, Arabella a abraçou.

— Obrigada! — ela sussurrou em seu ouvido. E então desapareceu, correndo pela porta dos fundos atrás dos outros. Em direção à casa de guarda. E à liberdade.

CAPÍTULO OITENTA

— ESTE É O GRANDE momento — disse Beau. — Vou primeiro e verificarei se há pontos fracos. Depois que eu terminar, você começa.

Ele falava demais. Estava nervoso. Arabella podia ver isso.

— Ficaremos bem — assegurou ela. — É forte o suficiente para nos aguentar. Ela aguentou você, Henri e Florian enquanto a construíam.

— Mal e mal — acrescentou Beau, com preocupação em sua voz. Ele olhou para o outro lado da ponte. — Certo, então. Estou indo. Mas há uma coisa que quero fazer primeiro...

Ele a abraçou e o tempo parou para Arabella. A jovem fechou os olhos, sentindo seu calor, o subir e descer de seu peito, a batida de seu coração sob sua mão.

— É a minha última chance de abraçar a garota-fera — ele sussurrou. — Vou sentir falta dela.

Beau a segurou por mais um instante e então se foi, atravessando a ponte. Andava com cuidado, estendendo os braços para se equilibrar, o pacote de pãezinhos de Camille preso em uma das mãos. Não havia grade para impedir sua queda. Não havia nada além das estacas e das tábuas finas esticadas entre elas. Arabella podia ouvi-las rangendo e estalando sob seus pés.

— Vá. Continue caminhando. Não pare — ela sussurrou, incentivando-o.

Os monstros no fosso ouviram o gemido das tábuas, sentiram as vibrações dos passos de Beau. Um por um, foram surgindo, os rostos torturados contraídos em grunhidos de maldade, as mãos ossudas arranhando o ar.

O coração de Arabella saltou pela boca uma vez, quando uma tábua gemeu e depois cedeu assustadoramente, mas Beau atravessou-a e, então, por um milagre, alcançou o outro lado. Ele pisou na outra margem, largou o pacote e se virou.

Arabella viu um amplo e lindo sorriso se espalhar por seu rosto. Ele olhou para ela, acenando.

— Não caiu! Dá para acreditar? Vamos, Bellinha! Atravesse!

Arabella sentiu uma mão deslizar na sua. Ela olhou para baixo. Esperança estava ali.

— Vá — incentivou a garotinha.

Fé estava ao lado dela.

— E rápido — acrescentou, apontando para a ponte. — Toda a fé do mundo não vai manter esse monte de lixo de pé.

Arabella levou a mão de Esperança aos lábios e beijou-a. Depois, abraçou Fé. Então, começou a andar. Os primeiros passos foram fáceis. A passarela mal se movia sob seus pés. Mas, à medida que avançava, as tábuas começaram a balançar. Ela precisou estender as mãos ao lado do corpo, como Beau fez, para manter o equilíbrio. Deu mais alguns passos e então uma rajada de vento soprou, sacudindo a ponte e desequilibrando-a. Seus braços giraram como um moinho de vento; seu estômago também. Ela parou, respirou fundo, recuperou o equilíbrio e continuou.

— Continue caminhando! Você está indo bem! — Beau gritou.

Mais alguns passos, alguns metros a mais, e, então, Arabella cometeu o erro de olhar para baixo. As águas escuras e cinzentas pareceram subir até ela; um dos monstros escancarou a bocarra negra. A tontura se apoderou dela; Arabella cambaleou para o lado.

— Arabella, ei! Olhe para cima! Olhe para mim! — gritou Beau.

A nitidez em sua voz a tirou da vertigem. Ela fixou o olhar nele, firmou a respiração e continuou andando. Se olhasse para cima, não para baixo, se mantivesse os olhos nele, ela conseguiria. Mais dois passos conquistados. Mais cinco. Seu coração pulou de alegria. Ela estava realmente atravessando a ponte.

Mas sua felicidade durou pouco. Pois, quando estava exatamente na metade da ponte, ela descobriu que não conseguia mais avançar. Nem um passo, nem um centímetro.

Não porque a altura da ponte a deixou tonta ou porque as criaturas que gemiam e se agitavam abaixo dela a assustavam, mas porque um muro, invisível e impenetrável, bloqueava seu caminho.

Arabella sentiu como se seu coração tivesse saído do corpo e caído no fosso, para ser dilacerado pelas coisas sem alma ali embaixo. Ela baixou a cabeça, lutando contra as lágrimas.

— Que idiota você é — disse para si mesma. — Uma tola por ter tido esperança. Uma tola por ter acreditado.

Ela amava Beau. De todo coração. Mas ele não a amava; apenas dissera que sim. Por pena, talvez. Ou talvez por ganância. Afinal, ele era um ladrão, não era? Se ele realmente a amasse, a maldição estaria quebrada; não haveria um muro entre eles.

— Vamos! Não pare, Arabella! Continue andando! — Beau gritou.

— *Não consigo* — ela gritou.

Fora assim que aconteceu todas as outras vezes. Um muro, no meio do caminho. Detendo-a. Fazendo-a voltar. Para os servos de coração partido. Para as figuras do relógio. Para a prisão sombria que era sua vida.

— Claro que você consegue! Apenas não olhe para baixo. Olhe para mim!

Arabella ergueu o rosto.

— Não funcionou. Isso nunca iria funcionar. Mas você sabia disso, não é?

— Do que está falando? Você está na metade do caminho! Simplesmente continue!

Arabella balançou a cabeça. Ela ergueu as mãos sobre a cabeça e deu um tapa no ar acima dela, mas suas mãos não o atravessaram. Elas pararam de repente, com força, batendo ruidosamente contra uma barreira que ninguém conseguia ver.

Beau olhou para ela, perplexo. Ele deu alguns passos à frente.

— Não. *Não*. Apenas fique aí, Arabella. Estou indo buscá-la.

E, então, ele voltou correndo pelas tábuas estreitas. Ela viu que as tábuas se curvaram e estalavam quando os pés dele passavam sobre elas. Um par de estacas cruzadas balançou para a frente, torcendo a passarela. Seu coração apertou de medo. Se ela não o impedisse, agora mesmo, as estacas soltas cairiam; a passarela desabaria sob seus pés. Ele cairia no meio do fosso, onde ninguém poderia ajudá-lo. Os monstros o despedaçariam.

Ela precisava fazê-lo voltar.

— Pare, seu idiota! — gritou para ele, afastando-se do muro invisível. — Você vai derrubar toda a ponte! Vai matar nós dois!

Mas ele já estava na metade do caminho.

— Eu vou até você! — ele gritou, batendo as mãos contra o muro. — Vou encontrar uma forma de contornar isso!

Arabella forçou uma risada forte e palavras mais duras.

— Não se dê ao trabalho. Claro que há um muro. É claro que não quebramos a maldição. Você pensou por um momento que eu poderia me apaixonar por *você*? Você não passa de um ladrão.

Suas palavras atingiram Beau como uma flecha no coração.

— O que está dizendo? — Ele balançou a cabeça, magoado e confuso. — Esta não é você. Você está transtornada...

— Ah, mas esta sou eu, sim. O que você está vendo é a verdade, Beau: uma fera, por dentro e por fora. Não entende? Eu apenas fingi. Para fazê-lo construir uma ponte. Para você ir embora. De que outra forma eu poderia me livrar de você?

— Arabella...

Seu nariz enrugou.

— *Vá* — ela rosnou.

A dor nos olhos de Beau se aprofundou. Ele pegou impulso e socou o muro. De novo e de novo. Até que seu punho estava coberto de sangue. E então ele se virou e se afastou dela. Parou quando chegou ao outro lado da frágil ponte, só por um momento, como se fosse se virar e falar com ela novamente, mas não o fez. Em vez disso, começou a andar em direção à floresta escura. As árvores o acolheram e depois se fecharam em torno dele. E ele se foi.

— Você está livre — sussurrou Arabella.

O alívio a inundou, mas foi seguido por uma onda de tristeza tão intensa que ela caiu de joelhos na ponte. Tristeza por Valmont e Percival, Camille, seus pais e todos os outros dentro do castelo que desejavam se livrar da maldição, mas nunca o fariam. Ela não sentiu tristeza por si mesma, apenas um profundo desejo de acabar com isso. Depois de cem anos, tudo o que queria era alívio. Da culpa. Do remorso. Do desespero. Poderesse tinha razão, sempre tivera: o amor a abandonara.

Ela sentiu uma mão em seu ombro.

— Venha, criança — chamou uma voz oca.

Arabella assentiu e se levantou. O relojoeiro estava atrás dela, esbelto e elegante em seu terno preto. Ele a conduziu de volta à casa de guarda. Quando ambos estavam lá dentro, ele se virou, ergueu a mão pálida e fez um movimento em espiral. No fosso, as águas começaram a se agitar. Os monstros rodearam as estacas como um enxame. Alguns se jogavam contra elas, alguns as puxavam, outros batiam os crânios nas estacas repetidas vezes, até que elas estremeceram e balançaram, as cordas que as prendiam se romperam e elas caíram no fosso, arrastando a passarela junto.

Arabella observou o relojoeiro destruir seu trabalho. Ficou olhando até que a última tábua tombou na água. Até que a última estaca caiu e nada restou do que ela e Beau construíram juntos. E, então, ela seguiu o relojoeiro pela casa de guarda, atravessando o pátio e entrando no castelo.

Olhou para trás uma vez, apenas uma vez, antes que as pesadas portas de madeira se fechassem atrás dela.

CAPÍTULO OITENTA E UM

VOCÊ SABIA QUE A MORTE estava chegando.

Você viu nos olhos dele o que ele pretendia fazer, muito antes de ver a faca.

Mas o que poderia fazer? Ela era uma rainha e ele um caçador.

E você? Você era uma garota. E ninguém pode deixar isso assim.

Ele pensou que tudo estava acabado quando jogou a faca no chão, mas você sabia que estava apenas começando.

Você correu até o caçador enquanto ele subia na sela, implorando, agarrando as rédeas, mas ele a chutou para longe.

Você ficou lá chorando enquanto ele partia. Então, o pânico se instalou. Gritou até ficar rouca.

A primeira noite foi a pior. Você nunca conheceu tanta escuridão. Tanta solidão. Tanto medo. Aprendeu tanto enquanto tentava não morrer. O que era seguro comer. Onde encontrar água. Como se esconder de coisas que fungam e grunhem.

Você saiu daquela floresta há muito, muito tempo, mas parte de você ainda está lá e sempre estará. Perdida para sempre. Sempre faminta. Sempre com medo.

Há momentos em que você deseja que o caçador tivesse sido corajoso o suficiente para seguir as ordens.

Há momentos em que você pensa que a rainha estava apenas tentando ser gentil.

Acontece que ela sabia algo que você não sabia: ninguém pode partir seu coração se você não tiver um.

CAPÍTULO OITENTA E DOIS

Ele merecia aquilo.

De quantas pessoas ele roubara? A quantos mentira e enganara?

Enquanto Beau caminhava com dificuldade pela floresta coberta de neve, sua própria corte de emoções o atormentava. Ele se sentia ferido. Com raiva. Desnorteado. Arrasado.

Arabella lhe dissera que o amava. O que ele sentiu quando ela o tocou e o beijou, fora real. Ela não era uma mentirosa boa o suficiente para fingir. Ninguém seria capaz disso.

Mas então as palavras dela voltaram para ele, e ele sabia que era apenas uma ilusão... *Você pensou por um momento que eu poderia me apaixonar por você? Você não passa de um ladrão...*

Ela não o amava, isso era fato. Se amasse, teria conseguido cruzar a ponte. O muro invisível também era real. Ele sentira isso com as próprias mãos. Seu desânimo se aprofundou ao se lembrar de como Esperança e Fé procuraram sua irmã, mas não a encontraram. Claro que não. O que Amor iria querer com pessoas como ele?

Sem fôlego, Beau parou de andar por um momento, inclinou a cabeça para trás e olhou para o céu cada vez mais baixo. As palavras do poema do relojoeiro voltaram para ele.

E, quando a amar aprenderes por fim,

Tu também serás amada enfim.

Quando Arabella amasse verdadeiramente, seria livre. Mas ela não fez isso, então não se libertou. Talvez da próxima vez. Quando um homem melhor aparecesse.

Beau desejou poder odiá-la, simplesmente. Isso tornaria as coisas muito mais fáceis. Mas ele não a odiava; ele a amava, sentia falta dela e a queria ali, ao seu lado. Sentia falta de juntar ideias, de quebrar a cabeça com ela tarde da noite na mesa do grande salão, com um bule de café quente e um prato de bolos por perto. Sentia falta de martelar, bater e construir aquela ponte de baixa qualidade. Sentia falta de comemorar cada vez que uma estaca era fincada e de xingar — de maneira precisa e criativa — cada vez que outra caía.

Houve uma época em que ele pensava que arrombar uma fechadura diabolicamente difícil ou invadir uma mansão bem guardada era a forma mais elevada de conquista, a maior coisa a que poderia aspirar, mas seu tempo com Arabella lhe ensinara algo diferente. Descobrir o que aquela criatura feroz e atormentada realmente era, quem Arabella realmente era fora a melhor coisa que já fizera. Beau destrancou o cofre do coração de Arabella, e as riquezas ali o deslumbraram. Arabella lhe devolveu algo que lhe fora roubado: um senso de possibilidade. Tinha visto algo nele, uma centelha, um brilho, uma promessa radiante de que ele poderia ser algo mais. Alguém superior. Um homem que não tomava, mas doava. Ou assim ele pensou que fosse.

Você realmente não passa de um ladrão, Beauregard. Um garoto sem importância dos bairros miseráveis. Seu pescoço deveria ter sido quebrado por uma corda anos atrás...

Poderesse tinha razão: ele não era bom o suficiente para Arabella. Se fosse esperto, faria o possível para esquecê-la e se concentraria em chegar até Matti o mais rápido possível.

Beau continuou andando, quilômetro após quilômetro, pela densa floresta, com os ombros curvados contra o frio, desejando que a mistura de sentimentos que se apoderaram dele — melancolia, perda e uma inquietação estranha e formigante — desaparecesse, mas eles apenas se aprofundaram.

Suas mãos e seus pés estavam meio congelados quando viu a placa de sinalização: VILLE DES BOIS-PERDUS. Poucos minutos depois, ele estava caminhando pela rua principal da cidade, procurando uma pousada ou um café onde pudesse comprar uma refeição quente e se aquecer junto ao fogo. Havia deixado os pães de Camille na neve, perto do fosso.

Seu primeiro vislumbre da cidade revelou um lugar triste e sombrio, que não prometia grande coisa. E, então, com um sobressalto ao reconhecê-lo, ele percebeu que conhecia a cidade — pelo menos seu projeto —, embora nunca tivesse posto os pés nela. Ele a vira mudada, transformada, bordada em prata no avesso de uma colcha. Mas será que aquele lugar cinzento e sem vida poderia realmente ser a base do Paraíso de Arabella?

Beau semicerrou os olhos, e a praça feia, com sua fonte enferrujada, ganhou vida, linda e brilhante, plantada com árvores frondosas, pontilhada de bancos, cheia de crianças risonhas. A fuliginosa Câmara Municipal, com a fachada limpa, erguia-se novamente, orgulhosa. E a escola, com o frontão em ruínas e as janelas fechadas com tábuas, tornara-se, recém-pintada e polida, a peça central da cidade, a joia da sua coroa.

Ele arregalou os olhos novamente e a visão desapareceu. A pequena cidade em ruínas era tudo menos um paraíso, mas Beau sabia que Arabella poderia ter feito dela um. Como o maior dos arquitetos, ela via com o coração, não com os olhos. Não via o que era, mas o que poderia ser.

O sino da igreja tocou, avisando que já era meio-dia, lembrando-o de que tinha coisas para fazer. Ele procurou o anel de esmeralda. Ainda estava guardado em segurança em seu esconderijo. Seu polegar deslizou sobre ele, para a frente e para trás, preocupado. Ele sabia que deveria estar feliz por ter o anel, mas não estava. Parecia-lhe uma cicatriz feia, uma lembrança de algo doloroso.

Foi em direção ao ferreiro, sabendo que grande parte do trabalho desse profissional consistia em ferrar cavalos, esperando que o homem pudesse saber de algum animal saudável à venda. Ao atravessar a praça, viu um grupo de crianças magras com casacos puídos e luvas de lã. Algumas faziam bonecos de neve. Duas meninas brincavam de bater palmas enquanto ele passava por elas, rimando em uníssono:

Relojoeiro, dê corda ao relógio, bote-o para funcionar,
Veja os ponteiros girando em seu tiquetaquear

Pelo mostrador eles rodam, dia e noite sem parar,
Nesse jogo quem perde e quem vai ganhar?

Castelo de pedra cinzenta, com seu fosso imundo,
Onde mortos-vivos espreitam bem lá no fundo.

Rocha negra, riacho prateado, carvalho partido,
Se por acaso vir isso, por sua vida: fuja esbaforido.

Beau parou de repente. Um arrepio o percorreu. Ele se virou, correu até as crianças e se agachou perto delas.

— Ei, onde vocês ouviram esses versos? — perguntou a elas.

Assustadas, as crianças se afastaram dele.

— Não sei — disse uma delas.

Um menino mais velho deu um passo à frente, com a intenção de proteger os outros.

— É apenas uma canção, senhor. Não significa nada.

— Mas onde ouviram isso? — Beau pressionou. — Quem ensinou isso para vocês?

— Ei! Você! — uma voz gritou. — O que quer com essas crianças?

Beau virou a cabeça. As palavras haviam sido proferidas por um homem corpulento parado na porta de um açougue. Tinha um tom de ameaça na voz e um cutelo na mão.

Beau se levantou, erguendo as próprias mãos para mostrar que não oferecia perigo.

— Só estou perguntando sobre os versos que elas estavam cantando.

O homem fechou ainda mais a cara.

— Você está velho demais para brincar de jogos infantis, rapaz.

Dando ao homem um aceno conciliatório, Beau continuou seu caminho. Sentiu olhares desconfiados sobre ele e se repreendeu. O que havia de errado com ele? O que estava pensando? Abordar crianças pequenas assim? E, no entanto, não conseguia deixar de lado os versos. O castelo que descreviam... era igual ao de Arabella. Os sinais mencionados, as coisas que diziam *volte* — a rocha negra, o riacho prateado, o carvalho partido. Ele não tinha acabado de passar pelos três?

Não seja ridículo, toda floresta tem riachos, pedras e árvores danificadas, disse a si mesmo, *e há muitos castelos ao longo da fronteira.* Sua sensação incômoda de desconforto, no entanto, aprofundou-se, até que ele parou outra vez, dominado pela convicção de que deveria dar meia-volta naquele instante, imediatamente, e retornar.

Beau ignorou a sensação e seguiu em frente, tentando se assegurar de que a cantiga infantil não tinha nada a ver com Arabella ou seu castelo, mas, assim que chegou ao ferreiro, as crianças começaram a bater palmas e a cantar novamente.

Cavalheiro, mordomo, jardineiro, cavalariço,
Nenhum pode escapar do seu destino, é isso.

Criadas, damas, senhoras, ouçam-nas chorar.
Em cem anos, não tem jeito, todos irão findar!

E aí estava — a resposta.

Com um choque pavoroso, Beau percebeu que nunca tinha ouvido os versos finais do encantamento do relojoeiro, porque Arabella atirara um tinteiro no espelho antes que ele pudesse fazê-lo. Imagens giravam em sua cabeça agora: a adega repleta de provisões suficientes para alimentar os habitantes do castelo por um século, os barris de vinho de um castelo que havia se incendiado décadas atrás, as roupas apodrecidas guardadas por um monstro de olhos espelhados. E a própria Arabella, apressando-os para terminar a ponte.

A maldição terminava em cem anos, e os cem anos acabaram.

— Seu estúpido, idiota — ele sussurrou.

Ele a deixara. Mesmo a amando. Tirara o corpo fora, como sempre fazia. Por quê? Porque acreditava no pior dela? Ou porque acreditava no pior de si mesmo?

Beau se virou e começou a correr. Para fora da praça, para fora da cidade, de volta à floresta.

Ele correu mais rápido que quando os homens do comerciante estavam atrás dele. Mais rápido que na noite em que tentara escapar da fera.

Mais rápido do que ele já havia corrido em toda sua vida.

CAPÍTULO OITENTA E TRÊS

A FLORESTA ERA INIMIGA DE Beau agora.

Nada parecia familiar. Era como se cada árvore, cada pedra e cada riacho conspirassem contra ele. Tentando confundi-lo, fazê-lo voltar, mandá-lo na direção errada.

A neve caía, impulsionada por um vento impiedoso. Em mais algumas horas, o crepúsculo chegaria. Beau sabia que, se não encontrasse o caminho logo, se não chegasse ao abrigo do castelo ao anoitecer, estaria em sérios apuros.

Com os olhos semicerrados contra o vento forte, ele não viu o chão se inclinar diante de si. Tombou para a frente, caiu de quatro, deslizou por uma colina íngreme e conseguiu parar a poucos metros de um riacho de fluxo rápido. Gemendo, ele se levantou e limpou a neve das calças. Reconheceu o riacho. Ele o atravessara a caminho da cidade. Lembrou-se de ter escalado a margem alta. Aquele aglomerado de pedras saindo da água foi o que ele usara para atravessar o riacho, não foi?

As rochas estavam agora cobertas de neve.

— Provavelmente cobertas de gelo escorregadio, também — constatou sombriamente. Ele olhou para a esquerda e para a direita, tentando ver se havia um caminho melhor para atravessar; uma árvore caída, talvez, mas não havia.

Uma brutal rajada de vento chegou até ele novamente, fazendo-o baixar a cabeça.

— Por que você mentiu para mim? — ele gritou.

Você sabe por quê, respondeu a voz dentro dele. *Para forçá-lo a ir embora. Para salvá-lo.*

Durante a maior parte de sua miserável vida, ninguém se importara se ele viveria ou morreria. Mas Arabella, sim. Ela se importava tanto que construiu-lhe uma ponte. E, então, deu sua vida para garantir que ele a atravessasse.

Beau sabia que a voz tinha razão. Arabella não lhe contara a verdade sobre a maldição. Depois de cem anos, era o fim da maldição.

E o dela também.

O medo o incentivou a seguir caminho pelas pedras nevadas. Foi uma ideia ruim. Ele estava exausto; seus membros estavam rígidos e lentos por causa do frio. Seu pé escorregou no topo de uma delas e ele caiu, gritando de choque quando seu corpo atingiu a água gelada. Cuspindo e gritando, ele se levantou, cambaleou pela água e escalou a margem oposta.

Quando chegou ao topo, olhou para si mesmo. Suas roupas estavam encharcadas. Suas luvas haviam sumido. Suas calças estavam rasgadas e seu joelho sangrava. Com a mente e o corpo entorpecidos, ele cambaleou para a frente, mas ainda não dera cinco passos quando sua perna ferida cedeu e ele caiu de joelhos. Com a cabeça baixa, percebeu que morreria ali. Estava numa situação desesperadora. E não se importava. Nunca sentira tanto frio na vida.

— Beau! Meu menino querido!

Beau levantou a cabeça. Seus olhos se arregalaram quando viu quem chamara seu nome. Sua mãe estava parada em frente a uma bétula prateada, estendendo a mão para ele através da neve, com uma expressão de tristeza no rosto.

— Vá em frente, Beau. Apresse-se!

Ele assentiu para ela. Ele *iria*. Em breve. Muito em breve.

— Você não passa de um garoto inútil! Vá! Saia daqui!

A cabeça de Beau virou-se em direção à nova voz. Seu pai estava parado perto de um pinheiro coberto de neve, os olhos vermelhos como brasas no rosto inchado, com uma garrafa de uísque vazia na mão.

Ele sentiu outra mão agarrar seu ombro. Virou-se lentamente, entorpecido demais para ficar assustado, e viu Raphael curvando-se ao lado dele.

— Olhe só para você, seu idiota, seu caso perdido — disse ele. — Você vai morrer congelado aqui. E para quê? Por uma mulher que não se importa a mínima com você. Ela vai rir na sua cara quando você voltar ao castelo, se ela o deixar entrar. Você não passa de um ladrão, e isso é tudo que será.

Não passa de um garoto inútil...

Não passa de um ladrão...

— N-n-não — ele murmurou, batendo os dentes. E, então, mais alto. — *Não.*

Beau fechou os olhos com força. Quando os abriu novamente, sua mãe e seu pai haviam desaparecido. Eram apenas uma ilusão, uma peça pregada por um cérebro que estava se desligando.

E Raphael? Suas palavras? Também eram ilusões. Na tempestade uivante, com o frio roubando sua vida minuto a minuto, ele enxergou isso claramente.

O amor havia derrotado Beau. Ele amava sua mãe de todo coração, e ela foi tirada dele. Ele amava seu pai, e o homem foi embora. Ele amava Matteo, mas precisou deixá-lo. E a dor dessas perdas foi insuportável.

Fechar o coração era a saída mais fácil. Era fácil levantar muros e era difícil construir pontes. O amor não era para os fracos. Era preciso coragem para amar outro ser humano. Era preciso ferocidade. Uma padeira lhe dissera isso. Uma mulher que havia perdido tudo, mas se recusava a perder a esperança. Uma mulher dez vezes mais corajosa que ele. Ele não tinha dado ouvido às palavras dela. Não estava pronto para isso. Mas agora estava.

Com um brado que começou bem fundo em seu íntimo e subiu do coração até a garganta, Beau se levantou. Ele subiu a gola do casaco em volta do pescoço, puxou o gorro sobre as orelhas, depois baixou a cabeça e cambaleou em meio à tempestade.

Não conseguia enxergar muita coisa, apenas alguns metros à sua frente. Ele viu tudo, no entanto. Viu a verdade de que estivera fugindo durante toda a sua vida.

A única maneira de sair da escuridão era ir mais fundo.

CAPÍTULO OITENTA E QUATRO

Beau olhou da beira do penhasco para o castelo, incapaz de acreditar no que seus olhos lhe diziam.

A ponte, aquela que ele e Arabella haviam construído juntos, desaparecera. A única evidência de que alguma vez existira eram algumas tábuas flutuando na superfície semicongelada do fosso.

Ele levou as mãos à boca e gritou. Uma vez. Duas vezes. Mas ninguém apareceu. Bateu os pés e se abraçou com força, tentando trazer calor de volta ao corpo. Suas roupas estavam congeladas. Ele não conseguia sentir os pés. Depois de cair no riacho, caminhara pela floresta durante horas. Fora necessária toda sua força de vontade e tudo que restara de seu vigor físico para continuar colocando um pé na frente do outro. Felizmente, tinha parado de nevar, mas o sol estava se pondo. Se ele não entrasse — e rápido —, morreria.

— Valmont! — gritou. — Percival? Alguém pode me ouvir?

Ele viu movimento dentro da casa de guarda e riu alto de alívio. Alguém estava vindo. Alguém o ajudaria. *Graças a Deus*. Mas, então, um homem saiu das sombras e parou na beira da soleira, e a risada de Beau morreu.

Era o relojoeiro, com sua sobrecasaca preta. Ele parecia imune ao frio letal e permaneceu em silêncio, parado solenemente, emoldurado pelo arco. Estava acompanhado das damas da corte. Juntos, formavam uma galeria do grotesco, com seus sorrisos sombrios e triunfantes, e seus trajes berrantes.

Cada uma delas parecia estar vestida para um baile. Poderesse estava do lado direito do relojoeiro, majestosa em seda cinza. Ela segurava uma lamparina em uma das mãos. Os muitos diamantes que usava cintilavam à luz.

Beau odiava a ideia de estar entre elas novamente, mas não tinha escolha.

— Chamem Valmont! Chamem Florian e Henri!

Ele não tinha ideia de como atravessar o fosso, mas esperava que conseguissem descobrir alguma coisa. Talvez pudessem jogar uma porta velha na água e empurrá-la na direção dele com uma vara e ele poderia usá-la como jangada. Talvez pudessem de alguma forma catapultar um pedaço de corda até ele. Juntos, pensariam em algo.

— Vão! Depressa! — ele instou as cortesãs, mas ninguém mexeu uma palha para ajudá-lo. E ele logo percebeu que ninguém o faria. — Não — disse ele, atordoado pela incredulidade. — Vocês não podem simplesmente me deixar aqui. Não *podem*.

Uma por uma, as damas da corte de Arabella viraram-se e desapareceram nas sombras. O relojoeiro olhou para Beau por mais um momento e então também saiu.

— Não, espere... *espere*. Relojoeiro, pare! Você não tem o direito! Quem é você para condenar Arabella? Para me deixar aqui para morrer? Quem diabos é você? — Beau gritou com ele.

Houve um grito agudo e então uma janela, bem acima da casa de guarda, abriu-se e uma pequena cabeça apareceu.

— Você *ainda* não descobriu? Ele é a MORTE, seu idiota!

Uma criança estava debruçada na janela. Beau semicerrou os olhos para ela através da escuridão.

— Fé? — ele gritou. — Outra cabeça apareceu ao lado da dela. — Onde está Arabella? Chamem-na! Depressa! — Beau gritou com as duas irmãs.

— Beau... Arabella está morrendo — disse Esperança.

Um buraco se abriu no coração de Beau. Ele se sentiu desmoronando por dentro, caindo através dele.

— Não! — gritou. Ele bateu as palmas das mãos na testa, tentando pensar. Tinha que haver uma forma de chegar até ela. *Tinha* que haver.

— Temos que ir — gritou Esperança. — Estão nos caçando. Temos que continuar fugindo. Faça alguma coisa, Beau! Use as vinhas! A corrente!

E, então, elas se foram. Estavam sendo perseguidas por membros da corte? Pelo relojoeiro? Beau não tinha como saber. Tudo o que ele sabia era que, se quisesse entrar no castelo, precisaria fazê-lo sozinho. Mas como?

As vinhas... a corrente... Esperança gritara. Seus olhos examinaram a parede acima do fosso. Um pedaço de corrente descia de uma argola de ferro perto do arco da casa de guarda. Seus olhos baixaram para as videiras grossas e feias que cresciam na água turva e subiam pelo muro de pedra. Ele se lembrou de ter enroscado os pés nelas quando desceu o muro para resgatar Arabella. Elas serpenteavam em todas as direções; algumas, entrelaçadas, paravam a poucos metros da corrente.

Beau sabia o que tinha que fazer.

Ele respirou fundo.

E pulou.

CAPÍTULO OITENTA E CINCO

Beau sentiu como se tivesse sido esfolado vivo.

A água do fosso estava tão fria que parecia ter uma infinidade de facas espetando os nervos do seu corpo. Ele bateu com os pés primeiro, mergulhou fundo, depois subiu e rompeu a superfície berrando.

Nade, seu maldito, nade!, seu cérebro gritava, desesperado para tirar seu corpo da água.

Tinha mais coisas no fosso também querendo matá-lo. Beau as ouviu, aflorando na lama cinzenta e gelada, rosnando e gorgolejando.

Os mortos-vivos não se importavam com o frio. Eles sentiram os movimentos frenéticos de Beau e se lançaram em sua direção. Não demorou nada para o cercarem. Ele conseguiu abrir caminho através da confusão espumante, mas então um dos monstros agarrou as costas de seu casaco e o arrastou para baixo. Com o coração martelando de terror, ele nadou com mais força, lutando para manter a cabeça acima da água, mas mais criaturas se aproximaram dele. Beau respirou fundo pela última vez antes que o monstro que o segurava o puxasse para baixo.

Beau lutou para se libertar, mas não conseguiu. Seus pulmões estavam estourando. Luzes brilhantes explodiam como fogos de artifício por trás de suas pálpebras. Forçado além do limite, seu corpo começou a ceder. Suas mãos vasculharam a água, os dedos buscando impotentes as vinhas, mas elas estavam muito longe. Os fogos de artifício começaram a diminuir. Ele não conseguia mais prender a respiração. A qualquer segundo, seus pulmões entrariam em colapso, forçando-o a inalar a água turva.

Ele orou aos santos para que sua morte fosse rápida, mas os santos não o estavam ouvindo. Ou talvez estivessem. Talvez o estivessem ouvindo o tempo todo, porque algo duro o atingiu na cabeça. Ele se virou e viu o que era: uma tábua da ponte arruinada. Beau a agarrou e, com o que lhe restava de força, enfiou-a na cara do agressor. Houve um barulho nauseante quando o crânio do monstro foi amassado. Beau sentiu o aperto afrouxar e viu-o afundar na água. Bateu as pernas com força e emergiu, ofegando por ar, girando em círculos, tentando localizar a parede. Mais mortos-vivos do fosso avançaram sobre ele, que enfiou a prancha no torso do mais próximo, empurrando a criatura para fora de seu caminho, depois bateu em outro com tanta força que sua cabeça voou do pescoço. Aos poucos, ele foi se aproximando da parede, golpeando e empurrando os monstros, até que finalmente as vinhas estavam ao seu alcance.

Assim que Beau agarrou uma, entretanto, outro monstro surgiu, a poucos centímetros de seu rosto. O crânio estava coberto de lodo verde. Vinhas pretas retorcidas enroscavam-se em sua boca aberta e espalhavam-se por seu rosto como uma teia. Seus dedos ossudos agarraram Beau, mas ele logo percebeu que pouco mais podia fazer do que arranhar suas roupas, pois mais trepadeiras, serpenteando por suas costelas, amarraram-no à parede.

— Com licença, amigo — disse ele, enquanto começava a sair da água.

Um pé formou um V ao se posicionar entre duas vinhas, outro encontrou um apoio na pedra corroída. Centímetro por centímetro, numa penosa escalada, Beau subiu a muralha do castelo, desejando que seus dedos dormentes conseguissem se agarrar às vinhas.

Finalmente, alcançou a corrente pendurada. O metal congelado queimou suas mãos quando ele o segurou. Ignorando a dor, plantou os pés na parede de pedra e apoiou seu peso neles, depois subiu pela corrente, mão após mão. No meio do caminho, um ataque de tremedeira tomou conta de seu corpo. Foi tão violento que ele pensou que iria derrubá-lo da parede. Ele esperou, de olhos fechados, até que tudo acabasse. Então, foi até o arco e agarrou a argola de ferro.

Agora vinha a parte difícil. A argola ficava vários centímetros à esquerda da soleira, e não havia nada dentro do arco que ele pudesse usar para passar por cima dele. Se não tomasse cuidado, perderia o equilíbrio e cairia de volta no fosso. Firmando-se, ele colocou o pé direito na soleira e a mão direita apoiada na parede interna do arco. Então, começou a balançar o corpo da esquerda para a direita, cada vez mais rápido, até ganhar impulso. Com um grito gutural, largou a argola e se jogou de lado. Seu pé direito aguentou seu peso e o empurrou para dentro da casa de guarda.

Ele tropeçou, mas foi capaz de se equilibrar. Escorria sangue do joelho que cortara quando caiu no riacho, mas Beau nem notou. Ele conseguira.

A noite havia caído e, ao sair cambaleando da casa de guarda e atravessar o pátio, Beau viu fogo ardendo nas tocheiras em ambos os lados das portas do castelo, exatamente como quando chegara lá. O terror apertou suas costelas ao redor do coração. Ele acabara de passar por uma tempestade de neve ofuscante, por pouco escapou de congelar até a morte e depois se afogar, mas isso não era nada se comparado ao medo que sentia agora — um medo de que fosse tarde demais para salvar Arabella.

Quando Beau viu o relojoeiro pela primeira vez, teve a sensação inabalável de já tê-lo visto antes, mas não sabia quando ou onde.

Agora ele sabia.

A primeira vez que o relojoeiro viera visitá-los fora vestido de agente funerário. Ele retirou, do seu leito de morte, o corpo sem vida da mãe de Beau, embora este lhe implorasse que não o fizesse.

A segunda visita ocorreu um ano depois. O relojoeiro foi um dos homens que retiraram do rio o cadáver de seu pai.

A terceira vez aconteceu quando ele estava estirado em um beco sujo com uma faca cravada no peito. O relojoeiro se ajoelhara ao lado dele, mas Raphael arrebatou Beau. Agora o relojoeiro queria Arabella.

Embora Beau estivesse meio morto, conseguiu chegar às portas do castelo.

Nas três ocasiões em que o relojoeiro viera visitá-lo, Beau era um menino.

Agora, ele era um homem.

E, desta vez, lutaria com ele.

CAPÍTULO OITENTA E SEIS

O CASTELO ESTAVA ESCURO COMO uma tumba. Beau tropeçou pelo hall de entrada, guiando-se pela memória.

— Arabella! — ele gritou.

Mas não obteve resposta.

Ele girou em um círculo frenético e, ao fazê-lo, avistou um brilho. Vinha de baixo das portas do grande salão. Ele as abriu.

Uma visão angustiante o saudou.

Arabella deitada no chão. Valmont estava sentado ao seu lado, embalando a cabeça dela no colo. Os olhos de Arabella estavam fechados; seu peito subia e descia rapidamente. Emoldurando-a em um semicírculo, estavam muitos de seus servos. As damas de sua corte encontravam-se atrás deles.

— Por que vocês todos estão aí parados? — Beau gritou para os criados. — Tirem-na do chão! Levem Arabella para seus aposentos!

Valmont, com a respiração superficial, levantou a cabeça.

— Ela não será movida. Deseja morrer aqui… conosco, com os pais dela.

— Não! — Beau gritou. Ele se ajoelhou ao lado de Arabella e tirou-a de Valmont, puxando-a em seus braços. — Sou eu, Bellinha. É o Beau. Acorde… Vamos logo, *acorde*.

— Receio que esteja atrasado demais — disse Poderesse, com um sorriso cortando seu rosto como uma foice. — A maldição termina à meia-noite.

Beau olhou para o imponente relógio dourado. Faltava apenas meia hora para a meia-noite. O tempo estava acabando. Os servos já haviam começado a desaparecer. Pareciam ter envelhecido cem anos em poucas horas. Estavam curvados. Seus cabelos, grisalhos; e seus olhos, baços. Alguns, como Percival e Phillipe, deram-se as mãos, consolando-se um ao outro até o fim. Outros sentaram-se sozinhos nas extremidades da sala, esperando o derradeiro momento.

Até Esperança e Fé haviam diminuído. Estavam paradas na porta mais distante, observando, seus rostinhos pálidos, a luz dentro delas bruxuleando.

Beau quebrou a cabeça, tentando descobrir como destruir a maldição. *Tinha* que haver um jeito; ele simplesmente não enxergava qual era. Tentou se lembrar das palavras do poema do relojoeiro, que dizia que Arabella precisava amar e ser amada de volta. Bem, ela não o amava. Se o amasse, a terceira e mais nova das irmãs teria aparecido. Se o amasse, a maldição teria sido quebrada. Mas ele a amava, e talvez seu amor fosse suficiente. Talvez, se ele o confessasse a ela novamente, isso a salvaria.

— Eu… amo você, Bellinha. Você é minha melhor amiga. A única amiga de verdade que já tive.

Os olhos de Arabella, que pareciam já sem vida, estremeceram e se abriram.

— Beau?

Beau levou a mão dela aos lábios e beijou-a.

— Sim, sou eu. Pode me ouvir? Eu amo você, Arabella. Por favor, não morra… Por favor, por favor, não morra.

— Eu também amo você, Beau — disse Arabella com a voz rouca, tentando sorrir.

Beau riu alto e beijou a mão dela de novo. Ela *realmente* o amava. Eles cometeram um erro, de alguma forma. Fizeram as coisas fora de ordem, talvez. Não importava. Porque agora as coisas seriam acertadas.

Ele se virou para o relojoeiro, severo e triunfante, ansioso para se despedir dele.

— Saia. Vá. Você não tem mais nada para fazer aqui.

Mas o relojoeiro não se mexeu. Ele simplesmente ficou parado diante do relógio, as mãos pálidas cruzadas em cima da bengala, um meio-sorriso nos lábios finos.

Os primeiros sinais de um novo medo reviraram as entranhas de Beau. Ele olhou em volta, esperando que o castelo desmoronasse. Ou anjos aparecessem. Ou Poderesse e sua corte explodissem em chamas. Esperou escutar o barulho das antigas paredes de pedra cedendo, o som de trombetas celestiais e o rugir do fogo do inferno, mas tudo o que ouviu foi o tique-taque do relógio.

— Por que nada está acontecendo? — ele perguntou, virando-se para Valmont. — Eu disse a ela que a amava. Ela disse que me amava. — Ele tocou a mão de Arabella; estava fria. O pânico tagarelava como um louco dentro de sua cabeça. — Talvez tenhamos dito errado. Talvez devêssemos ter dito isso em voz alta. Pouco antes de cruzarmos a ponte. Ou no meio da ponte ou... — O coração de Beau desabou. *A ponte.* — Valmont, como eram os versos do encantamento do relojoeiro? Aqueles sobre a ponte?

O velho servo levantou a cabeça. Suas faces estavam molhadas de lágrimas.

— *Atravessa a ponte, faz o tempo retroceder... Que os teus medos não te possam deter...* — ele respondeu. — A patroa deveria atravessar a ponte, mas não conseguiu. E agora ela nunca o fará. Porque não há ponte.

— Mas talvez estivéssemos errados sobre a ponte — disse Beau, agarrando-se a qualquer coisa. — Talvez ela não devesse cruzar uma ponte de verdade. Talvez seja apenas um símbolo...

Valmont riu amargamente, interrompendo-o.

— Estávamos errados sobre tudo.

Mas Beau se recusou a desistir. Ele exibiu um sorriso encorajador e disse:

— Sente-se, Bellinha, vamos logo. Nós vamos quebrar essa maldição, ora se *vamos*, vamos entender tudo e, quando o fizermos, você não vai querer parecer que está bêbada, toda esparramada no chão, não é? Vamos... *sente-se!*

Beau puxou as mãos de Arabella, mas ela era um peso morto. Ele deslizou um dos braços por trás de suas costas e tentou levantar seu corpo inerte, mas ela gritou de dor.

Ao som de seu grito, a determinação forçada de Beau cedeu; seu sorriso se fraturou.

— Alguém faça alguma coisa. Tragam sais aromáticos! Tragam-lhe a droga de um copo de conhaque! Vocês são os malditos criados, não são? — ele gritou.

Percival se ajoelhou ao lado de Beau, inclinando-se e pressionando suavemente o ouvido no peito de Arabella. Quando se endireitou novamente, seu rosto estava cinzento de tristeza.

— Mal consigo ouvir seus batimentos cardíacos.

— Não — disse Beau, com a voz embargada e o coração partido.

— O poema do relojoeiro era um truque... uma mentira — constatou Valmont. — A maldição não pode ser quebrada.

— Sim, pode — uma voz soou.

Viera da porta da cozinha.

Beau ergueu a vista. Atravessando o grupo reunido, vinha uma mulher pequena e determinada. Em uma das mãos, ela segurava um rolo de abrir massa, erguido diante dela como uma espada. A outra descansava protetoramente no ombro de um menino.

— Vá embora, padeira, e leve essa criança imunda com você — disse Poderesse. — Não há nada que você possa fazer.

Camille pressionou com mais intensidade o ombro da criança.

— Continue andando, Rem. Está na hora. Vá até ela.

— Você não me ouviu? Volte… — As palavras de Poderesse desapareceram. O desprezo em seu rosto se transformou em choque. — *Não* — ela sussurrou. — *Não pode* ser. — Ela se virou. — O que vocês estão esperando, todas vocês? — gritou para sua corte. — Segurem-nos!

Camille levantou a arma sobre a cabeça, pronta para proteger Rémy. Viara deu um passo ameaçador à frente. O restante das damas a seguiu.

— Acabou para você, criança — rosnou Viara. — Uma mulher sozinha não pode protegê-la.

Mas Camille não estava sozinha.

Florian, Henri, Gustave e Lucile, Josephine, Claudette, Josette, Phillipe e Percival, Valmont… todos os criados, reunindo as forças que lhes restavam, aglomeraram-se em torno de Camille e Rémy, empurrando as cortesãs para trás, abrindo caminho.

Cercada por seus amigos, Camille continuou, conduzindo seu protegido à sua frente. Quando chegaram a Arabella, ela tirou o boné sujo de Rémy. Cabelos longos e louros se espalharam por baixo dele.

A criança deu um passo à frente. Ela era pequena, como suas irmãs. Magra. Frágil. Suja de cinzas e de graxa.

E brilhava como o amanhecer.

CAPÍTULO OITENTA E SETE

Beau viu que a criança carregava uma cesta. Quando chegou a Arabella, ela a largou e começou a tirar coisas dali de dentro e colocá-las ao seu redor. Uma pilha de livros, um compasso e uma régua T, penas e tintas. Por último, tirou um volumoso embrulho de seda da cor da meia-noite. Beau reconheceu aquilo também. A criança estendeu-o sobre Arabella, e a cidade prateada que ela havia bordado nele, há muito tempo, brilhou como estrelas no céu noturno.

— Você estava aqui o tempo todo — disse Beau, com a voz abafada de admiração.

A garotinha assentiu.

— Eu a escondi à vista de todos — explicou Camille. — Eu a agarrei logo depois que Poderesse amaldiçoou Arabella, vesti-a com roupas de menino e disse que era meu sobrinho, vindo da cidade e atingido pela maldição, assim como todos nós. Esfregava manteiga nela todos os dias. Gordura de bacon. Canela e noz-moscada. Todas as coisas que as damas da corte odeiam. — Camille sorriu. — Funcionou lindamente, como alho contra um bando de vampiros. Elas mal a notavam e, quando o faziam, era apenas para gritar para ela ir embora. Eu só queria ter conseguido esconder Esperança e Fé também, mas Poderesse chegou até elas antes que eu pudesse fazê-lo.

— Não posso acreditar — disse Fé. — Você enganou até nós duas. Nunca olhamos duas vezes para o ajudante de cozinha. — Ela segurou a mão de Esperança. A luz dentro delas se fortaleceu.

— Ajude Arabella. *Por favor* — implorou Beau à criança. — Por que a maldição não foi quebrada? *Por quê?*

Amor não lhe respondeu; em vez disso, foi até uma das altas janelas do salão, agarrou as cortinas de seda e as arrancou. Suspiros abafados irromperam de todos no salão quando os fios prateados capturaram os raios da lua, e a cidade dos sonhos que Arabella havia bordado há tanto tempo explodiu de vida, luminosa e resplandecente.

— Agora você entende? — Amor perguntou a ele.

Beau assentiu. Ele entendia. Finalmente, entendia. Ele agarrou as lapelas de Valmont.

— Não é sobre mim, Valmont. Ou qualquer um dos pretendentes de Arabella. Nunca foi — disse ele numa avalanche de palavras. — O encantamento do relojoeiro... o que dizia mesmo? *A maldição do desespero não pode ser anulada, mas há um meio de ela ser quebrada...*

— *Conserta o que tu destruíste por desilusão. Junta os caquinhos do teu coração.* — continuou Valmont. — *Procura ser boa, acreditar, estender a mão, até que alguém que evitaste te mostre afeição... Assim quebrarás essa obra do mal e desfarás o encantamento infernal...*

— *E, quando a amar aprenderes por fim* — Beau o interrompeu. — *Tu também serás amada enfim*. Foi isso que ele disse, certo? O relojoeiro? Essas foram suas palavras exatas?

— Sim, sim — respondeu Valmont apressadamente. — Mas eu não vejo...

Beau o soltou. Seu olhar estava voltado para dentro agora.

— *Até que alguém que evitaste te mostre afeição...* — ele repetiu. Seus olhos encontraram os de Valmont, novamente. — Ele não estava falando de um príncipe, um duque, um conde, um ferreiro, um capitão ou um ladrão.

— Vá *devagar*, Beau — Valmont instou-o. — Você não está dizendo coisa com coisa.

— Não posso. Não há tempo. — Ainda de joelhos, Beau agarrou os pulsos de Arabella e levantou-a do chão. Sua cabeça pendeu como a de uma boneca quebrada. — Arabella! — ele berrou. — Abra os olhos. Droga, garota, *acorde!*

Arabella gemeu. Sua cabeça se ergueu um pouco. Suas pálpebras se abriram, mas seus olhos não focavam. A luz prateada dentro deles havia sido reduzida a um cinza-chumbo.

Percival enterrou o rosto nas mãos. Gustave e Lucile se abraçaram. Outros criados sussurravam orações ou choravam. Beau não os ouvia. Ele não os via. Olhava profundamente nos olhos sem vida de Arabella, desejando que ela ficasse.

O tique-taque do relógio dourado perdia o ritmo. A oscilação longa e abrangente do seu pêndulo de ouro ficava mais curta.

É tarde demais, disse uma voz dentro dele.

E, então, ele ouviu passos — lentos, medidos, inexoráveis. Segurando Arabella na dobra de um braço, ele ergueu a cabeça e encarou o relojoeiro. Com a mão trêmula, puxou a adaga da bainha em seu quadril e apontou-a para a funesta figura.

— Para trás... Estou *avisando* — disse ele.

— Sério, Beau? — Fé sibilou. — Você está ameaçando a Morte com a morte? Sim, isso vai funcionar.

— Não desista — insistiu Esperança, com os olhos fixos no relojoeiro. — Encontre um jeito, Beau.

Amor, agora ao lado de Beau, pegou a faca dele e a largou. Beau desviou o olhar do relojoeiro para ela, para aquela criança linda e brilhante que ele conhecera um dia, há muito tempo. Ela o assustava. Ainda mais que o relojoeiro.

— Você pode fazer isso — disse ela.

— Faça *alguma coisa*, Beau — implorou Valmont. — Qualquer coisa. Diga a ela que você a ama de novo.

— Não, Valmont. Não adianta. Eu não sou o único. Há outra pessoa que ela precisa amar.

Valmont levantou-se e olhou ao redor da sala descontroladamente, pronto para agarrar a pessoa.

— Quem é? Onde está?

— É ela — disse Beau. — *Ela própria.*

O relojoeiro se aproximou; seus passos ficaram mais altos. Ele estava a apenas alguns metros de distância agora. Os olhos de Beau o encaravam, mas seus braços estavam em volta de Arabella. Ele respirou fundo e começou a falar. As palavras saíram dele em frenética profusão.

— Escute-me, Arabella, *preste atenção* — disse impetuosamente. — Valmont a ama. Percival também. E Phillipe e Gustave e Lucile e Josephine e Camille... e eu. Eu amo você. Porque você é forte, ousada, feroz, um pé no saco e é *inteligente.* Tão inteligente. Adoro o sulco na sua testa quando você está desenhando. Adoro o fogo em seus olhos quando está construindo. Adoro que pragueje como um marinheiro quando pensa que ninguém está ouvindo. Eu amo como você se atrapalha nos passos quando dança. Até adoro o jeito que arranca com uma mordida a cabeça de um esquilo. Eu amo você, Arabella, com falhas, peculiaridades, defeitos e tudo. Então, por favor, por favor, *por favor*... você não pode se amar também?

Os passos pararam. O relojoeiro estava a poucos centímetros de distância. Beau sentiu seu hálito frio no pescoço.

Beau fechou os olhos com força.

— Não. *Não* — disse ele, apertando mais forte Arabella nos braços. — Não vá. Fique aqui. Estávamos errados, todos nós. Todo esse tempo. É você. Tem sido você o tempo todo. Ah, Bellinha, não consegue enxergar? *Você* é a pessoa que você esteve esperando.

CAPÍTULO OITENTA E OITO

ARABELLA ESTAVA PERDIDA NA FLORESTA.

Estava escuro. Ela estendeu as mãos à frente, mas mal conseguia vê-las.

Ela conhecia o caminho de volta para casa, claro que conhecia. Simplesmente não conseguia se lembrar. Precisava se lembrar de algo para encontrar o caminho novamente. Ou seria de alguém? Era tão difícil pensar. Sua cabeça doía. Ela estava tão cansada.

Seria por causa de como se sentiu quando sua mãe lhe disse que ela nunca deveria dizer coisas como *sistema de esgoto* ou *banheiros públicos* em voz alta, não se quisesse um marido? Seria por causa de como se sentiu quando seu pai disse que ela não deveria falar sobre os *princípios da física por trás da pedra chave de arco* ou sobre a *proporção ideal entre altura e circunferência das colunas de suporte*, porque isso a fazia parecer disparatada?

Seria por causa do modo como as outras garotas trocavam olhares e riam quando preferia olhar para canteiros de obras em vez das vitrines das lojas? Seria por causa do modo como os meninos ficavam taciturnos quando ela sabia de coisas que eles não sabiam?

Ela começou a dar alguns passos hesitantes, e então uma voz veio da floresta.

— Esse não é o caminho para a sua casa, Arabella — a voz dizia. — Mas é o caminho para a minha.

Arabella se virou, assustada. O relojoeiro estava metros atrás dela.

— Essas lembranças só vão levá-la a se perder mais fundo na noite. Olhe para cima, criança — disse ele. — Para as estrelas. Para a noite que as embala.

Foi o que Arabella fez. Ela inclinou o rosto para o céu cintilante e se lembrou.

A forma como se sentia quando segurava um reluzente pedaço de grafite entre o polegar e os outros dedos. O modo como ele deslizava sobre o papel, formando arcos e galerias, pórticos e frontões. Tornando reais as imagens em sua cabeça.

A maneira como seu coração se encheu quando ela abriu um livro e se viu no Templo de Dendur, no Partenon, nas cidades dos astecas.

O modo como sua cabeça estava tão cheia de ideias que ela pensou que iria explodir. Ideias para estradas e pontes, aquedutos e praças. Catedrais, castelos e palácios.

Lágrimas arderam em seus olhos diante da beleza indescritível. Do céu escuro, das estrelas. De suas lembranças. Da garota que ela costumava ser.

Ela olhou para o relojoeiro.

— Cem anos — disse mansamente. — Levei cem anos para voltar para casa.

— Algumas pessoas nunca encontram o caminho de volta.

— Está quebrada agora? A maldição que Poderesse colocou sobre mim? — perguntou Arabella, com medo de ter esperança.

— Ainda não percebe? — perguntou o relojoeiro. — Você se amaldiçoou, minha criança, quando virou as costas para suas emoções difíceis e sucumbiu ao desespero. Agora, deve fazer as pazes com elas e abrir-lhes um lugar em seu coração. Elas pertencem a esse lugar tanto quanto a alegria, o orgulho e a compaixão.

— Mas tenho medo delas. Eu as deixei sair e um homem morreu.

— O príncipe tinha a escolha de como se comportar. O menino que ele surrou, o animal indefeso que ele chicoteou ... Eles não tinham escolha alguma. Você tentou ajudá-los. — A morte pegou a mão de Arabella. — Você tentou controlar suas emoções, abafá-las, mas elas explodiram e acabaram controlando-a. Se deseja quebrar a maldição, pare de combatê-las. Deixe-as em paz. Você precisa delas.

Arabella assentiu. Ela entendeu.

— Sem a escuridão não apreciaríamos a luz — disse ela.

A morte meneou a cabeça.

— Não, criança. Sem a luz não apreciaríamos a escuridão. Há coisas boas a serem encontradas em sentimentos difíceis. Como a injustiça seria interrompida sem raiva? Como o egoísmo seria controlado sem culpa e vergonha? Como a compaixão cresceria sem arrependimento e remorso? Faça isso, Arabella, e o desespero desaparecerá. Essa é a única emoção contra a qual você deve se proteger, pois ela tem inveja do meu poder e deseja fazer o trabalho por mim.

A morte apertou a mão de Arabella e depois a soltou. Na outra mão, ele segurava um chapéu tricórnio. Espanou um pouco de poeira dele e colocou-o na cabeça.

— Você está partindo.

— Por ora.

— E eu?

— Você também pode ir embora. Mas deve se apressar. É quase meia-noite.

— Mas você voltará um dia.

— Como sempre.

— Quando?

O relojoeiro deu-lhe um sorriso triste.

— Não quero estragar a surpresa.

Arabella assentiu. E, então, correu até ele e atirou os braços em torno de seu pescoço.

— Obrigada — disse ela. — *Obrigada.*

E aí se pôs em movimento, disparando para fora da floresta escura, atravessando a ponte entre o passado e o futuro, correndo para casa.

CAPÍTULO OITENTA E NOVE

Beau sabia que o amor havia falhado com ele.

Ele encontrara coragem para ter esperança novamente. Para acreditar novamente.

E ele perdera novamente.

Arabella se fora. Ele levantou a cabeça, preparando-se para fitar seu rosto sem vida. Mas, quando abriu os olhos, viu que os olhos dela também estavam abertos. Ela piscava como alguém que estava adormecido, sonhando, e despertara.

— Beau, que horas são? — perguntou, esforçando-se para se sentar.

— Não se mova, Arabella, fique quieta.

— Por favor, Beau... a hora...

Beau olhou para o relógio

— Dez minutos para meia-noite.

— Ajude-me a levantar.

— Arabella, eu não acho...

— A maldição não foi quebrada, ainda não, e se eu não...

— Todos nós morremos — disse Beau, erguendo-se com dificuldade. Ele colocou as mãos sob os braços dela e a levantou do chão.

Arabella agarrou-lhe o braço, oscilando tontamente sobre as pernas instáveis, e depois disse:

— Onde estão elas... a corte?

Beau olhou ao redor do grande salão.

— Ali — disse ele, apontando para as janelas.

As damas haviam se reunido sob elas. Algumas permaneciam desamparadas, com a cabeça baixa, remexendo nervosamente em botões e punhos. Algumas protestavam — gritando, batendo os pés, quebrando coisas.

Os dedos de Arabella cravaram-se no antebraço de Beau.

— Estou com medo.

— De quê?

— Da fera. Parece que está vindo. Como se eu nunca fosse escapar dela. Como se ela fosse me despedaçar.

— Eu vou ajudá-la, Arabella. Apenas me diga como. Diga-me o que fazer.

— Você não pode me ajudar. Eu tenho que fazer isso sozinha.

Arabella tocou o rosto dele, então. Passou os dedos ao longo de sua mandíbula forte, pousou-os atrás do pescoço, puxou-o para ela e beijou-o.

Beau a beijou de volta. E tentou ter esperança. Tentou ter fé. Tentou acreditar que o amor lhe traria Arabella de volta.

— Estou contando com o seu apoio. Depois — ela disse, após interromper o beijo. E então, correu. Para o outro lado do grande salão. Para longe dele. Arabella rapidamente colocou distância entre ambos, para que Beau não pudesse ouvi-la quando ela disse: — Se houver um depois.

CAPÍTULO NOVENTA

ARABELLA ENGOLIU EM SECO. FECHOU os olhos, reunindo coragem, depois os abriu novamente e avançou para a corte de suas emoções.

As mulheres começaram a girar em torno dela como tubarões. Pluca tirou o primeiro sangue.

— Olhem para eles, seus pobres servos, e aquelas figuras atormentadas no relógio… tanto sofrimento. Durante *décadas*, Arabella. Por causa de você.

— E-eu sinto muito. Sinto muito mesmo — disse Arabella, com a voz baixa e tênue.

— *Sente?* Você acha que alguém aqui se importa que esteja *arrependida*? Acha que *pedir desculpa* corrige o que você fez?

— Eu… eu não queria fazer aquilo… O príncipe estava machucando Florian… Ele estava machucando o meu cavalo…

Horgenva interrompeu, suas palavras eram uma ladainha gordurosa e murmurante que fez o coração de Arabella se encolher.

— Você é uma garota que se tem em alta conta, não é? Boa demais para o príncipe, inteligente demais para ficar calada. Tem suas próprias ideias. Acha que pode construir coisas. Acha que pode mudar. O. *Mundo*. Sabe o que acho? Acho você patética. Já ouviu o que as pessoas dizem sobre você? Tem ideia de como parece ridícula com seu compasso e sua régua? Quem você pensa que é? — Ela explodiu em risadas zombeteiras.

Suas palavras pareciam ácido escorrendo pela espinha dorsal de Arabella, dissolvendo-a. Elas tinham razão. Claro que tinham. Quem era ela? Quem era ela para abrir a boca? Para falar por si mesma? Por outros?

Lady Dome, encolhendo-se, hesitando e olhando constantemente ao redor, foi a seguinte.

— Mesmo que você quebre a maldição, e daí? Cem anos se passaram. Como você junta as peças? Os servos nunca a perdoarão. As pessoas no relógio vão ficar com muita raiva de você. E o que sua mãe dirá quando descobrir que o garoto ali rouba as pessoas para viver? Ele será despachado em um piscar de olhos. E aí o quê? Como será, Arabella, *como será*?

As últimas palavras de Dome foram pronunciadas num grito agudo e histérico. Isso irritou as outras, que se aglomeraram em volta de Arabella, exigindo que as ouvisse. Arabella cobriu os ouvidos com as mãos, tentando bloquear as vozes, tentando manter os últimos resquícios de coragem dentro de si.

E, então, surgiu outro som — o sinistro barulho dos pesos dos relógios subindo pelas correntes.

— O relógio está acordando! É quase meia-noite! Você está quase sem tempo! — Lady Vildam dePuisi gritou, batendo palmas.

— Não! — Arabella gritou. Ela empurrou suas damas, tentando freneticamente se libertar delas, mas eram muitas; elas a encurralaram.

— O que vai fazer, Arabella? Banir-nos de novo? — Pluca provocou.

Dentro do relógio, as rodas giravam, as engrenagens clicavam. Os dois conjuntos de portas de cada lado da trilha em arco se abriram. Mesmo comprimida por suas emoções, Arabella as ouviu. Logo o desfile noturno começaria. Logo os sinos soariam. Seus olhos pousaram no relojoeiro, que estava ao lado de sua obra-prima. Ela ouviu a voz dele em sua cabeça. *Se deseja quebrar a maldição, pare de lutar contra elas...*

Foi o que Arabella fez: parou de empurrar, parou de se debater e ficou simplesmente imóvel. Então, ela se esticou e segurou a mão de Pluca e de Horgenva, apertando-as com força.

— Não vou bani-las. Nunca as banirei novamente. Preciso de vocês. De todas vocês. Lady Pluca, quando faço algo errado, você me faz perceber. E Lady Horgenva, você me incentiva a fazer as pazes.

Pluca parou de gritar. Seus pequenos olhos se arregalaram de admiração. Ela apertou a mão de Arabella e depois lhe deu um sorriso trêmulo.

— Obrigada, senhora — sussurrou. — Obrigada. — Horgenva beijou a bochecha de Arabella e então as duas senhoras desapareceram como a névoa da manhã sob os raios do sol.

Arabella voltou-se em seguida para Lady Dome.

— Obrigada, boa senhora, por sempre me proteger. Por me afastar do cavalo rebelde, do penhasco desmoronando, do gelo muito fino. Por me impedir de quebrar a cabeça mais vezes do que gostaria de me lembrar. — Ela tocou a parte de trás da bochecha de Dome, que também desapareceu.

Édsdem, Jeniva, Morrose... uma após outra, Arabella enfrentou suas emoções difíceis, agradecendo-as, abraçando-as, trazendo-as de volta ao seu coração.

Ela acabara de ver Lady Zertisat desaparecer quando algo surgiu no ar e explodiu a seus pés. Arabella se encolheu diante do vaso quebrado. Sabia quem o havia jogado.

Lady Viara ficou parada ali, fervendo. Feridas lívidas surgiram em sua pele. Ela roeu a palma de uma das mãos até sangrar.

As peças do relógio dourado batiam e giravam, martelavam e zumbiam, preparando-se. O ponteiro longo avançou. Faltava agora um minuto para a meia-noite.

Arabella cravou as unhas nas palmas das mãos e deu um pequeno passo à frente. Viara a viu fazer isso e bufou como um touro, alertando-a. Pegou um castiçal e brandiu-o, mas Arabella continuou andando, lenta e deliberadamente, até chegar à aterrorizante cortesã. Ela vacilou por um segundo, depois abraçou Viara, agarrando-se a ela com força enquanto a dama lutava para se libertar.

— Cometi contra você uma grande injustiça, Lady Viara — sussurrou Arabella. — Eu deveria tê-la ouvido. Em vez disso, virei-lhe as costas. Fechei meu coração para você. Eu deveria ter empacotado meus livros, penhorado minhas joias, deixado este lugar e ido para Roma, Paris, Londres... algum lugar onde eu pudesse estudar, desenhar e construir. Perdoe-me, Viara. Por favor, por favor, perdoe-me.

Viara tentou bufar novamente, mas o som se transformou num soluço. Ela parou de lutar e encostou a testa na de Arabella; aí, também desapareceu. E, então, todas elas se foram, todas menos uma.

O ponteiro dos minutos clicou na hora cheia. *Meia-noite*. O sino do relógio começou a tocar. As portas douradas se abriram. A corte do relógio começou seu espetáculo grotesco. As figuras, antes tão vibrantes, foram se desintegrando lentamente. Suas roupas estavam desbotando. As joias que brilhavam nos dedos e nas gargantas agora pareciam pedaços de vidro fosco. Suas faces de porcelana estavam rachadas; os sorrisos pintados haviam se contorcido em caretas de agonia.

Arabella estava quase sem tempo.

Uma, duas...

Ela girou em círculos desesperados, procurando por ela, pela cabeça orgulhosa, pelo cabelo preto, pelo fúnebre vestido cinzento.

— Onde você está? — sussurrou.

Três, quatro...

Finalmente, ela a avistou; estava parada do outro lado do relógio, olhando para o mostrador, com as mãos cruzadas atrás das costas.

— Você tem um abraço para mim também? — Poderesse perguntou enquanto Arabella se aproximava dela.

Arabella parou a poucos metros de Poderesse.

— Eu não vou abraçá-la, Lady Poderesse. Vou me proteger de você pelo resto da minha vida e espero nunca mais olhar para o seu rosto.

— Mas vou abraçá-la de novo, Arabella — disse Poderesse, caminhando em sua direção. — Estarei lá quando aquelas crianças desprezíveis a abandonarem.

Arabella balançou a cabeça.

— Fui eu que as abandonei. E então aprendi como é difícil encontrar esperança neste mundo. Manter a fé. Dar amor. Nunca mais vou largá-las.

O sino do relógio tocou, aproximando-os cada vez mais da meia-noite.

— Mais fácil falar que fazer. Você não pode amar o outro se não amar primeiro a si mesma — constatou Poderesse. — Você se ama?

Ela estava agora perto de Arabella, perto o suficiente para tocá-la. Estendeu a mão para fazer isso, mas Esperança intrometeu-se na frente dela, bloqueando-a.

— Vamos trabalhar nisso — prometeu.

Fé estava com ela.

— A porta é por ali, Lady P — disse ela, apontando o polegar para um arco. — Não espere que ela se feche.

Os olhos de Poderesse brilharam perigosamente, mas ela inclinou a cabeça e disse:

— Boa sorte, Arabella.

— Adeus, Lady Poderesse.

O último toque soou, pairando no ar. Os olhos de Poderesse adquiriram um tom branco leitoso. Apareceram sulcos em sua pele, como os de um tronco queimado. Seu corpo manteve a forma por um segundo, talvez dois, e depois desabou no chão em uma pilha de cinzas.

— Olhem! — Camille gritou.

Arabella seguiu seu olhar. O que ela viu a fez recuperar o fôlego. As figuras mecânicas — rachando, desmoronando e tombando há apenas alguns instantes — agora endireitavam as costas e esticavam os braços. Estavam respirando e olhando em volta. A cor brotou em suas bochechas; vida iluminou seus olhos.

Uma ajudante da cozinha foi a primeira a se soltar. Ela avançou devagar e rigidamente, como se estivesse tirando os pés de uma lama profunda que a puxava para baixo.

— Onde está meu irmão? — perguntou com uma voz enferrujada.

— Florian? Você está aí? — Ela cambaleou da plataforma até o chão, suas pernas quase cedendo.

— Amélie? *Amélie!* — Florian gritou, correndo até ela e pegando-a nos braços.

Uma condessa idosa desceu em seguida, pedindo um copo de conhaque. Ela foi seguida por um bispo, um jovem pajem, um ferreiro e um guarda. Todos com pressa agora, os habitantes do castelo tropeçaram, cambalearam, vacilaram e balançaram, deixando o relógio e voltando às suas vidas. Choros, gritos e risadas foram ouvidos quando encontravam sua família, seus amigos.

Enquanto Arabella continuava a observá-los, com o coração acelerado, ela viu Camille se aproximar da plataforma, com os olhos postos em um homem alto e forte que ainda estava ali. Aos seus pés havia uma garotinha sentada. A expressão no rosto de Camille estava cheia de um anseio tão intenso e profundo que Arabella teve medo por ela, medo de que não conseguisse aquilo pelo que lutara por tanto tempo.

E, então, a garotinha se mexeu. Ela balbuciou e riu. O homem parado atrás dela se abaixou, pegou-a e segurou-a contra o peito. Ele beijou o topo de sua cabeça e depois a carregou da plataforma até sua mãe.

As mãos de Camille taparam sua boca. Quando o homem desceu da plataforma, ela gritou com uma alegria louca e intensa, correndo para sua família. O marido a abraçou, com a menina entre eles.

Todas as figuras mecânicas já haviam deixado a plataforma, exceto duas. Os pais de Arabella, o duque e a duquesa, ainda estavam de pé ali. Orgulhosa e rigidamente.

Arabella caminhou em direção a eles com uma mistura de raiva, tristeza e amor no rosto. Ela chegou à plataforma e parou, sem saber o que fazer. A velha Arabella teria esperado fria e imperiosamente que eles fossem até ela. Seus pais também teriam esperado — com a mesma frieza e imperiosidade — que ela fosse até eles.

Mas a velha Arabella havia desaparecido. E a nova ergueu as saias com as mãos e subiu na plataforma. Ela inclinou a cabeça para a mãe e o pai, e depois se ergueu. Mais altiva e mais ereta que nunca. Então, ofereceu-lhes as mãos, e seu simples ato de bondade fez o que os atos de bondade fazem: derreteu a resistência, dissolveu a raiva, aniquilou a crueldade.

O rosto da duquesa se contraiu.

— Oh, minha querida, querida filha. Eu achava... — Sua voz falhou. — Achava que estava fazendo o que era melhor para você. Você poderá um dia me perdoar?

— Já o fiz, mãe — assegurou Arabella. — De todo coração.

— Vamos começar de novo, Arabella. As coisas serão diferentes — disse o duque. — Você terá o que quiser: seus livros e seus instrumentos. Encontraremos para você um marido que dê espaço aos interesses de sua esposa.

O coração de Arabella desanimou com as palavras de seu pai, mas, quando ela falou, seu tom foi gentil.

— Papai, estou indo embora. Não posso ficar. Você quer que eu me encaixe no seu mundo. Eu quero mudá-lo.

O duque pareceu chocado.

— Não — ele disse, balançando a cabeça. — Você *deve* ficar, Arabella. Não posso perdê-la de novo, minha filha... minha única filha.

Arabella segurou a mão dele.

— *Eu* não posso me perder de novo.

Lágrimas vieram aos olhos do duque. Ele balançou a cabeça, impotente.

— Estou velho, Arabella. Isto é difícil.

— Eu sei, papai. Eu sei.

Os três ficaram ali parados juntos, próximos e, ainda assim, tão distantes. Tentando criar pontes entre eles.

E Beau, que observava Arabella, virou-se. Sentiu-se um intruso. Ele olhou para todas as pessoas no salão de baile, pessoas abraçando-se, beijando-se e chorando. Separados há cem anos e agora juntos novamente. Gustave abraçava Lucile. Josette chorava. Percival e Phillipe ficaram perfeitamente imóveis, frente a frente, com as palmas das mãos unidas, os dedos entrelaçados, lágrimas escorrendo pelo rosto. Josephine mancou até eles, que a puxaram para perto. A felicidade deles era tão grande que Beau podia senti-la. A tristeza, no entanto, estava presente, e ele também sentia isso. Em todos os anos que se passaram. Em tudo o que aquelas pessoas sofreram. O tempo parara no castelo, mas fora dele o mundo seguiu em frente. Havia tantas coisas e pessoas que eles perderam... Isso os atingiria, eventualmente. E com força.

Longe deles, fora de sua felicidade e de sua dor, Beau estava sozinho. Ou assim ele pensou.

Uma mão, pequena e quente, deslizou na dele. Ele olhou para a criança radiante parada ao seu lado. E Amor olhou para trás.

— Ela tem muito com que lidar, depois de um século e tudo. Mas ela vai beijá-lo de novo, se é com isso que você está preocupado. Muito em breve, eu diria, se aquele último beijo foi alguma indicação. Quero dizer... — Ela agitou a mão livre como se a tivesse queimado. — Estava pegando fogo!

— Você se importa de *parar* com isso? — Beau pediu, profundamente incomodado.

— Amigos? — ela perguntou, apertando a mão dele.

Beau deu-lhe um sorriso triste.

— Você é uma pessoa difícil para se ter amizade.

— Eu sei. Mas vale a pena. Então... amigos?

Beau assentiu. E apertou a mão de Amor de volta.

— Sim, garota. Amigos.

CAPÍTULO NOVENTA E UM

O RELOJOEIRO OLHOU PARA SEU mecanismo. Seus ponteiros pararam, mas o tempo continuava para Arabella. Para Beau. Para todas as pessoas ao seu redor.

Por ora.

Ele reencontraria todos um dia. Quando o punhado de horas e minutos que constituíam suas vidas humanas finalmente se esgotassem. Era sua tarefa e seu destino, e nada poderia mudar isso.

Houve todos os diferentes tipos de morte, a maioria delas duras e dilacerantes, mas as que mais o machucaram — pois ele tinha um coração, não importa o que alguns possam dizer — foram os mortais que morreram muito antes de ele vir buscá-los. Aqueles que aprenderam mais sobre medo e raiva que sobre amor.

Atravessava agora o trilho do relógio, onde, até poucos momentos atrás, estavam as figuras mecânicas. Restavam apenas os adereços. Seus dedos pairaram sobre um tabuleiro de xadrez, um espelho, o encosto de uma cadeira. Ele fez uma pausa para olhar para o ladrão, para a corajosa padeira, para as três meninas e para Arabella.

Esperava que ela encontrasse um caminho de volta à vida — uma vida escolhida por ela, não uma vida escolhida para ela. E ele esperava, sinceramente, que, antes de se encontrarem outra vez, ela escolhesse, a cada segundo de cada dia que lhe restava, ser apaixonadamente e sem remorso quem ela era: uma construtora de pontes, uma arquiteta de ideias, uma mulher que via não o que era, mas o que poderia ser.

O relojoeiro sorriu. Ele passou pelas colunas altas e douradas de sua obra-prima, pelas portas mecânicas e desapareceu.

Quando as portas se fecharam atrás dele, o enorme relógio dourado ofegou e estremeceu, como uma criatura viva dando seu último suspiro. Seu revestimento dourado tornou-se baço. Os ponteiros das horas e dos minutos giraram para trás e caíram no chão. Uma teia de rachaduras se abriu ao longo do mostrador e se espalhou pela superfície do relógio. Houve um estrondo, como o som de uma avalanche, que virou um rugido. Então, o relógio dourado desmoronou. Os números caíram do mostrador. Os pilares tombaram. Pedaços da fachada despencaram no chão e se despedaçaram. Enquanto todos no grande salão assistiam, os destroços de engrenagens e rodas, de molas e sinos, ruíram em uma poeira fina e brilhante.

Um vento de inverno abriu uma janela. Correu para dentro, levantou a poeira do chão e carregou-a embora para a noite escura e estrelada.

CAPÍTULO NOVENTA E DOIS

Um ano depois

A BELA CARRUAGEM PASSOU PELA nova ponte de pedra do castelo.

Dentro dela estavam três homens. Em cima dela, três crianças.

— Isso é perigoso, você não acha? — Fé perguntou.

— Nem um pouco! — Esperança gritou.

— Nós ficaremos bem! — berrou Amor.

— Todas nós vamos morrer — Fé suspirou.

À medida que a carruagem ganhava velocidade, Amor deitou-se de bruços e inclinou a cabeça sobre a beirada, para ver melhor os passageiros. Ela gostava de suas brincadeiras, de suas provocações bem-humoradas, de sua amizade.

Percival estava falando.

— Por que *você* está indo para a cidade esta manhã? — ele perguntou a Beau.

— Para roubar um banco — brincou Beau.

— Eu não ficaria surpreso — retrucou Percival. — Ainda não consigo acreditar que o duque fez de você seu chanceler do Tesouro. Isso é como colocar a raposa no comando do galinheiro.

— Sim, é — Beau concordou. — O duque é um homem astuto. Pense nisto: quem sabe entrar no galinheiro melhor do que a raposa? Então, quem melhor para manter todas as outras raposas afastadas do que uma raposa regenerada?

— Ele tem razão — disse Valmont. — Você não pode negar, velho amigo. Desde que assumiu o poder, ele tornou o Tesouro impenetrável, erradicou a corrupção e encontrou novas maneiras de financiar as despesas de construção do reino. Essas são algumas conquistas notáveis, se você quer saber minha opinião.

— Uma vez ladrão, sempre ladrão, se você quiser saber a *minha* — postulou Percival.

Beau deu de ombros.

— É preciso manter os velhos dedos ágeis. — Ele ergueu o relógio de bolso de ouro de Percival e deixou-o balançar como um pêndulo.

Percival, carrancudo, pegou-o de volta.

Amor sentou-se e deixou suas mãos voarem no vento como pássaros. A carruagem seguiu pela floresta em direção à cidade. Os homens tinham negócios lá: Percival, com o importador de vinho do duque; Valmont, com o joalheiro da duquesa; e Beau, com a nova ministra do reino para melhorias fundamentais.

— Num dia como este, parece que nem mesmo os mortais conseguem encher o mundo de problemas — declarou Amor, sorrindo para o sol.

— Os mortais sempre podem encher o mundo de problemas. É o maior talento deles — disse Fé.

— Olhem! — Esperança exclamou, apontando para a frente, para a cidade que surgia.

— Paraíso! — Amor exclamou quando passaram sob a placa recém-pintada da cidade.

Há um ano, Ville des Bois-Perdus era um lugar cinzento, com a estrada toda esburacada, edifícios em ruínas. Agora, as estradas eram lisas. Uma nova fonte borbulhava na praça. Árvores haviam sido plantadas ao redor. O mercado municipal tinha um novo telhado. Os idosos sentavam-se em bancos conversando entre si. As crianças corriam e brincavam ao sol; logo elas frequentariam uma escola recém-construída. A bela vila desenhada com fio de prata há um século ganhava vida.

A carruagem parou, primeiro num armazém para Percival, depois numa ourivesaria para Valmont e, mais tarde, num canteiro de obras para Beau. As três irmãs saltaram na última parada e seguiram seu caminho, desaparecendo por uma rua sinuosa. O trabalho delas no castelo estava concluído; eram necessárias em outro lugar agora. Um hospital acabara de ser inaugurado na cidade, e as pessoas que ali iam em busca de ajuda — com o corpo ferido ou devastado pela doença, a cabeça cheia de medo ou tristeza — precisavam das crianças.

Beau saiu da carruagem, com uma cesta na mão, antes mesmo de ela parar. Ficou ali de pé no canteiro de obras por um momento, buscando com os olhos. Então, eles se iluminaram, como sempre faziam quando ele avistava sua esposa.

Bons arquitetos constroem edifícios, pensou. *Os grandes constroem sonhos.*

Ela estava parada diante de uma mesa dobrável de madeira, repassando os planos para a nova escola com seu mestre de obras. Seu cabelo estava cuidadosamente enrolado na nuca. Suas roupas eram práticas: saia de sarja marrom, camisa branca simples, colete bege e botas pretas.

Matteo estava ao seu lado, buscando os desenhos certos para ela, encontrando o caderno de que ela precisava. Ele ainda estava magro demais para o gosto de Beau, mas havia cor em suas bochechas e ele não tossia mais.

Arabella não perdera tempo em reuni-los. Poucas horas depois de a maldição ter sido quebrada, assim que havia luz suficiente para enxergarem, começaram a reconstruir a ponte, com a ajuda de servos liberados do relógio. Uma semana depois, atravessaram-na às pressas e dirigiram-se à cidade, onde Arabella comprara cavalos, selas e provisões, e depois os dois partiram para Barcelona. Beau não queria que ela fosse; discutiram, mas Arabella não se deixou dissuadir. Ambos lutaram contra lobos e o clima, e escaparam por pouco de bandidos, mas, depois de uma semana de cavalgada difícil, chegaram ao convento.

Beau estava com tanto medo de ter chegado tarde demais que não conseguiu bater à porta; Arabella teve que fazer isso. Mas então a porta se abriu e a Irmã Maria-Theresa os recebeu, e, momentos depois, ele estava sentado na cama do irmão mais novo, apertando-o nos braços.

Arabella mandara chamar médicos, os melhores da cidade. Ela havia providenciado para que fossem levados ao convento os melhores alimentos, coisas que as freiras nunca poderiam comprar, e em quantidade suficiente para alimentar a todos. Mandara entregar também carroças cheias de lenha para aquecer a abadia. Depois de três meses, Matti se recuperou o suficiente para fazer a viagem até o castelo de Arabella, onde o ar límpido da montanha o restaurou por completo.

Beau estava profundamente grato por sua nova vida, mas uma coisa continuava a incomodá-lo: o anel de esmeralda ainda costurado em seu velho casaco. Então, certa manhã, semanas depois de seu casamento, ele partiu antes do amanhecer para a mansão do comerciante. Nenhuma luz estava acesa quando ele chegou; ainda não havia servos por perto. Silenciosamente, ele desceu da sela, foi até a porta da frente e colocou uma pequena caixa no degrau. O anel estava dentro dela, embrulhado num pedaço de papel com duas palavras escritas: *Me perdoe.*

Ao se virar para ir embora, lançou um último olhar para a mansão e para o lugar onde montou em Amar, seu cavalo, e galopara pela estrada para a perdição.

Havia um caminho de volta daquela estrada. Ele sabia disso agora. Arabella também. Nos dias difíceis, e ainda eram muitos, ela pensava bastante no tempo perdido. Pensava nos parentes, nas famílias e nos amigos de seus servos, todos mortos e enterrados. Na casa de campo de Percival e Phillipe na floresta, em ruínas. E, então, as lágrimas vinham. Quando isso acontecia, Beau pegava a mão dela gentilmente e a levava até o espelho. Às vezes, demorava muito até que ela pudesse encarar seu próprio olhar e pronunciar as mesmas duas palavras — *Me perdoe*

— para a garota no reflexo, mas isso não importava. Beau ficava ao seu lado, com os braços em torno dela, pelo tempo que Arabella precisasse.

Arabella estava reconstruindo uma cidade e, pouco a pouco, sua vida — enquanto ela e Beau construíam uma vida juntos.

Ao atravessar o canteiro de obras, Beau viu Matteo enrolar um desenho e sair correndo para entregá-lo a um carpinteiro. E, então, como se Arabella sentisse os olhos de Beau sobre si, ela se virou, e seus lábios, seu rosto, todo o seu ser se abriram num sorriso. Para ele. Beau apontou para um velho carvalho. Ela se juntou a ele ali e o ajudou a estender um cobertor sob os galhos da árvore. Beau colocou a cesta no centro do cobertor e os dois se sentaram. Ele se inclinou sobre a cesta e beijou Arabella, e, ao fazê-lo, puxou o fino pedaço de grafite que ela havia enfiado no cabelo enrolado para mantê-lo no lugar, apenas para ver o cabelo dela desabar sobre os ombros.

— Uma vez ladrão, sempre ladrão — disse ela, rindo enquanto o pegava de volta.

— Percival disse exatamente a mesma coisa.

— Ele tem razão.

— Talvez sim. Mas você é uma ladra ainda maior, minha querida Bellinha.

— Eu? O que eu roubei?

— Meu coração. E me prometa uma coisa... — Arabella arqueou uma sobrancelha interrogativamente. Beau a beijou mais uma vez e, então, sussurrou em seu ouvido: — Que você nunca vai devolvê-lo.

EPÍLOGO

EMBORA ESTA HISTÓRIA TENHA ACABADO, não falaremos de finais.

Os finais raramente são felizes. Basta perguntar a um coveiro.

Em vez disso, falaremos de começos.

Começos confusos, difíceis e dolorosos.

Alguém escreveu para você um péssimo começo.

E agora querem escrever o resto.

Querem acabar isso, acabar com você.

Não deixe que o façam.

Pegue a caneta. Exija-a. Tome-a.

Invada e roube-a, se for preciso.

Mas segure-a com suas próprias mãos.

E, então, deste dia em diante,

Deste dia "nunca mais",

Com tudo que você tem,

Suas entranhas, seu cérebro, seu coração estrondoso,

Respire fundo

E escreva sua própria história.

AGRADECIMENTOS

MAIS UMA VEZ, AGRADEÇO À minha talentosa editora, Mallory Kass, por fazer de *Beleza feroz* uma história melhor e por me tornar uma escritora melhor. Eu a aprecio mais do que consigo colocar em palavras. Agradeço também a Peter Warwick, Iole Lucchese, Ellie Berger, David Levithan, Lori Benton, Erin Berger, Rachel Feld, Daisy Glasgow, Lizette Serrano, Emily Heddleson, Jalen Garcia-Hall, Melissa Schirmer, Jessica White, Seale Ballenger, Amanda Trautmann, Maeve Norton, Elizabeth Parisi, Paul Gagne, John Pels, à equipe da Scholastic Audio, Elizabeth Whiting e ao restante da equipe de vendas da Scholastic.

Um enorme e sincero obrigada ao meu agente, Steve Malk, cujos conselhos sábios e a amizade duradoura significam muito para mim, e aos meus agentes de direitos autorais no exterior, Cecilia de la Campa e Alessandra Birch, por todo o trabalho que realizam em meu nome.

E, por último, obrigada à minha maravilhosa família — Doug, Daisy e Wilfriede —, por serem meus primeiros leitores. Sua bondade, seu incentivo, sua generosidade e seu amor me mantêm fora do castelo.

SOBRE A AUTORA

JENNIFER DONNELLY É AUTORA DE *A Northern Light*, que recebeu a Carnegie Medal, o LA Times Book Prize e o Michael L. Printz Honor, e entrou para a lista dos cem melhores livros para jovens adultos da revista *Time*; *Revolution*, eleito o Melhor Livro pela Amazon, *Kirkus Reviews*, *School Library Journal* e *Chicago Public Library*, e indicado à Carnegie Medal; *Stepsister: a história da meia-irmã da Cinderella*, best-seller instantâneo do *New York Times* que entrou para as listas YASLA e Rise de Melhor Ficção para Jovens Adultos e foi indicado para a Carnegie Medal; *Poisoned: a história da Branca de Neve*, eleito o melhor livro infantil do ano de Bank Street; *A Bela e a Fera: perdida em um livro*, um best-seller do *New York Times*; a Waterfire Saga; e outros livros para jovens leitores.

Visite-a on-line em jenniferdonnelly.com e nas redes sociais em @jenwritesbooks.